ARCHE

KATJA
SCHÖNHERR

ALLES IST NOCH ZU WENIG

ROMAN

ARCHE

Für E. und für A.

Obwohl sie die Treppe in ihrem Haus seit über achtzig Jahren mehrmals täglich hoch- und runtersteigt, obwohl sie diese Treppe in- und auswendig kennt, hat Inge Ruck dieses eine Mal während des Hinuntergehens angefangen, über die Anzahl der verbleibenden Stufen nachzudenken. Noch sechs oder noch fünf?, fragte sie sich.

Und in diesem Moment stürzte sie.

Inges Bettnachbarin schnarcht. Sie schnarcht immer, egal ob am Tag oder in der Nacht: Sie schnarcht. Inge findet das beinahe zermürbender als die Schmerzen, die sich mit Tabletten wenigstens beruhigen lassen. Das Schnarchen dieser Frau kann man nicht abstellen.

Mindestens zwei Wochen lang muss Inge im Krankenhaus bleiben. Oberschenkelhalsbruch. Inge hatte vorher noch nie gehört, dass ein Oberschenkel einen Hals hat. Sie hat auch nach wie vor nicht verstanden, was nun genau gebrochen ist. Aber sie wagt es nicht, bei der Ärztin nachzuhaken. Die muss dringendere Fälle behandeln als mich, denkt Inge. Kluge junge Frauen wie diese Ärztin schüchtern sie ein.

Was Inge aber verstanden hat, ist, dass sie vielleicht nicht mehr ohne Hilfe wird gehen können. Immer wieder stellt sie sich vor, wie sie einen Rollator vor sich herschiebt, wie sie mit gekrümmtem Rücken geht und vornüberhängendem Kopf, alle drei Meter eine Pause einlegt, ausgelaugt und aus der Puste auf den Inhalt des am Rollator befestigten Drahtkörbchens schaut. Bei diesem Gedanken kneift Inge die Augen zusammen und verzieht ihr Gesicht, angewidert. Dieses Drahtkörbchen! Nur dazu da, die Einsamkeit der Alten zur Schau zu stellen! Wenn Inge mit ihrer Nachbarin Ulrike in der Stadt ist, beobachtet sie manchmal, was die Alten darin nach Hause schieben: eine Tafel Schokolade, eine Dose Kondensmilch, eine Fernsehzeitschrift, eine Mandarine, höchstens zwei.

Langsam entspannt Inge ihr Gesicht, öffnet die Augen, blickt auf das Bild ihr gegenüber an der hellgelb gestrichenen Zimmerwand: der Druck eines Ölgemäldes mit Seerosen.

Inge ist vierundachtzig Jahre alt.

Früher war ihr Gesicht voller und glatt und ohne Flecken und ihr Haar dunkel; kein Färben. Und ihre rechte Hand konnte stillhalten, ganz stillhalten, während Inge heute immerzu damit auf den Tisch tippen muss oder, wie jetzt, auf ihren unter der Krankenhausdecke ruhenden Bauch. Inge erinnert sich, dass ihre Zähne früher nicht nacheinander wegbrachen, die Wurzeln nicht brannten (Wenn sie so darüber nachdenkt: Die Scherereien mit den Zähnen sind eigentlich die schlimmsten) und sie keine Schmerzen in den Knien hatte und keine im Kreuz und auch keine Krampfadern – Regenwürmer unter der Haut – und nicht dieses dunkle Mal auf der Unterlippe. Sie erinnert sich, dass ihre Brüste zwar auch früher nicht straff waren, aber immerhin nicht so lang und leer und nutzlos wie jetzt. Sie erinnert sich, dass ihre Füße früher in elegante Sandalen passten. Heute wölbt sich das Grundgelenk der großen Zehen dermaßen knorrig hervor, dass es jeden neuen Schuh verformt, sofern Inge überhaupt hineinkommt.

Natürlich weiß Inge, dass sie alt geworden ist. Wie hätte ihr das auch entgehen sollen? Aber *richtig alt* ist sie noch nicht. Richtig alt, findet sie, das sind die anderen. Richtig alt sind die, bei denen das Alter den ersten Eindruck ersetzt. Die, bei deren Anblick man nichts anderes mehr denkt als: »Die ist alt!«, »Der ist alt!«. Kein: »Das ist aber eine hübsche Frau.« Auch kein: »Was für ein eingebildeter Lackaffe!« Keine Besonderheiten, nur noch: alt. Richtig alt.

Schon in ihrer Jugend fiel Inge auf, dass sich mit den richtig alten Leuten im Dorf niemand unterhalten mochte. Wenn sie am

Zaun standen, vielleicht auf die Schneeschaufel oder einen Besen gestützt, wechselten die Jüngeren rechtzeitig die Straßenseite. Inge tat das auch immer. Weil diese richtig Alten – damals waren Sechzigjährige schon richtig alt – so viel redeten. Und viel zu leise oder, häufiger, viel zu laut. Weil Schnapsgeruch aus ihnen wehte. Weil weiße Spucke in ihren Mundwinkeln klebte. Weil sie ungefragt von etwas erzählten, das niemanden mehr interessierte. Dafür hatten die jungen Leute weiß Gott keine Zeit. Junge Leute wie Inge, die schon damals, tief in sich drinnen, geahnt haben, dass sie später auch einmal allein am Zaun stehen würden. Und noch viel häufiger säße Inge allein im Haus, gelangweilt, und die einzigen Geräusche, die durch ihre Küche liefen, stammten von ihr selbst.

Inge wendet ihren Blick zu der Frau im Nachbarbett. Mindestens zehn Jahre älter als ich, denkt Inge. *Die* ist richtig alt. Wie kann man nur so laut schnarchen? Nicht einmal Richard, Inges Mann, hat so geschnarcht, als er noch lebte und schlief.

Inge greift nach dem Wasserglas auf ihrem Nachttisch. Es steht zu weit weg, sie kommt nicht ran. Sie ist unbeweglich, ihr Arm hängt am Tropf.

Und die Schwester hat ihr noch immer kein Wasser mit Kohlensäure gebracht.

Und die Bettnachbarin schnarcht weiter.

Und heute Nacht werden wieder die Kröten in dem Klinikteich vorm Fenster knattern.

Und Carsten lässt sich nicht blicken. Carsten lässt sich einfach nicht blicken.

Unmöglich könne er seine Dienstreise abbrechen, hat er am Telefon gesagt. Er sei in Brüssel – mal wieder. Gerade gehe es »um alles«.

Bei ihm geht es immer um alles. Um alles außer Inge.

Wenn sie Carsten um etwas bittet, fühlt sie sich, als würde sie an einer Tür klingeln und wissen, dass jemand zu Hause ist, doch keiner macht ihr auf.

Jens, den »Großen«, hat sie gar nicht erst angerufen. Wer weiß, wie teuer das ist, vom Krankenhaustelefon aus nach Amerika zu telefonieren. Und womöglich wäre es dort dann mitten in der Nacht; ob sie sechs Stunden vorzählen muss oder zurück, nie kann sie sich das merken.

Carstens Herzlosigkeit hat Inge zwar nicht überrascht, aber doch verletzt. Verletzen kann Carsten gut. Carsten ist der »Kleine«, zwei Jahre jünger als Jens. Und insgeheim war er ihr immer ein bisschen lieber. Zwar hat Inge unentwegt versucht, diese Neigung beiseitezuschieben, trotzdem war es von Anfang an so: Carsten wärmte die leeren Stellen in ihr, die Jens nie erreichte. Unvergesslich für sie, wie Carsten vor dem Spiegel mit seinem kleinen, speckigen Zeigefinger das erste Mal auf seinen Bauch tippte und »Ich!« sagte. Überhaupt: wie früh er »ich« deutlich aussprechen konnte – sie hätte das als Omen verstehen sollen. Stattdessen blieb sie blind für Carstens Egoismus, sah immer nur seine strahlenden Augen mit dem betont langen Wimpernaufschlag. Irgendwie fühlte sich bei Carsten alles viel besser an als bei Jens: ihn zu füttern, zu baden, ins Handtuch zu wickeln und dann an sich zu drücken. Ihm über den Hinterkopf zu streichen, der so perfekt in ihre gewölbte Handfläche passte. Carstens lebendiger Blick hob Jens' verschlossenes, abweisendes, bockiges Naturell erst so richtig hervor.

Von Jens erwartet sie schon lange nichts mehr, von Carsten hingegen schon.

Es ist Carstens Schuld, dass ich im Krankenhaus liege, denkt Inge.

Carsten hat gelogen. Er ist nicht auf Dienstreise. Er ist daheim in Berlin. Und joggt.

Die Abendsonne leuchtet weich. Sämtliche Grünflächen sind mit lichthungrigen Leuten gesprenkelt, die, wie er, den Tag am Schreibtisch verbracht haben. Grillrauch durchzieht den Park.

So recht findet Carsten keinen Atemrhythmus heute. Er muss anhalten, ein paar Schritte gehen, er fasst sich an den Bauch. Seitenstechen; das hat er sonst nie.

»Jetzt aber!«, sagt er sich und nimmt seinen Lauf erneut auf.

Seine Lüge war ein Reflex, der übliche Reflex. In unangenehmen Situationen sagt er immer, er sei geschäftlich unterwegs, in Brüssel: »Ich kann leider nicht. Ich fliege morgen nach Brüssel.« Oder: »Ich bin gerade in Brüssel. Ich muss jetzt auflegen, ein wichtiger Termin.«

In Wirklichkeit muss Carsten nur ein-, zweimal im Jahr nach Brüssel.

Am häufigsten lügt Carsten gegenüber seiner Ex-Frau Sabine, gegenüber seiner Tochter Lissa, gegenüber lästig gewordenen Liebschaften und natürlich gegenüber seiner Mutter. All den Frauen, die nie müde werden, über ihn zu verfügen, ihn zu verpflichten. Mit jeder neuen Forderung wickeln sie – so empfindet Carsten das – eine weitere Lage Beklemmung um die Rippen. Eine Enge aus schwerem schwarzen Tuch.

Vor sechs Jahren hat Sabine sich von Carsten getrennt. Seither verbringt Lissa jedes zweite Wochenende bei ihm. Als Sabine ihn neulich bat, Lissa nach dem Wochenende noch bei sich zu behalten, hat er auch wieder so reagiert: Enge im Brustkorb, kaum Luft. »So kurzfristig? Das ist ungünstig«, sagte er. Er müsse am Montag nach Brüssel, in aller Herrgottsfrühe.

Seit er mit dieser Schwindelei angefangen hat, benutzt er den Manneken Pis auf sämtlichen Plattformen als Profilbild.

Carsten fragt sich manchmal selbst, wieso er so panisch reagiert. Oft macht er es sich mit dem Abblocken schwerer als mit einem einfachen Ja. Die Diskussionen dauern länger, die Zudringlichkeiten von außen werden vehementer. Und trotzdem gelingt es Carsten nicht, seinen Brüssel-Automatismus zu unterdrücken.

Es wäre überhaupt kein Problem gewesen, Lissa ein paar Tage länger zu nehmen. Er hatte nichts vorgehabt, und Lissa ist fünfzehn. Sich um sie zu kümmern, bedeutet keine Arbeit. Es bedeutet in erster Linie, sich nicht auf Umwelt- oder Geschlechterdiskussionen ein- und sie in Ruhe zu lassen. Aber allein die Tatsache, dass seine Ex-Frau etwas von ihm verlangte, bereitete Carsten einmal mehr dieses Unbehagen.

An jenem Sonntag mit seiner Tochter packte er sogar seinen Trolley, damit die Lüge nicht aufflog. Im Laufe des Tages erwähnte er gegenüber Lissa mehrfach: »Morgen geht's in aller Herrgottsfrühe los.« Er seufzte und zog dabei die Haut seines glatt rasierten Kinns in die Länge. Tat so, als würde er überlegen, was er noch mitnehmen müsste. »Ohrenstöpsel!«, fielen ihm ein. »Na klar!« Schließlich liege sein Hotel mitten in der Altstadt.

Lissa verdrehte die Augen hinter ihrer klugen Brille.

Langsam laufen, gleichmäßig atmen, sagt Carsten zu sich. Es soll bloß nicht wiederkommen, das Seitenstechen. Seine Schuhe hätte er etwas lockerer schnüren sollen.

Heute Vormittag, nach einem ermüdenden Meeting, hat ihn seine Mutter angerufen. Carsten saß am Schreibtisch in seinem Büro und trank gerade einen Kaffee. Einen Kapselkaffee, den Lissa, selbstredend, über alle Maße verachtet. Sie besitzt sogar ein T-Shirt mit George Clooney darauf. Er hält ein Espressotässchen in der Hand, und darüber steht: »How dare you!«

Carsten hat Lissa nie erzählt, dass er im Büro täglich mindestens vier dieser Kapseln verbraucht – und darauf besteht, dies auch weiterhin tun zu dürfen, und zwar so lange, bis die von seiner Tochter erträumte Ökodiktatur tatsächlich errichtet ist.

·

»Ich bin die Treppe runtergefallen«, sagte seine Mutter am Telefon.

Carsten überflog nebenher die E-Mail einer Kollegin, hörte nicht genau hin und unterschätzte deshalb den Ernst der Lage. »Kann ja mal passieren«, antwortete er lapidar, zumal er als Fünfjähriger auch einmal gestürzt war. Die Wunde an seinem Kopf musste genäht werden. Aber mehr noch als der Sturz blieb ihm der darauffolgende Streit seiner Eltern in Erinnerung. Carsten und sein Bruder Jens lagen in ihren Betten, hörten, wie ihr Vater Inge vorwarf, nicht aufgepasst zu haben. Sie weinte und schrie: wie zum Teufel sie auf die Jungs aufpassen solle, wenn sie gleichzeitig Essen kochen, Wäsche waschen, bügeln, putzen, einkaufen und ihm seine überall herumliegenden Pantoffeln hinterhertragen müsse?

Seine Eltern stritten sonst nie. Vor allem weinte und schrie Inge nie. Zwar schmollte sie oft, aber sein Vater ging darauf nicht ein, weil er es gar nicht bemerkte. Eine herbeigeschwiegene Harmonie lag sonst über dieser Ehe. Und so war der laute Krach zwischen Mutter und Vater, der zu Carsten und seinem Bruder ins dunkle Kinderzimmer hinaufdrang, etwas sehr, sehr Ungewöhnliches.

Jens flüsterte: »Ob die sich auch streiten würden, wenn *ich* gefallen wäre?«

»Wahrscheinlich nicht«, antwortete Carsten kühl. Er befühlte, wieder und wieder, das Pflaster, das am Hinterkopf zwischen seinen Haaren klebte, drückte darauf. Ein dumpfer, blutiger Schmerz.

Am nächsten Tag fiel es Carsten ein – einfach so kam ihm das in den Sinn –, seinen Eltern zu erzählen, es sei Jens gewesen. Jens habe ihn geschubst. Wegen ihm sei er die Treppe hinuntergestürzt.

Sosehr Jens es auch bestritt: Es passte zu gut zu seinen Wutanfällen. Inge erteilte ihm Hausarrest.

Carsten war in den Winterferien die Treppe hinuntergestürzt, und damals fiel im Winter noch Schnee, viel Schnee, und blieb tagelang liegen. Die Alten im Dorf schaufelten morgens, mittags und abends. Man müsse dranbleiben, sagten sie, man dürfe nicht nachlassen, sonst habe der Schnee gewonnen. Sie fühlten sich von ihm bedroht. Die Kinder aber liebten den Schnee. Am Straßenrand wuchsen weiße Berge, und die Kinder erklommen sie. Der Feuerlöschteich gefror, und die Kinder schlitterten auf ihm herum. Sie lutschten Eiszapfen, die von Dachvorsprüngen spitz nach unten hingen. Sie seiften einander ein. Sie zogen einander mit dem Schlitten. Und sie bauten ein Iglu.

Das Iglu bei ihm im Garten zu errichten, sodass Jens es vom Kinderzimmer aus unmöglich übersehen konnte, war Carstens Idee.

Der Schnee jenes Winters war besser als jeder Sommer.

Als Jens endlich rausdurfte, hatte Tauwetter eingesetzt. Die

Schneereste lagen in den Ecken wie dreckige Lappen. Die Krähen konnten ihre Nüsse wieder über der Scheffelstraße abwerfen, um sie von einem der hin und wieder vorbeifahrenden Autos knacken zu lassen. Carsten hingegen hatte sich nicht knacken lassen. Er hatte seine falsche Anschuldigung nicht zurückgenommen. Und seine Mutter hatte ihre Unnachgiebigkeit einmal mehr unter Beweis stellen können. Prinzipien rangierten bei ihr schon immer vor Augenmaß.

»Kann ja mal passieren? Jetzt werd nicht unverschämt!«, sagte Inge am Telefon. Sie liege im Krankenhaus, sie werde nachher operiert, eine aufwendige Operation, sie bekomme ein neues Hüftgelenk. Er möge bitte sofort herkommen.

Das schwarze Tuch zog sich zusammen, begann, Carsten die Luft zu nehmen. Er schwitzte. »Ich bin in Brüssel«, sagte er. Gerade gehe es um alles. Aber danach werde er sie besuchen, so schnell wie möglich. Carsten starrte auf die Lamellenvorhänge an seinem Bürofenster, während er das sagte, dann auf den Gießanzeiger der Hydrokulturpflanze.

Nach dem Telefonat ging er zur Toilette, um sich das Gesicht kalt abzuwaschen. »Scheiße!«, fluchte er. Er fluchte flüsternd. »Scheiße! Scheiße! Scheiße!« Mit nassen Händen gelte er sich das Haar nach hinten, zog so seine Stirn glatt. Ein verzweifelter Blick in den Spiegel.

Ja, es ist scheiße, dass er sie angelogen hat.

Es ist scheiße, dass er ihr Bett nicht längst ins Erdgeschoss gestellt hat und sie nachts immer diese Treppe hinuntermuss, um ins Bad zu kommen.

Es ist scheiße, dass er es hinauszögert, sie zu besuchen. Er weiß doch genau, wie sehr sie auf ihn wartet, lauert; sie hat ja nichts anderes zu tun. Als zu warten.

Und was soll er machen, wenn sie ein Pflegefall wird? Dass sie in kein Heim geht, hat sie ihm schon oft erklärt.

Seit sein Vater tot ist, bereitet seine Mutter ihm unentwegt ein schlechtes Gewissen. Als bestünde ihr Daseinszweck nun ausschließlich darin, ihm, Carsten, auf die Pelle zu rücken. Nie ist es genug. Dies soll er noch machen, und jenes soll er noch machen. Und das auch noch schnell, bevor er geht. Und das noch besorgen. Und öfter herkommen. Und überhaupt, am besten gleich wieder bei ihr einziehen.

Das Seitenstechen ist zurück. Carsten verlangsamt sein Tempo. Der Typ, der seit einer Weile penetrant hinter ihm trabt, joggt an ihm vorbei; ein albernes Stirnband trägt er. Carsten verlässt den Pfad und läuft auf einen Baum zu, stemmt die Hände gegen den Stamm, spürt dessen rissige Rinde, diese raue Haut, lässt seinen Kopf nach unten hängen und keucht.

Mit seiner Lüge hat Carsten Zeit gewonnen, mehr nicht. Es wird ihm nichts anderes übrig bleiben, als zu seiner Mutter zu fahren. Ein paar seiner heiligen Urlaubstage wird er opfern müssen.

»Du musst mir mein Bett runterbringen.« Wie oft hat Inge das zu ihm gesagt? »Im Dunkeln ist mir die Treppe zu gefährlich.«

»Mach dir doch Licht an«, war seine Antwort.

»Davon werde ich hellwach und kann nicht wieder einschlafen.«

»Wie wär's mit einem Nachttopf?«, sagte er daraufhin. Frech.

Inge zeigte ihm einen Vogel. Nachts dreimal in die Hocke gehen und wieder hochkommen – was hat er bloß für Vorstellungen? Auch wenn sie noch nicht richtig alt ist: Sie ist keine vierzig mehr.

Carsten seufzte. »Ich kann dir doch nicht mal eben das Haus umräumen. Dafür muss ich mir ein paar Tage freinehmen.«

»Dann nimm dir ein paar Tage frei!«

Entnervt erklärte er ihr, dass er keinen Urlaub mehr übrig hätte, was wahrscheinlich sogar stimmte, weil er gerade erst für drei Wochen verreist gewesen war. Nach Thailand oder Taiwan.

Immerhin brachte er ihr bei einem seiner Besuche ein Nachtlicht mit, das von der Steckdose aus den Flur ein wenig erhellte.

»Damit ist die Sache aber nicht erledigt«, sagte Inge.

Und Carsten versprach ihr, sich nächstes Jahr darum zu kümmern.

Aber inzwischen ist nächstes Jahr dieses Jahr. Inzwischen ist Juni. Und sie ist gestürzt und liegt im Krankenhaus neben dieser schnarchenden Frau. Und kriegt das Bild von sich selbst mit einem Rollator nicht mehr aus dem Kopf.

Noch am Tag des Unfalls wurde Inge operiert. Jetzt hat sie ein neues Hüftgelenk.

Morgen soll Inge das erste Mal wieder aufstehen, meinte die kluge junge Ärztin vorhin und schaute dabei aus dem Fenster in den wolkenverschmierten Himmel statt in Inges Gesicht. Inge glaubt, mit ihrem Blick nach draußen versuchte die Ärztin, sich von dem hässlichen Fleck auf Inges Lippe abzulenken, den sie sonst unentwegt hätte anstarren müssen.

Es klopft. Die Schwester kommt ins Zimmer. Warum klopft sie überhaupt an? Man hätte ohnehin keine Zeit, sich zurechtzumachen. In dem Moment, in dem sie klopft, öffnet sie bereits die Tür. Der Bewegungsablauf muss ihr über die Jahre in Fleisch und Blut übergegangen sein: mit der linken Hand klopfen, mit der rechten die Klinke runterdrücken.

Auf weichen Turnschuhsohlen steuert sie Inges Bett an, nimmt Inges Arm und befreit ihn vom Tropf. Ohne ein Wort zieht sie die Injektionsnadel heraus, klebt ein Pflaster darauf und schiebt den Infusionsständer in die Ecke. Sie spricht weiterhin nicht, was Inge verunsichert. Deshalb traut sie sich nicht, erneut um Wasser zu bitten. Vor ein paar Stunden hat sie schon einmal danach gefragt. Sie sehnt sich nach Mineralwasser, nach Mineralwasser mit Kohlensäure, nach diesem Reiz im Rachen.

Federnd verlässt die Schwester den Raum, einige Zeit später kehrt sie zurück und beginnt, die Bettnachbarin mit Brei zu füttern. Jetzt schnarcht die Frau nicht, aber wach scheint sie auch nicht zu sein. Ihre langen, weißen Haare kleben auf dem

Kissen. Die Augen nur halb geöffnet, wird sie gefüttert, viel zu schnell. Inge will wegschauen, aber es geht nicht. Es kommt ihr vor, als beobachte sie ein Verbrechen.

Inge muss an den Spruch denken, den sie schon so oft gehört hat: Alte Leute werden wieder zu Kindern. Sie findet nicht, dass er stimmt. Kinder können irgendwann selbstständig essen, laufen, reden, alles können sie irgendwann ohne Hilfe. Sie werden ein Jemand, ihr Leben liegt vor ihnen. Vor den Alten aber liegt nur das Sterben.

Inge hängt nicht an ihrem Leben. Tot sein will sie trotzdem nicht. Das Totsein kennt sie nicht.

Die Schwester kratzt die letzten Breireste zusammen und schiebt sie der Frau mit dem Löffel unter den Gaumen. Dann stellt sie das Bett wieder flacher und sagt: »Sie bekommen auch gleich.«

Erst nachdem die Schwester das Zimmer verlassen hat, wird Inge klar, dass sie gemeint war.

Die Schwester kommt zurück, auf Inge zu, platziert das Essen auf ihrem Nachttisch und stellt das Bett aufrecht. »Guten Appetit«, nuschelt die Schwester und nimmt die Haube vom Tablett. Sauerbraten mit Kartoffelpüree und Möhren.

Inge will ansetzen, um nach dem Wasser zu fragen. Aber ehe sie ihre Stimme gefunden hat, ist die Schwester schon wieder verschwunden.

Die Klimaanlage seines Autos kam gegen den Schweiß nicht an. Carsten muss das Hemd wechseln, ehe er seiner Mutter unter die Augen treten kann.

Die ganze anderthalbstündige Fahrt über hat Carsten laut Musik gehört und mitgesungen, mitgebrüllt. Wenn er die Liedzeile gerade nicht kannte, brüllte er einfach irgendwas, mehrheitlich Schimpfwörter. Entgegen seiner Gewohnheit fuhr er aber nicht zu schnell. Er duldete es sogar, sich von sämtlichen Landeiern überholen zu lassen. Carsten hatte es nicht eilig herzukommen.

Nun schaut er vom Parkplatz aus auf das Kreiskrankenhaus: ein typisches ostdeutsches Vorzeigeprojekt der 1990er-Jahre, das trotz seines Alters mit »Neubau« weiterhin am besten beschrieben ist. Flachdach. Weiße Fassade. Blaue Metallfensterrahmen als heiterer Akzent. Davor ein paar Bäume, die offenbar bloß dazu gedacht sind, den Parkplatz einzurahmen, und nicht dazu, Schatten zu spenden. Jedenfalls sind sie noch genauso mickrig – unten: dünne Stämme, die den Namen kaum verdienen, oben: Kronen, die den Namen ebenso wenig verdienen, in Tropfenform – wie vor sechs Jahren, als Carsten das letzte Mal hier war. Seinem Vater wurde ein Stent eingesetzt. Genutzt hat es nicht viel: Zwei Monate später ist Richard gestorben. In seinem Sessel ist er gestorben. Als Inge aus der Küche kam, saß er da, »genauso faul wie immer«. Aber sie habe sofort gewusst, dass er weg war. So erzählt ihm seine Mutter das bis heute: »Er saß da, genauso faul wie immer. Aber ich wusste sofort, dass er weg war.«

Am Tag der Beerdigung seines Vaters herrschten Minusgrade. Eisblumen am Fenster seines einstigen Kinderzimmers. Carsten fragte sich, ob die Totengräber überhaupt ein Loch aus der festgefrorenen Erde hatten ausheben können.

Die Beerdigung war auf den Vormittag angesetzt. Um nicht in aller Herrgottsfrühe in Berlin aufbrechen zu müssen, war Carsten mit seiner Tochter schon am Vorabend angereist.

»So könnt ihr wenigstens nicht zu spät kommen«, hatte Inge gesagt. Carstens Unpünktlichkeit ist einer der vielen Mängel, die sie ihm bei jeder Gelegenheit vorwirft.

Noch vor dem Weckerklingeln war Carsten von den emsigen Küchengeräuschen seiner Mutter aufgewacht. Er lag im Bett, blickte auf die Eisblumen. Und Inge schmierte Brote für den Leichenschmaus, stellte Teller auf den Tisch, kochte Kaffee, füllte ihn in Thermoskannen. Ihr Tun klingt noch hektischer als sonst, dachte Carsten.

Carsten weckte Lissa, indem er ihr über die aschblonden Haare strich. Und über die Wange. Sie war in der Nacht zu ihm ins Bett gekrochen, sodass er kaum noch Platz gehabt hatte zum Schlafen; dementsprechend gerädert fühlte er sich. Mehr als anhänglich war seine Tochter damals, überanhänglich; kaum eine Nacht schaffte sie allein. Dass er und Sabine sich scheiden lassen würden, wusste sie noch nicht, ahnte es aber wohl bereits. Sie hatten es ihr sagen wollen, doch dann war Richard gestorben. Zwei Hiobsbotschaften auf einmal konnten sie ihrem Kind nicht überbringen – da waren Carsten und Sabine sich ausnahmsweise einmal einig. Ein, zwei Wochen mussten sie damit noch warten.

Neun war Lissa damals und ihre Nase schon keine kleine Stupsnase mehr. Und die Lücken in ihrem Mund wurden nachbesetzt von geriffelten Zähnen, die riesig wirkten in Lissas roter, nasser Kinderschnute, die am liebsten Erdbeeren und Schokolade verschlang und zu dieser Zeit gerade anfing, jeden Genuss bezüglich Saisonalität und fairen Handlungsketten zu hinterfragen.

Lissa seufzte ob Carstens Versuch, sie streichelnd zu wecken, und drehte ihren Kopf zur anderen Seite.

Als er sagte, »Wir müssen uns jetzt fertig machen für die Beerdigung«, stand sie sofort auf. Ihre Zehen lugten unten am Saum des viel zu langen Nachthemds hervor, das sie sich von ihrer Oma geliehen hatte.

Inge hatte verlangt, dass ihre Enkelin zur Beerdigung kommt. Glücklicherweise wollte Lissa es auch. Sie hatte ihren Großvater sehr gemocht.

Es war dermaßen eisig an jenem Tag, dass sich nicht viele Dorfbewohner dazu aufrafften, ihr Haus zu verlassen. Und so standen nur er und Lissa und seine Mutter auf dem Friedhof sowie zwei Arbeitskollegen von früher und Inges Freundin, die Schäfer Jutta, mit ihrem Mann Herbert, der damals noch lebte. Lissa weinte. Carsten nahm sie hoch, obwohl sie dafür viel zu groß und schwer und alt war. Zwischendrin stromerte auch Inges Nachbarin Margit, von deren Demenz bereits alle wussten, über den Friedhof. Sie trug einen Wintermantel, an den Füßen aber nur Hauspantoletten. Hätte sie nicht diese Pantoletten angehabt, sondern richtige Schuhe, hätte Carsten sie wegschicken können, als sie sich zu ihnen ans Grabloch stellte und konzentriert hinunterblickte, als erwarte sie irgendeine Regung aus dem Sarg. Doch die Pantoletten machten die Verwirrung dieser Frau so offenbar, dass Carsten es nicht über sich brachte. Dass er Margit einfach nicht wegschicken konnte, obwohl er wusste, wie erzürnt seine Mutter über diesen Auftritt war. Er sah es daran, dass sie ihre Lippen einsog und einsog, bis ihr Mund verschwand. Er selbst wollte Margit im Grunde auch nicht dabeihaben.

Nach ein paar Minuten kam Ulrike angerannt, Margits Tochter. Sie führte ihre Mutter wortlos weg und warf Carsten einen entschuldigenden Blick zu. Er nickte.

»Hatte also auch die Nachtwey Margit wieder ihren Auftritt«, bemerkte Jutta hinterher beim Leichenschmaus.

Inge sagte nichts, sog nur abermals die Lippen ein und schenkte allen von ihrem viel zu starken Filterkaffee nach.

Lissa bekam Kakao mit so viel Pulver, dass der Löffel beinahe darin stehen blieb. »Wenn Mama das sehen könnte«, sagte Lissa zu Carsten.

Als die Gäste gegangen waren, wollte Carsten von seiner Mutter endlich wissen, was für einen Schlüssel sie ins Grab geworfen habe, ehe die Totengräber begonnen hatten, alles zuzuschaufeln.

Inge tat erst so, als wüsste sie nicht, wovon Carsten redete.

Dann pflichtete Lissa bei: »Doch! Du hast einen Schlüssel auf den Sarg geschmissen.«

»Ach so, der«, sagte Inge. »Das war der Garagenschlüssel. Richard war doch so gern in seiner Garage.«

»Es gibt hoffentlich noch einen zweiten«, sagte Carsten.

»Ich wüsste nicht, wo.«

»Spinnst du?«, entfuhr es ihm. »Da steht doch noch das Auto drin.«

»Das brauche ich nicht.«

»Nur weil du keinen Führerschein hast, musst du doch nicht gleich den Schlüssel vergraben«, schimpfte er und zeigte ihr einen Vogel. »Das ist doch bescheuert. Du …«, schrie er, und dann sah er, wie irritiert seine Tochter dreinschaute. Wie zu Hause, wenn er mit Sabine stritt. Deshalb beließ er es dabei, winkte nur ab und schüttelte missbilligend den Kopf, obwohl er durchaus Grund gesehen hätte, sich weiter zu echauffieren.

Seither steht Richards Auto ungenutzt und unverkauft in der verrammelten Garage. Ein paarmal hatte Carsten sich vorgenommen, das Schloss aufzubrechen, doch dann erschien ihm das zu rabiat. Und deswegen den Schlüsseldienst zu rufen, fand er übertrieben.

Ein warmer Windhauch weht über den Krankenhausparkplatz. Wie die schale Luft aus einer Föhnschleuse. Carsten geht zum Kofferraum seines Wagens. Am Morgen hat er noch rasch seine Hemden aus der Reinigung geholt. Er nimmt sich ein frisches, weißes und zieht es an. Dazu trägt er eine sandfarbene Chinohose, unten doppelt umgeschlagen, Sneakersocken und weiße Turnschuhe, gepimpt mit neongelben Schnürsenkeln. Carsten ist fünfundfünfzig Jahre alt.

»Je mehr du versuchst, dich hip anzuziehen, umso älter siehst du aus«, sagte Lissa neulich zu ihm, seine vorlaute, nie kleinlaute Tochter.

Daraufhin gab er ihr eine Ohrfeige, eine angedeutete natürlich nur.

Es gibt drei Möglichkeiten, wie ihn seine Mutter gleich begrüßen wird, denkt Carsten, während er die Heckklappe schließt.

Entweder mit: »Gab es die Hose nicht in deiner Größe?«

Mit: »Hast du keine ordentlichen Schuhe?«

Oder mit: »Lässt du dich also doch noch blicken.«

Jeder Satz ist gleich wahrscheinlich. Ihm wird schon wieder heiß. Er schließt den Wagen ab. Eine Daumenbewegung, die er sehr mag: das Drücken auf das Vorhängeschlosssymbol seines Autoschlüssels. Noch immer fühlt es sich für ihn nach gehobenem Lebensstandard an, keinen alten Gebrauchtwagen mehr mit einem richtigen Schlüssel abriegeln zu müssen, sondern auf diesen Knopf zu drücken und dessen leichten Widerstand zu spüren; die Bestätigung, dass er alles richtig gemacht hat. Das Schloss rastet ein. Carsten hat es zu etwas gebracht.

Im Krankenhausfoyer lässt sich Carsten eine Cola aus dem Automaten. Die Frau, die sich nach ihm bedient, grüßt er freundlich. Er sagt, bei dieser Hitze halte man es ohne Erfrischung ja gar nicht aus. Carsten kann das gut – das hat Sabine ihm immer wieder bestätigt: den strahlenden Sonnyboy spielen, am Anfang, doch sobald man ihn etwas genauer kenne, erlebe man, was für ein ungehaltener, egoistischer Arsch er sei.

Die Frau geht mit ihrer Cola nach draußen. Nachdem Carsten seine getrunken hat, weiß er nicht, wohin mit der Flasche, ohne das Pfandgeld einzubüßen. Es ärgert ihn, dass man die leere Flasche an dem Automaten nicht gleich wieder einwerfen und seine Cents zurückkriegen kann. Schließlich deponiert Carsten die Flasche auf dem Boden neben dem Automaten.

Er fährt sich richtend übers Haar, das steif und glatt anliegt. Dann sagt er sich: »Augen zu und durch!«

Zum Kotzen. Heute findet Lissa alle Menschen um sich herum einfach nur zum Kotzen:

Die dicken Männer im kurzärmeligen Hemd mit Bürstenschnitt und einer Einkaufstüte voller Billigfleisch.

Die schlanken Männer, die mehr Glück hatten, mit ihrem dunkelblauen Anzug und den weißen Turnschuhen und dem Notebook auf den Knien, die es, wie ihr Vater, für »kreative« Arbeit halten, den Leuten umweltschädlichen Kram anzudrehen, den sie überhaupt nicht brauchen.

Die schöngeduschten Frauen mit schimmernder Kordel quer über dem Oberkörper, an der ihr Smartphone hängt, und mehreren Armbändchen am zarten Handgelenk und ihrem luftig-langen Rock, auf dessen Etikett »Designed in Denmark« steht, weil das besser klingt als »Made in China«. Vor allem sie würde Lissa an Tagen wie heute am liebsten anschreien: die schöngeduschten Frauen mit ihren Zehentrenner-Sandalen und ihrer (zumindest geht Lissa davon aus) nackt rasierten Vulva und ihren schöngebadeten Kindern, vor deren Einschulung sie und ihr vollzeitarbeitender Besserverdiener-Partner schnell noch den Kiez wechseln werden – so, wie Lissas Eltern das damals gemacht haben, nicht lange bevor sie sich scheiden ließen.

Ich hätte das Fahrrad nehmen sollen, denkt Lissa. Sie hätte dem bisschen Regen trotzen und verdammt nochmal das Fahrrad nehmen sollen. Sie hätte gleich am Morgen wissen müssen, dass sie das U-Bahn-Fahren heute zu sehr runterzieht. Die stickige Luft, die klebrigen Griffe, das Rattern, die Enge, die Menschen. Die Touristenpärchen in Allwetterjacken, die es nach dem Aufwachen in ihrem Airbnb-Bett getrieben haben; jetzt gehen sie »die Stadt erkunden«.

An Tagen wie heute vergisst Lissa zwar nicht, dass sie sich eine freundlichere, friedlichere Welt wünscht. Aber sie schafft es nicht, ihr Denken auch zu fühlen. Beim Umsteigen rempelt Lissa sogar absichtlich Leute an. Als Strafe dafür, dass sie nicht so viel nachdenken wie sie. Dass sie nichts hinterfragen. Dass sie ein gutes Gewissen daraus schöpfen, Naturkosmetik in Plastiktiegeln zu kaufen und ihre Fast Fashion nach ein paar Monaten in die sogenannte Kleiderspende zu werfen. Dass sie es immer noch schaffen, die Klimakrise auszublenden.

Werden sich alle umgucken!

Wenn ihr gesunder Omega-3-Säuren-Fisch verseucht ist von toxischen Algen, die sich aufgrund der gestiegenen Wassertemperaturen massiv vermehren.

Wenn ihr Kind, gestochen von einer Asiatischen Tigermücke, am West-Nil-Fieber erkrankt.

Wenn in der Charité die ersten Zika-Babys zur Welt kommen.

Wenn sich die Menschen aus Überschwemmungsgebieten hierher flüchten.

Wenn sich die Menschen aus Dürregebieten hierher flüchten.

Wenn die Sommer vierzig Grad heiß werden und heißer.

Wenn der Himmel über Berlin weiß ist.

So schlimm wird's schon nicht?

Denkste!

Die Ignoranz um sie herum widert Lissa an.

In Berlin geboren und aufgewachsen, sieht Lissa an einem einzigen Tag mehr Menschen, als ihrer Oma Inge je im Leben begegnet sein dürften. Lissa nennt Inge auch die »Dorf-Oma«. Umgekehrt wird Lissa »Großstadtgewächs« von ihrer Dorf-Oma genannt. Ein Vorwurf schwingt immer mit, wenn Inge »Großstadtgewächs« sagt. Dabei kann Lissa gar nichts für die Entscheidung ihrer Eltern, in Berlin zu leben. Zwar will sie niemals weg aus Berlin, unvorstellbar wäre das, trotzdem hält sie sich nicht für eines: für ein Großstadtgewächs. Viel zu sensibel ist sie dafür. Viel zu genau schaut sie hin. Echte Großstadtgewächse blenden alles aus, was sie nicht betrifft. Deren Wahrnehmung beschränkt sich auf einen sekundenkurzen Moment, der nur dazu dient herauszufinden, ob ihnen irgendetwas zum Hindernis werden könnte. Zum Hindernis auf ihrem Weg von A nach B.

Lissa kann das nicht, sie kann nicht ausblenden.

Neulich erlitt ein Mann in der Straßenbahn einen Herzstillstand, er fuhr leblos weiter. Sechs Stunden lang fiel der tote Passagier niemandem auf. Lissa meint, ihr wäre das nicht passiert. Sie hätte gemerkt, dass dort auf dem wild gemusterten Einzelplatz am Fenster ein Toter sitzt; kein Schlafender, kein Betrunkener, kein Junkie im Rausch.

Schon am Morgen wachte Lissa mit mieser Laune auf. Bis zwei Uhr nachts hatte sie gelesen. Entsprechend gerädert fühlte sie sich, als ihr Handywecker klingelte. Kein Mensch auf der Welt sollte einen Wecker brauchen! Sie drückte auf »Snooze«, sich darüber ärgernd, dass der Unterricht weiterhin so zeitig anfängt, obwohl die Studienlage eindeutig ist: Jugendliche können sich um acht Uhr in der Früh nicht konzentrieren.

Als es sich nicht länger hinauszögern ließ, stieg sie aus dem Bett, las ein paar Klamotten vom Boden auf und zog sie an. Sie hatte keine Lust auf die Schule. Sie hat nie Lust auf die Schule.

Die beschränkten Lehrer*innen öden sie an, schon seit Jahren. Ihre Mitschüler*innen genauso. Gleichaltrige findet Lissa langweilig, mit ihnen verbringt sie keine Zeit. Wenn sie es sich recht überlegt, verbringt sie auch mit Andersaltrigen keine Zeit. Lissa ist lieber allein.

Yann war eine Ausnahme. Es tut immer noch weh, an ihn zu denken.

Hin und wieder fragt sich Lissa, ob sich ihre Misanthropie irgendwann auswachsen wird. Ihren Ruf als Eigenbrötlerin in der Schule hat sie jedenfalls weg. Sie versucht aber auch nicht, irgendwen vom Gegenteil zu überzeugen.

Für ein Frühstück reichte die Zeit am Morgen nicht mehr. Ohnehin war ihr nicht danach, in die Küche zu gehen. Als sie sich eilig die Schuhe zuband und den Rucksack aufsetzte, trat der Freund ihrer Mutter in den Flur.

Thom musterte Lissa und sagte: »Du bist fünfzehn, siehst aus wie zwanzig, redest wie dreißig und ziehst dich an wie ü-fünfzig.«

Ihre Mutter Sabine rief lachend aus der Küche: »Besser lässt es sich nicht zusammenfassen.«

»Und du siehst aus wie ein Vierjähriger«, blaffte Lissa zurück. Etwas Klügeres fiel ihr auf die Schnelle nicht ein. Thom trug nur ein Paar Boxershorts – mit Hubschraubern darauf.

Lissa schlug die Wohnungstür zu, rannte durchs Treppenhaus nach unten. Und weil sie im Hinterhof ein wenig Regen spürte und sich noch immer müde fühlte, machte sie den Fehler, nicht das Fahrrad zu nehmen, sondern zur U-Bahn-Station zu laufen.

Thom heißt eigentlich Thomas, nennt sich aber »Thom«, um die Banalität seines Namens, ja die seiner gesamten Person, zu übertünchen. Als Lissa einmal seinen Ausweis gesehen und den Namen laut vorgelesen hat – Thomas Andreas Schmidt –, riss er ihn ihr beleidigt aus den Händen. In diesem Moment erfuhr selbst Sabine erst, dass ihr Liebster gar nicht Thom heißt.

Thomas Andreas Schmidt ist ein Arschloch. Und zwar nicht, weil er der Freund ihrer Mutter ist. Im Gegenteil: Nichts liegt Lissa dieser Tage ferner, als Sabine ganz für sich haben zu wollen. Je beschäftigter sie ist, desto weniger geht sie Lissa auf die Nerven, desto weniger kann sie ihre Launen an ihr auslassen. Nein, Thomas Andreas Schmidt ist ganz objektiv ein Arschloch. Er mag klug aussehen mit seiner Glatze und der runden Nickelbrille. Aber er ist es wirklich nicht.

Lissa redet nur das Nötigste mit ihm, weil sie ihn nicht leiden kann. Und er redet andauernd mit ihr, weil er es nicht aushält, dass sie ihn nicht leiden kann. Sabine für ihren Teil gibt sich keine Mühe zu vermitteln. »Ist vielleicht auch besser, wenn ihr euch nicht zu gut versteht«, sagte sie einmal, als die Stimmung besonders angespannt war.

Erst kam er nur am Wochenende, inzwischen hockt er – er ist Programmierer – auch werktags in ihrer Küche an seinem Notebook und »codet«. Das nervt Lissa am meisten. Bis vor Kurzem hatte sie daheim ihre Ruhe. Der Stress ging erst los, wenn Sabine abends von der Arbeit kam. Aber jetzt ist dieser Typ dauernd da und kommentiert alles, was Lissa macht. Neulich fragte er sie sogar, ob sie ihre Hausaufgaben schon erledigt habe.

Gegen Thomas Andreas Schmidt ist sogar ihr Vater ein angenehmer Mensch. Der mischt sich wenigstens nicht in alles ein und akzeptiert es, wenn sie nicht reden mag.

Lissa zieht ihr Telefon aus dem Rucksack. Der Bildschirm ist zersplittert, seit es ihr neulich heruntergefallen ist, ansonsten funktioniert es noch. Um ein neues Gerät kann sie ihre Eltern momentan ohnehin nicht bitten; dieses hier war, als es ihr herunterfiel, keine drei Wochen alt.

Sie verschleiße Telefone wie andere Leute Zahnbürsten, hatte ihr Vater gesagt – und das, obwohl sie doch so besorgt sei um die Umwelt und gerechte Arbeitsbedingungen in aller Welt.

Touché, dachte Lissa, sagte es aber nicht.

Lissa setzt ihre Kopfhörer auf, lässt einen Podcast laufen. Die U-Bahn-Durchsagen verschmelzen mit der Englisch sprechenden Stimme in ihren Ohren. Nebenher schickt Lissa ihrem Vater ein Foto von einer an einer Plastiktüte verendeten Meeresschildkröte. Solche Bilder schickt sie ihm öfter; es gibt viele davon, weil Schildkröten Plastiktüten für Quallen halten und sie zu fressen versuchen. Dass Carsten bei Smyrna arbeitet, einem Hersteller ebensolcher Tüten, findet sie genauso verwerflich, wie wenn er bei einem Erdölkonzern angestellt wäre. Oder einem Waffenfabrikanten.

Unter das Foto tippt sie: »DAMIT verdienst du dein Geld!!!«

»Ich werde dich daran erinnern, wenn du wieder ein neues Handy brauchst, weil dir das alte ins Klo gefallen ist«, schreibt er.

»Geld ist nichts als ein Produkt menschlicher Fantasie«, antwortet Lissa.

Kurz darauf schreibt er: »Na, schlechte Laune, wa?«

Zimmer 601. Sein Herz pocht, als stünde eine Prüfung bevor. Carsten atmet tief ein, drückt die Klinke hinunter. Vorsichtig guckt er ins Krankenzimmer. Als er Inge sieht – im ersten Bett –, nickt er, wie um sich selbst zu bestätigen, dass er seine Mutter erkannt hat. Er tritt ein, schließt die Tür und geht auf Inge zu.

»Hallo, Mutti«, sagt er so laut, dass es offenbar auch die Bettnachbarin mitbekommt. Denn die setzt ihr Schnarchen aus, nur um kurz darauf weiterzuröhren.

Inge hat den Kopf in Carstens Richtung gedreht, mustert ihn von oben bis unten. An seinen Füßen verharrt ihr Blick. Sie wird also seine Schuhe kritisieren oder die umgeschlagenen Hosen.

»Keine Blumen?«, sagt sie.

Sie findet immer etwas, denkt Carsten. Sie. Findet. Immer. Irgendetwas.

»Ich sehe, du bist noch die Alte«, erwidert er.

»Meinst du, hier drinnen werde ich jünger?«

»Ich habe keine Blumen gekauft, damit du dir unten im Laden selbst einen Strauß aussuchen kannst«, fällt es Carsten ein zu sagen. In Wahrheit hat er nicht einen Moment an Blumen gedacht.

Inge drückt auf die Fernbedienung, um ihr Bett aufzurichten. Sie klopft auf die Decke und legt die Hände links und rechts neben der Hüfte ab.

In einem Winkel seines Körpers, den Carsten nicht genau verorten kann, ist er erleichtert, seine Mutter zu sehen. Die Phasen vor einer Begegnung mit ihr fühlen sich für ihn oft beklemmender an als die Begegnung selbst. In Abwesenheit bekommt seine Mutter etwas Dämonisches, das dann verpufft, sobald er auf sie trifft. Dann fällt ihm auf, wie klein diese Frau ist, wie zerbrechlich. Auch nur ein Mensch. Ein alter Mensch inzwischen mit dünnen Lippen und einem dunklen Mal darauf.

Inge sieht besser aus, als er erwartet hatte. Zwar hat sie abgenommen, was ihr Gesicht noch faltiger wirken lässt; ihre Haut neigt zu vielen, besonders kleinen Falten. Blass ist sie auch. Aber in ihren hellen Augen liegt die übliche Wachheit, die Carsten von ihr kennt. Ohne Details über ihren Zustand zu wissen, verrät ihm ihr Blick: Seine Mutter kommt wieder auf die Beine. Zart mag ihr Körper wirken, aber er ist zäh.

Carsten holt sich einen Stuhl und setzt sich zu Inge ans Bett. Er schaut sich um. Er mag Krankenhäuser nicht, aber wer tut das schon? Die andere Patientin schnarcht unablässig.

»Ganz schön laut hier«, bemerkt er.

»Es ist eine Zumutung. Die hätten sie mit einer Schwerhörigen zusammenlegen müssen«, flüstert Inge. »Die hat noch nie ein Wort gesagt, die kann nur schnarchen.«

Sie beschließen, einen Kaffee trinken zu gehen. Carsten hilft seiner Mutter beim Aufstehen. Sie will sich zurechtmachen, aber Carsten ist ungeduldig. Er überredet Inge, einfach den Morgenmantel überzuziehen. Nach der Einlieferung ins Krankenhaus hat Ulrike, die nur ein paar Häuser von Inge entfernt wohnt, ihr die wichtigsten Sachen hergebracht.

Den gesteppten Morgenmantel mit Stehkragen und Blumenmuster besitzt Inge schon, seit sie mit Carstens Bruder

Jens schwanger war, seit fast sechzig Jahren. Und ein wenig beschämt es Carsten, dass sie damit hier im Krankenhaus ist. Allerhand Fäden zieht er. Zu Weihnachten hatte er ihr einmal einen neuen geschenkt. Aber entweder hat Inge ihn direkt weiterverschenkt, an irgendeine andere Frau im Dorf, oder er liegt unberührt im Kleiderschrank. Jedenfalls hat er seinen Morgenmantel bei keinem seiner Besuche je im Bad hängen sehen. Da hängt immer nur der alte. Seiner war nicht billig gewesen.

Neben dem Bett steht ein Rollator. Inge weigert sich, ihn zu benutzen. Stattdessen hakt sie sich bei Carsten ein. Er spürt einen leisen Ekel, für den er sich schämt. Er bekommt Gänsehaut und wendet den Kopf von seiner Mutter ab. Wie unangenehm ihm diese Nähe ist, diese Berührung. Ihr Arm an seinem Arm. Kurz schließt er die Augen, um sich zu sammeln. Langsamen Schrittes gehen sie zum Fahrstuhl.

Sie kann laufen, denkt Carsten. Immerhin, sie kann laufen!

Mit heller, begeisterter Stimme sagt er: »Super! Das klappt ja schon wieder richtig klasse!«, und fühlt sich wie ein Motivationscoach dabei.

»Du weißt doch gar nicht, wie es vorher war«, faucht Inge.

In der Kantine sagt sie: »Nur alte Leute hier. Alles richtig alte Leute.« In ihrer Stimme liegt eine kaum verborgene Ablehnung. Das ist Carsten schon früher bei seinen Großeltern aufgefallen: dieses Sprechen alter Menschen über die eigene Generation, als gehörten sie selbst nicht dazu.

Carsten hat bisher weniger auf die Patienten geachtet als auf das grün und weiß gekleidete Personal. Er fragt sich, ob es sinnstiftender ist, junge Leute zu heilen als alte, oder ob man, als jemand, der tagtäglich Gutes tut, gefeit ist vor derlei Gedanken.

Medizinisches Personal schüchtert Carsten ein, schon immer. Es beschämt ihn, wie wichtig diese Leute sind.

Carsten ist Marketingleiter bei Smyrna, einem Hersteller von Gefrierbeuteln und Aluminium- und Frischhaltefolien. Seit Kurzem hat Smyrna zudem Abdeckhauben aus Frischhaltefolie im Angebot, die man dank eines elastischen Bunds direkt über einen Teller stülpen kann.

Vorhin, als eine Ärztin mit ihrem Sandwich in der Kassenschlange stand, fragte sich Carsten, wie vielen Menschen ihre Hände heute schon geholfen haben. Haben sie gerade eine Bandscheibe operiert, ohne die Wirbelsäule zu verletzen? Oder einen Tumor entfernt? Oder einen Herzschrittmacher eingesetzt? Carstens Finger tippen Tag für Tag bloß auf einer Tastatur herum, erstellen Präsentationen und schreiben E-Mails mit Aufträgen. Auch muss er gar nicht so viele strategische Überlegungen anstellen, wie er gegenüber der Geschäftsführung immer behauptet, wenn er sein Gehalt rechtfertigt. Er sucht aus den Vorschlägen anderer Leute nur aus: neues Logo, neue Packung, neues Plakat, neuer Werbeclaim, mehr SEO, ab und an ein überteuerter TV-Spot. Immerhin hat er einen guten Riecher bei der Auswahl seiner Dienstleister; das hat nicht jeder, darauf kommt es aber an. Carsten findet seine Arbeit weder besonders interessant noch bereichernd. Er hat sich schlicht daran gewöhnt. Eigentlich hätte er, karriereorientiert gedacht, in all den Jahren mindestens zweimal das Unternehmen wechseln sollen. Inzwischen hofft er, bei Smyrna bis zur Rente durchzukommen.

Inge trinkt ihren Kaffee schlürfend. Carsten schaut auf das blauschwarze Mal auf ihrer Unterlippe. Bei der Heirat hatte sie das noch nicht; auf den Hochzeitsfotos ist sie ohne zu sehen. Irgendwann danach muss es gekommen sein. Carsten kennt seine Mutter nur so. Das Mal sieht aus wie ein geschwollenes Hämatom, nur dass es nicht weggeht. Carsten meint sogar, es sei mit den Jahren dunkler geworden. Als Kind haben er und Jens manchmal gefragt, warum dort dieser Blutegel sitze. Mit ihren kleinen Zeigefingern tippten sie es an. Wenn sie nicht nah genug an den Lippen ihrer Mutter waren, deuteten sie darauf. Inge sagte: »Das ist eben so«, und drehte sich weg.

»Ah, tut das gut«, stöhnt Inge beim Absetzen der Tasse. »Das war mein erster Kaffee seit über einer Woche.«

Carsten kennt niemanden, der so gerne Kaffee trinkt wie seine Mutter. Zwei Würfel Zucker pro Tasse.

Eine seltsame Intimität, sie hier, umgeben von fremden Leuten, in diesem ollen Morgenmantel Kaffee trinken zu sehen. Außer ihm und Jens und seinem verstorbenen Vater hat wahrscheinlich niemand sie je so gesehen. Das Frühstück all die Jahre an dem für vier viel zu kleinen Küchentisch. Zu Mittag und Abend aßen sie immer im Wohnzimmer, aber morgens mussten sie sich an den kleinen Ecktisch in der Küche quetschen. Inge stürzte ihren Kaffee hinunter und sprang immer wieder auf, um sich und Richard nachzuschenken. Für Jens und Carsten gab es heiße Milch (Jens mochte die Haut obendrauf, Carsten nicht), sonntags sogar Kakao.

Jetzt trinkt Carsten einen Cappuccino. Er schmeckt genauso säuerlich, wie er es erwartet hat.

»Wahrscheinlich hast du gehofft, dass ich sterbe. Aber so leicht werde ich es dir nicht machen«, sagt Inge.

»Kein Zweifel«, erwidert Carsten.

Danach sitzen die beiden eine Weile schweigend da, schauen sich um, aber einander nicht an. Mit ihrer Hand tippt Inge unablässig auf die Tischplatte. Irgendwann hält Carsten die Anspannung nicht mehr aus, zumal er spürt, dass seine Mutter am liebsten einen ganzen Schwall von Vorwürfen über ihm auskippen würde. Er geht einen zweiten Kaffee für sie holen. Er fragt nicht, ob sie noch einen möchte. Er hofft einfach, sie damit ein wenig sanftmütiger stimmen zu können. Und sowieso ist jeglicher hemdsärmelig wirkende Aktionismus besser, als stumm mit ihr herumzusitzen.

»Oh«, sagt Inge überrascht. »Eigentlich soll ich ja gar keinen Kaffee trinken«, erklärt sie und trinkt diese Tasse noch schneller als die erste, weil sie noch verbotener ist.

»Ich fahre nachher ins Haus und räume auf.« Er habe sich ein paar Tage freigenommen, erklärt Carsten.

»Das fällt dir aber zeitig ein.«

»Das bringt doch jetzt nichts.«

»Wenn du dich ordentlich um mich gekümmert hättest, wäre das nicht passiert.« Inge schaut ihn immer noch nicht an.

Genervt blickt auch Carsten weiter in der Kantine herum. Seine Colaflasche steht noch neben dem Automaten am Eingang. »Es kann keiner etwas dafür, dass du gestürzt bist.«

»Doch«, sagt sie scharf.

»Gut, dann bin ich eben schuld«, ergibt sich Carsten. »Rückgängig machen kann ich es trotzdem nicht. Ich werde das Haus jetzt umräumen, damit so etwas nicht noch mal passiert. Das Bett kommt ins Erdgeschoss.«

»Du meinst doch nicht im Ernst, dass ich allein ins Haus zurückgehe. Du bleibst gefälligst mit mir dort. Und zwar so lange, bis es mir besser geht.«

»Aha. Und wie lange soll das sein?«

»Das kommt darauf an, wie gut die Reha anschlägt. Wenn ich hier rauskomme, muss ich nämlich weiter zur Reha«, sagt Inge. Drohend schiebt sie hinterher, wobei sie Carsten das erste Mal, seit sie in der Kantine sitzen, direkt ins Gesicht sieht und dabei eine Augenbraue hochzieht: »Und ich weiß noch nicht, ob ich mir dabei Mühe geben werde.«

Carsten schlägt die Faust auf die Tischplatte. »Begreifst du wirklich nicht, dass ich arbeiten muss? Und mich um Lissa kümmern?«

»Die siehst du doch kaum. Lissa kann ja auch zu mir kommen. Die hat sich sowieso ewig nicht mehr blicken lassen, dieses Großstadtgewächs.«

»Lissa muss zur Schule. Schon vergessen? Kinder gehen zur Schule, jeden Tag. Und ich arbeite, jeden Tag.« Carsten lehnt sich zurück, schüttelt den Kopf. Es ist Zeitverschwendung, denkt er. Es ist aussichtslos, mit ihr zu diskutieren. War es schon immer. »Ich bringe dich jetzt ins Zimmer zurück. Danach fahre ich zum Haus.«

Inge dreht ihren Kopf wieder zur Seite, sagt nichts mehr.

Carsten hasst es, wenn Inge eingeschnappt ist. Und sie ist oft eingeschnappt. Dann macht sie die Schotten dicht; kein Gespräch mehr möglich. Mitunter denkt Carsten, dass er hinter all dem Missmut und all dem Griesgram noch nie das eigentliche Gesicht seiner Mutter gesehen hat.

Er steht auf, stellt sich vor sie und zieht ihren Arm nach oben. Widerwillig lässt sie sich von ihm aufhelfen und führen. Carsten spürt die Steifheit, die seine Mutter ihren Bewegungen verleiht, um ihren Ärger zu demonstrieren.

Im Zimmer bezieht eine Schwester gerade Inges Bett neu. Sie schaut auf, als Carsten und seine Mutter eintreten. »Sie haben doch nicht etwa Kaffee getrunken, Frau Ruck? Bei Ihrem Blutdruck!«, fragt sie mahnend.

Den rechten Arm bei Carsten eingehakt, tippt sich Inge mit einer Hand an den Mund wie ein ertapptes Kind: »Nur ein Tässchen«, lügt sie.

Das ist meine Mutter *in a nutshell*, denkt Carsten: zurückhaltend, scheu, kleinlaut gegenüber allen anderen. Unerbittlich und fordernd gegenüber mir. Diese Drohung vorhin! Würde sie sich wirklich schwächer zeigen, als sie es ist, um ihn zu erpressen?

Als er geht, verabschiedet sie sich nicht von ihm. Er wiederholt sein »Tschüs« drei Mal, während Inge im Bett liegt. Die linke Hand hat sie unter ihren Kopf geschoben, der Ellenbogen ragt in die Luft und wirkt wie ein behelfsmäßiger Schutzschild. Ein Schutzschild vor ihrem Sohn. «Nicht mal Blumen habe ich bekommen«, flüstert sie in die Luft.

Es ist nicht so, dass Inge das Beleidigtsein leichtfiele. Im Gegenteil: Es kostet sie enorme Anstrengung, jedem Blick eines Gegenübers auszuweichen, jedes Gespräch zu unterbinden. Zu verstummen. Trotzdem kann sie nicht anders.

Es verunsichert Inge – in Filmen wie in echt –, Menschen zu erleben, die erklären können, was in ihnen vorgeht, wohingegen sie nicht in der Lage ist, Worte für ihre Gefühle zu finden. Sie weiß nicht, wie andere das hinbekommen. Sie hat das nicht gelernt, niemand hat ihr das beigebracht, niemand hat ihr das vorgelebt.

Inges Mutter hat nie darüber gesprochen, wie es war, unentwegt darauf zu warten, dass ihr Mann doch noch heimkehrt. Wie es war, morgens aufzustehen und zu denken, vielleicht ist heute der Tag, und abends zu Bett zu gehen und zu wissen: Heute war wieder nicht der Tag. Inges Mutter hat nie darüber gesprochen, wie es war, weder einen Mann zu haben, noch verwitwet zu sein. Wie es war, zu warten, zu hoffen, zu trauern, zu arbeiten, ein Kind allein durchzubringen. Inge wurde ohne viele Worte groß. Und sie verinnerlichte früh: Je weniger die Mutter sprach, desto enttäuschter war sie von Inge, desto mehr hatte Inge falsch gemacht.

Carsten sitzt im Auto, das Schiebedach weit offen, sodass sich der Wind im Innern des Wagens verfängt und pocht. Carsten fährt nun doch zu schnell. Als wäre diese Landstraße mit ihren Eichen links und rechts und den Feldern dahinter eine Autobahn.

Immerzu ist seine Mutter beleidigt. Eingeschnappt. Nichts lässt sich klären. Alles, was sie zu ihm sagt, sagt sie mit einem verächtlichen Unterton. Als Carsten einen Studienplatz in Berlin bekam, gratulierte sie ihm nicht, sondern sagte: »Machst du dich also auch noch aus dem Staub«, und redete nicht mehr mit ihm. Kein »Tschüs« brachte sie bei seinem Auszug über die Lippen. Sein Vater winkte ab: »Du weißt doch, wie sie ist.«

Auch als Carsten einen Job fand, direkt im Anschluss ans Studium, gratulierte sie ihm nicht, sondern sagte: »Ich dachte, jetzt kommst du endlich zurück.«

Und dann Sabines Schwangerschaft: Inge fiel nichts Besseres ein, als zu unken: »Wehe, ich kriege das Kind nicht alle zwei Wochen zu Gesicht.«

Mit seiner Mutter zu reden, ist wie der Versuch, einen Beipackzettel nach dem Lesen wieder zusammenzufalten: Nie kriegt man es richtig hin. Immer endet es mit Wut. Am liebsten würde man den Zettel zerknüllen und wegschmeißen. Stattdessen stopft man ihn in die Packung zurück, sodass die Tabletten kaum noch hineinpassen, und ärgert sich beim nächsten Öffnen aufs Neue.

Und Jens: Was für ein Arsch. Hat sich einfach über den Atlantik abgesetzt, als gehe ihn das alles nichts an. Wahrscheinlich isst er gerade einen Triple Cheeseburger zum Frühstück. Carsten beschleunigt erneut. Dann fährt er in einen Ort hinein, hat Mühe, das Tempo zu drosseln.

Seine Mutter wird in seiner Vorstellung schon wieder übergroß. Ich muss sie kleinhalten, denkt er sich, sonst überstehe ich die nächsten Tage nicht. Sie ist alt. Sie ist allein. Sie hat niemanden, verdammt!

Er umrundet den Dorfplatz, in dessen Mitte eine dicke Linde steht. Darunter eine Bank mit zwei Männern. Sie beäugen Carsten in seinem Auto, seinem Auto mit Hauptstadtkennzeichen. Carsten umrundet den Platz einmal, zweimal, dreimal. Dann fährt er zum Krankenhaus zurück. Er holt ein Paar Ohrstöpsel aus seinem Koffer, kauft in der Krankenhauspassage einen Strauß Blumen und geht hinauf ins Zimmer 601.

Inge liegt noch in derselben Position da wie vorhin. Als sie ihren Sohn bemerkt, zieht sie den Arm unter ihrem Kopf hervor, lässt den Ellenbogen sinken und nickt zufrieden. »In dem halbhohen Schrank auf dem Gang stehen Vasen«, sagt sie.

In der letzten Stunde hat Lissa Geschichte. In einem Nebensatz erwähnt der mittelalte, weiße Lehrer die »Entdeckung Amerikas«.

Bis eben lag ihr Kopf müde auf den Unterarmen, aber nun richtet Lissa sich auf und streckt den Arm in die Höhe. Der Lehrer nimmt sie dran, nicht ohne zu seufzen, weil er wohl schon ahnt, was kommt.

»Mit Verlaub.« Lissa hat sich vorgenommen, das öfter zu sagen. Ihr gefällt diese Wendung sehr, denn das Wort »Arschloch« schwingt mit, ohne ausgesprochen werden zu müssen.

»Mit Verlaub«, sagt sie also, Amerika sei nicht »entdeckt« worden, sondern erobert, grausam erobert. Das Wort »Entdeckung« lege die eurozentristische Schlagseite der Geschichtsschreibung bloß. Es ignoriere die Perspektive der Indigenen. Die seien schließlich schon immer dort gewesen. Für sie habe es nichts zu »entdecken« gegeben, und sie hätten auch nichts aus Europa gebraucht: weder tödliche Krankheitserreger noch den Alkohol, noch den christlichen Glauben oder den Kapitalismus, den schon gar nicht.

Der Lehrer sitzt vorne auf seinem Tisch. Abwiegelnd hebt er nun die Hand. »Danke für dieses Impulsreferat!«, sagt er zu Lissa. Er werde künftig von der »grausamen Eroberung Amerikas« sprechen. Sollte es ihm entfallen, könne er sich glücklicherweise darauf verlassen, dass »Frau Professor Ruck« sofort einschreite.

Aus den Bankreihen steigt Gelächter auf, über das der Lehrer sich sichtlich freut.

»So, und jetzt«, sagt er, müsse er im Stoff vorankommen, sonst schaffe er die Wende vor den Sommerferien nicht mehr. Der Lehrer zieht die Tafel nach unten, schreibt ein paar Jahreszahlen an – und lächelt auf unerträglich süffisante Weise, sobald er in Lissas Richtung schaut.

Lissa kennt dieses männliche Lächeln so gut: diese Belustigung, dieses Nicht-ernst-Nehmen, dieses »Was du nicht sagst, Kleine!« im Blick. Thom macht das, ihr Vater macht das, die Lehrer machen das. Vor Kurzem hat sie ein Praktikum bei einer Zeitung absolviert; die Redakteure dort haben das auch gemacht. Sämtliche Männer machen das, sobald sie Kritik äußert. Jeder Milchbubi mit Stimmbruch und Oberlippenflaum wird in dieser scheißpatriarchalen Welt ernster genommen als ich, denkt Lissa. Sie packt ihre Sachen in den Rucksack, noch ehe der Unterricht ganz vorbei ist, und geht. Der Lehrer ignoriert sie. Seine Stunde hat sie schon öfter vor der Zeit verlassen.

Lissa entscheidet sich diesmal, nicht mit der U-Bahn zu fahren, sondern zu laufen. Eine knappe Stunde wird sie brauchen. Aber sie hat es nicht eilig, nach Hause zu kommen. Dort hockt eh nur der codende Thom.

Neulich fragte Lissa ihn: »Was kotest du da eigentlich die ganze Zeit?«

Daraufhin schaute er sie so pikiert an wie bei der Sache mit dem Ausweis: »Ha! Ha! Ha! Selten so gelacht!«

Davon, dass es vorhin geregnet hat, ist nichts mehr zu ahnen. Ein warmer Frühsommertag hat sich über den Morgen gestülpt. Die Tropfen auf den Windschutzscheiben der Autos sind getrocknet. Hoch steht die Sonne über den Häusern.

Es ist zu hell, findet Lissa und geht deshalb auf der schattigen Straßenseite. Ihre Augen brennen. Ihre Brille ist trüb, ihr Nacken verspannt und hart wie Holz, ihre Schultern auch. Der Rucksack ist zu schwer. Wegen all der Lehrbücher, die sie täglich herumschleppen muss – trotz der mantrahaften Digitalisierungsversprechen der Kultusminister*innen, die Lissa in Gedanken immer »Iltisminister*innen« nennt, seit sie vor Jahren im Radio einmal »Iltisminister« verstanden hat und lachen musste. Sie fand die Vorstellung so schön, so possierlich: »Die Iltisministerkonferenz hat beschlossen …«

Lissa ist müde, unfassbar müde. Sie fühlt sich wie eines dieser dreckigen, zusammengetretenen T-Shirts, die oft auf Baustellen herumliegen, weil die Arbeiter sich ausziehen, wenn ihnen heiß wird, sich mit dem Shirt den Schweiß abwischen, es dann auf den Boden werfen und vergessen.

Am liebsten würde Lissa sich jetzt auch einfach hier auf den Gehweg legen und schlafen, alle und alles an sich vorbeiziehen lassen und nicht aufwachen, bevor sie volljährig ist und mit dieser bekloppten Schule fertig.

Unter der Woche schläft Lissa nie mehr als fünf Stunden pro Nacht. Samstags und sonntags versucht sie aufzuholen und vorzuschlafen, aber es reicht nie: Ab Mittwoch hat sie das Gefühl, nur noch kriechend unterwegs zu sein. Dass es helfen würde, abends früher ins Bett zu gehen, weiß Lissa, klar. Ihre Mutter warnt Lissa auch regelmäßig davor: Einmal da, würde sie die dunklen Tränensäcke nie wieder los. Aber Lissa kann ihren Rhythmus nicht umstellen. Abends ist sie wach. Abends will sie lesen. Abends will sie den Bleistift und die Notizen, die sie sich macht, nicht beiseitelegen. Abends ist die Zeit, in der sie aufsaugt, was sie interessiert. Neben ihrem Bett stapeln sich die Bücher. Seit einem halben Jahr liest Lissa in ihrer Freizeit ausschließlich Texte von Frauen oder non-binären Personen.

Sie empfindet das als reinigend, als eine Befreiung von der männlichen Weltsicht.

Dass Lissa das Lesen für sich entdeckt hat, verdankt sie ihrer Grundschullehrerin: In der ersten Klasse predigte diese den Kindern, sie sollten lesen, was immer sie in die Hände bekämen. Sie sollten lesen, lesen, lesen.

In den ersten drei Grundschuljahren ging Lissa sehr gerne zur Schule. Dann wurde ihre Lehrerin schwanger. Eine neue kam, und die klebte die Fenster im Klassenzimmer mit Milchglasfolie ab, damit niemand mehr hinausschauen konnte, um sich abzulenken.

Lissa erreicht die Lieblingsstelle auf ihrem Heimweg: den Zebrastreifen vorm Matratzengeschäft. In Berlin gibt es viel zu wenig Zebrastreifen. Lissa überquert ihn absichtlich langsam, damit die Autos warten müssen, damit ihnen die Lust aufs Fahren vergeht. Mitten auf der Straße lässt sie ihren Schlüssel herunterfallen, bückt sich, hebt ihn auf, geht noch gemächlicher weiter als auf der ersten Hälfte des Überwegs. Ein Kleinwagen hupt. Lissa lässt sich nicht hetzen. Als sie fast am Bordstein ist, fährt das Auto wütend an. Weil ihr danach ist, überquert Lissa den Zebrastreifen ein weiteres Mal in die andere Richtung und dann abermals.

Eine schöngeduschte Frau belächelt Lissas Performance. Lissa würde ihr am liebsten an den Kopf knallen, dass sie das Kind, das sie im Buggy vor sich herschiebt mit seiner Bernsteinkette um den Hals und dem rechten Fuß im Mund, dass sie dieses Kind nur bekommen hat, um die lästige Sinnfrage in sich zu betäuben. Dass sie sich mit diesem Kind (und dem nächsten, das in zwei Jahren folgen wird) für das bequemste aller Lebensmodelle entschieden hat: bloß nicht nachdenken! Ich bin eine Frau, also muss ich Kinder kriegen. Überbevölkerung? Mir doch egal. »Ist dir nichts Besseres eingefallen?« Das möchte Lissa dieser Frau mit ihrem mild-überheblichen Blick jetzt hinterherschreien. Doch dann denkt sie: Frauen sollten zusammenhalten, auch wenn das nicht immer leichtfällt. Irgendwann muss der gegenseitige Verrat ja aufhören.

Lissa setzt ihren Heimweg fort.

Kinder mag sie übrigens nicht, weil sie in ihren Gesichtern bereits die blöden Erwachsenen sieht, die sie einmal sein werden.

Nach einer Weile kommt Lissa an einem Optikgeschäft vorbei. Dessen Werbeaufsteller, »Kundenstopper« genannt, wie sie von ihrem Vater weiß, blockiert einen beträchtlichen Teil des Fußwegs. Ob der öffentliche Raum tatsächlich mit Werbung zugepflastert werden sollte, ist in Lissas Augen auch eine Frage, die endlich in einem breit angelegten Diskurs geklärt gehört. Sie jedenfalls hat nie ihre Zustimmung gegeben, ständig von Werbung belästigt zu werden. Doch das ist es nicht, was Lissa in diesem Moment stört. Was sie stört, ist das Motiv: Unterschiedliche Schuhmodelle sind darauf abgebildet, die von oben nach unten immer kleiner werden. Pumps, Stiletto, Ankle Boot, Ballerina und so weiter. Dann steht da: »Wir begrüßen Sie ganz herzlich zum Frauensehtest.« Analog dazu gibt es auf der Rückseite den »Männersehtest« mit allen Arten von Biergläsern.

Heute will Lissa nicht wortlos daran vorbeilaufen. Sie hat immer Post-its dabei sowie, falls diese auf dem jeweiligen Untergrund nicht gut haften, Klebeband und ein Heftgerät. Mit dicken, schwarzen Großbuchstaben schreibt sie nun mit der linken Hand – Lissa ist Linkshänderin – auf zwei neongrüne Zettel: »SEXISMUS PUR!!!« Auf jeder Seite des Aufstellers bringt sie ihre Botschaft an und geht rasch weiter. Lissa nimmt sich vor, beim nächsten Mal hineinzugehen und ihren Unmut direkt zu äußern, sollte die Werbung dann nicht weg sein. Eigentlich, das weiß sie, sind diese Denkzettel ja feige. Aber an Tagen wie heute, an denen sie sich so erschöpft fühlt, sind sie besser als nichts.

Wo sie gerade dabei ist, schreibt sie an einen SUV, auf dessen Rückbank zwei Kindersitze montiert sind: »SUV = DIE ZUKUNFT MEINER KINDER GEHT MIR AM ARSCH VORBEI.« Dafür benötigt sie vier Zettel, die sie untereinander an der Windschutzscheibe anbringt. Es weht kein Wind, also belässt sie es bei den Post-its, ohne zusätzliches Klebeband. Einige Meter weiter parkt noch ein SUV. Dort wiederholt Lissa den Spruch. An einem Elektroauto fragt sie: »NA, IST DAS GEWISSEN JETZT REIN?« Und das Schild »Achtung Baustellenausfahrt!«, das mit Kabelbindern an einem Bauzaun befestigt ist, der sehr weit in den Gehweg hineinragt, überklebt sie mit: »ACHTUNG FUSSGÄNGER*INNEN!«

Allmählich wird Lissa wach. Ihre Augen brennen nicht mehr, die Müdigkeit weicht. Diese Post-its funktionieren immer. Die beleben sie. Sie geben ihr das Gefühl, all diese sorglos-dummen Menschen ein wenig vorführen zu können. Als Lissa zu Hause ankommt, hat sie vierzehn Botschaften hinterlassen.

Zu ihrer Überraschung sitzt Thom nicht allein in der Küche. Sabine ist auch da. Gemeinsam schauen sie auf Thoms Bildschirm. Die Industrielampe, die tief über dem langen Esstisch hängt, ist an. Aufgeschlagene Ordner und Papiere liegen über den Tisch verteilt.

Lissa spürt die gewichtige Konzentration, die die zwei gerade verbindet. Anstelle einer Begrüßung schaltet sie ihnen die Lampe aus; es ist auch ohne hell genug.

Sabine wendet ihren Blick vom Bildschirm ab und schaut zur Lampe. Sie scheint zu überlegen, ob sie auf das Licht beharren soll, entscheidet sich aber dagegen und fragt Lissa, warum sie erst jetzt nach Hause komme. So lange habe sie doch heute gar keinen Unterricht.

»Bin gelaufen«, antwortet Lissa. Bis eben stand sie im Türrahmen zur Küche, nun zieht sie im Flur die Schuhe aus. Sie hat Hunger, aber keine Lust, sich etwas zu essen zu machen, während Sabine und Thom in der Küche sind.

»Komm mal her«, ruft Sabine. »Wir wollen dir was zeigen.«

Schon seit einer Weile umweht Lissa die Ahnung, dass ihre Mutter und Thom etwas vorhaben. Immer wieder verhielten sie sich so verliebt-geheimniskrämerisch, ließen Andeutungen fallen, die Lissa nicht verstehen konnte und die ihr das Gefühl gaben – oder geben sollten –, nicht dazuzugehören.

Mitunter tat Lissa ihnen den Gefallen zu fragen, worüber

sie sprachen; lechzten sie doch regelrecht nach Aufmerksamkeit für ihr vertrauliches Projekt. Dann grinsten sie einander an und sagten: »Das erfährst du noch früh genug.«

Jetzt ist es also so weit, denkt Lissa. Die Nervosität steigt ihr in den Hals. Weil leider alles, was ihre Mutter und Thom beschließen, auch sie betrifft. Weil es furchtbar ist, minderjährig und ausgeliefert zu sein. Wahlrecht? Nirgends.

»Was ist denn?«, ruft Lissa mit genervter Stimme aus dem Flur. »Bist du schwanger? Gibt's die ersten spektakulären Ultraschallbilder?«

Eine Schwangerschaft war tatsächlich zunächst Lissas Verdacht gewesen, einer, den sie aber sofort ausschließen konnte, weil sie von Thoms Sterilisation weiß. Ganz am Anfang, als er noch nicht jeden Tag in dieser Küche saß, sondern nur am Wochenende, hatte er ihr davon erzählt. »Vasektomie«, hatte er gesagt, langsam und überdeutlich ausgesprochen, »Va-sek-to-mie«, weil Fremdwörter seinem armen Ego schmeicheln.

Too much information, war es Lissa durch den Kopf geschossen.

Aber er hatte weitergeredet und sie darüber informiert, dass er es verantwortungslos findet, heute noch Kinder in diese ohnehin überfüllte Welt zu setzen. Zudem gehöre es sich nicht, das Verhütungsthema allein auf die Frauen abzuwälzen.

»Soll ich dir jetzt eine Medaille umhängen, weil du so ein toller Typ bist?«, hatte Lissa ihn angeblafft.

Sabine winkt Lissa zu sich und deutet auf Thoms Notebook. Lissa verdreht die Augen, geht aber schließlich zu ihnen hinüber. Aufgrund der schwarzen Spiegelung sieht sie auf dem Bildschirm zunächst nur Staub und Fettflecken. Erst als sie ganz nah ist, erkennt sie das Foto eines roten Backsteinhauses, das, so scheint es ihr auf den ersten Blick, mehr aus Dach als aus Gemäuer besteht. Die Eingangstür und Fensterläden sind grün gestrichen. Ein Fenster ist zugemauert, neben einem anderen ist eine Satellitenschüssel angebracht. Oben am Dachgiebel hängen weiße Keramikisolatoren von früheren Stromleitungen. Vor dem Haus: Holzzaunlatten, Metallgitter und Absperrband. Thom klickt auf das nächste Bild, das angeblich das Haus von der Seite zeigt. Lissa sieht aber nur wuchernde Sträucher.

»Okay. Und was hat das jetzt mit mir zu tun?«, fragt sie.

»Setz dich bitte hin, Lissa«, fordert Sabine sie auf.

Widerwillig zieht Lissa einen Hocker unter dem Tisch hervor, lässt sich kopfschüttelnd nieder und sagt: »So eine Schnapsidee. Das wird doch eh nie fertig.« Die Haut an ihrer linken Hand fängt zu jucken an. Sie hat Neurodermitis, seit sie ein kleines Kind war, früher in den Kniekehlen und Armbeugen, inzwischen ausschließlich an der linken Hand, und bis heute weiß sie keine Strategie, dem Juckreiz, wenn er aufkommt, zu widerstehen. Lissa ballt die Hand zur Faust, zu einer verkrampften, festen Faust, und reibt die Finger an ihrer Jeans. Der Stoff ist grob. Und der Schmerz, der folgt, brennt und löscht zugleich das Jucken. Lissa reibt und reibt, schabt die oberen Hautschichten ab, bis es nässt. Wie eine Süchtige fühlt sie sich, wenn sie das macht: weil sie nicht anders kann, als sich wehzutun, als dem Verlangen nachzugeben, sich die Haut wegzuschürfen, die Barriere zwischen ihr und der Welt.

Thom will zu reden ansetzen, aber Sabine fährt ihm über den Mund.

»Hör mir mal zu, Lissa. Das ist keine Schnapsidee, sondern ein Traum, den wir beide uns erfüllen.« Die Gegend sei zwar abgelegen, aber genau deshalb auch wunderschön. Ein großer Garten gehöre zum Grundstück dazu; den wollten sie wild bepflanzen, damit sich Insekten dort wohlfühlten. Und das Haus würden sie sanieren und modern einrichten.

»Und wo geht ihr dann immer hawaiianisch essen? Und eure hippen Klamotten kaufen?«

Sabine steht auf. Der Versuch, einen Konflikt ruhig und besonnen zu klären, währt bei ihr nie lange. Ihr Ton wird jetzt scharf. »Hör auf mit diesem Gekratze«, fordert sie und packt Lissas linken Unterarm.

Lissa windet ihren Arm aus Sabines Griff.

»Wir wollten dir unser neues Haus zeigen, und dir fällt nichts anderes ein, als ›Scheißidee‹ dazu zu sagen?«

»Ich habe ›Schnapsidee‹ gesagt«, brummt Lissa.

»Kann man dich denn für überhaupt nichts begeistern? Kannst du nur motzen?«

»Darum geht's doch jetzt nicht«, schaltet Thom sich ein.

»Doch, genau darum geht's«, sagt Sabine.

Auch Lissa steht jetzt auf. Inzwischen laufen ihr Tränen übers Gesicht.

Bis das Ganze bezugsfertig sei, dauere es sicher noch, sagt Sabine.

Für eine Weile hängt Stille über dem Raum. Dann sagt Thom: »Den Sommer wollen wir zum Umbauen nutzen.«

»Könnt ihr machen«, sagt Lissa. »Ich bleibe hier.«

Sabine atmet tief ein, um zu demonstrieren, wie viel Anstrengung ihr dieses Gespräch abverlangt: »Ich lasse dich nicht sechs Wochen lang allein zu Hause«, sagt sie.

»Euch ist doch sonst auch egal, was ich mache.«

»Du kannst dort im Garten sogar zelten.«

»Ich bin doch keine zehn mehr. Ich will nicht mit. Ich habe keine Lust, Tapeten von den Wänden zu reißen und Dielen zu schleifen. Auf dem Dachboden liegen bestimmt noch vergilbte Nazizeitungen rum.«

»So eine Spielverderberin!«, raunt Sabine. Sie lässt sich ein Glas Wasser aus dem Hahn, dreht ihn zu stark auf, sodass es überläuft. »Dann frag halt deinen Vater, ob du in den Ferien zu ihm kannst.«

»Der sagt doch sowieso, dass er in Brüssel ist.«

Thom lacht hämisch auf.

Sabine widerspricht: »Nee, diesmal kann er das nicht behaupten.«

»Wieso?«

»Er muss sich um Inge kümmern. Die liegt im Krankenhaus. Sie ist die Treppe runtergefallen. Diese steile Treppe in ihrem Haus.«

»Was? Und wieso erfahre ich das so nebenbei?«, schreit Lissa. »Ein abgerocktes Haus kaufen könnt ihr und hübsche Natursteinfliesen fürs Bad aussuchen und all den Scheiß – aber mir zu sagen, dass meine Oma im Krankenhaus liegt, dafür habt ihr keinen Kopf?«

Weil Lissa nicht weiß, wohin mit ihrer Wut, reißt sie Sabine das Wasserglas aus der Hand. Für einen kurzen Moment überlegt sie, es gegen Thoms Computer zu werfen. Aber davon lässt sie ab; so viel Beherrschung hat sie noch. Sie schmeißt das Glas aufs Parkett. Danach wieder Jucken an der Hand, wieder Reiben der Faust am Hosenstoff; der Schub ist noch nicht vorüber.

Jede Familie hat ihren ganz eigenen Geruch. Auch wenn seine Mutter das Haus seit Jahren allein bewohnt – der Geruch, den Carsten wahrnahm, als er gestern am späten Nachmittag die Tür aufschloss, war noch derselbe. Derselbe wie immer. Derselbe wie früher. Diese Mischung aus Inge, Richard, Jens und Carsten. Herb, schwer, etwas muffig und eingedickt mit Inges Haarspray. Der Geruch klebt in den Teppichen und an den Wänden, er kriecht aus den Fußleisten und Fugen, aus allen Decken, Handtüchern und Kleidern. Und aus den Kopfkissen, vor allem aus den Kopfkissen. Carsten hätte es nicht gewundert, wenn plötzlich sein Vater die Treppe heruntergekommen wäre.

Nach seiner Ankunft riss Carsten als Erstes sämtliche Fenster auf. Dieses Bedürfnis überkommt ihn immer, sobald er das Haus betritt. Später sah er fern, ärgerte sich über die Fliegen, die mit dem Lüften ins Haus gekommen waren, und aß das Hähnchen, das er sich auf dem Weg vom Krankenhaus hierher an einem Grillwagen gekauft hatte. »Grill Bill« stand auf dem Wagen. Carsten fand das blöd genug, um es sich zu merken. Zu Hause in Berlin käme er nie auf die Idee, ein ganzes Hähnchen zu essen. Aber gestern, als er daran vorbeifuhr, bekam er solche Lust darauf, dass er anhalten und sich eines kaufen musste. Ohne es sich selbst einzugestehen, genießt er es, hier Dinge zu tun, für die er sich in der Stadt schämen würde. Hier sagt er sogar »Broiler«, wenn es um Hähnchen geht. Seit er gelesen hat, dass sich »Broiler« von »brûler« ableitet, also aus dem Französischen stammt, vermag er sogar, ein wenig Eleganz aus dem Wort herauszuhören.

Die Knochen des Hähnchens liegen noch auf dem Einschlagpapier in der Küche. Carsten will sie Ulrike mitbringen, wenn er zu ihr geht; für ihren Hund. Er muss sich noch einmal bedanken. Schließlich war sie es, die den Krankenwagen gerufen hat.

Seit Richard tot ist, hat sie, für alle Fälle, einen Hausschlüssel. Alle zwei Wochen putzt sie auch bei Inge und kauft für sie mit ein, wenn sie in die nächstgelegene Stadt, vielmehr: ins Städtchen, fährt. Manchmal nimmt sie Inge mit, damit sie ein wenig unter Leute kommt, und danach berichtet seine Mutter ihm immer, wie fix und fertig sie sei von dem Ausflug, selbst wenn er schon zwei Tage zurückliegt.

Hauptsächlich aber kümmert sich Ulrike nicht um Inge, sondern um ihre eigene, seit Jahren bettlägerige Mutter Margit sowie um ihre zwei Töchter.

Für Carsten ist es ein Glück, dass Ulrike ihre Stelle als Kellnerin vor ein paar Jahren verloren hat. Wäre Ulrike nicht arbeitslos, hätte er niemanden in Munßig, den er bitten könnte, nach Inge zu schauen, geschweige denn, bei ihr sauber zu machen – für 'nen Appel und 'n Ei.

Am Morgen nach Inges Sturz fiel Ulrike auf, dass die Schlafzimmervorhänge ungewöhnlich spät noch zugezogen waren. Sonst steht Inge vor acht Uhr auf. Viertel vor neun entschied Ulrike, nach dem Rechten zu sehen. Sie klingelte. Dann hörte sie Inge wimmern. Ulrike schloss auf, trat ein und fand eine blasse, zerfurchte Inge vor, der es unmöglich war, von dem Wohnzimmersofa aufzustehen, auf das sie sich in der Nacht gerade so noch hatte legen können. Ulrike rief den Krankenwagen. Dann probierte sie, Carsten zu erreichen. Aber Carsten war in einem Meeting und nahm nicht ab. Deshalb erfuhr er erst nach der Sitzung durch den Anruf seiner Mutter aus dem Krankenhaus, was passiert war.

Seit Stunden schon ist Carsten damit beschäftigt, das Wohnzimmer auszuräumen. Dort, wo sich jetzt das Sofa befindet, will er Inges Bett hinstellen. Das Sofa gehört eigentlich auf den Sperrmüll, denkt er. Sämtlichen Nippes nimmt Carsten aus der Schrankwand und baut sie auseinander. Er kommt nur langsam voran. Er ist kein Handwerker, Umbauarbeiten machen ihm keinen Spaß. Er weiß nie, was er zuerst machen soll, fängt alles gleichzeitig an und wird dadurch mit nichts fertig. Die Schubladen und Türen der Schrankwand hat er auf den Boden gelegt, sie übers ganze Zimmer verteilt. Dadurch kann er sich kaum noch darin bewegen. Auch die Vasen, Fotoalben und Porzellanfigürchen liegen herum. »Gerümpel!«, schimpft er. Als er in diesem Chaos den Schraubendreher sucht, schürft er sich an einem Scharnier den Handrücken auf. Er flucht und setzt sich resigniert aufs Sofa. In dieser Hinsicht ist Carsten wie sein Vater: Jegliche Lust, etwas zu tun, wofür man Werkzeug braucht, geht ihm ab.

Auf dem Sofa liest Carsten seine E-Mails, er liest im Internet – fürchterlich langsam laden die Seiten hier. Dann ein Anruf von Nicole. Das Telefon leuchtet. »Annehmen?« Er müsste das Wort nur streicheln. Aber Carsten geht nicht ran. Viel zu oft meldet sich Nicole in letzter Zeit. Wieder so eine, die sich locker gibt, aber eigentlich nur darauf wartet, dass endlich ein Mann bei ihr einzieht. Carsten beschließt, nicht mehr zu reagieren. Der Sex mit ihr war ohnehin nicht besonders gut. Die Frau hat kein Rhythmusgefühl, wird im falschen Moment zu schnell.

Carsten legt das Handy beiseite. Eine halbe Stunde will er

noch warten mit seinem Anruf bei Jens. Dann ist es halb neun Uhr morgens in Übersee. Auf dem Sofa nickt Carsten ein.

In der Nacht hat er schlecht geschlafen. Er übernachtet im Kinderzimmer, das inzwischen einer Rumpelkammer gleichkommt. Sämtliche Dinge, bei denen seine Mutter nicht weiß, wohin damit, lagert sie dort ein. Auf dem Schreibtisch stehen Sträuße staubiger Trockenblumen und zwei Duftkerzen in Zellophanfolie, die sie geschenkt bekommen hat und sicher weiterverschenken wird. Der Teppich ist voller Flecken, das Fensterbrett voller Fliegenschiss; allzu gründlich macht Ulrike nicht sauber. In der Ecke hinter der Tür lehnt noch, und das seit seiner Jugend, eine Latte von Ulrikes Gartenzaun.

Zum Schlafen musste Carsten gestern erst sein Bett von gebügelten und sorgsam zusammengelegten, aber offensichtlich ausrangierten Kleidern freiräumen. Er legte die Sachen auf Jens' Bett; dort war noch ein bisschen Platz.

Ihre ganze Kindheit über teilten sich die Jungen ein Zimmer. Wieder und wieder versprach Richard, den Dachboden auszubauen, sodass jeder »sein eigenes Reich« bekäme. Aber er schaffte es nie. Immer hatte er Wichtigeres zu tun: im Sessel sitzen und Zeitung lesen oder im Sessel sitzen und in die Luft starren. Dieses reglose In-die-Luft-Starren kannte Carsten, außer bei seinem Vater, sonst nur von sehr, sehr alten Menschen. Wenn Inge zu vehement versuchte, Richard zum Aufstehen zu bewegen, ging er nach draußen, das Auto waschen, oder verschanzte sich in der Garage.

Vielleicht verstünden sich die Brüder heute besser, wenn jeder ein Zimmer für sich gehabt hätte. Abends beim Einschlafen machte Carsten es sich immer zum Spaß, Lügen zu erzählen. Gemeine Dinge, die im Dorf angeblich über Jens kursierten. Zum Beispiel, dass allen der dicke Ständer in seiner

Badehose aufgefallen wäre, den Jens davon bekommen habe, dem Weinert Udo bei seinem Köpper in den Feuerlöschteich zuzusehen.

Zu allem, was Carsten ihm im Bett erzählte, sagte Jens: »Das glaube ich nicht.«

Aber Carsten wusste, dass das nicht stimmte. Jens glaubte es. Und was er nicht glaubte, nahm er sich dennoch zu Herzen; empfindsam, wie er war.

»Lass mich in Ruhe!« Abend für Abend zischte sich Jens mit diesen Worten in den Schlaf.

Dass Inge unentwegt an Jens herumkrittelte, mag Carsten zusätzlich angespornt haben. Aber bis heute findet er auch: Jens ließ ihm keine andere Wahl. Man konnte gar nicht anders, als ihn bei jeder Gelegenheit zu provozieren. Unfassbar dünnhäutig war sein Bruder. Auf alles sprang er an, sofort. Als Kind bekam er ständig Wutanfälle oder begann zu heulen. Nichts perlte an ihm ab. Nie ist er einfach schulterzuckend weggegangen. Nie hat er einfach gesagt: »Ist mir doch egal.« Jeder Verletzung setzte er sich aus. Umso erstaunlicher, wie radikal sich Jens aus dem Staub gemacht hat. Inzwischen scheint ihm alles egal zu sein, scheißegal.

Carsten telefoniert normalerweise nicht mit ihm, er hat ihn auch nie besucht. Er weiß nicht, wie das Leben seines Bruders in Amerika aussieht, auch nicht, ob er einen Freund gefunden hat, mit dem er vielleicht sogar zusammenwohnt. Aber – mit ihm hält es unmöglich jemand lange aus. Jens stellt die Fettnäpfchen doch extra überall um sich herum auf, nur darauf wartend, dass jemand hineintritt und er wieder einen Grund hat, beleidigt zu sein. Darin ähnelt er Inge.

Als Carsten auf dem Sofa aufwacht, ist es schon nach sechzehn Uhr. So lange wollte er eigentlich nicht schlafen, so wird er hier nie fertig. Er geht auf die Toilette. Unterdessen fällt ihm auf, dass seine Mutter statt einer Badewanne, in die sie kaum mehr allein wird steigen können, eine Dusche braucht. »Das nimmt hier kein Ende«, seufzt er. Der Klodeckel liegt auf seinem Rücken; die Halterung ist locker, deshalb bleibt der Deckel nicht mehr oben. Carstens Kopf hängt, er schaut hinunter auf die Hosenbeine, die sich um seine Knöchel raffen – eine liegende Acht. »Eternity.« Carsten fällt die Masseurin eines Wellnesshotels ein, die ihn mit viel zu viel Öl eingerieben hat. Auf der beheizten Liege fühlte er sich wie in einem warmen Schlammbad, und die Masseurin streichelte mehr, als dass sie massierte. Carsten wurde immer ungeduldiger. Er hasst es, wenn Massagen nicht wehtun; dafür ist ihm sein Geld zu schade. Irgendwann fing die Masseurin auch noch an, mit den Fingern eine Acht auf Carstens Rücken zu malen. Dabei hauchte sie das Wort »Eternity«. Carsten verdrehte die Augen hinter den geschlossenen Lidern und hoffte, es möge bald vorbei sein.

Bei Sabine machte die Masseurin das auch. Bei ihr zeichnete sie die Acht allerdings nicht auf den Rücken, sondern auf den Bauch. Hinterher war Sabine ganz begeistert von dieser »Anwendung«. Sie habe sich energiegeladen und entspannt zugleich gefühlt, eine ihr bis dahin völlig unbekannte Kombination.

»Ach du liebe Güte!« Carsten lachte. Er für seinen Teil habe es nicht erwarten können, von dieser Liege runterzukommen und sich das ganze Öl so schnell wie möglich abzuduschen. Als das mit der Acht gekommen sei, habe es ihn Mühe gekostet, nicht loszuprusten, sonst wäre er womöglich von der Liege gerutscht.

»Du hast eben keinen Sinn für so was«, sagte Sabine.

Carsten entgegnete, das könne schon sein. Trotzdem würde er jetzt sehr gerne wissen, wie sich ihr Körper anfühle, wenn er

»energiegeladen und entspannt zugleich« sei. Er öffnete ihren Bademantel. Und tatsächlich schrie Sabine so laut wie noch nie. Sie waren erst seit Kurzem zusammen gewesen damals.

Carsten zieht an der Spülkette. Dann wäscht er sich die Hände mit dem runzligen, von dreckigen Rissen durchzogenen Seifenstück, das an einem Magnethalter befestigt ist. Er macht sich frisch, indem er sich kaltes Wasser ins Gesicht schlägt. Er wird alt, befindet er beim Blick in den Spiegel. Seine Gesichtszüge gleichen denen seines Vaters immer mehr. Einmal hat Carsten diese App ausprobiert, die anhand eines Fotos zeigt, wie man später aussehen wird. Plötzlich guckte Richard ihn aus dem Bildschirm heraus an. Die schlaffe Haut um die Augen, die buschigen Brauen, die Falten, dieselben Loipen wie einst bei Richard. Aber nicht nur sein Gesicht: Carstens Bauch ist ebenfalls auf dem Weg, sich derart aufzublähen wie der seines Vaters. Carsten zieht ihn ein, richtet sich auf. Dann geht er in die Küche und setzt sich nicht hin. Er bleibt stehen. Wichtige Anrufe muss man im Stehen erledigen. Das macht er im Büro auch immer so. Im Stehen klingt die Stimme selbstbewusster.

Siebenmal klingelt es, dann springt die Mailbox an. Jens weiß genau, dass etwas passiert ist, denkt Carsten, deshalb geht er nicht ran. Jens weiß genau, dass sein Bruder ihn sonst nie anrufen würde.

Carsten hat keine Lust, weiter umzuräumen. Dieses Haus macht ihn träge, macht ihn müde, es zieht ihn runter. Dieses Haus scheint jeglichen Lebens in ihm überdrüssig geworden zu sein. Kalt und grau und vollgestopft und hässlich, steht es nur noch da, weil es noch nicht umgefallen ist. Dieses Haus, das ihnen nie jemand wird abkaufen wollen, wenn er und Jens es eines Tages erben.

Carsten beschließt, zu Ulrike zu gehen. Vielleicht hat sie Zeit, ihm zu helfen. Sie ist ein praktischer, hemdsärmeliger Mensch. Eine Aussage wie »Ich komme nicht vorwärts. Dieses Haus raubt mir jegliche Energie« käme ihr nie über die Lippen.

Ulrike wohnt auf der gegenüberliegenden Straßenseite, nur zwei Nummern weiter und damit nah genug, um von ihrem Küchenfenster aus Inges Haus sehen zu können. Sie wird längst wissen, dass Carsten da ist. Ein ortsfremder Wagen entgeht niemandem, und Carstens Auto kennt man sowieso, zumal er es nicht in der Garage abstellen kann. Dass Inge den Schlüssel in Richards Grab geworfen hat, regt ihn immer noch auf.

Kuhdung-Gestank weht vom großen Feld herüber. Leichter Nieselregen fällt; so wenig, dass Carsten sich fragt, ob die Tropfen, die er auf seinem Kopf und den Unterarmen spürt, nur Einbildung sind.

Zum Überqueren der Straße muss er weder nach links noch nach rechts schauen. Käme ein Auto, hätte er es schon von Weitem gehört.

Munßig ist ein Reihendorf. Wie aufgefädelt stehen die Häuser links und rechts der Straße, der Scheffelstraße. Die Scheffelstraße liegt flach und breit auf dem Boden, fast schon amerikanisch breit. Als Kind hat sich Carsten oft Pferdekutschen mit riesigen Holzrädern darauf vorgestellt; aus entgegengesetzten Richtungen kommend, könnten sie einander problemlos passieren.

Früher hatte die Straße allerhand Schlaglöcher, die sich bei Regen zu Pfützen füllten. Wunderbar schlammige Pfützen! Natürlich verbot Inge ihm und Jens hindurchzurennen, hineinzuspringen. Aber wenn sie nicht da war, schickte Richard die Jungs immer raus, sobald es goss, »zum Toben«. Und hinterher tobte Inge, innerlich, aber sichtbar, über all die schmutzige

Wäsche, die sie nun zu waschen hatte: »Euch kann man nicht alleine lassen!«

Noch besser als schlammige Pfützen: leicht gefrorene Pfützen, die man zertreten konnte. Wie das Wasser unter der Eisfläche waberte, wenn man einen Fuß darauf tat, und wie die Risse immer länger, verästelter wurden – feinste Ästhetik der Zerstörung! Und dieses Knirschen – göttliches Sounddesign!

Jetzt ist die Straße asphaltiert und eben. Keine Pfützen, nie. Carsten erinnert sich, wie Sabine bei ihrem ersten Besuch hier ihre Inlineskates aus dem Kofferraum nahm, begleitet von einem missbilligenden Blick seiner Mutter.

»So wird die Straße wenigstens mal benutzt«, sagte Carsten zu Inge, während Sabine von einem Ende des Ortes zum anderen fuhr, das Rollgeräusch, lauter und leiser werdend, mit sich ziehend.

Was war er verliebt damals! Fasziniert davon, wie Sabine nur tat, wonach ihr war, und amüsiert darüber, wie sie immerzu aneckte, ohne es zu merken. Im Grunde hat sie sich seither kaum verändert, denkt Carsten. Nur dass seine Faszination und sein Amüsement dem Überdruss gewichen sind.

In Munßig leben fast nur noch alte Menschen. Früher gab es hier einen Konsum, ein Lokal, einen Friseur, eine Bäckerei und eine Grundschule. Aus seiner Klasse sind die meisten weggezogen. Und das einzige Wirtschaftsunternehmen, das überlebt hat, ist die Schnapsbrennerei.

Carsten öffnet Ulrikes Gartentörchen. Vor ihrem Haus liegen Fahrräder verschiedener Größen herum, außerdem Roller, Dreiräder, Spielautos. Es sieht aus, als wohnten hier zehn Kinder. Dabei hat Ulrike nur zwei. Zwei Töchter, die aus dem Dreirad-Alter längst heraus sind. Auf der Stufe vor der Eingangstür steht der Blumentopf, den Ulrike als Aschenbecher verwendet;

wenn es geregnet hat, schwimmen die Zigarettenstummel in schwarzem Wasser. Der Garten wuchert wild.

»Nachtwey« steht auf dem Klingelschild. Carsten fährt sich übers Haar, dann drückt er den Knopf. Nach einer Weile hört er jemanden die Treppe herunterpoltern. In die Eingangstür ist eine Scheibe eingelassen. Als Sichtschutz dient eine vergilbte Gardine, die schon seit Generationen dort hängt und bestimmt noch nie gewaschen wurde. Eine von Ulrikes Töchtern, die kleinere, Maren, schiebt sie kurz zur Seite, um nachzusehen, wer geklingelt hat. Das Mädchen schaut ihn unverwandt an, lässt die Gardine los und poltert die Treppe wieder hinauf.

Kurz darauf hört Carsten erneut jemanden kommen. Diesmal ist es Ulrike, die die Gardine bewegt. Als sie Carsten erkennt, runzelt sie die Stirn. Dann öffnet sie die Tür.

»Na, so was, der treulose Lieblingssohn!«, sagt sie.

»Ich habe Knochen für Renzo dabei«, entgegnet Carsten und hält sein Mitbringsel hoch.

Ulrikes Blick offenbart zunächst nur eine gewisse Ungläubigkeit, geht dann aber über in etwas, das schon Verachtung nahekommt.

»Renzo ist doch tot«, sagt sie.

Carsten fällt ein, dass er das hätte wissen müssen. »Ach, Mist! Daran habe ich nicht gedacht.«

Ulrike hält die Arme vor der Brust verschränkt. Zwar steht sie steif da, aber Carsten weiß, wie sehr sie bebt. Er weiß, wie sie jetzt kämpft, wie gerne sie ihn einfach anschreien oder gar wegschicken würde, nur um ihn ein einziges Mal angeschrien oder weggeschickt zu haben. Und er weiß auch, dass sie das nicht schaffen wird. Sie ist, obwohl mitunter recht grob und direkt, der wärmste, gutherzigste Mensch, den er kennt. Hätte sie all die Vorwürfe, die sie ihm machen könnte, je ausgesprochen, wäre sie ihm vielleicht schon längst egal.

Erwartungsgemäß verliert Ulrike den kurzen Kampf gegen sich selbst. »Hast halt wie immer nur deine eigenen Sachen im Kopf«, sagt sie, zuckt ein »Was soll's?« mit den Schultern und macht Platz in der Tür, um Carsten ins Haus zu lassen. In der Küche schenkt Ulrike ihm ungefragt den letzten Schluck Filterkaffee ein, den die Maschine warm gehalten hat. »Übrigens sind Broilerknochen viel zu porös. Die soll man Hunden gar nicht geben.«

Als er das letzte Mal hier war, hatte Ulrike ihren Hund gerade einschläfern lassen. Sie weinte, wie Carsten sie noch nie hatte weinen sehen. Nicht einmal, als er das vierte, fünfte, sechste Mal mit ihr Schluss gemacht hatte, hatte sie so geweint. Taschentuch um Taschentuch rotzte sie voll. Mit rotem Gesicht und geschwollenen Augen erzählte sie, dazwischen immer wieder schluchzend, dass Renzo der Einzige gewesen war, der sich um sie gekümmert habe. An Tagen mit Kopfweh sei er ihr nicht von der Seite gewichen. Wenn sie zu verschlafen drohte, habe er sie geweckt, sodass sie die Kinder noch rechtzeitig zur Schule fahren konnte. Und wenn der Arsch (Das ist der Vater ihrer Töchter. Ulrike nennt ihn nie beim Namen, sie sagt immer nur »der Arsch«; eigentlich sagen alle im Dorf »der Arsch«.), wenn also der Arsch wieder besoffen auf ihr Haus zuwankte, habe Renzo immer sofort Alarm gebellt. Ehe sie sich erweichen ließ, ihm doch wieder Einlass zu gewähren, habe Renzo den Arsch verjagt. Carsten fragte sich an dieser Stelle, ob auch für ihn selbst in diesem Haus zeitweise die Bezeichnung »Arsch« gegolten haben könnte – oder noch immer galt.

Und diesen klugen Hund habe sie also töten lassen müssen. Der ganze Bauch voll Krebs. Während Renzo ging, erzählte Ulrike, während das Narkosemittel zu wirken begann, sei es ihr vorgekommen, als habe in seinen Augen eine Entschuldigung gelegen. Eine Entschuldigung dafür, dass er krank geworden sei und ihr von jetzt an nicht mehr helfen könne.

»Nur mit Renzo war diese ganze Scheiße auszuhalten«, jammerte sie. »Jetzt hat meine Mutter sogar diesen Hund überlebt. Meine Mutter wäre an der Reihe gewesen, nicht Renzo.« Ihre Mutter aber liege im Bett, Tag für Tag, Woche für Woche, Monat für Monat, Jahr für Jahr, und wolle einfach nicht gehen.

Carsten nahm Ulrike in den Arm. Er roch seine Jugend. Durch sein Hemd spürte er Ulrikes warme Tränen, ihren warmen Atem. Auf dem Couchtisch lag die Hundeleine, daneben ein Smyrna-Gefrierbeutel mit Renzos Kot, den Ulrike offenbar allen Ernstes aufzubewahren gedachte.

Renzo war ein Rhodesian Ridgeback und kein besonders schöner Hund gewesen, wie Carsten fand. Aber Carsten ist auch niemand, der in der Lage wäre, einen Hund zu mögen. Lissa hatte jahrelang um einen gebettelt, aber da war nichts zu machen: Es leuchtet Carsten nicht ein, warum man sich ein Tier anschaffen sollte, das Geld kostet und permanent auf einen angewiesen ist. Das ausgeführt werden muss, selbst wenn man Fieber hat oder eine Magen-Darm-Grippe, einen Kater oder einfach keine Lust. Das zwar erwachsen wird, aber trotzdem nie eigenständig. Und dann noch das Geheule, wenn es stirbt. Wozu? Menschen wie Ulrike mögen Trost im Kümmern finden, aber für Carsten steht die Frage im Vordergrund: Warum sollte man sich freiwillig noch mehr Fesseln anlegen, als es das Leben ohnehin schon tut?

Ulrike entwand sich Carstens Umarmung. »Das mit meiner Mutter ist mir nur so rausgerutscht. Das war nicht ernst gemeint«, sagte sie.

»Klar war es ernst gemeint. Und das ist auch in Ordnung. Ich wünsche mir auch manchmal, meine Mutter würde mich in Ruhe lassen. Es wird nicht leichter mit ihr.«

Eigentlich war Carsten nicht zum Trösten hergekommen, sondern weil er Ulrike bitten wollte, gegen einen Obolus ab und an das Haus seiner Mutter zu putzen. Bis eben hatte er nicht gewusst, wie er vom toten Renzo einen Bogen zu seinem Anliegen schlagen konnte. In diesem Moment jedoch schien sich eine Möglichkeit aufzutun.

»Sie hat abgebaut in letzter Zeit«, sagte Carsten. »Mit der Hausarbeit kommt sie kaum noch hinterher.«

»Kann ich helfen?«, fragte Ulrike.

Auf sie ist Verlass, dachte Carsten. »Jemand müsste regelmäßig bei ihr sauber machen. Aber du, du hast doch selbst genug zu tun.«

»Das kriege ich schon noch hin. Und meine Mutter dürfte kaum mehr in der Lage sein, dagegen zu protestieren«, sagte Ulrike und wischte sich mit dem Handrücken die Tränen aus den Augen. »Vielleicht ist noch mehr Arbeit ja sogar das Richtige, um mich von Renzo abzulenken.«

Telefonisch hat sich Carsten bereits bei Ulrike dafür bedankt, dass sie den Notarzt gerufen und Inge ein paar Sachen ins Krankenhaus gebracht hat. Nun, in der Küche, dankt er ihr erneut. Ulrike erzählt ihm noch mal, wie sie Inge am Morgen nach dem Sturz gefunden hat. Wie blass sie aussah, wie verwirrt sie war. Und dass das Sofa nass war.

»Als meine Mutter noch selber gehen konnte, hatte sie einen Toilettenstuhl neben dem Bett, um nachts nicht erst ins Bad zu müssen«, erzählt Ulrike. »Wusstest du, dass es so etwas gibt? Du solltest Inge einen kaufen.«

»Danke für den Hinweis. Du findest also auch, ich bin schuld. Am besten, ich stelle mich noch heute der Polizei«, entgegnet Carsten beleidigt.

Ulrike tätschelt ihm die Schulter. Ihr Blick sagt: »Du weißt genau, dass es so nicht gemeint war.«

Hin und wieder vergleicht Carsten seine Ex-Frau Sabine mit Ulrike. Jedes Mal kommt er zu dem Ergebnis, dass die beiden das genaue Gegenteil voneinander sind. Mit Sabine läuft selbst das banalste Gespräch Gefahr zu eskalieren. Als sie noch zusammenlebten, musste er bloß morgens feststellen, »Die Milch ist alle«, schon konnte Sabine, aus dem Schlafzimmer kommend, mit engem Tanktop und Slip bekleidet, irgendeinen Streit vom Zaun brechen: dass die Milch gestern auch schon alle gewesen sei, er also längst hätte welche besorgen können. Dass er endlich auf Soja- umsteigen solle oder, weil noch besser fürs Karma, auf

Hafermilch. Dass sie nachher in der Agentur diese Präsentation und daher wichtigere Dinge im Kopf habe als seine Milch – was er eigentlich wissen müsse, aber wahrscheinlich schon wieder vergessen habe, wo er doch alles Wichtige eh immer vergesse. Eine Feststellung wie »Die Milch ist alle« konnte damit enden, dass Sabine die Badezimmertür zuknallte und erst wieder mit Carsten sprach, wenn er sich aufrichtig entschuldigt hatte, und zwar nicht für den Satz mit der Milch, sondern ganz generell dafür, wer er war, und abermals dafür, dass er sie betrogen hatte, damals, keine zwei Monate nach Lissas Geburt – »in genau der Zeit, in der ich am verletztesten war«. So hatte Sabine es ausgedrückt: Nicht »als ich am verletzlichsten war«, sondern »am verletztesten war«, hatte sie gesagt. »Keine Nacht konnte ich durchschlafen. Meine Brustwarzen waren rot und wund und mein Bauch aufgebläht und wabbelig, aber leer, und die Haut darüber zerrissen. Das Blut lief noch aus mir. Und dir ist nichts Besseres eingefallen, als fremdzuvögeln.«

Was Sabine nie einsah, war, dass er seinen Fehltritt nicht begangen hatte, um ihr eins auszuwischen, sie für ihren Fokus aufs Baby oder gar ihre Unlust zum Sex zu bestrafen. Er hatte es einfach gemacht; mehr gab es für ihn dazu nicht zu sagen, während Sabine nicht müde wurde, sein Fremdgehen mit Interpretationen zu überfrachten.

Er versprach ihr, es nicht wieder zu tun, und hielt sich sogar daran – bis zur Schlussphase ihrer Beziehung jedenfalls, als ohnehin schon alles egal war.

Das Einzige, was Sabine ihm am Ende ihrer elf Jahre Ehe noch zugutehielt, war, dass er sich nicht für Fußball interessiert.

Ulrike ist anders. Theatralik ist ihr fremd. Sie weint manchmal, ja, aber sie flippt nie aus. Und sie macht keine Vorwürfe. Je verärgerter sie ist, desto stiller wird sie.

»Hätte ich gewusst, dass Inge nachts oft rausmuss, hätte ich ihr so einen Stuhl besorgt«, sagt sie nun. Leider rede Inge kaum mit ihr. »Wenn ich zum Putzen drüben bin, beobachtet sie mich nur, mustert mich von oben bis unten und sagt: ›Jemand aus der Familie sollte das machen, nicht du.‹ «

»Klingt ganz nach meiner Mutter«, seufzt Carsten.

Während Carsten am Tisch sitzt, räumt Ulrike die Spülmaschine aus. Sie trägt ein einfaches, kurzärmeliges Sommerkleid mit durchgängiger Knopfleiste. Es endet auf der Mitte ihrer Knie. Eine unentschlossene Länge. Bei kurzen Beinen, wie Ulrike sie hat, noch dazu eine unvorteilhafte Länge. Carsten fühlt sich ertappt, als er das denkt, denn ihm kommt Lissa in den Sinn. Wie sie ihn neulich so neunmalklug zurechtgewiesen, wie sie ihm, hoffentlich nicht für immer, die Freude am Betrachten von Frauen genommen hat. Wegen seiner Tochter zensiert er seine Gedanken inzwischen viel zu oft.

»Warum rasierst du dir nicht die Beine?«, hatte er Lissa gefragt. Es war bloß eine Frage gewesen. Wobei er die Frage natürlich gestellt hatte, um sein Missfallen kundzutun. Lissa trug eine kurze Pyjamahose, die behaarten Beine darunter – es sah furchtbar aus. Lissa ist hübsch, natürlich. Wie könnte er seine Tochter nicht hübsch finden? Aber sie könnte so viel hübscher sein, würde sie mehr aus sich machen. Vielleicht hat dieser Yann sogar deshalb mit ihr Schluss gemacht; für möglich hält er es. Carsten glaubt nämlich nicht, dass die jungen Männer von heute so viel anders ticken als er. Was auch immer der Grund für die Trennung war: Carsten ist erleichtert darüber. Seine fünfzehnjährige Tochter Tag und Nacht bei irgendeinem Studenten in irgendeiner verdreckten Kreuzköllner WG – das hatte ihm von Anfang an nicht gefallen. Er hatte es nur zugelassen, um sich mit Sabine nicht aufs Neue zu überwerfen. Sie hatte gemeint, Yann sei »zwar ein bisschen verpeilt, aber in Ordnung« und Lissa alt genug, und verbieten lasse sie sich ohnehin nichts. Zumindest Letztgenanntem konnte er nicht widersprechen.

»Du rasierst dir die Beine doch auch nicht!«, fing Lissa an jenem Morgen in ihrer kurzen Pyjamahose zu zetern an. Weder über ihren noch über den Körper anderer Frauen habe er zu urteilen. Frauen seien nicht dazu da, den absurden Ansprüchen männlicher Unterdrücker gerecht zu werden. Sie habe Besseres zu tun, als den ganzen Tag an sich herumzuschminken und herumzurasieren und dann Hautausschlag zu bekommen. Carsten solle sich sein patriarchales Denken, das Frauen zu Objekten degradiere, sonst wohin schieben. Die Zeit von Männern wie ihm sei sowieso vorbei.

Carsten fiel in dieser Situation einmal mehr auf, wie eloquent Lissa ist, wie groß nicht nur ihr pubertärer Welthass, sondern auch ihr Wortschatz. Zu allem hat sie eine Meinung – selbstredend stets eine andere als er –, die sie auch sagt und vehement vertritt. Leider neigt sie dabei eben auch zur Schnippischkeit und Hysterie. Und darin ähnelt sie ihrer Mutter. Wäre Lissa nicht seine Tochter, würde er diese junge Frau wohl als »furchtbar anstrengend« beschreiben. Aber da sie seine Tochter ist, ist er auch stolz; vielleicht sollte er ihr das bei Gelegenheit mal sagen.

Ulrike scheppert mit dem Besteck, das sie in die Schublade legt. Anstatt den Korb aus der Spülmaschine zu nehmen, bückt sie sich für jeden Löffel, jede Gabel, jedes Messer. Wo es nur geht, macht sie sich das Leben schwer.

»Was denkst du?«, fragt sie Carsten. Sie ist fertig mit der Spülmaschine und setzt sich zu ihm an den Tisch.

Natürlich sagt er Ulrike nicht, dass er ihr Kleid unvorteilhaft findet. Aber er sagt ihr, dass er sie angeschaut habe, weil er sie halt gerne anschaue, und dass er deshalb an Lissas Zurechtweisung habe denken müssen.

Eine Weile lang sind sie daraufhin still.

Schließlich erkundigt sich Ulrike, wie es Lissa »sonst so« gehe, wie es aktuell um sein schwieriges Verhältnis zu Sabine bestellt sei, ob er weiterhin so häufig nach Brüssel müsse und was es, außer den vielen Demonstrationen, in Berlin Neues gebe.

Als sie irgendwann wieder auf Inge zu sprechen kommen, klagt Carsten ihr sein Leid mit dem Haus.

Ulrike verspricht, morgen Vormittag, wenn sie ihre Mutter gewaschen hat, rüberzukommen, um ihm beim Umräumen zu helfen.

Carsten ist erleichtert. Er steht auf und beginnt in seinem Überschwang, Ulrikes Nacken zu massieren. Dann dringt ein leises Wimmern zu ihnen in die Küche. Ulrike muss nach ihrer Mutter sehen.

Inges Bettnachbarin ist gestorben. An diesem Morgen wird Inge wach von der Betriebsamkeit in ihrem Zimmer. Mehrere Pflegerinnen sind da. Ein Arzt untersucht die Frau. Er macht sich Notizen, dann bedeutet er den Schwestern, das Bett hinauszuschieben. Niemand schaut auf Inge, alle sind mit der Frau beschäftigt. Als die Tür zu ist, wagt es Inge, den Kopf ganz zur Seite zu drehen. Dort, wo das Bett der Frau stand: Leere auf Linoleum. Wie groß dieser Raum ist.

Und wie still.

Inge kommt nicht umhin, erleichtert zu sein. Wenigstens dieses Geschnarche ist jetzt vorbei, denkt sie und verbietet sich den Gedanken sogleich. Sie schließt die Augen, atmet tief ein. Von draußen, auf dem Gang, hört sie die Hektik sich absprechenden Personals und ratternder Materialwagen. Aber in ihrem Zimmer ist es still. Endlich ist es still.

Inge berührt mit der Schädeldecke das Kopfteil des Bettes. Sie braucht diesen Druck. Zu Hause liegt sie auch so; so weit oben im Bett, wie es nur geht.

Mit den Fingern knetet sie die Ohrstöpsel, die ihr Carsten bei seinem Besuch gegeben hat. Hätte sie die in der Nacht nicht getragen, hätte sie vielleicht bemerkt, dass etwas nicht stimmte. Sie hätte auf den Alarmknopf drücken können. Vielleicht hat die Frau ganz abrupt aufgehört zu schnarchen – davon wäre Inge mit Sicherheit wach geworden. Überhaupt: Ohne diese Stöpsel hätte Inge unmöglich in einen derartigen Tiefschlaf fallen können. Vielleicht hat die Frau ja sogar um Hilfe gerufen, aber Inge hat es nicht gehört. Inge hat überhaupt nichts mitbekommen.

Inge döst noch ein wenig, drückt weiter auf den Ohrstöpseln herum. Sie erinnert sich, wie gerne die Jungs früher mit Knetmasse gespielt haben. Einmal stopfte sich Jens Knete in die Nasenlöcher; quietschgelbe Knete. Dann zog er Luft durch die Nase ein und die Knete damit noch weiter hoch. Die Knete wurde weich und schmierig; sie war kaum wieder herauszubekommen. Und wie Jens sich wehrte! Er schlug um sich, tobte, schrie, riss den Kopf ruckartig nach links, dann wieder nach rechts. Schließlich zwangen sie ihn aufs Sofa. Richard musste ihm den Kopf festhalten und Carsten die Arme, während Inge in Jens' Nase pulte, erst mit den Fingern, dann für die kleineren Stückchen mit einer Pinzette. Inge verletzte ihn, weil er sich wehrte.

Als die Knete draußen war, schimpften Inge und Richard zunächst nicht. Ohne Standpauke ließen sie ihn gehen. Rot und verheult war sein Gesicht. Seine Nase blutete leicht.

Fatalerweise rief Carsten: »Du Dummkopf!«

»Pssst!«, mahnte Richard.

Jens kam zurück, noch immer mit hochrotem Kopf, und trat Carsten zwischen die Beine.

Daraufhin zog Carsten Jens an den Haaren, und Jens trat Carsten abermals. Carsten fiel hin. Jens sprang sofort auf ihn und begann zu boxen. »Du bist hier der Dummkopf! Nicht ich!«

Eigentlich hielt sich Richard aus der Erziehung raus. Aber da er in diesem Moment ausnahmsweise einmal nicht in seinem Sessel saß, sondern stand, fand Inge, er sei am Zug. Also blickte sie ihren Mann auffordernd an.

Richard räusperte sich. Mit der gedehnten, etwas tiefergelegten Stimme, die er immer einsetzte, wenn er Bestimmtheit demonstrieren wollte, sagte er: »So, auseinander, ihr zwei! Jetzt reicht's!«

Inge fiel es schwer, das Ruder nicht doch wieder zu übernehmen. Es gibt Menschen, die eine natürliche Autorität besitzen. Und Menschen wie Richard, bei dem davon nie die Rede sein konnte. Sein stets leicht geduckter Oberkörper, die hängenden Arme, sein nachlässig gestutzter Bart, seine schmutzige Brille, sein runder, gemütlicher Bauch – alles an ihm verriet seine Unlust zur Strenge. Er versuchte, Jens von Carsten herunterzuziehen, fing sich aber einen Schlag von Jens ein und musste zunächst kurz zurückweichen, ehe es ihm gelang, die beiden zu trennen.

Richard zerrte Jens hinauf ins Kinderzimmer.

Inge ging mit Carsten ins Bad und wusch ihm das Gesicht. »Nenn deinen Bruder nicht ›Dummkopf‹ «, sagte sie.

»Aber er ist nun mal einer.«

»Das musst du ihm aber nicht sagen. Du weißt genau, wie empfindlich er ist.«

Inge öffnet die Augen, als ihre Lieblingspflegerin Lilo ins Zimmer kommt. Lilo hat eine tiefe, etwas kratzige Stimme und immer gute Laune. Sie hat sich sogar schon einmal auf Inges Bettkante gesetzt und sich ein paar Minuten lang mit ihr unterhalten.

Schwester Lilo öffnet das Fenster so weit es geht und sagt: »Wollen wir die gute Frau Fink also davonschweben lassen.« Es sei wichtig zu lüften, wenn jemand gestorben ist. Damit die Seele rauskönne.

Dann misst Lilo Inges Blutdruck und zieht beim Ablesen des Werts besorgt die Augenbrauen hoch.

Nach dem Frühstück hilft sie Inge beim Duschen und wäscht ihr sogar die Haare. Schon seit Jahren trägt Inge ihr Haar dunkelbraun gefärbt mit blonden Strähnen darin. Carsten meint, sie solle sich für eine Farbe entscheiden.

»Ich muss zum Friseur«, sagt Inge, als sie ihre grauen Haaransätze im Spiegel sieht.

»Lassen Sie sie doch grau. Ist billiger«, empfiehlt Lilo.

Nach dem Mittagessen wird Inge von der Physiotherapeutin abgeholt. Als sie von der Reha zurückkommt, steht neben ihrem Bett wieder ein anderes. Darin sitzt Jutta. Sie lachen laut – Jutta am lautesten –, als sie einander sehen. »So ein Zufall!«

Jutta wohnt auch in Munßig. Einmal die Woche besucht sie Inge zum Kaffeekränzchen.

Jutta erzählt, sie sei hier, um sich »richtig durchchecken zu lassen«. In letzter Zeit sei ihr manchmal schwindelig.

Als junge Frau war Jutta Leistungsschwimmerin. An ihren breiten Schultern, die immer beben, wenn sie lacht, sieht man das bis heute. Jutta lacht oft. Und bei Regenwetter läuft sie mit einem bunten Schirm durchs Dorf, um sich und die anderen aufzuheitern. Lissa hat einmal gesagt, Jutta sei wie ein Liegestuhl: Schon ihr Anblick wirke entspannend. Über mich, dachte Inge, würde wohl nie jemand Derartiges sagen.

Bereits an diesem, ihrem ersten Tag im Krankenhaus kriegt Jutta mehrere Anrufe und kann von anderen Patientinnen berichten, mit denen sie sich auf dem Gang unterhalten hat.

Am nächsten Tag kommt Juttas Tochter Annette samt Ehemann und Sohn vorbei. Mit einem Strauß Pfingstrosen. Inge erinnert sich noch gut an die Zeit, als Annette klein war. Manchmal hat sie mit Carsten gespielt. Jens blieb außen vor, wollte mitspielen, durfte aber nicht. Inge erklärte ihm, da müsse er durch, sie selbst sei als Kind auch immer ausgeschlossen worden.

Juttas Enkel Tim ist etwas älter als Lissa. Dieses Jahr wird er mit der Schule fertig. Zur Begrüßung fällt er seiner Oma regelrecht um den Hals. Dann erklärt er Jutta das Gerät, das sie ihr mitgebracht haben, um Hörbücher zu hören. Carsten hat ihr nie erzählt, dass es so etwas gibt, geschweige denn gefragt, ob sie so etwas gebrauchen könnte. Nur zwei Mal hat er sie hier im Krankenhaus besucht. Das nächste Mal, sagte er, komme er, wenn sie entlassen wird.

Inge setzt sich wieder die Ohrstöpsel ein und schließt die Augen. Warum kann ihr Leben nicht auch so sein wie das von Jutta? An welcher Stelle ist die Sache schiefgelaufen? Warum ist ihre Familie so auseinandergedriftet?

Vor sechs Jahren war Jens zum letzten Mal da, an Richards achtzigstem Geburtstag. Zur Beerdigung seines Vaters hat er sich dann nicht mehr blicken lassen, an Inges Achtzigstem ebenfalls nicht. Jens, lang und schlaksig, aber mit Bauchansatz, genau wie sein Vater, ist so weit weggezogen, wie er nur konnte. Hat keine Kinder, nicht mal eine Frau.

Als Jens – Mitte zwanzig war er damals – zu ihr und Richard sagte, dass er Männer lieber möge, schüttelte Inge vehement den Kopf und sagte: »Papperlapapp!« So etwas wolle sie überhaupt nicht hören. Bei der Mühe, die sie seine Erziehung gekostet habe, wäre das ja ein schöner Dank.

Richard sagte gar nichts. Er schaltete seinen neuen Fernseher ein, hob die Fernbedienung an wie eine hochmoderne Waffe und zielte damit auf das rote Lämpchen am TV-Gerät. Waschmittelwerbung schallte durchs Wohnzimmer.

Als Jens den Raum verließ, rief ihm Richard hinterher: »Reiß dich einfach zusammen!«

Dann polterte es. Jens schlug gegen irgendetwas im Flur, gegen die Wand oder die Garderobentür. Dann kam er zurück, postierte sich unmittelbar vor seinem Vater, stand mit dem

Rücken zum Fernseher und kniff die Augen so fest zusammen, dass die Verachtung, die in ihnen lag, selbst für Inge, die sie nicht sehen wollte, sichtbar wurde. Jens blickte von oben auf seinen im Sessel sitzenden Vater herab: »Das sagt der Richtige!«, zischte er.

Und Carsten: Anders als Jens hatte Carsten wenigstens geheiratet. Hätte er es bloß nicht verbockt! Wobei, das muss Inge zugeben, Sabine wirklich kein einfacher Charakter ist. Mit ihr hatte Inge von Anfang an ihre Schwierigkeiten. Diese Exzentrik! Als Sabine – um die dreißig war sie damals schon – mit Carsten zu ihrem »Antrittsbesuch« kam, hatte sie Rollschuhe dabei. Das muss man sich mal vorstellen: Rollschuhe! Nach dem Mittagessen fuhr sie durchs Dorf damit, sodass sich gleich alle denken konnten, dass sie aus dem Westen stammt.

Hier sei es »ideal zum Skaten«, lobte Sabine: »Die Straße frisch asphaltiert und trotzdem kaum Autos.«

In diesem frisch asphaltierten Boden wäre Inge am liebsten versunken, als die Nachbarn, die Seidels, der Hausstein Ingmar und einige andere, sich hinterher erkundigten, ob »die mit den Rollschuhen« Carstens Neue sei. Nur Ulrike, das weiß Inge noch genau, fragte nicht nach.

Später, als ihre Enkelin geboren war, hat Sabine Inge sogar einmal angeschrien. Weil Lissa angeblich davon aufgewacht sei, dass Inge in der Küche mit den Töpfen gescheppert habe.

»Babys schlafen, wenn sie müde sind, und nicht, wenn man die Welt drum herum anhält«, wehrte sich Inge, denn bei ihren Jungs war das so gewesen. Sie hat nicht um alles so ein Gewese gemacht. »Ihr verzieht dieses Kind, das sehe ich jetzt schon.«

Sabine fuhr noch mehr aus der Haut: »Diese Klugscheißerei kannst du dir sparen. Ausgerechnet du willst wissen, was richtig ist? Du! Wo doch einer deiner Söhne sogar vor dir abgehauen ist.«

Sabine kannte Jens nur flüchtig, hatte ihn kaum je gesehen. Carsten muss ihr irgendwelchen Blödsinn erzählt haben. Jens ist doch nicht abgehauen. Wegen der Arbeit ist er nach Amerika gezogen. Und Inge hat bis heute Angst, er könne sich dort Aids holen. Wer weiß schon, was er dort macht.

Carsten jedenfalls ging einfach aus dem Zimmer, anstatt Sabine zurückzupfeifen. Anstatt ihr zu verbieten, so mit seiner Mutter zu reden.

Aber sei's drum: Warum können Carsten, Sabine und Lissa jetzt nicht hier an ihrem Bett sitzen? Warum kann ihre Familie nicht bei ihr sein? Inge hat sich doch auch immer um alle gekümmert; jeden Tag von halb sieben bis halb drei im Büro bei der LPG gearbeitet und Richard und die Kinder versorgt, pausenlos. Nie hat sie tagsüber auf dem Sofa gesessen. Nie wäre sie auf die Idee gekommen, sich irgendeine Faulenzerei zu erlauben, auch am Wochenende nicht. Am Wochenende endete ihr Frühstück damit, dass sie das Mittagessen zu kochen begann. Einen Braten oder ein Gulasch mit selbst gemachten Klößen und Kohlrabigemüse.

Hätte sie doch wenigstens Geschwister. Alle in ihrer Generation haben Geschwister, manche fünf, sechs, sieben, manche sogar zehn. Inge hat keine. Sie liegt in ihrem Krankenbett. Tränen rinnen ihr übers Gesicht. Zum Glück ist Jutta mit ihrem Anhang in die Kantine gegangen. Wie diese Frau verehrt wird von ihrer Familie!

Endlich haben die Schulferien begonnen. Wieder eine Klasse geschafft.

Sabine und Thom sind schon zu ihrer Bruchbude gefahren. Lissa hatten sie vor die »Wahl« gestellt: Entweder sollte sie mit ihnen in die Pampa fahren oder mit ihrem Vater nach Munßig. Sie entschied sich für Munßig, was zwar auch Pampa ist, aber da sieht sie wenigstens ihre Oma wieder und kann danach mit Carsten zurück nach Berlin, um den Rest der Ferien hier zu verbringen.

Zwei Tage durfte Lissa allein in der Wohnung bleiben. Und die hat sie genossen: Sie hat bis zum Mittag geschlafen, eine Flasche Cider getrunken und viel gelesen – in der Küche, weil die ausnahmsweise Thom-frei war. Außerdem hat sie laut Musik gehört und versucht, nackt zu tanzen, es dann aber bleiben lassen, weil sie sich unwohl fühlte; so natürlich, wie Lissa das gern gehabt hätte, fühlte sich das Schaukeln ihrer Brüste doch nicht an.

Ein bisschen hat sie auch in Sabines Schlafzimmer herumgestöbert, sich all den Krimskrams in den Nachttischschubladen angeschaut, die Räucherstäbchen und Massageöle, allerdings ohne etwas Spannendes zu finden. Keine Handschellen oder so. Mit Thom braucht ihre Mutter ja nicht einmal Kondome – was übrigens zur Folge hat, dass sie es so ziemlich jeden Abend miteinander treiben. Mitunter sagen sie noch beim Abendessen, nachdem sie sich einen hungrigen Blick zugeworfen haben, sie müssten sich »jetzt mal ins Schlafzimmer verabschieden«. Dann hoppeln sie aus der Küche, die zwei Karnickel, und Lissa schiebt ihren Teller beiseite, weil ihr der Appetit vergangen ist.

Gleich wird ihr Vater sie abholen. Eigentlich sollte Carsten längst da sein, aber er verspätet sich immer. Eine Stunde ist für ihn üblich. Erst wenn es darüber hinausgeht, schreibt er eine Nachricht. Schon früher ist Lissa aufgefallen: In normalen Familien müssen die Eltern auf die Kinder warten. Bei Lissas ist es anders herum. Sie ist immer vor ihren Eltern fertig. Dann setzt sie sich irgendwohin, im Schneidersitz, und liest, bis es losgeht. Gut möglich, dass sich ihre Liebe zum Lesen deshalb so auswachsen konnte, weil sie ständig auf ihre Mutter oder ihren Vater oder, als sie noch zusammen waren, auf alle beide warten musste.

Wenn Lissa an Sabine und Carsten als Paar denkt, fallen ihre Erinnerungen unweigerlich in die Phase ihrer Trennung zurück. Diese gläserne Stimmung damals. Jeder Blick ein Pfeil, jedes Wort ein Gift. Lissa brauchte bloß zu sagen: »Meine Gummistiefel sind zu klein«, und schon baute Sabine sich vor Carsten auf und wetterte, darum solle er sich kümmern. Schließlich habe er noch nie in seinem Leben etwas zum Anziehen für seine Tochter besorgt. Wann habe das eigentlich angefangen: diese Selbstverständlichkeit, mit der *sie* sich um alles kümmere? Oder habe *er* etwa schon jemals ein Geschenk für einen Kindergeburtstag gekauft? Sabine wandte sich an Lissa: »Wenn es nach deinem Vater ginge, bekämen deine Freunde Gefrierbeutel zum Geburtstag.« Daraufhin schrie Carsten, sie solle gefälligst aufhören, sich so aufzuführen.

Lange hatte Lissa zu vermitteln versucht, blieb immer in der Nähe ihrer Eltern. Die Neurodermitis in ihren Armbeugen und

Kniekehlen brannte. Irgendwann sah Lissa ein, dass es egal war, was sie tat: Ihre Eltern stritten sowieso. Lissa begrub ihr Bedürfnis nach Harmonie und gewöhnte sich an, geradewegs zu äußern, was ihr durch den Kopf geht. Davon, sich den ganzen Tag so zu bewegen, als überquere sie auf einem Drahtseil eine Schlucht, hatte sie genug. Auf ewig.

Ihre Sachen für Munßig sind gepackt. Im Flur stehen ein Rucksack mit Klamotten und eine Klappkiste voller Bücher, weil sie sich nicht entscheiden konnte. Was Lissa liest, hängt immer von ihrer Stimmung ab. Und woher soll sie jetzt schon wissen, wie sie sich fühlen wird, wenn sie ihre Oma aus dem Krankenhaus abgeholt und sie nach Hause gebracht haben?

Endlich klingelt es. Durch die Sprechanlage sagt Carsten, sie solle rasch runterkommen, sie seien spät dran.

»Nicht *wir* sind spät dran. *Du* bist spät dran«, erwidert Lissa.

Ihr Vater hat auf dem Gehweg geparkt, sodass weder ein Rollstuhl noch ein Kinderwagen Platz hätten vorbeizukommen. Carsten trägt eine neue, blau spiegelnde Sonnenbrille und riecht nach dem Aftershave, von dem er schon seit Jahren zu viel benutzt. Es riecht billig, obwohl es, wie er auf Lissas Kritik hin stets betont, »alles andere als billig« ist.

Lissa stellt ihre Bücherkiste und den Rucksack in den Kofferraum. Dort liegen bereits Carstens Koffer und einige mit Folie überzogene Hemden samt Drahtbügel aus der Reinigung. Als breche er zu einem Business-Trip auf.

»Und wo sind deine Klamotten?«, fragt Carsten. Er nimmt seine Sonnenbrille ab, legt so die Irritation in seinem Blick frei.

»Im Rucksack«, antwortet Lissa.

»In dem kleinen Rucksack? Hast du vor, dir von Oma etwas

Schickes auszuleihen oder eins von deinen Büchern anzuziehen? Wir bleiben drei Wochen.«

»Was? Drei Wochen? Bist du bescheuert?« Lissa ist von ein paar Tagen ausgegangen, nicht von drei Wochen. Da hätte sie auch gleich mit ihrer Mutter und Thom mitfahren können. Wütend holt sie ihren Rucksack und die Klappkiste aus dem Kofferraum und geht zum Hauseingang zurück.

»Was dachtest du denn? Dass wir Oma zu Hause absetzen und direkt wieder wegfahren? Los, komm jetzt! Du kannst deine Klamotten ja bei Oma waschen«, ruft er.

Lissa sucht nach ihrem Haustürschlüssel und reagiert nicht.

Dann packt ihr Vater sie an den Schultern, dreht sie um und schiebt sie in Richtung Auto. Lissa windet sich aus seinem Griff. »Lass mich los!«, schimpft sie.

»Setz dich jetzt ins Auto! Wir haben keine Zeit für solchen Scheiß. Wir sind sowieso schon zu spät dran.«

»Dann komm halt pünktlich«, sagt Lissa.

»Ganz die Mutter«, murmelt ihr Vater leise und gleichzeitig laut genug, damit Lissa es mitbekommt. Er stellt ihre Bücher zurück in den Kofferraum.

Lissa holt sich ein Buch aus der Kiste, erst dann steigt sie ein. Auf die Rückbank. Jetzt hat sie beim besten Willen keine Lust, vorne neben ihrem Vater zu sitzen.

Als Carsten den Motor startet, setzt ein Piepton ein. »Kannst du dich bitte anschnallen«, sagt er zu Lissa.

»Nein«, antwortet sie.

»Das piept sonst die ganze Zeit.«

»Ist mir egal.«

»Mir aber nicht.«

»Ich lasse mir von einer Autosoftware nichts vorschreiben. Und von dir erst recht nicht.«

»Das darf doch nicht wahr sein!«

Es piept weiter.

Carsten macht die Tür auf und sagt, noch sitzend: »Ich frage mich, ob wir …« In diesem Moment kommt eine Radfahrerin auf dem Radweg angefahren, der direkt neben dem Auto verläuft. Sie prallt gegen die geöffnete Autotür und stürzt seitlich auf die Straße. Die Kette des Rads klappert, als es fällt.

Die nächsten Minuten nimmt Lissa in dieser irrational verzerrten Filmdynamik wahr, in der alles gedehnt und rasant zugleich vonstattengeht. Lissa steigt aus und eilt zu der Radfahrerin. Um diese Zeit ist auf der Straße nicht viel los; sie ist eine Nebenader, die fast nur von Anwohner*innen befahren wird.

Die Frau steht geistesgegenwärtig auf und zieht ihr Rad zur Seite. Runter von der Straße, rauf auf den Gehweg.

Lissa hilft ihr dabei. »Alles in Ordnung?«, fragt sie.

»Weiß ich noch nicht«, sagt die Radfahrerin und setzt sich hin. Sie blickt in Carstens Richtung und ruft: »Du Arschloch! Kannst du nicht aufpassen?«

Carsten steht bleich neben seinem Auto, mit einer Hand stützt er sich an der Fahrertür ab, gegen die die Frau gerade geprallt ist. Lissa sieht ihrem Vater den Schock an. Die Erleichterung, die Lissa zu spüren beginnt – immerhin kann die Frau gehen und schimpfen –, scheint bei ihm noch nicht angekommen. Zum Glück trug sie einen Helm. Zum Glück fuhr auf der Straße gerade kein Auto, als sie vom Rad fiel.

Carsten schüttelt seine Erstarrung ab und geht auf die Frau und Lissa zu.

Ein paar Leute sind stehen geblieben. Zum Helfen, sollte es nötig sein. Oder zum Gaffen und Handyvideodrehen. Selbst oben aus den Wohnungsfenstern heraus filmen manche.

Die Radfahrerin tastet ihre Beine ab. Unterdessen reicht ihr jemand ein Taschentuch und Wunddesinfektionsmittel.

Lissa sprüht ihr das Desinfektionsmittel auf eine kleine Verletzung am Arm. Die Frau drückt das Taschentuch dann selbst darauf und tupft sich das Blut ab. Sie atmet sorgsam tief ein und aus. Sacken lassen.

»Ich habe nicht geguckt. Es tut mir leid«, sagt Carsten.

Die Frau macht »Tsss« und versucht, langsam aufzustehen. Carsten und Lissa stützen sie, und es gelingt. Sie bleibt eine Weile stehen, schaut an sich hinunter. Dann geht sie ein paar vorsichtige Schritte und hebt ihr Fahrrad auf. Auch das scheint unbeschädigt. »Sieht aus, als hättest du Glück gehabt, du Arschloch«, sagt sie zu Carsten.

Die Radfahrerin zieht ihr Handy aus der Gürteltasche und fotografiert Carstens Kennzeichen. Außerdem will sie seine Telefonnummer und Adresse.

Carsten, noch immer sichtlich durch den Wind, gibt ihr alle Daten. Seine Handynummer muss Lissa ansagen. Sonst, wenn er sie irgendwelchen potenziellen Bumstussis gibt, weiß er sie immer, aber jetzt fällt sie ihm nicht ein, denkt Lissa.

»Es tut mir wahnsinnig leid«, sagt er wieder und wieder.

»Dann pass halt auf, du Arschloch! Warum stehst du überhaupt mitten auf dem Gehweg? Du bist mit deinem Auto nicht allein auf der Welt.«

Nach ein paar Minuten steigt die Frau wieder auf ihr Rad. Zunächst behält sie die Füße am Boden, prüft die Ausrichtung des Lenkers – er ist gerade –, umkrallt mit den Händen mehrmals die schwarzen Lenkergriffe und löst sie wieder, wie um sich Blut in die Finger zu pumpen. »Also gut«, sagt sie und stellt einen Fuß auf die Pedale, »nach einem Unfall soll man ja sofort wieder aufsteigen.« Sachte fährt sie los.

Lissa und Carsten schauen der Radfahrerin nach. Carsten schüttelt den Kopf und fährt sich durchs Haar. Als die Frau aus ihrem Blickfeld verschwunden ist, werfen sie einen Blick auf die Autotür: ein paar Kratzer am Leder der Innenverkleidung, sonst nichts.

»Erst Oma, jetzt diese Frau. Ganz schön viele Menschen hast du auf dem Gewissen«, sagt Lissa zu ihrem Vater.

»Halt die Klappe, und steig ein! Das ist nur wegen deinem Rumgezicke passiert.«

Lissa tut, was er sagt. Ein bisschen hat er sogar recht, denkt sie. Scheiße. Sie schnallt sich an. Viertel vor zwölf ist es inzwischen.

Im Wagen sitzend, seufzt Carsten mehrmals auf. Er schafft es noch nicht, den Motor anzulassen. Erst allmählich findet er in seinem Autokokon wieder zu sich. Er setzt die Sonnenbrille auf, zieht sein Telefon aus der Hosentasche und reicht es nach hinten: »Bitte ruf Oma im Krankenhaus an. Sag ihr, dass wir später kommen. Tu mir den Gefallen. Ich kann das jetzt nicht.«

Ihm ist klar, dass Inge, mit den Hufen scharrend, darauf wartet, aus dem Krankenhaus abgeholt zu werden. Carsten hat versprochen, um elf Uhr da zu sein. Aber am Morgen musste er noch ins Büro, das Wichtigste holen. Deshalb ist er so spät dran. Er hat sich keinen weiteren Urlaub genommen, sondern seiner neuen Chefin gesagt, er werde von Munßig aus arbeiten. Wie das mit der schlechten Internetverbindung funktionieren soll, weiß er allerdings nicht. Die Chefin schien einen ähnlichen Gedanken gehabt zu haben, denn sie zog die rechte Augenbraue sehr weit hoch. Das tut sie bei Missfallen immer. Wenn Carsten Kampagnenvorschläge präsentiert und sie die Augenbraue hebt, klickt er sofort eine Folie weiter.

Für die Rückkehr seiner Mutter ins Haus ist alles vorbereitet: Gemeinsam mit Ulrike hat er Inges Schlafzimmer ins einstige Wohnzimmer verlegt. Das Ehebett, zwei Nachttische, der klobige Schrank und ein Polstersessel stehen nun unten, sodass Inge ihren Alltag künftig im Erdgeschoss bewerkstelligen kann. Auch einen Fernseher hat sie in dem Zimmer.

Richards Sachen waren noch im Kleiderschrank gewesen; Inge hatte sie nicht aussortiert. Ulrike verstaute sie in zwei Kisten und brachte sie auf den Dachboden, samt dem Kram, der im Kinderzimmer herumstand. Ulrike war es auch, die ein Babyfon besorgte, Inges Bett frisch bezog und Carsten, der in Berlin täglich einkaufen geht – immer nur das, was er gerade braucht (sich stets über die Kaltschnäuzigkeit der Kassiererinnen ärgernd, wo er doch extra nicht an die Selbstbedienungskasse geht, nur damit sie ihren Job noch eine Weile behalten können) –, daran erinnerte, dass er den Kühlschrank und Inges Vorräte auffüllen sollte. Außerdem gelang es ihr, den Sanitärinstallateur und Fliesenleger zu überreden, sofort zu kommen, nicht erst in drei Wochen: Statt Wanne gibt es im Bad jetzt eine ebenerdige Dusche mit Waschhocker darin, laut Carsten »der hässlichste Gegenstand der Welt« (allerdings hat er auch anderes schon so bezeichnet, Zierkürbisse zum Beispiel). Der Umbau war teuer, und Carsten hofft auf einen »Zuschuss für Wohnraumanpassung« von Inges Krankenversicherung. Am liebsten hätte er bei dieser Gelegenheit den uralten Toilettenspülkasten auch gleich austauschen lassen und das rosafarbene Waschbecken, in dem man jeden Zahnpastaklecks sieht. Aber das zahlt die Versicherung natürlich nicht.

Ulrike gab er für ihre Hilfe fünfzig Euro. Bis zur letzten Minute waren sie mit den Vorbereitungen beschäftigt. Einmal miteinander geschlafen haben sie auch, in seinem alten Kinderzimmer. Es hätte ferner gelegen, es nicht zu tun.

Nachdem Lissa seine Mutter über die Verspätung informiert hat, fährt Carsten los. Ganz allmählich weicht sein Schock der Erleichterung, dass der Frau nichts passiert ist. Die Erleichterung allerdings wechselt sich ab mit dem Ärger darüber, dass ihm das überhaupt passiert ist. Dass ihm nach dreißig Jahren unfallfreien Fahrens so ein dämlicher Anfängerfehler passiert ist. Die Frau hätte tot sein können.

Je öfter Carsten die Situation Revue passieren lässt – dieses plumpe Geräusch, mit dem das Rad gegen die Tür prallte –, desto öfter kommt ihm nun Inge in den Sinn. Zunächst denkt er es nur unterschwellig, doch nach und nach formuliert er es für sich aus: »Meine Mutter ist schuld.« Wegen ihr hat er sich mit Lissa gestritten. Wegen ihr war er im Stress, wollte sofort los. Viel zu sehr hat er es verinnerlicht: Inges immer drängelndes Warten. Sie muss gar nicht sagen: »Beeil dich!« oder: »Sei pünktlich!« Er hat ihre Forderungen auch so im Ohr. Und ihre beleidigte Miene vor Augen. Diese Miene, die sie immer aufsetzt, wenn er etwas später kommt, als sie sich das in ihrer Langeweile ausgemalt hat. Inge saugt dann ihre Strichlippen nach innen, noch dünner werden sie. Das blauschwarze Mal darauf wirkt dann größer, dunkler, fast bedrohlich. Manchmal, wenn sie besonders verärgert ist, saugt sie den ganzen Mund nach innen, sodass sogar ihr Lippenmal verschwindet. Und ihre Augen weichen jeglichem Kontaktversuch aus; unmöglich, sie mit einem Lächeln zu besänftigen.

Dieselbe unversöhnliche Miene setzt sie übrigens auch auf, wenn von Sabine die Rede ist oder von Ulrikes Mutter Margit oder wenn jemand mit vollem Einkaufswagen im Supermarkt vor ihr an der Kasse steht. Dann schaut sie genauso, anstatt rasch um Vortritt zu bitten, wo sie doch vergleichsweise wenig im Korb hat. Dass derjenige vor ihr schlichtweg nicht daran gedacht hat, sie vorzulassen, kommt seiner Mutter nicht in den Sinn. Alles Verhalten um sie herum hält sie für Berechnung, eine gegen sie gerichtete Berechnung.

Carsten merkt, dass Inge wieder übermäßig viel Raum einnimmt in seinem Kopf. Er sollte sich aufs Fahren konzentrieren, heute ganz besonders; sogar das Radio lässt er aus. Aber trotzdem: Ohne seine Mutter wäre das nicht passiert. Ohne sie müsste er diesen Scheißausflug gar nicht machen.

Eine knappe Stunde noch, dann wird er Inge pausenlos, tagelang um sich haben, in diesem Kaff hocken, in diesem müden Haus, umschwirrt von Fliegen. Zwei Flaschen seines Lieblingswhiskys hat er am Morgen noch gekauft; die sollen ihm helfen, die nächsten Wochen zu überstehen. Wenigstens ist Lissa dabei. Vielleicht kann sie die Stimmung etwas neutralisieren und seine Mutter davon ablenken, was für einen fehlerbehafteten Sohn sie großgezogen hat.

Auch Lissas Aufregung über den Unfall flaut allmählich ab. Schweigend hängt sie ihren Gedanken nach.

Immer wenn sie in einem Auto sitzt, wird sie von ihrem schlechten Gewissen geplagt. Einem schlechten Gewissen darüber, dass sie in einer solchen CO_2-Schleuder unterwegs ist und das leider auch noch total angenehm findet: dieses einmummelnde Brummen, das warme Vibrieren, der geschützte Blick aus dem Fenster, all der Platz ganz für sie allein auf der Rückbank, kein Obdachloser, dem sie auf sein Betteln hin gleich einen Euro geben wird. So, wie sie sich jetzt fühlt in diesem bequemen, dreckigen Gefährt, so muss es der magersüchtigen Tamara aus ihrer Klasse gehen, wenn sie ausnahmsweise mal etwas isst, denkt Lissa. Tamara: Das Einzige, worum Lissa sie beneidet, ist, dass sie wahrscheinlich keine Periode mehr kriegt. Kurz bevor sie in die Klinik musste, sah Tamaras Körper aus wie eine Tulpe, deren Stiel in der Vase so dünn und lang gewachsen ist, dass er sich nach vorne beugt, kippt, weil er die Last des Kopfs nicht mehr halten kann. An den Tagen, an denen der Fotograf in die Schule kam, hatte Tamara immer ein gebügeltes, blütenweißes Kleid anziehen müssen, und ihre Mutter bürstete ihr morgens vor dem Schultor noch mal das lange, wallende Haar, das ihr jetzt büschelweise ausfällt.

Lissa schaut nach draußen, sieht die Teernarben auf dem Asphalt, sieht die Leute an den Ampeln warten und losgehen – Choreografie der Stadt –, sieht Radfahrer*innen und kontrolliert jeweils, ob ihr Vater diese auch wahrnimmt, wenn er im Begriff ist abzubiegen. Sie sieht, wie die Stadt nach außen hin klobiger und flacher wird, wie sie sich verdünnt. Beschleunigung auf dem Berliner Ring, lauteres Brummen, dann, bald, Schatten unter den Eichen der Landstraße, dieser typisch deutschen Allee, auf der sie nun einen großen Teil der Fahrt unterwegs sein werden und auf der Lissa – so schwer und geschichtsträchtig sieht diese Allee aus – nicht umhinkommt, sich die Trecks von Geflüchteten und Vertriebenen nach dem Zweiten Weltkrieg vorzustellen. In Schwarz-Weiß.

Lissa kennt die Strecke gut. Später wird ein von Efeu überwuchertes Haus kommen, aus dem die Fenster herausgucken wie grimmige Augen, dann eine Gaststätte mit einer Schiffschaukel neben dem Parkplatz und ein Friseur namens »Haireinspaziert!«, der schon vor Jahren zugemacht, die Poster von Frauen mit Frisuren aber im Fenster hängen gelassen hat; inzwischen sind sie mehr als nur verblasst, sie sind verweißt.

Kurz vor Munßig gibt es eine Anhöhe, die schnell wieder abfällt: die »Achterbahn«. Das war als Kind ihre Lieblingsstelle. Im Grunde ist sie das auch heute noch, nur wird Lissa es nachher, wenn es über die Kuppe bergab geht, natürlich vermeiden zu juchzen, obwohl ihr Vater dort wie immer Gas geben und »Olé! Olé!« rufen wird. Und selbst Lissa wird dann ein bisschen melancholisch zumute sein ob der Tatsache, dass sie kein Kind mehr ist, das bereits bei einer derart läppischen Berg-Tal-Fahrt das beschwingteste Flattern im Bauch zu spüren vermag. Sie würde das gerne noch einmal so empfinden. Wie früher.

Früher fuhren sie einmal im Monat nach Munßig. Erst saß Sabine noch auf dem Beifahrersitz, später nicht mehr. Mitunter hat Lissa auch ihre Schulferien bei Inge und Richard verbracht; von morgens bis abends hat sie mit Ulrikes Töchtern gespielt, war so viel draußen wie sonst nie. Zuletzt hatte sie auf Urlaub in Munßig aber keine Lust mehr. Irgendwie ist die Stimmung im Haus seit dem Tod ihres Großvaters dröge, und Oma Inge meckert zu viel.

Weil Lissa sich angewöhnt hat, an den Wochenenden, an denen ihr Vater mit ihr nach Munßig wollte, dagegen zu protestieren, ist er in letzter Zeit meist ohne sie gefahren. Deshalb ist es über ein halbes Jahr her, seit sie Inge gesehen hat. An Inges vierundachtzigstem Geburtstag war das, im Januar. Carsten lud seine Mutter zum Mittagessen ein, in einen Nachbarort von Munßig, in dem es ein Restaurant gibt, ein gutbürgerliches oder eher, wie Lissa dazu sagt: ein wutbürgerliches.

»Als du klein warst, hast du an meinem Geburtstag immer ein Gedicht aufgesagt oder ein Lied gesungen«, sagte Inge beim Abschied zu Lissa, und auf der Heimfahrt ärgerte sich Lissa noch eine Weile darüber. Sie kennt ihre Oma gut genug, um zu wissen, dass sie damit nicht einfach eine schöne Erinnerung hatte äußern wollen, sondern einen Vorwurf. Hatte sie sich tatsächlich erhofft, ihre Enkelin im Teenageralter würde ihr im Restaurant ein Ständchen singen?

Oft kann Lissa den kühlen, bisweilen herzlosen Umgang, den Carsten mit seiner Mutter pflegt, nachvollziehen. Nie ist man vor ihren Vorwürfen sicher. Manchmal trifft sie ins Schwarze; dann ist es amüsant. Manchmal liegt sie aber auch voll daneben und nervt fürchterlich. Während des Geburtstagsessens im Restaurant echauffierte sie sich zum Beispiel darüber, dass Lissa kein Fleisch isst.

»Ich tue doch niemandem weh damit«, sagte Lissa, während sie eine riesige Ofenkartoffel aus der Alufolie schälte. Ofenkartoffeln mit Quark waren, abgesehen von der Kinderportion Spaghetti mit Tomatensoße, das einzige vegetarische Gericht auf der Speisekarte. Den Kellner hatte sie gebeten, die Kartoffel doch bitte ohne Alufolie in den Ofen zu schieben, aber nach kurzer Rücksprache mit dem Koch hatte es geheißen, das ginge nicht.

»Doch. Mir tust du weh damit«, entgegnete Inge. »Du musst doch etwas Richtiges essen.«

»Das ist Quatsch, Oma. Ich esse richtig. Man kann sich auch ohne Fleisch gesund ernähren. Wenn du mich in Ruhe essen lassen würdest, anstatt ständig auf meinen Teller zu starren, täte es dir auch nicht weh.«

»Euch jungen Leuten geht es viel zu gut«, raunte Inge. Sie raunte diesen Satz noch mehrfach, bei jedem weiteren Blick auf Lissas Kartoffel.

Lissa lag es auf der Zunge, zu widersprechen, zu sagen, dass es nicht den jungen Leuten zu gut geht, sondern allen Boomern und den noch Älteren, die meinen, tägliche Fleischmahlzeiten seien ein unantastbares Menschenrecht. Aber Lissa blieb still, ließ die dampfende Kartoffel abkühlen. Sie wollte jetzt nicht hören, wie wenig zu essen es früher, im und nach dem Krieg, gegeben hatte. Zumal: Die Bedeutung, die Fleisch für die Generation ihrer Oma hat, leuchtet Lissa sogar ein. Bei ihrem Vater aber sieht die Sache schon anders aus. Der muss nichts nachholen, kein Hungertrauma kurieren, und trotzdem liegen in seinem Kühlschrank immer Steaks und Leberpastete und Knoblauchsalami. Er müsste ihr – wäre er informiert über den aktuellen Forschungsstand – auch gar nicht mit dem Argument kommen, dass sich schlimme Erlebnisse im Erbgut festsetzen und über Generationen hinweg weitergetragen werden. Nein, ihr Vater ist schlichtweg zu faul, sich auf etwas anderes einzulassen als auf das, was er gewohnt ist. Zu faul, sich von seinen Wohlstandsprivilegien zu verabschieden.

Im Restaurant an Inges Geburtstag bestellte er Wildschweingulasch und fand ein Stück Gewehrschrot darin, das er ausspuckte. Anschließend aß er weiter, als wäre nichts gewesen.

Lissa kommentierte das nicht, was ihr schwerfiel. Doch sie wollte die Aufmerksamkeit ihrer Großmutter nicht erneut auf ihre fleischlose Kost lenken.

Wie grotesk, dass *sie* ihr Essen rechtfertigen musste, während ihr Vater Mordmunition an den Tellerrand legte!

Seit Kurzem ernährt sich Lissa vegan. Vor ihrer Oma wird sie das in den kommenden Tagen natürlich nicht verheimlichen können.

Lissa hat Hunger bekommen und zieht eine Tüte Studierendenfutter aus dem Rucksack, greift tief hinein. Es steht tatsächlich »Studierendenfutter« auf der Packung. Als Lissa das im Laden sah, war sie begeistert, wollte gleich drei Packungen kaufen. In der Kassenschlange dämmerte ihr aber, dass sie im Begriff war, auf einen Marketingtrick hereinzufallen, der perfekt auf jemanden wie sie zugeschnitten war. Also brachte sie zwei Packungen zurück und kaufte nur diese eine.

»Nicht krümeln!«, ruft Carsten von vorn.

»Ja, ja«, seufzt Lissa und beginnt, kauend in ihrem Buch zu lesen.

Nach einer Weile bemerkt Lissa, wie sie von ihrem Vater im Rückspiegel beobachtet wird. Also sagt sie, er solle nach vorne schauen, sonst baue er womöglich gleich den nächsten Unfall.

»Wird dir vom Lesen im Auto nicht mehr schlecht?«, erkundigt er sich.

»Doch, schon, aber das ist allemal besser, als mit dir reden zu müssen«, sagt sie und blättert eine Seite weiter.

»Was liest du?«

Lissa hält das Buch hoch, sodass er den Einband im Rückspiegel sehen kann, spiegelverkehrt. »Warum wir unseren Eltern nichts schulden«, entziffert er langsam und richtet seinen Blick dann schnell wieder auf die sich vor ihm aalende Landstraße. »Klingt nach der passenden Lektüre für diesen Urlaub. Was steht drin?«

»Dass niemand seinen Eltern etwas schuldet.«

»Aha.«

Lissa seufzt und rafft sich zu einer ausführlicheren Antwort auf. »Niemand willigt in seine Geburt ein. Es handelt sich also um keinen Deal, den beide Seiten vorab untereinander ausgehandelt hätten. Deshalb schulden Kinder ihren Eltern nicht mehr, als sie jedem anderen Menschen auch schulden: Respekt.«

»Wäre schön, wenn es so einfach wäre«, sagt Carsten. »Respekt nutzt deiner Oma im Moment allerdings wenig. Du wirst es nachher sehen: Sie braucht Hilfe, ganz praktische Hilfe im Alltag. Sie ist schwächer als noch an ihrem Geburtstag vor einem halben Jahr.«

Lissa und ihr Vater schweigen eine Weile. Nicht die Landschaft zieht draußen vorm Fenster an ihnen vorbei, sondern sie beide an ihr. Durch den Baumsaum links und rechts am Straßenrand dringen abwechselnd Sonne und Schatten ins Auto herein. Wegen der getönten Scheiben ist die Sonne nie grell und der Übergang zum Schatten weich.

»Eigentlich müsste sie in ein Heim«, sagt Carsten abrupt in die vom leisen Autobrummen unterlegte Stille hinein. Die Worte ihres Vaters klingen für Lissa so, als denke er laut nach, mehr, als dass er mit ihr spricht. »Aber sie will es natürlich nicht, sie will es partout nicht, blockt bei dem Thema sofort ab. Mal ganz abgesehen davon, dass ihre Rente nicht gerade üppig ist.«

»Und du hast ja auch bald kein Geld mehr, um etwas dazuzulegen«, entfährt es Lissa.

»Was weißt du denn über meine Finanzen?«, fragt Carsten unwirsch.

»Sabine hat neulich zu Thom gesagt, wenn Smyrna dichtmacht, wirst du nicht lange über die Runden kommen, weil du nie gespart hast.«

Lissa hat ihre Mutter von klein auf beim Vornamen nennen dürfen. Carsten hingegen besteht noch immer auf »Papa«. Er lässt sich sogar die Kraftausdrücke seiner Tochter gefallen, solange sie ihn nicht »Carsten« ruft. Das fände er eine tiefere Untergrabung seiner Autorität als ihr gelegentliches »Blödmann«.

»So, das hat Sabine also gesagt? Hat sie ihrem Thom auch gesagt, dass ich nie sparen konnte, weil ich Unterhalt für dich gezahlt habe, und zwar mehr, als ich hätte müssen?«

Lissa weiß, dass sie zu einem Reizthema vorgedrungen ist. Eigentlich war das gar nicht ihre Absicht gewesen. »Ich glaube, sie hat das nur gesagt, um mit dem Geld zu prahlen, dank dem sie gerade ihr feudales Landgut erwerben konnte.«

Carsten lacht auf. »Früher konnte es ihr gar nicht zentral genug sein. Hauptsache, es ist was los! Immer rein ins Getümmel! Und jetzt: Jetzt braucht sie plötzlich ein Haus im Nirgendwo.«

»Ich finde, es passt sehr gut zu ihr. Im Moment machen das doch alle, die etwas auf sich halten: teure Gummistiefel kaufen und aufs Land ziehen. Zucchini ernten. Alte Tomatensorten pflanzen. Herzen aus Kieselsteinen in die Einfahrt legen. Verträumt auf dem Designersofa sitzen und durchs bodentiefe Fenster ins Grüne blicken, daran zurückdenkend, wie laut und ungesund das Leben in der Stadt einst war. Sabine rennt doch immer allem hinterher, was angesagt ist.«

»An dieser Stelle ist es meine Aufgabe zu sagen: Lissa, bitte rede nicht so über deine Mutter!«, erklärt Carsten.

Diesen Moment gibt es oft. Den Moment, ab dem ihr Vater keine weiteren bösen Worte über Sabine mehr zulässt. Ihre Mutter handhabt das anders: Sie spricht auch in Lissas Gegenwart so abfällig über Carsten, wie es ihr in den Sinn kommt. Lissa wünscht sich, irgendwann einmal ganz offen mit ihrem

Vater über Sabine reden zu können; vielleicht, wenn sie nicht mehr nur in ihren eigenen, sondern auch in Carstens Augen endlich erwachsen ist. Sie würde zum Beispiel gerne wissen, warum er nie darauf bestanden hat, beim Sorgerecht halbe-halbe zu machen. Wobei – eigentlich wird sie ihm diese Frage gar nicht stellen müssen. Lissa kennt die Antwort: Ihr Vater hatte einfach keinen Bock. Ihr Vater mag's bequem. Deshalb sucht er sich auch keinen anständigen Job. Wie absurd, dass er als jemand, der das Privileg hatte, weitgehend ohne Werbung aufzuwachsen, nun damit sein Geld verdient.

»Und außerdem: Smyrna macht nicht dicht«, schiebt Carsten nach einer Weile hinterher. Er klingt trotzig.

»Ach, Papa, klar müsst ihr bald dichtmachen.«

Worauf Lissa anspielt: Seit drei Jahren ist eine EU-Verordnung in der Diskussion. Tritt sie in Kraft, wird die Herstellung von Aluminium- und Frischhaltefolie für den Privatgebrauch verboten. Die Kerngeschäfte von Smyrna wären unmittelbar betroffen. So leid es ihr für ihren Vater täte, Lissa hofft, dass diese Verordnung endlich durchkommt. Sowieso steht dieser Firma kein Überleben zu: Anstatt Geld in die Entwicklung biologisch abbaubarer Materialien zu stecken, führt sie lieber neue Ziplock-Verschlüsse aus Hartplastik für ihre Gefrierbeutel ein.

»Du verdrängst, was du nicht wahrhaben willst«, sagt Lissa.

»Möchtest du nicht doch lieber lesen?«

Pikiert schluckt Lissa ein paar Nüsse hinunter. »Hast du dich schon mal gefragt, warum keine Insekten mehr gegen deine Windschutzscheibe klatschen?«

»Ruhe auf den billigen Plätzen!«, mahnt Carsten.

»Na gut«, sagt Lissa und bleibt für einen Moment still. Ihr fällt ein, dass sie das Ladegerät ihres Handys zu Hause vergessen hat. Mist, denkt sie, aber sie wird das ihres Vaters benutzen können. Zurückfahren würde er jetzt sowieso nicht mehr.

Lissa schaut in ihr Buch. Ihre Unlust auf die nächsten Wochen wird immer größer. »Ich lese das Buch übrigens nicht im Hinblick auf Oma«, sagt sie nun, »sondern, um mich argumentativ zu rüsten. Nur damit du Bescheid weißt: Ich werde mich später nicht um dich kümmern. Weder dir noch Sabine bin ich irgendetwas schuldig.«

»Danke für die Vorwarnung«, entgegnet Carsten trocken.

Den Rest der Fahrt über schweigen sie.

Als Lissa eine leichte Übelkeit verspürt, hebt sie den Kopf und guckt aus dem Fenster. Wo bleibt die Achterbahn? Ihr fällt ein, dass sie wegen des Schlenkers zum Krankenhaus heute gar nicht daran vorbeikommen werden. Sie ertappt sich dabei, das schade zu finden.

Auch beim Betreten des Krankenhauses reden Lissa und Carsten nicht miteinander.

Im Fahrstuhl streicht sich Carsten glättend durchs Haar, wirft einen Kontrollblick in den Spiegel. Vor der Zimmertür richtet er sich auf und schüttelt die Hände aus. Dann schaut er Lissa bittend an: »Du, ich schaffe die nächste Zeit nicht ohne dich. Okay?«

Lissa nickt. Es macht ihr immer ein bisschen Angst, wenn ihr Vater meint, auf sie angewiesen zu sein. Obwohl sie es eigentlich schätzen sollte, dass er sie immerhin für erwachsen genug hält, seine Sorgen mit ihr zu teilen.

Versöhnlich tätschelt Carsten Lissas Kopf.

Dann klopft er an und geht hinein.

Der Raum ist leer. Die zwei Betten sind frisch bezogen, unberührt. Das Fenster steht weit offen.

»Wo ist denn meine Mutter?«, fragt Carsten. Dabei ist gar niemand da, der ihm eine Antwort geben könnte.

Tag der Entlassung«, sagte die Ärztin am Morgen, nachdem sie einen flüchtigen Blick auf ihr Klemmbrett geworfen hatte.

»Tag der Entlassung« klingt wie ein sozialistischer Feiertag, dachte Inge. Und nach Gefängnis klingt es auch. Dabei hatte sie doch gar nichts verbrochen. Noch nie in ihrem Leben hat Inge irgendetwas Kriminelles getan. Ihr einziges Vergehen ist ihr Alter.

Die Ärztin händigte ihr zwei Packungen mit Tabletten aus – Ibuprofen gegen die Schmerzen im Hüftgelenk sowie ein Mittel gegen hohen Blutdruck – und erklärte, von welcher sie täglich eine nehmen sollte und von welcher zwei, welche morgens und welche mittags, welche auf nüchternen Magen und welche nach dem Essen. Inge gab sich sehr konzentriert, war aber so sehr damit beschäftigt, konzentriert zu wirken, dass die Anleitung nicht zu ihr durchdrang. »Zur Sicherheit« schrieb die Ärztin noch mal alles auf die Packungen. Inge hofft nun, dass sie es wird entziffern können. Denn was auf Richards Medikamenten stand, war für sie stets unlesbar gewesen; eine Eins von einer Zwei kaum zu unterscheiden.

Nach der Ärztin kam die Physiotherapeutin zu Inge, um ihr einen Rollator zu bringen. Inge weigerte sich, obwohl die Therapeutin sagte, ohne Hilfe werde es nicht gehen. »Sie machen sich nur das Leben schwer, Frau Ruck. Sie müssen doch niemandem mehr etwas beweisen.«

Inge lehnte weiter ab. Der Anblick dieses Gestells widerte sie zu sehr an.

Gereizt schob die Therapeutin den Rollator aus dem Zimmer. Schließlich brachte sie ihr zwei Stützkrücken, die sie »Gehilfen« nannte, nicht »Gehhilfen« und nicht »Krücken«, und bat Inge, übungshalber ein paar Schritte damit zu laufen. Inge tat ihr den Gefallen, ging langsam hin und her und willigte ein, sie mitzunehmen, weil sie befürchtete, sonst nicht entlassen zu werden. Außerdem, dachte Inge, sehen Krücken eher nach einer vorübergehenden Verletzung aus. Ein Rollator dagegen wirkt endgültig.

Nachdem sich die Therapeutin verabschiedet hatte, war Inge allein im Raum. Allein mit ihren zwei »Gehilfen« und ihrer gepackten Tasche. Ihre Freundin Jutta war schon nach drei Tagen wieder nach Hause gegangen; man hatte bei ihr nichts Auffälliges gefunden. Danach hatte Inge Zimmer 601 ganz für sich gehabt. Die Tage hatten sich gezogen; müde Langeweile.

Es wurde zehn Uhr, es wurde elf Uhr, es wurde elf Uhr dreißig. Angezogen saß Inge auf dem Bett und lauerte. Hoffte, dass Carsten sich wenigstens heute, am »Tag der Entlassung«, beeilte. Besucht hatte er sie in diesen zweieinhalb Wochen lediglich zwei Mal. Er habe so viel im Haus zu tun, hatte er gesagt. Der Umbau des Bads koste nicht nur Geld, sondern auch allerhand Nerven.

Irgendwann schaute Schwester Lilo vorbei. »Werden Sie nicht abgeholt?«, fragte sie.

»Doch, doch, mein Sohn und meine Enkelin müssten gleich kommen«, antwortete Inge.

»Na, dann ist ja gut.«

Kurz darauf klingelte das Telefon, das zu ihrem Bett gehörte. Inge wusste nicht, ob sie es noch abnehmen durfte. Offiziell war sie ja schon aus dem Krankenhaus entlassen. Das Telefon wurde still. Neben dem Telefon lehnten ihre neuen »Gehilfen« am Nachttisch, hatten nichts zu tun und vermittelten gleichzeitig einen Eindruck von »Allzeit bereit!«.

Das Telefon klingelte erneut. Diesmal überwand Inge sich, den Hörer abzunehmen.

»Ja, bitte?«

»Hallo, Oma, ich bin's, deine Lieblingsenkelin.«

»Lissa! Wo bleibt ihr denn? Ich sitze hier wie bestellt und nicht abgeholt.«

»Wir beeilen uns, Oma. Es wird aber ein bisschen später.«

»Wo seid ihr denn?«

»Wir sind unterwegs. Ruh dich doch noch ein bisschen aus, bis wir kommen, ja?«

»Wieso braucht ihr denn so lange?«

»Liebe Grüße auch von Papa.«

»Dein Vater hat wohl nicht den Mumm, mir das selber zu sagen?«

»Genau. Du kennst ihn ja. Also, bis gleich. Tschüs!«

Inge hielt den Hörer in der Hand, zitterte. Kein Verlass, auf Carsten ist einfach kein Verlass. Es interessiert ihn kein bisschen, was ich hinter mir habe, dachte sie und ließ den Hörer los. Er fiel nach unten, machte kurz vorm Boden halt, an der schmutzig grauen Spiralschnur baumelnd wie einer dieser Bungeespringer am Seil, die sie neulich im Fernsehen gesehen hat. Dann warf Inge die Krücken um.

Ohne zu wissen, vor wem: Inge schämte sich, wie sie so auf diesem Bett saß und noch länger warten sollte. Obwohl angezogen und zurechtgemacht, legte Inge sich noch einmal hin. Das Sitzen war zu anstrengend geworden.

Um die Mittagszeit kam Lilo wieder. Den baumelnden Hörer kommentierte sie nicht. Sie nahm ihn einfach und legte ihn aufs Telefon zurück. Auch die Gehhilfen hob sie auf. Lilo sagte, ihre Schicht ende bald. Vorher müsse sie dieses Bett noch frisch beziehen, das Zimmer zurechtmachen für den nächsten Patienten. »Vielleicht möchten Sie in der Kantine warten?«

Lilo begleitete Inge nach unten, trug ihr die Tasche. Inge übte sich derweil in der Handhabung der Krücken und merkte schon nach wenigen Schritten, wie viel Kraft in den Armen diese Art zu gehen kostete.

Jetzt sitzt Inge in der Kantine. Die Krücken an den Tisch gelehnt, wieder »Allzeit bereit«. Gewusel um sie herum. Es scheppert und riecht, wie es in Kantinen immer riecht. Tablett um Tablett wird auf der Metallschiene zur Kasse geschoben. Inge blickt auf das Friseurgeschäft gegenüber, auf der anderen Seite des Krankenhausfoyers, und beschließt, dort zu fragen, ob es gerade eine Terminlücke für sie gibt. Vorsichtig steht Inge auf, krallt sich am Griff ihrer Krücken fest und geht hinüber. Inge hat Glück: Die Friseurin hat Zeit.

»Einmal waschen, schneiden und färben«, verlangt sie, was hier ganze neun Euro teurer ist als in dem Salon, in den sie sonst geht. Etwas derart Spontanes hat sie schon ewig nicht mehr gemacht.

Sollen die zwei doch ruhig nach mir suchen, denkt Inge.

In der Ecke des Salons stehen zwei Trockenhauben, roboterhafte Wachsoldaten. Die Spiegel an der Wand vervielfachen die herumstehenden Wachstiegel, Haarsprays und Handtuchstapel und lassen den Raum unordentlicher wirken, als er eigentlich ist.

Die Fingernägel der Friseurin sind lang und bunt, ihre Armreifen klappern. Ab und an stellt sie Inge eine Frage. Redselig berichtet Inge von ihrem Sturz und den Schmerzen, von dem neuen Hüftgelenk und ihren Schwierigkeiten beim Gehen. Dazwischen hält sie nach Carsten und Lissa Ausschau. Im Spiegel kann sie durch die gläserne Eingangstür des Salons sehen, wer draußen im Foyer vorbeiläuft.

Mit angenehm weichen Pinselstrichen trägt die Friseurin die Farbe auf. Inge achtet angestrengt darauf, ihre Beine nicht übereinanderzuschlagen; eine Anordnung der Ärztin. Die Ärztin hat außerdem gesagt: »Gut, dass Sommer ist! Strümpfe dürfen Sie sich in den nächsten Wochen nämlich auch nicht alleine anziehen. Sie sollten sich nicht zu weit vornüberbeugen!«

Während die Farbe einwirkt, spürt Inge einen kühlen Luftzug am Haaransatz.

Wie sie sich darauf freut heimzukommen! Sie freut sich auf ihr eigenes Bett mit dem gepolsterten Kopfteil, auf den Schlaf ohne Geschnarche im Nebenbett oder knatternde Kröten vorm Fenster, auf Mahlzeiten, die sie selbst gekocht hat (mit richtig viel Salz), und auf ihren Garten: auf den Anblick der Klematis mit ihren zarten weißen Blütenblättern, leicht geknittert und durchscheinend, fast wie Seidenpapier, und den der Hortensien, die einst, als Inge sie pflanzte, blau waren. Längst sind sie rosa. In voller Blüte stehen müssten sie jetzt, sollte ihr Nachbar, der Hausstein Ingmar, daran gedacht haben, sie zu gießen. So miesepetrig Ingmar ist, wenigstens kümmert er sich ein bisschen mit um ihren Garten.

Inge sehnt sich danach, morgens, wenn es noch nicht so heiß ist, und abends, wenn es nicht mehr so heiß ist, auf der Bank am Haus zu sitzen, den Kopf an die Mauer zu lehnen und den grobkörnigen Rauputz zu spüren, der, von Nahem betrachtet, aussieht wie versteinerter Hüttenkäse. Manchmal kommt Zorro vorbei, der Nachbarskater mit den schwarz umrandeten Augen, setzt sich auf Inges Schoß, wärmt und schnurrt. Danach entfernt Inge mit einer Fusselrolle die Haare von ihrem Rock.

Inge behält die Tür des Friseursalons fest im Blick, bis sie irgendwann Carsten, Lissa und Schwester Lilo sieht. Inge erkennt Lilo zunächst nicht, weil diese nicht wie sonst ihren weißen Kasack trägt, sondern eine ärmellose Bluse. Über ihrer Schulter hängt Inges Reisetasche, die Carsten ihr in diesem Moment abnimmt. Um Gottes willen, denkt Inge. Meine Tasche habe ich vorhin in der Kantine vergessen!

Lilo reißt die Salontür auf. Die Friseurin erschrickt, legt sich die Hand mit den langen Nägeln auf die Brust.

»Da verstecken Sie sich also! Wollten Ihren Verwandten wohl ein bisschen Angst einjagen«, sagt Lilo streng.

»Sieht ganz so aus«, meint Carsten.

»I wo«, wiegelt Inge ab. Die Hände unter dem schwarzen Umhang ineinanderfaltend, ärgert sie sich über Lilos Unterstellung – oder vielmehr darüber, durchschaut worden zu sein. In Inges nassem Haar liegen mehrere Streifen Alufolie.

»Siehst gut aus, Oma, irgendwie kosmisch«, sagt Lissa und deutet auf den Kopf ihrer Oma. »Gesund ist das Zeug aber nicht, das du dir da auf die Haare schmieren lässt.«

»I wo«, meint Inge abermals. Im Spiegel treffen sich ihre Blicke. Sie lächeln einander an. »Lang bist du geworden. Bald überragst du ja deinen Vater.«

»Das tue ich doch jetzt schon«, sagt Lissa. Schelmisch schaut sie in Carstens Richtung. Doch der reagiert nicht auf diese Bemerkung. Carsten guckt nach unten, massiert sich mit seinen Fingerkuppen die Schläfen.

»Noch größer darfst du aber nicht mehr werden«, warnt Inge. »Sonst findest du keinen Mann, der größer ist als du.«

»I wo«, antwortet Lissa.

Lilo verabschiedet sich unterdessen und wünscht Inge alles Gute.

Carsten nimmt seine Hände von der Stirn und blickt die

Friseurin fragend an: »Wie lange wird das denn noch dauern?«

»Oh, das kann sich ziehen. Meine Mutter ist gerade einundneunzig geworden«, sagt die Friseurin zwar leise, aber Inge hat gute Ohren, sie hört alles.

»Ich meinte die Haare«, erklärt Carsten.

Zwei Stufen führen zur Eingangstür ihres Hauses. Sie sind nicht allzu hoch und breit genug, um Trittsicherheit zu bieten. Inge schafft es, die Stufen zu bezwingen. Oben angelangt, findet sie einen Präsentkorb von Jutta vor. Mit Kaffee, halbtrockenem Sekt, Salami, Gewürzgurken, Honig, Eiernudeln, Dosenfisch und einer selbst gemalten Aquarellkarte. Carsten trägt den Korb ins Haus. Inge freut sich sehr darüber.

Im Flur ist es angenehm kühl.

Inge bleibt nun lange am unteren Ende der Treppe stehen. Sie hält sich mit einer Hand am Geländer fest und schaut nach oben. Zwölf Stufen, in der Mitte jeweils eingedellt, abgetreten von Pantoffeln, Stiefeln und der Zeit.

Zwölf schmale Holzstufen, bedrohlich schmal und vor allem bedrohlich steil. Nach ihrer langen Abwesenheit fällt Inge das erst so richtig auf.

Inge weiß nicht, ob sie je wieder den Mut haben wird, diese Treppe allein zu benutzen. Dabei ist das Kinderzimmer da oben der Ort, den sie immer dann aufzusuchen pflegte, wenn ihr besonders einsam zumute war. Der Ort, an dem sie sich einbilden konnte, Jens und Carsten und Richard, sie alle, wären noch hier. Da oben kann sie sie riechen und manchmal auch hören. Oben ist es nicht so still.

Inge sitzt auf der Bank vor dem schmucklosen Haus, den Hinterkopf an die Wand gelehnt, die Augen geschlossen, in die tief stehende, wärmende, aber nicht heiße Abendsonne gerichtet. Von der Bank blättert die Farbe in spröden Schnipseln ab. Lissa setzt sich zu ihrer Oma. Sie hat keine Lust zu lesen und auch sonst nichts Besseres vor. Sie ist angekommen in der dörflichen Eintönigkeit. Seit vier Tagen ist sie mit ihrem Vater jetzt hier. Mitunter beginnt zwar die Berliner Hektik in ihr zu vibrieren, aber schon bald darauf werden Lissas Füße von lauer Langeweile umspült wie jener Sandstreifen am unteren Teil des Strands, der kurz ohne Wasser harrt, ehe eine nächste Welle ihn wieder nass leckt.

»In der Nacht wird es regnen«, prognostiziert Inge. »Ulrike hat ihre Wäsche noch im Garten hängen. Bestimmt vergisst sie wieder, sie abzunehmen.«

Als hätte er auf Lissa gewartet, schlüpft Zorro zwischen zwei Zaunlatten hindurch und steuert zielstrebig auf sie zu. Er setzt sich auf ihren Schoß, lässt sich unterm Kinn kraulen.

»Normalerweise kommt er zu *mir*«, sagt Inge. Die Eifersucht scheint nur zur Hälfte gespielt. Als er noch klein war, so Inge, habe sie Zorro oft ein Schälchen Katzenmilch hingestellt, damit er auch ja weiterhin regelmäßig bei ihr vorbeischaut. Katzen möge sie sehr, sagt ihre Oma: für ihr Nichtstun. Für die Ruhe, die sie verströmten. Weil sie immer an einem Ort blieben und auch dann dorthin zurückkehrten, wenn ihre Besitzer woandershin zögen. Weil sie es schafften, tagsüber einfach dazusitzen, zu dösen oder in der Gegend umherzuschauen. Weil sie leben dürften ohne die Ahnung, dass ihnen die Zeit davonrennt.

»Warum hältst du dir denn keine eigene Katze?«, will Lissa wissen.

»Ach, nur noch mehr Arbeit«, sagt Inge. »Und der hier ist ja auch fast meiner.« Sie deutet auf Zorro.

Eine ganze Weile lauschen Großmutter und Enkelin nur dem Schnurren des Katers. Er hat seine Augen halb geöffnet, beginnt zu treteln und fährt dabei hin und wieder die Krallen aus, die Lissa auf ihren nackten Oberschenkeln spürt. Sie wird heute ein paar Kratzer mit ins Bett nehmen.

Lissa neigt den Kopf zur Seite, sodass er, ganz leicht nur, mit Inges Kopf zusammenstößt. »Hammele, Hammele, dutz!«, flüstert sie.

Inge seufzt auf.

Lissa dreht ihren Kopf noch etwas weiter. Sie riecht Inges Haarspray und das Spülmittel von ihren Händen und sieht, dass ihre Oma etwas sagen möchte.

Inge seufzt erneut. Dann erst spricht sie: »Dein Vater will mich in ein Heim stecken. Du musst mir versprechen, dass du das nicht zulässt, Lissa.«

»Mach dir doch jetzt darüber keine Gedanken. Du kommst bestimmt bald wieder alleine klar«, sagt Lissa. »Du bist langsam, aber laufen kannst du immerhin.«

»Wer weiß, wie lange noch. Bei Margit hat es auch mit einem Sturz angefangen. Hingefallen – und seither liegt sie nur noch im Bett und kann überhaupt nichts mehr. Sie war auch vorher zu nichts gut, aber inzwischen muss sie sogar gefüttert werden.«

»Margit?«

»Die Mutter von Ulrike.«

»Ach so, ja«, sagt Lissa. Und dann: »Ich kann dir das nicht versprechen, Oma.«

»Doch, Lissa, du musst mir das versprechen. Du bist die Einzige, auf die Carsten wenigstens ab und zu hört.«

»Was wäre denn so schlimm an einem Heim?«

Inge schaut verdutzt. Als wundere sie sich, dass man so eine Frage überhaupt stellen kann. »Ich möchte zu Hause sein. Ich war immer hier«, sagt sie. »Heime machen alt. Wenn man nicht vorher schon richtig alt war, wird man es dort. Man wird angesteckt. Die richtig alten Leute stecken die jungen Alten an. Heime sind nur zum Sterben da«, sagt Inge und blickt ernst zu Lissa. »Außerdem: Man muss frühstücken, wenn es Frühstück gibt, und nicht, wenn man frühstücken möchte. Dann die schlechte Luft und das Geklirr und Geklapper im Speisesaal! Das Essen ist labberig und ungesalzen. Seine Ruhe hat man auch nicht: Die Schwestern betreten einfach das Zimmer. Und wenn die nächste Pandemie kommt, wird man wieder eingesperrt und darf überhaupt nichts mehr. Dann kannst du mir bloß noch von der Straße aus zuwinken, Lissa.«

Inge holt tief Luft, bevor sie weiterspricht: »Margit war drei Wochen lang in einem Heim. Dann hat Ulrike sie wieder zu sich geholt, weil sie es nicht mit ansehen konnte«, erzählt Inge.

Im Grunde war Lissas Frage rhetorischer Natur. Sie kann die Abneigung ihrer Großmutter nur zu gut nachvollziehen. Sie selbst würde auch in kein Heim wollen. Sie fände es schrecklich, immerzu, Tag und Nacht, also noch häufiger als derzeit in der Schule, von Menschen umgeben zu sein, die sie sich nicht selbst ausgesucht hat. Auch gegen die Geruchs- und Geräuschkulisse von Speisesälen hegt sie dieselbe Aversion wie ihre Oma.

»Sollte Papa das machen«, versucht Lissa zu beruhigen,

»dann nur, wenn es unbedingt nötig ist. Wenn es keine andere Lösung gibt.«

»Es gäbe eine andere Lösung, wenn er denn wollte.«

»Ach, Oma, nicht das Thema schon wieder! Du kannst doch nicht ernsthaft verlangen, dass er herzieht.«

»Warum denn nicht?«

»Weil er ein eigenes Leben hat.«

»Lernt ihr solchen Blödsinn in Berlin in der Schule? Eigenes Leben ... Wenn ich so was höre!« Inge schüttelt den Kopf. Sie redet leise, trotz der Erregung, die in ihrer Stimme liegt: »Wenn wir früher so gedacht hätten wie ihr jungen Leute heute! Ich habe mich um meine Mutter gekümmert, sogar um Richards Eltern habe ich mich gekümmert, bis sie gestorben sind. Das gehört sich so. Wozu hat man denn eine Familie?«

Lissa muss an das Buch denken, das sie inzwischen ausgelesen hat. Bis eben war sie vollkommen überzeugt von dem Hauptargument, dass man gegenüber seinen Eltern zu nichts verpflichtet sei, jedenfalls zu nichts anderem als Respekt. Lissa hat beim Lesen viel unterstrichen und oft genickt. Aber nun, da sie neben ihrer vierundachtzigjährigen Großmutter sitzt, kommt ihr diese Position blutleer vor; theoretisch einleuchtend, aber praktisch nicht. Sie kann doch zu ihrer Oma nicht sagen: »Pech gehabt!« Ethisch-philosophisch betrachtet sei es allein ihr Problem, dass ihre Kinder auf das Bedürfnis, die letzten Tage daheim zu verbringen, nicht eingehen möchten, weil sie ihre Freiheit brauchen.

Lissa streichelt Zorro. Weiße Haare bleiben an den Handflächen haften. Sie betrachtet ihre Großmutter von der Seite. Die Abendsonne leuchtet die vielen kleinen Furchen in ihrem Gesicht und das Mal auf ihren Lippen weich aus. Das Kinn ein wenig nach oben gereckt, verlängert sich Inges Hals. Auf ihrem Dekolleté kräuselt sich die Goldkette, die Inge täglich trägt, seit

Jahren schon. Der Anhänger: ein Bernstein in Tropfenform. Lissa stellt sich vor, wie sie als Baby versucht haben könnte, danach zu greifen, zahnlos darauf herumzubeißen, während er in ihrem Sehfeld baumelte, weil Oma Inge sich über sie beugte. In den Bernstein eingeschlossen ist ein Insekt, eine Fliege. Man sieht sie nur, wenn man von ihr weiß, so klein ist sie. Ein deutlicher erkennbares Insekt würde sich ihre Oma wahrscheinlich nicht um den Hals hängen. Besonders zart sind die Flügel, fast durchsichtig und nicht mehr mit der Fliege verbunden. Sie liegen oberhalb des Vorderleibs, als hätten sie versucht, allein zu fliegen, sich vom Körper zu befreien und davonzumachen, weil der Körper ihnen eine Last war.

Lissa fängt in diesem Moment an, Inge in diesem Anhänger, Inge in dieser Fliege zu sehen: schwer und gefangen. Fest eingeschlossen, umflossen von klebrigem Harz, das ihr jeglichen Raum zum Bewegen nimmt, jegliche Luft zum Atmen. Ein konservierter Fluchtversuch. Oma, geht es Lissa durch den Kopf, ist nur eine weitere Frau unter Milliarden von Frauen, die das Patriarchat erstickt hat. Another Woman. Eine Frau, der von klein auf eingeredet wurde, was angeblich ihre Bestimmung sei – so lange, bis ihr Selbstbild schließlich mit dem übereinstimmte, worauf die Außenwelt drängte: dass sie gefälligst Kinder zu gebären habe! Ihre vermeintliche Bringschuld hat Oma erfüllt, denkt Lissa. Und nun zählen ihre Wünsche trotzdem nichts? Und nun, am Ende ihres Lebens, verlangt diese Scheißwelt, diese noch immer patriarchale Scheißwelt, von ihr, sie solle sich bitte weiterhin nach dem richten, was irgendwelche Männer über sie verfügen? Der eine Sohn hat sich ganz abgesetzt. Der andere halb, und das Einzige, was ihm einfällt, ist ein Heim, in dem sämtliche Pfleger*innen unterbezahlt und überlastet sind (weil männerdominierte Scheißwelt).

So laut und plötzlich, dass der Kater vor Schreck von ihrem Schoß springt, sagt Lissa: »Okay, Oma. Ich verspreche es dir!«

Meinst du, mit der Stirnlampe fällst du weniger auf? Du siehst aus wie ein Bergmann«, sagt Lissa zu Carsten, als dieser gegen zweiundzwanzig Uhr das Haus verlässt.

Die Sommersonnenwende ist noch nicht lange her. Erst spät verkriecht sich das Licht hinterm Feld, erst spät wird es finster. Deshalb konnte Carsten nicht früher loslaufen. Er hat beschlossen, hier nur noch im Dunkeln zu joggen. Tagsüber fühlt er sich in Munßig zu beobachtet. Wissen ja alle, dass er der »Ruck Carsten« ist. Wissen ja alle alles von früher und denken sich irgendwelchen Blödsinn von heute dazu. Von seiner Mutter und von Ulrike weiß er, dass sich die anderen manchmal nach ihm erkundigen: »Wie viel verdient er denn?«, »Will er nicht wieder heiraten?«, »Hat er eine große Wohnung in Berlin?«, »Ist das Auto ein Dienstwagen?« Vor allem sein Besitzstand scheint von Interesse zu sein. Aber ihn direkt zu fragen, das trauen sie sich nicht. Sonst könnte er ihnen sagen, dass es kein Dienstwagen ist, sondern sein Auto, sein eigenes Auto, das er selbst bezahlt hat. Vollständig abbezahlt hat!

Es wird sowieso sehr wenig geredet in Munßig. Dafür umso grimmiger geguckt.

Die haben hier so viel Himmel, so viel Raum, denkt Carsten. Es ist Sommer. Jede Woche könnten sie Feste feiern, ohne vorher eine Straßenabsperrung beim Bezirksamt beantragen zu müssen. Tische rausstellen, Lampions aufhängen. Stattdessen hocken sie in ihren Häusern und sind beleidigt. Schmollen.

Schmollen, weil es keinen Laden mehr gibt und keine Kneipe. Schmollen, weil das Internet zu langsam ist und das Schulgebäude leer. Schmollen, weil niemand einen Sport- oder Gesangsverein gründet. Schmollen, weil sie jetzt zwar rund um die Welt fliegen dürfen, dafür aber kein Bus mehr in die nächste Stadt fährt. Und wenn einer nicht hierbleibt, um mitzuschmollen, einer wie Carsten, dann sind sie sauer auf ihn, neiden ihm den Absprung, den er geschafft hat.

Die Stirnlampe macht ihn nicht unsichtbar, da hat Lissa schon recht. Aber Carsten vertraut darauf, dass die meisten Leute hinter ihren verrammelten Kastenrollläden längst schlafen. Oder Schlagersendungen schauen. Die Lampe wird er sowieso erst am Ortsausgang einschalten. Dort hören die Straßenlaternen auf.

Carsten geht ein paar schnelle Schritte, die dann, wie von allein, ins Laufen gleiten. Er joggt die Scheffelstraße entlang, vorbei am Haus von Inges direktem Nachbarn, dem Hausstein Ingmar. Vor Ingmar hatte Carsten als Kind immer Angst. Ingmar ist ganzjährig verstimmt, weil im Herbst das Laub von Inges Eiche auf seinen Rasen fällt.

Gestern stand er in seinem Vorgarten, als Carsten Inge zum Auto führte. Jeden Morgen bringt er seine Mutter zur Physiotherapie.

Sie nickte Ingmar zu, Carsten grüßte auch.

Ingmar tippte sich mit Zeige- und Mittelfinger, die von früher, vom Rauchen, ganz gelb sind, an den Kopf und rief: »Carsten, darf deine Firma überhaupt noch arbeiten?«

Carsten wusste nicht gleich, worauf er hinauswollte. »Das Folienverbot meinst du?«, sagte er schließlich. »Ach, das kriegen die nicht durch«, wiegelte er ab.

»Da wäre ich mir nicht so sicher. Bei den Glühbirnen haben sie es auch geschafft«, meinte Ingmar.

Carsten schlug die Beifahrertür zu – ohne vorherigen Kontrollblick, ob seine Mutter nicht vielleicht noch einen Fuß draußen auf dem Pflaster der Einfahrt hatte oder einen Finger am Scharnier – und ging um sein Auto herum zur Fahrerseite.

Im Auto sagte Carsten: »Der kann es offenbar gar nicht erwarten, dass ich arbeitslos werde.«

»Dann hättest du wenigstens Zeit, dich gescheit um mich zu kümmern«, stichelte Inge.

»Das wird nicht passieren«, erwiderte Carsten.

Als diese EU-Verordnung zu einem »Verbot der Herstellung von Aluminium- und Frischhaltefolie für den Privatgebrauch« das erste Mal diskutiert wurde, war Carsten zunächst sehr alarmiert; Jahre her ist das inzwischen. Gemeinsam mit der Geschäftsleitung fuhr er nach Brüssel – und zwar wirklich –, um zu lobbyieren. Sie trafen Abgeordnete; einen Lunch hatte er sogar mit einer von den Grünen. Dann verschwand das Thema wieder, und mit der Zeit legte sich Carstens Nervosität, weil nichts voranging. Nun köchelt die Angelegenheit zwar hin und wieder auf, doch lange dauert es nie, bis sich der Fokus der EU wieder auf etwas anderes richtet – auf die Migrationspolitik, auf die Pandemiebekämpfung, auf Russland oder auf die Uhrumstellung, Sommerzeit, Winterzeit. Die Verordnungsvorlage hat für Carsten deshalb ihren Schrecken verloren. Er rechnet nicht damit, dass das Verbot je zur Abstimmung kommt, geschweige denn verabschiedet wird.

Die Nachtluft ist ideal zum Laufen, nachdem der Tag recht heiß war. Rhythmisch kommen Carstens Sohlen auf der Straße auf. Er schaut nach links: In Ulrikes Haus brennt nur in den Kinderzimmern Licht, sonst nirgends. Obwohl Schulferien sind, Ulrike die Mädchen also nicht wecken muss, wird sie auch morgen wieder sehr früh aufstehen – ihrer Mutter wegen.

Carsten kennt Ulrikes Leben genau; ihre Familie, ihr Haus, ihr Schlafzimmer, ihren Körper. Er weiß, dass sie beim Kochen summt und jede Mahlzeit mit Maggi »würzt«. Er weiß, dass sie nachts mit den Zähnen knirscht und selbst im Winter in kühler Satinbettwäsche schläft. Er weiß, wie warm sich ihre Beine trotz dieser Bettwäsche immer anfühlen. Er weiß, wie sie bei Erregung stöhnt (nämlich beinahe winselnd) und dass sie am schnellsten kommt, wenn man zwischen den Stößen an ihren Brustwarzen saugt.

Ulrike hingegen hat keine Ahnung von Carstens Alltag in Berlin. Unzählige Male hatte er sich vorgenommen, sie einzuladen, doch er tat es nie. Schließlich gestand er sich ein, dass er Ulrike gar nicht bei sich daheim haben will. Ihr Dialekt, die Laute und Wörter seiner Kindheit sollen nicht durch seine Wohnung hallen. Zu Hause will er nicht an Munßig erinnert werden: nicht an seine fordernde Mutter, nicht an seinen schwachen Vater, nicht an die schmerzhaften Prügeleien mit seinem Bruder, den zu ärgern er einfach nicht aufhören konnte, nicht an die normierenden Blicke der Dorfbewohner, nicht an die Liebesbeziehungen, die er als Teenager mal mit Ulrike führte und mal nicht.

Wäre sie einmal bei ihm daheim gewesen, hätte Ulrike sein Berliner Wesen bestimmt ständig mit dem abgeglichen, was sie aus Munßig von ihm kennt. Er hätte sich ihr gegenüber nicht mehr zu verhalten gewusst. Hier im Dorf haben sie feste Muster. Und feste Muster schätzt Carsten mehr als jedwede Unberechenbarkeit. Außerdem hätte Ulrike bestimmt sowieso keine Zeit gehabt, wegen ihrer Kinder und wegen ihrer Mutter.

Ein paar Meter weiter: das Haus von Jutta, Inges einziger Freundin. Neben dem Gartentor steht ein alter DDR-Müllkübel aus Zink, den Jutta mit Stiefmütterchen bepflanzt hat. Jutta ist der Inbegriff dessen, was man eine »rüstige Rentnerin« nennt. Eine solch überzeugte Frohnatur, dass es selbst meiner Mutter nicht gelingt, ihr die Laune zu verderben, geht es Carsten durch den Kopf. Ab und an trifft sich Inge mit Jutta zum Kaffeeklatsch; danach ist Inge meist für ein paar Stunden etwas heiterer aufgelegt als sonst. Über Jutta weiß Carsten, dass sie als Jugendliche auf einem Sportinternat war. Als sich abzeichnete, dass aus der internationalen Schwimmkarriere nichts werden würde, kehrte sie nach Munßig zurück, in ihr Heimatdorf. Carsten fragt sich bis heute, warum.

Dann das Haus seines einstigen Schulkameraden Udo. Der Weinert Udo, der mit dreiundzwanzig mit dem Motorrad gegen einen Baum geprallt ist – mit drei Promille und 200 km/h und natürlich »aus Versehen«, wie sich bei der Beerdigung alle gegenseitig versicherten.

Udo war häufig zu spät zur Schule gekommen, weil er direkt gegenüber wohnte. Er hatte den kürzesten Weg von allen, und die, die den kürzesten Weg haben, kommen ja meistens zu spät. Nicht selten trug Udo sogar noch die Schlafanzughose und wurde zum Umziehen wieder nach Hause geschickt.

Das Schulgebäude ist für hiesige Verhältnisse imposant. Zwanzig Fenster, die mittleren davon geschminkt mit aufgemalten Dreiecksgiebeln. In dem dunkelbraunen Holzportal finden sich Schnitzereien, die Carsten, wie ihm jetzt einfällt, noch nie genau betrachtet hat. Bei Tageslicht sollte er das einmal nachholen. Am Rand der Tür sind es Mond und Sterne, das weiß er, aber die filigranen Figuren in der Mitte, die kennt er nicht.

Auf dem Hof hinter dem Gebäude stehen die einzigen zwei Spielgeräte, die es in Munßig gibt: ein Klettergerüst und eine Wippe, unter ihr: Autoreifen als Puffer.

Vor einigen Jahren rumorte in Munßig das Gerücht, man wolle Flüchtlinge in der Schule unterbringen. Plötzlich schwappte eine Einigkeit über das Dorf hinweg, die Carsten noch nie erlebt hatte: Alle waren dagegen. Sogar Jutta war dagegen.

Bei einem seiner Besuche verkündete Inge dann, es habe »Entwarnung« gegeben: »Null Komma null Flüchtlinge!« Die Erleichterung atmete aus ihrem ganzen Körper. Weicher und runder wirkte diese kantige Frau, seine Mutter, in diesem Moment, sogar vollere Lippen schien sie zu haben.

Carsten dachte damals: Zum Glück bin ich ohne Lissa gekommen. Wohl wissend, dass seine bereits bestens über das Weltgeschehen informierte Tochter anders reagieren würde, ließ er es bei Inges Erleichterung bewenden. Und wenn er ehrlich ist: Er teilte sie sogar.

Unweit der Schule: der Platz, auf dem die graue Feldsteinkirche müde kauert. Regelmäßige Gottesdienste finden hier keine mehr statt, nur noch Beerdigungen. Im Dezember steht vor dem Eingang immer ein Weihnachtsbaum, der lediglich mit einer Lichterkette geschmückt ist, nicht mit Kugeln oder Sternen, und damit kärglicher aussieht, als wenn er gar nicht behängt wäre. Carsten erinnert die Tanne zuverlässig an die Weihnachtsschallplatte, die den ganzen Dezember über bei ihnen lief. Die Kinderstimmen kriechen in sein Ohr: »Alle Jahre wieder die gleiche doofe Tour. Die andern ham 'nen Weihnachtsbaum und wir 'ne Witzfigur.«

Hinter der Kirche, an das mittelalterliche Gemäuer angrenzend, befindet sich der Friedhof, auf dem er Ulrike mit den raspelkurzen Haaren und der Wildlederjacke, die sie damals trug, das erste Mal geküsst hat (und allerhand andere Mädchen auch), weil es hier viele Bäume gibt und Hecken und Mäuerchen, hinter denen man sich verstecken kann. Es ist auch der

Ort, an dem Ulrike ihre Hand das erste Mal in seinen Hosenbund schob, nur um sie nach einem kurzen Zucken, als wäre sie erschrocken, gleich wieder herauszuziehen. Beim nächsten Versuch verweilte Ulrikes Hand länger.

Wahrscheinlich haben alle Munßiger Jugendlichen auf diesem Friedhof ihre Unschuld verloren. Wahrscheinlich hat sogar seine Mutter hier ihre Unschuld verloren.

Die Kirche trennt den oberen Teil Munßigs vom unteren. Wobei »oben« und »unten« willkürliche Zuschreibungen sind, denn das Gelände ist eben. Es gibt keinerlei Anstieg, der ein »Oben« oder »Unten« für Außenstehende logisch erscheinen ließe. Carsten jedenfalls joggt jetzt in den oberen Teil, vorbei am Haus seiner Großeltern, Richards Eltern. Er und Jens waren oft hier, mal nur zum Mittagessen, mal für ein ganzes Wochenende. Carsten fand es immer warm und gemütlich. Abends badeten die Jungs, solange sie noch hineinpassten, im Spülbecken in der Küche. Und morgens krochen sie ins Bett der Erwachsenen – etwas, das Inge daheim nicht duldete – und sangen Lieder. Für jede Jahreszeit kannte die Oma ein Lied, und Opa in seinem langen weißen Nachthemd holte die Mandoline aus dem Schrank und spielte dazu. So saßen sie im Bett und musizierten, und wann es Frühstück gab, war völlig egal. Carsten wird erst in diesem Moment bewusst: Bei seinen Großeltern prügelten er und Jens sich nie. Irgendwie überkam ihn in diesem Haus nicht das Bedürfnis, seinen Bruder zu provozieren.

Inzwischen wohnt eine Familie mit drei Kindern darin, den einzigen Kindern neben Ulrikes, die es in Munßig noch gibt. Auf dem Fenstersims im Erdgeschoss liegt eine zusammengerollte Katze, beleuchtet vom Licht der langen, über die Straße gebeugten Laterne. Carsten denkt an die alten Laternen zurück, an die, die vor der Wende die Scheffelstraße säumten: die kurzen, die aussahen wie Polizisten mit Hut, aber wie gutwillige.

Dann die leer stehende Kneipe, die zumindest eine Weile lang noch als Jugendclub diente.

Dann der leer stehende Konsum. In den Scheiben: vergilbte Häkelgardinen mit Stangendurchzug. Hier holte Udo immer seinen Schnaps, schon bevor er volljährig war, und Frau Zauche, die Verkäuferin, legte ihm eine Stange Pfeffi-Bonbons dazu, um ihrer beider Geheimnis, das natürlich gar keines war, mit Minze zu übertünchen.

Frau Zauches Markenzeichen war ihre ärmellose Kittelschürze; selbst im Winter hatte sie die an. Wenn sie die Arme bewegte, um einen Preis in die Kasse zu tippen, blitzten unter ihren Achseln feuchte schwarze Haarbüschel hervor.

Als die ersten großen Supermärkte eröffneten, beschwerte sich Frau Zauche, dass niemand mehr zu ihr kam. Und seit der Laden geschlossen ist, beschweren sich alle, dass es im Dorf nichts mehr zu kaufen gibt. Letztes Jahr ist Frau Zauche an Krebs gestorben.

Bald darauf: Sandy und Detlef, die lange einen Schäferhund in einem Zwinger hielten, der nur unwesentlich größer war als der Hund selbst. Spazieren führten sie ihn so gut wie nie. Sein Name stand am Zwinger, mühevoll mit Lötkolben in einzelnen schwarzen Punkten auf ein Holzbrett gebrannt, als hätten Sandy und Detlef ihn anfangs gerngehabt. Schon als Fünfjährige wollte Lissa die beiden wegen Tierquälerei anzeigen. Das muss ungefähr zu der Zeit gewesen sein, in der Carsten das Wort »frühreif« zur Beschreibung seiner Tochter erstmals in den Sinn kam.

Lissa war froh, als Inge ihr irgendwann erzählte, der Hund sei eingeschläfert worden. »So schlimm wie in dem Käfig kann's im Himmel gar nicht sein«, sagte Lissa, und Carsten dachte, vielleicht ist seine Tochter gar nicht »frühreif«, sondern schlichtweg »reif«, reifer als die meisten Älteren, die ohne inneren Kompass durchs Leben irren. Reifer als er selbst. Ihm war der Schäferhund nämlich völlig egal gewesen. Was Lissa ihm unentwegt vorführt, ist seine eigene Unzulänglichkeit. Wie ernst sie alles nimmt! Moralisch hat sie immer recht – und gleichzeitig so was von keine Ahnung. Sie denkt, sie kenne die Welt, dabei kennt sie nur das Internet. Als sie kleiner war, ärgerte sie sich einmal einen ganzen Tag lang darüber, dass sie ein selbst erdachtes Gedicht vergessen hatte. Sie überlegte und überlegte, aber es wollte ihr nicht mehr einfallen. Dann bat sie Carsten, ihr Gedicht zu googeln. Allein komme sie nicht darauf.

Weiter hinten, schon fast am Dorfende, lebt die Familie Schmölk, die den Zeugen Jehovas angehört. Da die Sekte in der DDR verboten war, wurden sämtliche Familienmitglieder von den übrigen Munßigern gemieden. Soweit Carsten informiert ist, hat sich daran auch nach 1990 nichts geändert.

Das Einzige, was alle im Dorf über die Zeugen Jehovas wissen, ist, dass sie Blutspenden nicht erlauben und keine Geburtstage feiern. Letztgenanntes reichte Carsten früher zur Abschreckung: Wie schlimm musste dieses Leben sein! Keine Geschenke zum Geburtstag!

Eine der Schmölk-Töchter ging mit Jens in dieselbe Klasse, und weil Jens ihr Geburtsdatum im Klassenbuch gesehen hatte, schenkte er ihr an ihrem Geburtstag eine seiner Holzfiguren (War es ein Pferd?).

Sie standen auf dem Pausenhof, der Unterricht war vorbei und alle anderen – bis auf Carsten – schon heimgegangen. Das

Mädchen strahlte. Schnell ließ es das Pferd in der Tasche seiner viel zu großen Winterjacke verschwinden.

Carsten, der es immer beobachtete, wenn sich Jens mit dem »Bibelforscher-Mädchen« abgab, rannte auf seinen Bruder zu und schrie: »Bist du bekloppt? Das ist verboten!«

Erschrocken zog das Mädchen die Figur aus der Tasche, warf sie zu Boden und rannte weg.

Am Abend, beide in ihren Betten liegend, sagte Carsten: »Das war kriminell, was du gemacht hast.« Er empfand das wirklich so. Er hatte seinen Bruder bei einem Delikt ertappt. »Wenn das jemand gesehen hätte!«

»Du bist ein Feigling«, zischte Jens. »Sie hat sich so gefreut. Und dann kamst du aus deinem Scheißloch gekrochen und hast alles kaputt gemacht. *Das* ist kriminell.« Wütend stand er auf und schlug mit seinem Kissen auf Carsten ein. Nach einer Weile warf er das Kissen beiseite und boxte Carsten in den Bauch.

Beim Joggen spürt Carsten diesen Boxhieb jetzt wieder. Im Grunde ist es ein Wunder, dass sie beide ihre Kindheit ohne Organschäden überstanden haben.

Carsten keucht, schaut auf seine laufenden Füße. Er gibt sich Mühe, während der nächsten Schritte nicht aufzublicken. Jetzt kommt das Grundstück der Dorfärztin. Hier gruselt es ihn.

Das Haus: Praxis und Wohnhaus in einem. Womöglich ist es nur Einbildung, aber bei seinen Laufrunden kommt es Carsten vor, als wackele eine der Gardinen immer ausgerechnet dann, wenn er vorbeijoggt. Er sieht Bewegungen im Fenster und spürt einen Blick im Rücken, ein stechend-juckendes Gefühl zwischen den Schulterblättern. Uralt muss Frau Dr. Konzack inzwischen sein, sofern sie noch lebt, denn alt kam sie ihm schon vor, als Carsten noch jung war. Alt und böse und sich keinen Deut um ihre Schweigepflicht scherend.

Dann das Spritzenhaus der Freiwilligen Feuerwehr. Es ist das letzte Gebäude vorm Ortsausgang. Ein gelbes Schild: Munßig rot durchgestrichen, ein Pfeil, der nach vorne zeigt. Das Schild gibt Carsten Energie. Raus aus diesem Kaff! Er beschleunigt und schaltet die Stirnlampe ein. Sie strahlt schwächer als erwartet. Er hätte sie vorm Loslaufen testen und die Batterien wechseln sollen.

Carsten dreht den Kopf nach links, leuchtet auf den Feuerlöschteich. Früher durfte man darin baden, und das, das muss Carsten zugeben, machte die Sommer hier wirklich schön. Inge und Richard fuhren mit den Jungen nie weg, wohin auch? Dafür schenkte der Feuerlöschteich Carsten dieses prägende Gefühl von Ferien: warme, gebräunte Haut mit weißen Narben an den Schienbeinen und an den Knien, sonnengebleichte Haare, lange Tage, an denen nichts anderes zu tun war, als zum Teich zu gehen, sich den schrägen Planenrand hinab ins Wasser gleiten zu lassen und erst wieder rauszukommen, wenn die Lippen schon fast schwarz waren und irgendein Erwachsener rief: »Carsten, raus jetzt! Wenn du dich nicht sofort aufwärmst, wächst dir auch so ein Fleck auf dem Mund wie deiner Mutter!«

Heute ist das Baden im Teich verboten. Um das Wasser herum steht ein Maschendrahtzaun; der stand schon immer, aber die darin eingelassene Tür war früher nie verschlossen, auch nachts nicht.

Rechts von Carsten liegt das Feld, über das ein dünner Trampelpfad zum Wald führt. Diese Abzweigung nimmt er. Bodenwechsel, kein Straßenbelag mehr. Carstens Schritte klingen nun weicher. Spaßeshalber schaltet er seine Stirnlampe aus. Wie stockfinster die Nächte hier sind! Carsten sieht Munßig noch, die Laternenkette entlang der Scheffelstraße. Aber wenn er seinen Kopf vom Dorf abwendet, ist die Welt weg. Eingehüllt in archaisches Schwarz. Keine Sterne zu sehen; ein Hauch der weichen Wolkenschicht vielleicht, die alle Sterne verdeckt und den Mond. Stünden jetzt plötzlich zwei Monde am Himmel wie in manchem Science-Fiction-Film, Carsten würde es nicht sehen. Auch zu seinen Füßen erkennt er nichts. Er spürt nur, wie er mit seinen Schritten ein wenig Sand aufwirbelt und die Kieselsteinchen fester in den Boden drückt. Er hört die Grillen, er hört seinen Atem. Er spuckt ins Feld.

Dann schaltet er die Stirnlampe wieder ein. Sie leuchtet, flackert – und geht aus.

Mist!, denkt Carsten. Er kann nicht schon umkehren. Er will weiter rennen, weiter wegrennen. Das war zu kurz. Bis zum Wald will er es schaffen.

Er zieht sein Telefon hervor, stellt die Taschenlampe an und behält das Gerät beim Laufen in der Hand, um den Boden vor sich zu beleuchten. Der Akku steht bei zweiundzwanzig Prozent. Die Lampe verbraucht viel, aber es dürfte reichen. Tief in den Wald hinein will er ja nicht, und er joggt nur den Pfad entlang. Das Schlimmste, was ihm im Dunkeln passieren könnte, wäre, über eine tote Maus zu stolpern.

Joggen ist nur auf den ersten Metern anstrengend, solange der Körper seinen Rhythmus sucht. Seit der Kneipe haben bei Carsten die Beine übernommen, sie laufen und laufen. Carsten muss ihnen nicht mehr sagen, was zu tun ist. Einmal hat er mit einer App beim Laufen zu meditieren versucht. Aber es gelang ihm nicht, sich auf die Worte einzulassen, die ihm die Kopfhörer ins Ohr raunten. Die Anweisungen gingen ihm fürchterlich auf die Nerven. Carsten ist kein Mensch, der seinem Atem eine Farbe geben kann. Auch keiner, der es schafft, Gedanken »einfach vorbeiziehen zu lassen, ohne sie zu bewerten«. Carsten fängt jeden seiner Gedanken ein; die meisten verurteilt er und beschimpft sie dafür, dass sie es gewagt haben, in seinem Kopf zu siedeln. Er würde gerne anders denken, als er denkt. Genauso, wie er gerne anders wäre, als er ist, aber natürlich schimpft er auch diesen Gedanken weg, sobald er aufkommt. Keucht ihn weg beim Laufen. Beim Laufen, das ist das Gute am Laufen, lässt sich Wut direkt in die Beine leiten, dann wird Energie daraus.

In diesen Minuten hat er seine Ruhe. Keine Inge, die sich für jeden Zentimeter, den sie sich fortbewegt, bei ihm unterhakt. Keine Lissa, die sich einen veganen Brotaufstrich zusammenrührt und diesen als humane Alternative zu Leberwurst anpreist. Er liebt seine Tochter, natürlich, aber ihr »Probier es doch einfach!« kann er nicht mehr hören.

Und seine Mutter meint, er sei hier, um ihr das Haus zu renovieren und Apfelmusgläser aus dem Keller zu holen. Aber er hat keinen Urlaub. Er muss arbeiten. Er sagt das wieder und wieder. Es kommt nicht bei ihr an.

In den vergangenen Tagen hat Carsten an seinem alten Schreibtisch im Kinderzimmer gesessen. Allerdings verbrachte er einen Großteil der Zeit damit, zu fluchen und seine Faust auf die dunkel geölte Tischplatte zu hauen. Mit dem Handy hatte er sich einen Hotspot eingerichtet. Im Grunde war ihm aber schon vorher klar gewesen, dass es zu seiner Hoffnung auf stabiles Internet überhaupt keinen Anlass gab. Das Laden einer Website dauert so lange wie vor zwanzig Jahren, als das Modem beim Einwählen noch quietschte und knirschte und das Telefon besetzt war, wenn man ins Internet wollte. Selbst Word-Dateien kann er nur mit Glück verschicken. Videos abzuspielen: völlig unmöglich. Wenn ihn jemand auf dem Handy anruft, muss er in die Mitte des Raums treten, genau unter die Deckenlampe, und wehe, er neigt den Oberkörper auch nur einen Zentimeter zur Seite, dann ist die Verbindung weg. Deshalb greift er nun auf Inges Festnetztelefon zurück. Sobald es klingelt, hört er seine Mutter im Erdgeschoss staunen: »Da ruft schon wieder jemand an.« Und wenn sie nicht staunt, fragt sie, was er am Abend essen wolle. Oder sie sagt, dass er die Fenster neu abdichten müsse, denn auf den Sommer werde auch in diesem Jahr wieder ein Winter folgen. Oder sie verlangt von ihm, eine tote Steckdose zu reparieren. Ist er Elektriker? Oder ihr fällt ein, er könne Richards Kleider auf dem Dachboden durchsehen; ob er irgendetwas davon haben möchte. Oder sie bittet um das nächste Glas Apfelmus aus dem Keller, woraufhin Carsten schreit, das könne gefälligst Lissa holen, woraufhin Lissa protestiert, sie habe Ferien und wolle in Ruhe lesen, woraufhin Inge schimpft: »Zum Teufel! Könnt ihr zwei nicht einmal etwas *machen*? Die ganze Zeit sitzt ihr bloß da oben rum.« Carsten ist beinahe froh darüber, dass Inge nicht zu ihm raufkommen kann.

Carsten ist im Kinder-, Lissa in Inges früherem Schlafzimmer untergebracht. Ein bisschen mutet der erste Stock des Hauses nun wie ein Käfig an: Zwar gewährt er Schutz vor Inge, dem spähenden, lauernden Tier, das sich die Treppe nicht heraufwagt, gleichzeitig bietet er aber keinerlei Möglichkeit zur Flucht. Sobald Carsten den Käfig verlässt, indem er ins Erdgeschoss geht, stürzt sich seine Mutter auf ihn. Gestern verzichtete er den ganzen Nachmittag darauf, etwas zu trinken, nur um nicht nach unten aufs Klo zu müssen.

Heute Morgen hatte Carsten schon beim Aufwachen das Bedürfnis nach einem Schluck Whisky. Er gab ihm nicht nach, er kann ja nicht schon nach vier Tagen mit seiner Mutter zum Trinker werden. Also wartete er bis zum frühen Nachmittag damit. Dann nahm er seinen Laptop und sein Telefon und ging rüber zu Ulrike. Dort konnte er in Ruhe arbeiten. Er saß im Wohnzimmer und hatte WLAN (zwar kein schnelles, aber wenigstens ein stabiles). Nur einmal kam eine ihrer Töchter herein, um ihre Spielkonsole zu holen. Und Ulrike brachte ihm einen Kaffee. Sonst wurde er nicht unterbrochen. Er wird Ulrike bitten, jeden Tag bei ihr arbeiten zu dürfen, sobald er am Mittag mit Inge von der Physiotherapie zurück ist. Ulrike sagt sicher nicht Nein.

Inge hat die Operation so weit gut verkraftet. Auch die Physiotherapie zeigt Wirkung. Mit ihren Krücken kommt sie allein vorwärts – was sie allerdings nicht davon abhält, einen Arm zum Einhaken zu verlangen, sobald jemand in Sichtweite ist. Die steile Treppe zu benutzen, traut sie sich noch nicht wieder. Auch der Abstieg zum Keller macht ihr Mühe. Aber die Treppen sind reine Kopfsache, denkt Carsten, das muss sich erst wieder einspielen. Genau wie ihre nächtlichen Toilettengänge: Auf dem Weg zum Bad gibt es keine einzige Stufe. Zudem wird ihr der Weg von kleinen Lichtern in den Steckdosen gewiesen. Dennoch will Inge »im Finstern« nicht allein raus. Sie habe Angst zu stolpern, sagt sie. Also ruft sie nachts »Hallo, hallo, bitte kommen!« durchs Babyfon. Und Carsten schreckt hoch und denkt an die grauenvollen Nächte mit Lissa als Baby, die ihm rückblickend erholsamer vorkommen als das, was er gerade erlebt. Selbst in der Scheidungsphase, als Lissa so anhänglich war und nie in ihrem Zimmer allein sein wollte, selbst da hat er besser geschlafen.

Erst wollte Inge das Babyfon natürlich gar nicht haben: »So ein Firlefanz!« Doch dann benutzte sie es gleich in der ersten Nacht sechs Mal. Einmal davon nur, um Carsten zu erzählen, was ihr gerade eingefallen war. (Carsten hat vergessen, was. Vielleicht ging es um die Fensterdichtungen.) Die anderen Male musste er sie zur Toilette führen, vor der Tür warten und sie anschließend zurück zum Bett geleiten.

Jede Nacht erklärt er ihr, sie werde das bald wieder ohne ihn schaffen müssen. Bald werde niemand mehr hier sein, den sie aus dem Bett scheuchen könne. Inge deutet dann ein Zuhalten ihrer Ohren an.

Bevor Carsten zum Joggen aufbrach, gab er Lissa das Babyfon. Jetzt muss sie helfen, sollte irgendetwas sein.

Carsten erreicht den Waldrand. Es ist verlockend, hineinzurennen, sich noch mehr einzuhüllen, fallen zu lassen in dieses tiefe, sämige Schwarz. Eine derartige Dunkelheit gibt es in Berlin nie. Geradezu heimelig wirkt der Wald. Aber das liegt nur daran, dass Sommer ist: Carsten würde nichts passieren, selbst wenn er sich das Bein bräche und eine Nacht biwakieren müsste. Im Winter hätte er mehr Respekt, er wäre sich seiner Schutzlosigkeit mehr bewusst.

Carsten läuft in den Wald hinein. Im Rhythmus seines Laufs erhellt das Handylicht den Pfad. Früher waren sie oft hier zum Pilzesammeln. »In die Schwämme gehen«, sagte sein Vater dazu. Jens hatte das beste Auge. Eine Braunkappe nach der nächsten fand er, und Pfifferlinge und Mönchsköpfe und Judasohren. Und wenn Carsten der Erfolg seines Bruders zu viel wurde, trat er gegen dessen Eimer, sodass Jens seine Pilze neu auflesen musste.

»Könnt ihr nicht wenigstens im Wald friedlich sein?«, mahnte Inge.

Carsten hält an und wischt sich den Schweiß aus dem Gesicht, fährt mit den Fingerkuppen über seine nassen Augenbrauen. Dann schaltet er das Handylicht aus, um sich der Dunkelheit für einen Moment ganz zu ergeben. Der Dunkelheit und der Stille, die lediglich von dem bis hierher wehenden Zirpen der Feldgrillen durchschnitten wird. Und hin und wieder von einem Rascheln. Und von seinem Atem, der nun doch eine Farbe hat: nachtwaldschwarz. Und dann vom Klingeln seines Telefons.

Carsten hat mehrmals versucht, Jens zu erreichen. Nie rief er zurück. Und nun meldet er sich ausgerechnet, während Carsten hier im Wald steht. Er nimmt ab. Der Akku seines Handys: vierzehn Prozent.

Vom Laufen ist Carsten ein wenig aus der Puste. Ins Dunkle hinein haucht er: »Jens?«

»Ja. Du hattest angerufen?«

Früher hatte Carsten diese Stimme täglich um sich. Nun hört er sie das erste Mal seit Jahren wieder. Ein merkwürdiges Gefühl, diese Mischung aus Vertraut- und Fremdheit. Merkwürdig auch der Gedanke, dass sie dieselben Eltern haben, dass ihre Gene zu fünfzig Prozent identisch sind – und dass daraus trotzdem keine brüderliche Verbindung zwischen ihnen gewachsen ist, eher das Gegenteil.

Jens hat, das muss Carsten zugeben, eine schöne Stimme, klar und eingängig.

»Ist ein ziemlich kompliziertes Unterfangen, dich zu erreichen«, sagt Carsten.

»Ich war im Urlaub.«

»Ach so«, erwidert Carsten, als leuchte ihm die Erklärung ein. Er rückt das Stretchgummiband seiner Stirnlampe zurecht; es ist zu weit hochgerutscht. »Wo warst du denn im Urlaub?«, fragt er.

Daraufhin hört er seinen Bruder seufzen. Aber nicht antworten.

Irgendwann sagt Carsten, um das leere Gespräch zu füllen: »Ich stehe übrigens gerade im Wald. Musste vorhin daran denken, wie wir immer in die Schwämme gegangen sind.«

»Ich versuche ja, an all diese Sachen überhaupt nicht mehr zu denken«, erwidert Jens. »Psychohygiene.«

Carsten bohrt einen Fuß in den weichen Boden. Läuft nicht besonders gut, dieses Telefonat. Aber der Empfang, der ist immerhin einwandfrei. Vielleicht sollte er künftig im Wald arbeiten, sich seinen Hotspot hier einrichten.

»Du, Carsten, ich habe nicht ewig Zeit. Wieso hast du versucht, mich anzurufen?«

»Es geht um Mutti.«

»Thought so. Ist sie tot?«, fragt Jens lapidar.

»Nein. Sie ist die Treppe hinuntergestürzt. Die steile Treppe im Flur.«

»Ich weiß schon, welche Treppe du meinst. Angeblich habe ich da mal jemanden heimtückisch hinuntergeschubst«, sagt Jens und lacht höhnisch auf.

Carsten übergeht Jens' Anspielung und erzählt von Inges neuem Hüftgelenk, den Krücken, der Physiotherapie, zu der er sie täglich begleitet, dem barrierefreien Badezimmer, dem Stufentrauma. Er erzählt, dass er und Lissa gerade in Munßig sind, für drei Wochen, bis Inge sich wieder sicherer fühlt. Er erzählt von den häufigen Toilettengängen in der Nacht.

Jens räuspert sich laut. »Also, ist es nun schlimm oder nicht?«

Carsten spürt Ärger in sich aufwallen. Aber er steht im Wald, er will friedlich sein. Im Wald muss man doch friedlich sein. Also schildert er die Situation aufs Neue: Er wisse nicht, was Jens mit »schlimm« meine. Fakt aber sei, dass Inge abbaue und nicht mehr ewig allein in dem Haus leben könne. Probleme mit dem Blutdruck habe sie auch.

»Fragst du mich gleich, ob ich wieder zu Hause einziehe?«, sagt Jens. »Oder brauchst du Geld fürs Altersheim?«

»Ich wollte die Situation einfach mal mit dir besprechen.«

»Hör zu, Carsten: Mich interessiert weder ihr neues Hüftgelenk noch, wie oft diese Frau nachts pissen muss. Und im Übrigen finde ich es nur fair, wenn du sie noch möglichst lange an der Backe hast.«

»Jetzt halt aber mal die Luft an!«, ruft Carsten.

»Ich bin fertig mit dieser Familie. Du hast mich fertiggemacht, jeden Tag hast du mich fertiggemacht, Carsten. Jeden verdammten Tag und jeden verdammten Abend ist dir was Neues eingefallen, um mich kleinzuhalten und zu quälen. Lass mich for God's sake einfach in Ruhe.« Jens schluckt. Es klingt, als verschlucke er ein Weinen. Er schweigt kurz, ehe er sagt: »Ruf mich wieder an, wenn sie im Sterben liegt. Dann komme ich, um ihr zu sagen, dass sie es verbockt hat, so richtig verbockt hat. Dass es ihre Aufgabe gewesen wäre, mich zu nehmen, wie ich bin. Und vor allem hätte sie mich vor dir beschützen müssen.«

»Du spinnst doch«, sagt Carsten.

Es knirscht.

Jens hat aufgelegt.

Carsten stampft auf wie ein wütendes Kind, mehrmals stampft er und presst Grunzlaute hervor. Er schmeißt das Handy auf den Boden. Dann sinkt er hinab auf alle viere, um es wiederzufinden. Probehalber schaltet er erneut seine Stirnlampe an: nichts. Er kriecht und ärgert sich über seine Blödheit, das eigene Telefon in die Nacht zu werfen. Und über seinen Bruder. Er spürt Moos und Baumnadeln und Holzstöckchen und trockenen Dreck, und plötzlich juckt es ihn am ganzen Körper, weil er sich vorstellt, dass es hier von Asseln und Ameisen und Würmern wimmelt. Carsten beginnt, mit den Händen zu scharren. Er scharrt und kratzt die Erde auf, bis seine Fingerkuppen brennen, dabei weiß er, dass sich sein Telefon nicht selbst vergraben haben kann und dass das, was er sucht, nicht sein Telefon ist.

Nach einer Weile keucht er, »Friedlich sein, im Wald muss man doch friedlich sein«, und hört auf zu scharren. Er kriecht wieder und dreht sich, noch immer auf allen vieren, im Kreis.

Endlich ertastet er sein Handy, steht auf.

Die letzten fünf Prozent seines Akkus reichen, um leuchtend den Weg aus dem Wald herauszufinden. Sie reichen auch noch für ein paar Meter auf dem Feldpfad. Anschließend geht er im Dunkeln. Es regnet; nicht stark. Carsten beschleunigt, joggt erst, und dann rennt er. Weil er rennen muss. Er sagt sich, dass dieses Gespräch mit Jens doch überhaupt nichts verändert hat: Vorher wie nachher muss er allein zusehen, wie er Inge gerecht wird. Aus jedem Kinderkram macht er ein Drama, sein Bruder. Nachtragender als ein Elefant.

»Gequirlte Scheiße«, fällt ihm ein. Das hat sein Vater immer gesagt, wenn etwas schiefging. »Gequirlte Scheiße!«

Carsten rennt auf die Laternen zu. Er rennt ins Dorf zurück, rennt schnell am Haus der Ärztin vorbei, an den Schmölks vorbei, am Konsum vorbei, an der Kneipe, an der Kirche, an allem vorbei, was ihn zu dem gemacht hat, mit dem er heute klarkommen muss. Er rennt zum Haus seiner Mutter, zum Haus seiner Kindheit, in dem in diesem Moment seine Tochter die steile Treppe herunterkommt, weil sie ihn gehört hat.

»Jetzt siehst du wirklich aus wie ein Bergmann. Alles okay? Bist du gestürzt?«

Carsten winkt ab. »Ich gehe duschen.«

Lissa zuckt mit den Schultern und reicht ihm das Babyfon: »Your turn«, sagt sie und steigt zurück nach oben.

Heute scheint keine Morgensonne in ihr Zimmer. Zum ersten Mal, seit sie hier ist, ist es grau draußen, schwül; leichter Regen. Lissa mag Regen. Ohnehin sagt ihr trübes Wetter mehr zu als helles, sonniges, das immer so dreist zu suggerieren versucht, es gäbe etwas Besseres, als im Bett zu bleiben und zu lesen. Leute, die sich über schlechtes Wetter beklagen, findet Lissa uninteressant. Aber das trifft ohnehin auf die meisten Leute zu.

Lissa liegt seitlich auf dem Sofa, das Kissen unter dem Kopf zusammengeknautscht, die dünne Decke zwischen die Beine geklemmt, zum Polstern, damit nicht Knie direkt auf Knie liegt.

Unten fällt die Tür ins Schloss, endlich. Jetzt beginnt für Lissa die schönste Zeit des Tages. Die, in der sie ganz für sich ist. Wenn sie Glück hat, gehen Inge und Carsten nach der Physiotherapie noch einkaufen; dann sind sie noch etwas länger fort.

Ihr Vater ist schlecht drauf heute. Seine Laune drang bis nach oben zu Lissa, war nicht zu überhören, als er und Inge im Flur standen. Die Ungehaltenheit, mit der er ihr in den Blouson half; sie solle sich nicht so doof anstellen.

Inge sagte: »Wenn du nicht so lange im Bad gebraucht hättest, müssten wir jetzt nicht hetzen.«

Und Carsten sagte: »Wenigstens schaffe ich es noch *allein* bis ins Bad.«

Lissa erkennt den Missmut ihres Vaters auch an der Wucht, mit der sie ihn in diesem Moment die Autotüren zuschlagen hört. Ob er Schmerzen hat von dem Sturz in der Nacht? Er wirkte ziemlich neben der Spur, als er vom Joggen heimkam.

Lissa steht auf, um das Fenster zu öffnen, fragt sich dabei, ob es für »Frischluftfanatiker*in« Entsprechungen in anderen Sprachen gibt, und legt sich wieder hin. Sie mag es, bei geöffnetem Fenster unter der warmen Decke zu dösen.

Von Berlin ist Lissa eine permanente Geräuschkulisse gewohnt: Trolleys, die übers Trottoir rumpeln. Fahrräder, die klingeln (inklusive teurer skandinavischer E-Lastenräder, gefahren von schöngeduschten Frauen mit deren schöngebadeten Kindern vorne in der Transportkiste). Busse, die schnaufen. Hunde, die bellen. Menschen, die pöbeln. Und natürlich Autos: Autos, die hupen. Autos, deren Türen zufallen. Autos, deren Alarmanlagen anspringen. Autos, deren Motoren angelassen werden. Autos, deren Motoren angelassen bleiben, während die Fahrer*innen im Halteverbot stehen und wichtige Telefonate führen. All diesen Stadtlärm ist Lissa gewohnt. Hier im Dorf hingegen ist es ruhig. Der einzige Grund, das Fenster zu schließen, ist der Geruch von Kuhdung, der ab und an hereinweht, aber bestimmt nicht der Krach. Eine solche Stille, dass Lissa jedem Geräusch Aufmerksamkeit schenkt, allein seiner Seltenheit wegen. Fährt ein Auto vorbei, schaut sie hinaus. Werden die Mülltonnen geleert (und unmittelbar danach vom Nachbarn wieder in den Vorgarten geschoben), guckt sie minutenlang zu wie ein Kleinkind. Hört sie Stimmen vorm Haus, kommt sie nicht umhin zu lauschen.

Vorgestern früh bekam sie mit, wie der Nachbar ihren Vater auf das baldige Ende von Smyrna ansprach. Da hätte sie aus ihrer Fensterloge heraus am liebsten Beifall geklatscht.

Lissa überlegt eine Weile, wie der Nachbar heißt. Aber es fällt ihr nicht ein; eigentlich sollte sie seinen Namen kennen. Dieser Spießer nannte sie früher einmal »kleines Berliner

Knackwürstchen«. Seinen Namen hat Lissa vergessen, das mit dem Würstchen nicht. Sowieso kennt sie kaum jemanden in Munßig beim Namen. Trotzdem erwähnt Oma Inge sämtliche Dorfbewohner*innen immer mit der größten Selbstverständlichkeit – die Seidel Birgit, die Schäfer Jutta, die Weinert Manja, den Heinrich Heinz und wie sie alle heißen –, als müsse Lissa nicht nur wissen, wer sie sind und in welchem Haus sie wohnen, sondern auch, wer davon wen nicht grüßt und aus welchem Grund. Oma Inge und die Nachtwey Margit, die Mutter von Ulrike, zum Beispiel haben sich jahrzehntelang nicht gegrüßt. Seit Ulrikes Mutter bettlägerig ist, fällt das aber nicht mehr auf.

Lissa merkt erst jetzt, wie müde sie war vom täglichen Weckerklingeln um halb sieben. Hier muss sie keine Aufsätze schreiben, keine Kurvendiskussion lösen, keine Zwiebelhaut mikroskopieren, und das Kichern ihrer Klassenkameradinnen, abgeschaut aus irgendwelchen Netflix-Teenie-Serien, muss sie genauso wenig ertragen wie Sabines und Thoms Liebesgeflüster.

Lissa gesteht ihrem Vater natürlich nicht, dass sie der Monotonie hier durchaus etwas abgewinnen kann. Ihm gegenüber beschwert sie sich bei jeder Gelegenheit über diese »ödesten Ferien ever«. »Nicht mal eine Ampel gibt es hier!«, sagte sie neulich zu ihm. Dabei tut ihr die Ruhe gut. Sie beobachtet das an ihren Fingernägeln: Die wachsen viel schneller als sonst. Es kann erholsam sein, mal nicht die ganze Welt mit Vertreter*innen jedweder Religion und Ideologie vor der Tür zu haben. Sondern nur die Scheffelstraße, die stoisch alles schluckt, was passiert. In Berlin geben die Häuserschluchten immer Echo.

Lissa fühlt sich hier auf angenehme Weise ans Kindsein erinnert, ans Toben, an die Wochen bei ihren Großeltern, die wohl das waren, was man »unbeschwert« nennt. Oft hat sie mit den Töchtern von Ulrike gespielt, Maren und Meike. Den ganzen Tag war sie draußen, nur zum Essen ging sie rein. Anders als zu Hause war hier nicht der Spielplatz der Spielplatz, sondern das ganze Dorf. Und anders als zu Hause konnte sie auf der Straße Rad fahren; sie musste nicht immerzu achtgeben auf Autos, und in eine Straßenbahnschiene konnte sie mit den Reifen auch nicht geraten. Einfach aufsteigen und losfahren.

Manchmal ging sie mit Oma und Opa spazieren; bei schlechtem Wetter nur bis zum Feuerlöschteich und zurück, bei gutem bis zum Wald oder noch weiter. Am Waldrand stand Springkraut, das sie, wenn es prall genug war, zum Platzen brachten, indem sie die tropfenförmigen grünen Früchte zwischen Daumen und Zeigefinger zerdrückten. Eine Handlung, die Lissa damals sehr mochte, des Kitzelns an den Fingerkuppen wegen, und die ihr heute übergriffig vorkommt.

Und einmal im Wald, als sie ein Reh sahen, erklärte Richard ihr, das Maul eines Rehs heiße »Äser«. »Das lässt sich leicht merken, weil sie damit ja äsen … äh … essen«, sagte er.

Lissa hat das Wort tatsächlich nie vergessen.

Ihr Opa wusste außerdem, dass Rehe Kastanien sehr mögen. Sie kauten darauf herum wie auf Kaubonbons, dann knacke es und knirsche es, bis schaumiger gelber Sabber aus ihrem Äser tropfe.

»Wie appetitlich!«, sagte Inge und verzog das Gesicht.

Lissa lachte.

Wenn sie heute die Abbildung eines Rehs sieht – in echt sieht sie kaum je eines –, muss sie sofort an Richard denken, ihren Dorf-Opa. Einmal gestand er ihr sogar, »braune Rehaugen« bei Frauen besonders hübsch zu finden. Lissa war noch im Kindergartenalter damals. Trotzdem prägte sie sich diesen Satz ein, markierte ihn als etwas, über das sie erneut nachdenken wollte, wenn sie größer wäre. Vielleicht, weil ihr die Diskrepanz zwischen den eisblauen Augen ihrer Oma und »braunen Rehaugen« ein wenig unheimlich war.

Die vergangenen Tage verbrachte Lissa damit, aus dem Fenster zu starren, auf dem Sofa zu lümmeln, Podcasts zu hören, ein bisschen zu lesen (aber deutlich weniger als sonst) und mit Oma spazieren zu gehen. Gestern saß sie eine Stunde lang mit ihr in der Abendsonne auf der Bank vorm Haus. Hoffentlich hat sie sich mit ihrem Versprechen zu nichts hinreißen lassen, denkt Lissa nun. Sie streckt sich, gähnt, dann steht sie auf.

Das Obergeschoss hat nur zwei Räume: das Kinderzimmer, in dem Carsten schläft (und zu arbeiten versucht), und das frühere Schlafzimmer von Inge, in dem Lissa untergebracht ist. Hier stehen jetzt die Wohnzimmermöbel: Stühle, Ess- und Couchtisch, Schrankwand, Sofa, ein dazugehöriger Polstersessel (der zweite dieser Garnitur ist unten in Inges Zimmer verblieben). Man sieht, dass ihr Vater und Ulrike alles nur abgestellt haben. Eingerichtet wirkt der Raum nicht. Der Esstisch befindet sich weder in der Mitte des Raums noch am Rand, und als Lissa ankam, hingen die vier Stühle kopfüber vom Tisch, weil Ulrike gestaubsaugt hatte. Die Fächer und Schubladen der Schrankwand sind leer. Auf dem Boden warten zwei Kartons darauf, ausgepackt zu werden. Das Sofa haben Ulrike und Carsten längs zum Fenster positioniert, daneben den gefliesten Couchtisch mit einem Häkeldeckchen darauf. Dort liegen Lissas Handy und ein paar Bücher. Weitere Bücher liegen über den Teppichboden verteilt, zwischen den wenigen Klamotten, die Lissa dabeihat. An der Wand: weiße Relieftapete mit ornamentalem Blumenmuster. Lissa drückt gerne mit dem Daumen darauf herum. Das hat sie schon als Kind getan; nicht hier im Schlafzimmer, denn in diesem Raum war sie so gut wie nie. Aber unten im Wohnzimmer, wo es eine ähnliche Tapete gibt, hat sie das oft getan, wenn sie sich unbeobachtet fühlte und Inge sie nicht ermahnen konnte. Die wollte natürlich nicht, dass Lissa ihre Tapete kaputt fingerte.

Wie jeden Morgen geht Lissa zuerst hinüber in Carstens Revier, um ihr Handy ans Netzteil ihres Vaters zu stecken. Das erledigt sie stets während seiner morgendlichen Abwesenheit. Denn wenn er nachher versuchen wird zu arbeiten, wird er sich wieder jegliche Störung verbitten. Lissa duscht, kocht Ingwertee, frühstückt in der Küche an dem kleinen Tisch mit den abwaschbaren Platzdeckchen.

Lissa kennt das Haus ihrer Oma gut, trotzdem schaut sie sich, wenn sie allein hier ist, oft um – mit einer Mischung aus Faszination, die wohl noch aus ihrer Kindheit stammt, als sie angetan war von all dem Nippes, und Abneigung gegen die Piefigkeit, die in einer solchen Einrichtung steckt.

Blickdichte Gardinen hängen am Fenster. Hohe dunkelgrüne, lichtschluckende Zimmerpflanzen stehen auf dem Sims. Über die ganze Scheibenfläche wuchern sie. Das Fenster erinnert Lissa an ein Aquarium, das zu lange nicht geputzt wurde. Und: Sind Pflanzen in Töpfen nicht genauso falsch wie Tiere in Wasserbecken, Terrarien, Käfigen, gezwungen zu einem Leben auf den immer gleichen Quadratzentimetern, vereinzelt, verwurzelt; ein bisschen wie Oma?

Das Haus wirkt ausgelaugt, denkt Lissa. Jeglicher Veränderung überdrüssig. Alles hier hat etwas Klebrig-Verstaubtes, etwas Museales. Die Gegenstände, die nur zum Herumstehen gedacht sind, sowieso. Aber auch die, die benutzt werden. Die Kaffeemaschine zum Beispiel. Die zieht Inge nach jedem Einsatz aus der Steckdose, wickelt das störrische Kabel auf und schiebt die Maschine anschließend auf der Arbeitsfläche zurück nach hinten an ihren eigentlichen Platz. Oder das Hängegestell in der Ecke aus rosa lackiertem Draht: Darin liegen immer zwei Zwiebeln; nie eine oder drei, immer genau zwei. Und die Zuckerdose: Die bewahrt ihre Oma im untersten Fach des Unterschranks auf, sodass sie sich gleich morgens zweimal bücken muss – einmal zum Hervorholen der Dose und einmal zum Wegräumen. Lissas Vorschlag, den Zucker dauerhaft auf dem Tisch stehen zu lassen, weil sie ihn regelmäßig für ihren Kaffee brauche, lehnte Inge ohne Begründung ab.

Was Lissa bereits an ihren Eltern beobachtet, tritt bei ihrer Großmutter noch deutlicher zutage: Die Abkehr von widersinnigen Verhaltensweisen scheint ab einem gewissen Alter unmöglich.

Lissa geht die steile Treppe nach oben in ihr Zimmer zurück und nimmt sich vor, mit Inge das Treppensteigen zu üben. Lissa jedenfalls würde es gruseln, allein in einem Haus zu wohnen, dessen oberstes Stockwerk sie nicht erreichen kann. Ein dunkles Loch. Ein dunkles, gieriges Loch, das im Winter die aufsteigende Wärme frisst.

Lissa öffnet die zwei herumlungernden Kartons und beginnt, die Schrankwand einzuräumen. An alles in diesen Kisten erinnert sie sich: an die Bonbons aus Glas. An die Kristallschalen und -vasen mit ihren scharfen Kerben und den Herstelleretiketten, die Oma nie entfernt hat. An das Kaffeeservice mit Eichenblattmuster. An die Porzellanfiguren. An den warzigen Zierkürbis. Und natürlich an die Likörflasche mit eingelassener Spieluhr, auf der eine Ballerina im roten Tutu tanzt; die Füße auf pointe. Lissa zieht die Spieluhr auf – sie funktioniert noch immer – und lässt die Ballerina Pirouette um Pirouette drehen in dem Wasser, durch das, als brauche es noch mehr Kitsch, sogar Blattgoldplättchen schweben, wenn man die Flasche leicht schüttelt.

Verträumt schaut Lissa der Figur zu, bis ihr eine Frage in

den Kopf steigt, deren Antwort sie zu wissen meint: Wenn ich ein Junge wäre, hätten mir Oma und Opa die Ballerina dann genauso oft gezeigt? Bei ausnahmslos jedem ihrer Besuche wurde diese Flasche aus dem Schrank geholt.

Lissa staubt die Gegenstände ab, arrangiert sie in den Fächern in jener Anordnung, wie sie sie aus dem einstigen Wohnzimmer in Erinnerung hat. Ein wenig kommt es ihr vor, als richte sie ein Puppenhaus ein: jedes Fach ein Raum. Lissa kniet auf dem Boden. Zwei Porzellanfiguren lässt sie sogar miteinander sprechen, und als ihr bewusst wird, was sie gerade tut, sagt sie laut, »Boah, es ist schon echt verdammt langweilig hier«, und steht schnell auf. Sie geht zum Fenster, schiebt die Gardine zur Seite. Es hat aufgeklart, der Himmel ist hellblau, draußen sagt der Nachbar, dessen Namen sie kennen sollte, »Heute müssen wir wenigstens nicht gießen«, zu jemandem, dessen Namen sie ebenfalls kennen sollte.

Sie liest ein paar Seiten, findet aber nicht so recht hinein ins Buch. Auf dem Cover ist ein See zu sehen, der ihre Gedanken zum Munßiger Feuerlöschteich lenkt. Schon länger fragt sie sich, warum sich das Dorf um sein einziges Sommervergnügen beraubt und ihn fürs Schwimmen gesperrt hat. Allerdings – man muss ja nicht jeden Blödsinn hinnehmen. Lissa beschließt, schwimmen zu gehen. Zumindest will sie schauen, ob es eine Möglichkeit gibt, über den Zaun zu klettern. Besonders hoch hat sie ihn nicht in Erinnerung.

Lissa geht nach draußen. Wenn es geregnet hat, kann man immer die Eiche riechen, ihre feuchte Rinde, ihr würziges Holz, die Erinnerungen in den knorrigen Ästen.

Ulrike steht in ihrem Garten und befühlt die Bettwäsche, die sie am Vorabend vergessen hat abzunehmen. Nun ist sie wieder nass und schwer, sieht aus wie eine zusätzlich vorm

Haus aufgestellte Gipswand. Ein wenig Wind weht, aber er schafft es nicht, Leichtigkeit in diesen Stoff zu bringen.

Lissa überquert die Straße, geht hinüber zu Ulrike.

Ulrike trägt ein schlichtes Sommerkleid und an den Füßen: neongrüne Crocs. Lissa muss an ihre Mutter denken, weil die nie im Leben neongrüne Crocs anziehen würde, auch nicht, um nur zwei Minuten vor die Tür zu treten, um die Wäsche zu befühlen, auch nicht, wenn es nur in Munßig wäre.

»Na, endlich kriege ich dich mal zu Gesicht. Guten Morgen, Lissa!«, ruft Ulrike.

Lissa schiebt die Hände in die Taschen ihrer kurzen, an den Rändern fransenden Jeans. »Hallo«, antwortet sie und tritt durch das offen stehende Gartentörchen, in dem eine Zaunlatte fehlt; schon seit sie denken kann, fehlt diese Zaunlatte.

Ulrike nimmt Lissa in die Arme. Lissa taucht ein. Ulrike drückt sie so fest, dass sich ihre Brüste berühren, und Lissa kommt nicht umhin, überrascht zu sein über die sprühende Herzlichkeit dieser Begrüßung.

Ulrike löst die Umarmung auf und legt ihre Hände auf Lissas Schultern für ein »Lass dich ansehen!«. Sie sagt: »Du wirst die Augen verdrehen, aber: Menschenskind, bist du groß geworden!«

Ulrike hat sich ebenfalls verändert, findet Lissa. Als die Jüngere von beiden sieht sie sich jedoch nicht in der Pflicht, das zu kommentieren. Dünner ist Ulrike geworden. Und graue Haare hat sie bekommen. Etwas Braun schimmert zwar noch durch, dürfte aber nur für jene Augen sichtbar sein, die Ulrike länger kennen.

Das mit den grauen Haaren gehört zu den Dingen, die Lissa sehr umtreiben: weil es eine allgegenwärtige Ausprägung verinnerlichten Patriarchats ist, wenn Frauen unaufgefordert etwas tun, um männlichen Idealen zu genügen, und sich dabei auch noch einreden, also »schönreden«, sie täten das nur für sich. Fürs ganz persönliche Wellbeing. Mit der ersten grauen Strähne begeben sie sich, fürs ganz persönliche Wellbeing, in den kostspieligen Chemiekreislauf des Färbens und Nachfärbens, was neben der finanziellen, gesundheitlichen und ökologischen Fragwürdigkeit auch ein Akt größter Unsolidarität ist, wie Lissa meint. Denn durch diese vermeintlich individuelle Entscheidung, fürs ganz persönliche Wellbeing, sind graue Haare zur Abnormität verkommen. Und die wenigen Frauen, die sich diesem freiwilligen Zwang verweigern, werden für ihre Vernunft bestraft: indem sie auffallen. Indem sie viel älter wirken, als sie eigentlich sind, und von jedem Kind als »Oma« bezeichnet werden. Warum muss es Frauen Mut kosten, nichts zu machen?

Deshalb findet Lissa es toll, dass Ulrike bei ihren echten Haaren bleibt. Sowieso hegt Lissa große Sympathie für Ulrike. Sie ging immer gerne zu Maren und Meike zum Spielen. Mitunter gab sich Ulrike für eine Weile mit ihnen ab, brachte ihnen Eis oder nagelte etwas zusammen, das die Kinder gerade dringend brauchten, einen Verschlag zum Verstecken etwa oder ein Pferd aus zwei Holzbrettern (ein kurzes Brett oben als Kopf, ein langes als Rumpf), das sie dann mit einer Mähne aus Wollfäden beklebten. Von dieser zupackenden Art, die keinerlei Platz lässt für die Wehleidigkeit, die sie von ihrer eigenen Mutter kennt, war Lissa schon als Kind beeindruckt. Und jetzt die grauen Haare – Ulrike wirkt damit alles andere als alt, sondern sieht sogar ziemlich gut aus.

Lissa und Ulrike unterhalten sich über Inge, die Fortschritte, die sie dank der Physiotherapie macht, und über Renzo. Lissa lief immer über vor Stolz, wenn sie den Hund Gassi führen durfte.

»Ja, er fehlt mir«, sagt Ulrike. Aber einen neuen wolle sie sich vorerst nicht kaufen. Renzo könne man nicht ersetzen. Und mit ihrer Mutter und den Mädels und dem Haus und dem Putzen bei Inge habe sie genug zu tun.

»Wie geht es denn deiner Mutter?«, will Lissa wissen. Ulrike schaut so verwundert, dass Lissa überlegt, ob sie die Frage nicht hätte stellen dürfen. »Falsches Thema?«

»Nein, nein. Mir ist nur gerade aufgefallen, dass sich danach schon lange niemand mehr bei mir erkundigt hat.« Ulrike dreht sich zur Seite, greift an das weiße Laken hinter sich, als hätte sie schon wieder vergessen, was sie längst herausgefunden hat: wie nass die Wäsche vom Regen ist. Wie lange sie noch wird trocknen müssen.

Während dieser Drehbewegung sieht Lissa, dass einer der Knöpfe an Ulrikes Kleid aufgesprungen ist. Der Stoff klafft weit genug auseinander, um das gewölbte Körbchen ihres BHs freizulegen.

»Ich kann gar nicht genau sagen, wie es meiner Mutter geht. Sie spricht ja nicht«, antwortet Ulrike. »Mitunter wirkt sie unruhig. Vor allem in den letzten Tagen hat sie oft nach mir gerufen und zu winseln angefangen, sobald ich das Zimmer verlassen wollte.« Ulrike erzählt, sie habe das Gefühl, ihre Mutter warte auf irgendetwas: »Auf das Ende des Krieges? Auf den Mauerfall? Auf die Rückkehr einer Jugendliebe, von der niemand weiß? Oder nur darauf, dass ich ihr ein Vanilleeis bringe? Ich habe keine Ahnung, ich weiß es einfach nicht.« Ulrike zuckt mit den Schultern. Sie greift erneut an das aufgehängte Laken. »Jedenfalls hätte ich mir früher nie vorstellen können, wie viel Arbeit es ist, für jemanden zu sorgen, der nur im Bett liegt. Gerne würde ich mehr im Garten machen, alles wuchert zu. Stattdessen wasche ich Bettwäsche und wechsle Windeln. Ich muss meine Mutter sauber machen, ihr die Haare kämmen, sie regelmäßig von einer Seite auf die andere legen und wieder auf den Rücken. Ich flöße ihr Tee ein und Brei, phasenweise hängt sie am Tropf. Wenn sie schlecht träumt, streichle ich ihr den Kopf. Wenn sie möchte, dass ich ihr vorsinge, summt sie kurz. Und manchmal massiere ich sie mit einer Bürste, dann haucht sie leise ›Ah‹.«

Ulrike holt tief Luft: »So, Schluss mit dem Gejammer!« Sie blickt an ihrem Haus hinauf; Marker für den Themenwechsel. »Maren und Meike sind übrigens oben am Daddeln. Morgen fahren sie für zwei Wochen ins Ferienlager. Aber heute könntest du noch mit ihnen rumhängen oder abhängen – oder wie das bei euch heißt –, wenn du willst. Kannst einfach hochgehen.«

Lissa tut so, als würde sie überlegen. Dabei weiß sie genau, dass sie keine Lust hat. Wenn schon Zeit totschlagen, dann lieber allein. »Mal sehen. Später vielleicht«, sagt sie. »Papa kommt nachher vielleicht auch noch zu dir.«

»Ja, ich glaube, er hat vor, öfter hier zu arbeiten. Zumindest hat er gestern so was angedeutet«, sagt Ulrike.

»Bevor er kommt, solltest du vorsichtshalber noch den Knopf da zumachen«, rät Lissa und deutet auf Ulrikes Kleid. Sie ist ein wenig nervös dabei, hat sich aber entschieden, diesen Hinweis zu geben, weil sie findet, es ist die Pflicht von Frauen, sich gegenseitig vor Peinlichkeiten zu bewahren.

Ulrike schaut hinab zu ihrer Brust, knöpft sich zu. »Danke«, sagt sie so trocken, als hätte es sie nicht gestört, weiter mit offenem Kleid herumzulaufen.

»Von sich überzeugt, wie Papa ist, meint er noch, das sei Absicht«, fügt Lissa hinzu. »Sämtliche Frauen sind ja sowieso nur auf der Welt, um ihm zu gefallen.«

Ulrike prustet los. »Ja, wozu auch sonst?«

Ulrike setzt sich auf die Treppe vor der Eingangstür und zündet sich eine Zigarette an. Sie gehört zu den Leuten, denkt Lissa, die auch nach Jahrzehnten des Rauchens noch so aussehen, als täten sie es zum ersten Mal. Ihre Zigarette klemmt ganz unten zwischen Zeigefinger und Mittelfinger. Die Züge, die sie macht, sind kurz. Ulrike pafft. Sie sieht nicht aus, als würde sie gerne rauchen, sondern so, als gebe es nichts anderes, das ihre Pausen legitimiert. Als Aschenbecher dient ein Blumentopf aus Ton, der dringend geleert werden müsste.

Lissa verabschiedet sich und läuft die Scheffelstraße abwärts in Richtung Feuerlöschteich. Sie geht zügig, ihren Berliner Schritt. Als sie merkt, dass sie außer Atem ist, fragt sie sich, ob das vom Laufen kommt oder vielleicht doch von der Aufregung, die in den letzten Minuten mit Ulrike in ihr zu simmern begann. Lissa denkt an die Umarmung zurück. An Ulrikes Brüste an ihren Brüsten, weich, und fest aneinandergepresst. Die Erinnerung fühlt sich viel intensiver an als das eigentliche Erleben vorhin.

Es ist kein Problem, die Absperrung des Feuerlöschteichs zu überwinden. Sie geht Lissa bloß bis zur Stirn. Man muss nur einen der Betonpfähle, an denen der Zaun befestigt ist, hochklettern und dann den Mut aufbringen, vorm Abspringen millisekundenkurz oben zu stehen, auf dem wackeligen Maschendrahtgrat. Lissa landet auf den Füßen. Die Erde ist feucht, der Rasen auch. Regentropfen kleben an den Halmen. Wie Kaffeefilterpapier saugen ihre Espadrilles das Wasser auf und färben sich dunkel. Sie quietschen bei jedem Schritt, den Lissa auf den Teich zugeht. Seiner rechteckigen Form wegen ist er für sie eher ein »Becken« oder ein »Bassin« als ein »Teich«. Verwunderlich auch, dass hier alle das umständliche Wort »Feuerlöschteich« benutzen. Zwar wird es schludrig ausgesprochen

– es klingt wie »Förleschtich«, wenn es jemand sagt –, aber schlicht vom »Teich« reden hören hat Lissa nie jemanden.

Sie zieht sich aus, nimmt die Brille ab und legt sie in einen ihrer Schuhe. In Unterwäsche rutscht Lissa die schräge Beckenwand hinab.

Als Carsten mit Inge aus der Stadt zurückkommt, hat er noch immer schlechte Laune. Gleich nach dem Mittagessen verabschiedet er sich zu Ulrike, um dort »ungestört zu arbeiten«. »Ungestört« betont er überdeutlich.

Inge geht für eine kleine Mittagsruhe in ihr neues Schlafzimmer im Erdgeschoss. »Schlafgemach« sagte Lissa vor ein paar Tagen dazu. Und Inge erwiderte, darauf achtend, dass auch Carsten es hört: Ein Gemach sei es erst mit neuer Tapete. Sie findet, er muss das in den nächsten Tagen in Angriff nehmen. Denn die alte Tapete ist dort, wo bisher die Schrankwand stand, heller als im Rest des Raums. Zwar befindet sich nun Inges Kleiderschrank davor, aber er kaschiert nicht: Die Schrankwand war höher und breiter, ihre Umrisslinien sind unübersehbar und verleihen dem Raum eine Aura bräunlicher Abgelebtheit. Carsten und Ulrike muss das beim Umräumen doch aufgefallen sein, denkt Inge. Hätten sie nicht gleich noch tapezieren können? Aber wahrscheinlich hatten die beiden wieder Wichtigeres miteinander zu tun.

Immerhin: An das gerahmte Hochzeitsfoto haben sie gedacht. Mittig hängt es über dem Bett, genau wie in Inges vorherigem Schlafzimmer. Fliegendreck, von dem Inge sich fragt, wie er hinter die Scheibe gelangen konnte, sprenkelt das Bild. Richard und Inge in Schwarz-Weiß. Die Farblosigkeit macht, dass das Bild alt aussieht, dabei sind sie so jung darauf: Inge noch keine neunzehn. Richard einundzwanzig. Ihrer beider

Wangen prall und unzerknittert, die Haare dunkel. Richards von einer Bindehautentzündung noch leicht geschwollenes Auge, wegen dem sie um die Hochzeit hatten bangen müssen. Und sein schicker Anzug, dem es natürlich, obwohl er sehr eng saß, nicht gelungen war, Richards schlaffen Körper in eine stramme Form zu gießen. Inges Brautstrauß: zierliche rosa Röschen, die so schwierig zu organisieren gewesen waren. Auf dem Kopf: der Dutt, für den Inges Mutter mehrere nervöse Anläufe gebraucht hatte. Und ihre Lippen: ein bisschen voller und noch ohne dieses hässliche Mal, diesen Blutegel, über den sie sich bis heute ärgert; bei jedem Blick in den Spiegel ärgert und auch dann, wenn sie mit der Zunge darüberfährt.

In dem Moment, als dieses Bild gemacht wurde, hieß Inge noch Inge Märcz. Eine Stunde später hatte die Standesbeamtin Inge Ruck aus ihr gemacht.

Auch heute noch schläft Inge ausschließlich auf ihrer Seite des Ehebetts. Obwohl Richard schon seit sechs Jahren tot ist, mag sie sich nicht in die Matratzenmitte legen. Es käme ihr frevelhaft vor, den Ort, der immer ihnen gemeinsam gehörte, allein für sich zu beanspruchen. Mitunter legt sie ihr Strickzeug auf Richards Seite ab. Aber bevor sie abends zu Bett geht, räumt sie es weg, zurück in den dafür vorgesehenen Korb.

Das gemeinsame Bett ist Inge auch ein Symbol für die Treue, die sie Richard versprochen und auch gehalten hat. Sie hätte ohnehin keine Zeit gehabt für ein Techtelmechtel, und, das muss sie zugeben, Gelegenheiten boten sich auch keine. Da war nie jemand, der um sie gebuhlt hätte. Wenn doch – es wäre Inge aufgefallen. Natürlich hätte sie sich nie und nimmer auf etwas eingelassen. Aber ein wenig genossen hätte sie ein Umschwärmtwerden doch.

Inge ist überzeugt, es liegt an dem dunkelblauen Mal auf

ihrer Unterlippe, dass ihr in all den Jahren keinerlei Avancen gemacht wurden. Wie eine Garantie auf ihren Treueschwur wirkte es. Eines Morgens, nicht lange nach der Hochzeit – zum Glück erst nach der Hochzeit –, war es plötzlich da, ließ sich nicht abwaschen, nicht abkratzen, begann anzuschwellen und sich einzufärben. Zunächst hell, füllte es sich nach und nach mit dunklem Blut, das bis in die Ränder kroch und darüber hinaus. Weder ihre eigenen noch andere Kinder brauchten Inge je darauf hinzuweisen, wie sie damit aussah. Sie wusste es selbst: wie eine Hexe.

»Wenigstens ist es keine Spinne«, hatte ihre Mutter, die damals noch lebte, zu Inge gesagt. »Sei froh, dass es keine Spinne ist! Stell dir mal vor, du hättest eine schwarze Spinne im Gesicht!«

Heute ließe sich das Mal wahrscheinlich entfernen. Aber in jener Zeit erklärte ihr Frau Dr. Konzack, mit diesem »Markenzeichen« müsse sie nun leben. Das sei ein Blutschwämmchen, nichts Bösartiges, nichts Ansteckendes. Aber wegschneiden ließe es sich nicht, dann würde ihr hinterher ein Teil der Lippe fehlen, was ja auch nicht besser sei. Eine Ursache konnte ihr die Ärztin nicht nennen. »Es gibt nichts, was es nicht gibt«, sagte sie. Den Satz sagt sie immer, wenn ihr keine Erklärung einfällt – auch heute noch: beim Studium von Inges Blutdruckwerten.

»Blutschwämmchen«: Harmlos klingt das, beinahe niedlich. Dabei bedeutet es für Inge eine solche Schmach. Weil sie selbst sich nie damit abgefunden hat, kam Inge auch nie der Gedanke, dass sich ihr Umfeld an das Lippenmal gewöhnt haben könnte. Sie glaubt, selbst Richard sei es zeit ihrer Ehe nicht gelungen, es *nicht* wahrzunehmen. Regelmäßig gab es Momente, in denen er dreinblickte, als frage er sich gerade: »Wie kann man nur so eine blutige Warze am Mund haben?« Es waren Momente, in denen er Inges Gesicht einen Tick zu lange ansah, ja begaffte, und dann, als ihm das bewusst wurde, eilig den Kopf senkte.

Die Nachtwey Margit gaffte er auch manchmal an, aber anders.

Richard küsste Inge fast nie auf den Mund. Inge wagte nicht zu fragen, ob das an dem Mal lag; jeder andere Grund wäre nur noch verletzender gewesen. Stattdessen redete sie sich ein, vor der Heirat sei er auch kein großer Küsser gewesen. Und von diesem einen langen Kuss, bei dem Richard ihren Kopf in beide Hände nahm und mit seiner Zunge über ihre Lippen fuhr, wieder und wieder kitzelnd darüberfuhr, einmal sogar leicht hineinbiss, bis er seine Zunge endlich in ihren Mund schob, dabei seine Hände von Inges Kopf löste, um nach ihrem Hintern zu greifen und sie so dicht an sich zu pressen, dass Inge fürchten musste, jetzt halte sie es unmöglich noch bis zur Trauung aus … Von diesem einen langen Kuss auf dem Friedhof sagte sie sich, dass er keine Erinnerung war, sondern die Träumerei eines bis über beide Lippen verliebten Mädchens.

Nach der Hochzeit dauerte es sechs Jahre, bis Inges Periode das erste Mal ausblieb. Und nach der Fehlgeburt noch einmal drei, bis die Schwangerschaft auch hielt. Die Frauen um sie herum fragten, drängten: ob sie denn kein Kind wolle? Dabei wussten sie genau, dass Inge litt. Sie wollten die Sorgen aus Inge herausquetschen, sie wollten sie hören, um sich daran zu erfreuen, wie viel besser sie selbst funktionierten. Sie – die besseren Frauen! Die anderen, so kam es Inge vor, brauchten nur in der Zugluft zu stehen, und schon wurden sie schwanger. Während in ihnen ein Kind nach dem nächsten wuchs, wuchs in Inge der Kummer. Mit siebenundzwanzig dann, endlich, kam Jens. Mit neunundzwanzig Carsten.

Eine »Spätgebärende« war Inge; so hatte ihre Mutter sie

genannt und einige andere im Dorf wahrscheinlich auch. »Besser eine Spät- als eine Niegebärende«, antwortete Inge ihrer Mutter und sprach daraufhin eine Weile nicht mit ihr, was sich aber von ihrem sonstigen Umgang miteinander nicht wesentlich unterschied.

»Besser eine Spät- als eine Niegebärende«: Inge sagte das immer wieder zu sich, wenn sie sich ihrer überfälligen Schwangerschaften wegen schämte.

Nach der Hochzeit war Richard zu Inge und ihrer Mutter ins Haus gezogen. Noch heute fragt Inge sich manchmal, ob etwas hätte anders werden können zwischen ihr und Richard, und wenn ja, was, wenn ihre Mutter in den ersten gemeinsamen Jahren nicht Morgen für Morgen und Abend für Abend mit ihnen am Tisch gesessen und so viel geschwiegen hätte, dass es Inge und Richard wie ein Vergehen vorkam, selbst zu reden.

Nur hin und wieder machte Inges Mutter eine Bemerkung, die dann alles vernebelte. Wie das Wehrsekret eines Tintenfischs, dazu noch giftig.

In diesen ersten Ehejahren versuchte Inge, sich an ihre Eltern zu erinnern. An die Zeit, als ihr Vater noch da war. An ihre Mutter und ihren Vater zusammen. Schließlich hatte Inge keine Ahnung, wie das ging – »eine Ehe führen«. Wer führt denn eigentlich wen? Sie hoffte, in ihrer Kindheit eine Anleitung zu finden. Aber nicht einmal, wie die Stimme ihres Vaters geklungen hatte, wusste sie noch, geschweige denn, was diese gesagt hatte. Ob sich auch im Schnauzbart ihres Vaters Soßenspritzer verfangen hatten, so wie es Richard immer passierte? Und wenn ja, hatte Inges Mutter ihren Mann auf diese Soßenspritzer hingewiesen? In ihrer Erinnerung lag nichts, was Inge geholfen hätte. Sie stolperte bloß über einen Klumpen dunklen Gefühls.

Einmal – er hatte nach Feierabend noch ein paar Biere mit seinen Kollegen getrunken und war in, für seine Verhältnisse, wagemutiger Laune – sagte Richard »Lach doch mal!« zu seiner Schwiegermutter, die er zwar duzte, aber bis zum Ende ausschließlich »Frau Märcz« nannte.

Inges Mutter verzog das Gesicht. Drei schwarze, senkrechte Falten schnellten stirnaufwärts zwischen ihren Augenbrauen nach oben. Sie kniff die Augen so fest zusammen, dass sie sich in ihrer Knochenhöhle unter den buschigen Augenbrauen und den Lidern, die keine Form hatten, nur mehr Hautlappen waren, übersät mit Gerstenkörnern, kaum erahnen ließen. Aus dieser Höhle schoss ein giftiger Blick. Inge kannte diesen Blick längst, Richard auch, aber dass er ihm galt, war neu. Sofort schaute er kleinjungenhaft nach unten und verabschiedete sich ins Schlafzimmer.

Es ist möglich, dass in dieser Nacht Jens gezeugt wurde.

Inges Mutter erlebte ihre Enkel nicht mehr. Sie starb an Gebärmutterkrebs, als Inge mit Jens im siebten Monat schwanger war. Eine »Frühsterbende«; sie wurde nur achtundvierzig.

»Jetzt habt ihr euch so lange Zeit gelassen, dass ich nicht einmal mehr mein Enkelkind sehen werde«, hatte sie geklagt, als sie im Krankenhaus lag.

»Nie kann man es dir recht machen«, sagte Inge leise.

»Bilde dir ja nicht ein, du wärst anders«, sagte ihre Mutter, noch leiser.

Nach dem Tod ihrer Mutter fühlte Inge sich allein gelassen. Dabei vermisste sie ihre Mutter gar nicht. Trotzdem war es ungewohnt, niemanden aus der Familie mehr hinter sich zu wissen. Ein ungeschützter Rücken. Bald kommt das Baby, sagte sie sich in Gedanken. Dann reicht es, nach vorne zu schauen.

Beim Essen unterhielten Richard und Inge sich auch weiterhin kaum, so als säße das ansteckende Schweigen von »Frau Märcz« noch mit ihnen am Tisch auf dem leeren Stuhl. Ein paar Monate später stand an der Stelle dieses leeren Stuhls der

Hochstuhl, in dem Jens saß und seinen vollen Teller hinunterwarf und seinen Löffel hinterher und brabbelte und damit das Schweigen seiner Eltern übertönte.

Richard und Inge führten keine leidenschaftliche Ehe, aber eine, die funktionierte, weil die Aufgaben klar verteilt waren: Inge machte alles, und Richard machte nichts. Wie lange Richard versonnen in seinem Sessel sitzen konnte – der Sessel, in dem er schlussendlich sogar starb –, während um ihn herum die Kinder stänkerten und die Staubmäuse aus ihren Löchern krochen! Es war zwecklos, ihn aufzuscheuchen; Inge hatte das längst eingesehen, als sie es immer noch versuchte. Ihr blieb nichts anderes übrig, als seine Trägheit auszugleichen, indem sie rastlos durchs Haus lief und alles, was zu tun war, umso hastiger erledigte, sobald sie von der Arbeit heimkam: die Wäsche sortieren, waschen, aufhängen, bügeln, einräumen, einkaufen, Windeln auskochen, Essen kochen (phasenweise für Richards altersschwache Eltern gleich mit), putzen, das Geschirr spülen und abtrocknen, das Unkraut im Beet jäten, das Laub rechen, das Pflaster auf Carstens Wunden wechseln, den Verband um Jens' Wunden wechseln, die Knieflicken festnähen, die sich sowieso alsbald wieder von deren Rumtreiberhosen lösen würden, das Kaffeepulver am Vorabend in die Maschine füllen, damit sie wenigstens das in der Früh nicht mehr zu machen brauchte. Es hörte nie auf. Es gab nie den Punkt, an dem Inge, sich den Schweiß mit dem Handrücken von der Stirn wischend, hätte feststellen können: »Jetzt bin ich fertig!«

Richards Beitrag zum Familienleben: Nachdem sie ein Auto bekommen hatten, wusch er es und tat so, als räumte er die Garage auf. Er mähte den Rasen, wenn Ingmar sich zuvor über den zu ihm hinüberwehenden Löwenzahn beschwert hatte. Und als Facharbeiter für Lagerwirtschaft verdiente er mehr Geld als Inge. Wobei »verdienen« nicht ganz zutreffend ist, denn dieser Umstand war allein der Tatsache geschuldet – Richard könnte sagen: »zu verdanken« –, dass er der Mann war. Aber wer wie viel heimbrachte, war Inge letztlich egal. Hauptsache, sie kamen über die Runden. Und das taten sie die meiste Zeit. Erst nach der Wende, als Inge arbeitslos wurde und eine ABM-Stelle nach der nächsten antreten musste, wurde es schwieriger. Aber sie wurstelten sich durch. Die paar Jahre bis zur Rente.

Nach ihrer Mittagsruhe wird Inge von Lissa zu einem Spaziergang aufgefordert. Inge ist nach der anstrengenden Physiotherapie vom Morgen zwar nicht danach, schon wieder durch die Gegend gescheucht zu werden, aber Lissa zeigt sich unnachgiebig: »Du musst dich bewegen, Oma! Wer rastet, der rostet. Das hat man dir doch bestimmt früher schon gesagt; klingt jedenfalls wie ein Spruch aus deiner Zeit.«

Inge lässt sich überreden, weil dann alle im Dorf sehen, wie gut ihre Enkelin sich um sie kümmert. Außerdem ist es heute nicht so heiß wie an den vergangenen Tagen.

Ehe sie hinausgehen, fragt Lissa: »Wollen wir vorher Treppe üben?«

»Treppe üben?«

Lissa und Inge stehen im Flur. Lissa deutet mit einer Kopfbewegung das Emporsteigen der steilen Treppe an.

Als Inge versteht, worum es geht, fühlt sie sich überrumpelt. Sie schaut nach oben. Zwölf Stufen, zwölf schmale Stufen, die ihr unbezwingbar erscheinen. Inge krallt sich am Handlauf fest und schüttelt den Kopf.

»Komm schon. Das ist doch nicht der Mount Everest«, sagt Lissa.

»Da käme ich wahrscheinlich leichter rauf.«

»Gut, dann ist das jetzt der höchste Berg der Welt, ich bin

deine Sherpani, und wenn du willst, trage ich sogar deine Sauerstoffflasche.«

»So was brauche ich zum Glück noch nicht.« Je öfter Inge die Treppe hinaufblickt, desto gefährlicher wirkt sie.

»Ich halte dich doch«, versucht Lissa zu motivieren.

Plötzlich hört Inge ein Poltern. Es poltert in ihrem Kopf. Ihr eigenes Poltern hört sie, ihres beim Stürzen. Oder eines, das viel, viel älter ist.

»Nein, das wird nichts«, sagt sie kopfschüttelnd, lässt den Handlauf los und dreht sich zur Haustür. »Ich bin nun mal alt«, schiebt sie resigniert hinterher. Inge fühlt sich, als hätte sie Gewichtsmanschetten an den Unterschenkeln und an den Oberschenkeln und an den Armen. Nichts an ihrem Körper ist leicht. Ein so junger Mensch wie Lissa kann das nicht verstehen.

»Das hat nichts mit dem Alter zu tun«, erläutert Lissa naseweis. »Du hast ein Trauma, weil du gestürzt bist. Einem jungen Menschen, dem das passiert ist, ginge es genauso.«

»Carsten hatte das nicht, nachdem Jens ihn die Treppe runtergeschubst hatte.«

»Der zählt nicht. Den lässt sowieso das meiste kalt«, sagt Lissa.

Inge muss schmunzeln.

Lissa nimmt Inges Krücken. Inge hakt sich bei Lissa unter, um mit ihr nach draußen zu gehen, die zwei Stufen am Eingang zu meistern. Danach läuft Inge mit den Krücken selbstständig neben Lissa her. Regelmäßig verfällt ihre Enkelin in ihr eigenes, viel zu schnelles Tempo, und Inge muss um Entschleunigung bitten.

Die Sonne im Rücken, gehen von ihren Füßen lange Schatten ab. Inge erinnert sich an Jens: wie er einmal, als er zwei oder drei war, seinen Schattenkörper vor sich erblickte und erstaunt ausrief: »Da! Ein Spiegel!«

Sie spazieren durch den unteren Teil des Dorfs. An Wohnhäusern vorbei, der Villa der Familie Hartnick etwa, die nicht wegen ihrer Größe »Villa« genannt wird, sondern weil zwei gelb gestrichene Säulen mit ionischem Kapitell, die diesem 50er-Jahre-Bau nach der Wende hinzugefügt wurden, den Eingang rahmen. Dann an der Schnapsbrennerei vorbei, zu der ein kleiner Laden gehört, der einzigen Stelle in Munßig, wo man noch etwas kaufen kann. (Man muss klingeln und warten, bis jemand kommt.) An der geschlossenen Bäckerei vorbei sowie am LPG-Gebäude, das nach wie vor bei allen »LPG« heißt. Dahinter ist der Kuhstall zu sehen, aber der liegt schon drei Kilometer außerhalb des Dorfs. Eine Strecke, die Inge früher nichts abverlangte. Inzwischen kann sie sich nicht mehr vorstellen, wie es möglich ist, so weit zu laufen. Dabei war sie früher oft dort hinten, manchmal auch mit ihrer Enkelin.

Wenn Lissa zu Besuch war (viel zu selten übrigens), wollte sie immer die Kälber sehen, die außerhalb des Stalls in Gehegen untergebracht waren. Wenn man die Finger durchs Gitter zu ihnen steckte, fingen sie sofort an, daran zu saugen. Von der Gier, mit der sie saugten, war Inge gleichermaßen beeindruckt wie beängstigt. Sie dachte, während Lissa ihre kleine Hand hineinhielt, an die Zeit zurück, in der sie Jens und Carsten stillte; spürte ziehende, stechende, beißende Schmerzen in den Brüsten bei dem Gedanken, ein Baby könnte dermaßen kraftvoll trinken wie eines dieser Kälber.

Schon früh sah Inge ihrer Enkelin an, wie sehr sie die Tiere bemitleidete. Es dauerte nicht lange, bis Lissa sagte: »Kühe *geben* keine Milch. Die Milch wird ihnen *gestohlen.*« Sie korrigierte jeden im Dorf, der von »Stall« sprach. Eine »Fleischfabrik« sei das, kein »Stall«, und was dort geschehe, sei Massenmord, woraufhin ihr Nachbar, der Hausstein Ingmar, einwandte, geschlachtet würde das Vieh anderswo, nicht hier.

Lissa – zehn oder elf war sie damals – sagte, das mache das Verbrechen ja noch schlimmer: wenn dem Massenmord ein stressiger Massentransport vorausgehe.

Ingmar erwiderte: »Du kleines Berliner Knackwürstchen weißt ja allerhand.«

Inge begann, sich über ihre Enkelin zu ärgern. Lissas vorlaute Art missfiel auch ihr; die sollte sie lieber zu Hause lassen in Berlin. Zu ihrer Erleichterung bemerkte Inge Ingmars Grinsen. Er war Lissa gegenüber also milde gestimmt. Offenbar nahm er sie nicht ernst genug, um so böse auf sie zu sein, wie er es auf den Rest der Welt ist – einschließlich Inges im Herbst laubenden Eichenbaums.

Jedenfalls: Seit der Stall bei Lissa »Fleischfabrik« heißt, sind sie nicht mehr dort gewesen. Inge durfte ihr auch keine Kalbszunge mehr zubereiten, obwohl Lissa die früher so geliebt hatte – bis zu dem Moment, in dem ihr aufging, dass das Gericht nicht nur »Zunge« heißt, sondern auch Zunge ist.

Für diese Sommerferien haben sie sich darauf geeinigt, dass Inge kocht, wie sie immer kocht. Lissa soll sich herauspicken, was sie mag. In der Regel sind das die Petersilienkartoffeln. Weil Inge bezweifelt, dass davon jemand satt werden kann, bietet sie Lissa weiterhin Fleisch oder Soße oder ein Spiegelei an. Zur Antwort erhält sie stets ermahnende Blicke: »Wir hatten eine Vereinbarung!«

Nicht einmal Butter isst ihre Enkelin. Wie geht das denn überhaupt? Ohne Butter? Selbst Pudding darf sie ihr nicht kochen.

»Da ist Milch drin, Oma!«

»Na und?«

Am Ortsende machen sie kehrt und spazieren die Scheffelstraße wieder aufwärts.

Als Ulrikes Haus in Sichtweite kommt und mit ihm die schwermütig hängende Bettwäsche, sagt Lissa: »Ich muss dich mal was fragen.«

»Was denn?«

»Warum kannst du Ulrikes Mutter eigentlich nicht leiden?«

»Ach Gott«, ruft Inge aus. Sie hebt die linke Krücke ein paar Zentimeter und setzt sie, zwar nicht mit Wucht, aber doch etwas derb, wieder auf den Boden. Die Gummikappe verhindert ein Geräusch. »Wie kommst du denn jetzt darauf?«

Lissa erzählt von dem Gespräch, das sie am Morgen mit Ulrike hatte.

»Wundert mich nicht, dass Margit keine Ruhe findet«, sagt Inge. »Das Biest.«

»Zu mir war sie immer nett, wenn ich drüben war.«

»Sie war nett zu allen, außer zu Carsten und mir.« Inge löst ihren Arm aus Lissas.

Inge kennt Margit seit ihrer Jugend und fand schon immer, dass eine gewisse Niedertracht von ihr ausging. Andersherum hat auch Margit Inge spüren lassen, wie wenig sie von ihr hielt. Sie konnten sich schlichtweg nicht ausstehen. Sie piesackten einander mit Subtilitäten, die, jede für sich genommen, kein Außenstehender als Gemeinheit zu deuten gewusst hätte: eine hochgezogene Augenbraue, ein künstliches Lächeln, das absichtlich zu früh ausgeschaltet wurde, ein skeptisches »Wenn du meinst ...« oder auch nur ein »Tja«. Mit jeder dieser Kleinigkeiten legte sich eine weitere Schicht Missmut um den Kern ihrer gegenseitigen Abneigung. Über die Jahre wurde er immer fester umwickelt; luftdicht, abgedunkelt.

Aber da war natürlich noch, dass Richard Margit immer so herzlich anlächelte, wenn er sie sah. Und dass er sie aus dem Fenster manchmal beobachtete. Und früher, da hatte er Margit bei jeder Gelegenheit zum Tanzen aufgefordert, bis sie plötzlich nicht mehr einwilligte bei ihm, dafür beim Nachtwey Winfried. In der Folge forderte Richard Inge auf, die sich nicht traute zu fragen, ob er eigentlich viel lieber weiter mit Margit tanzen würde. Und auch später traute Inge sich nicht zu fragen, ob er eigentlich viel lieber Margit geheiratet hätte. Und ob es schön gewesen sei, an diesem einen Nachmittag mit Margit in der aufgeräumten Garage.

Wie weh es tut, daran zu denken.

Es fiel Inge schwer, klein beizugeben. Sie tat es dennoch, denn die Nachtweys waren Nachbarn und sind es noch, und mit Nachbarn darf man es sich nicht verderben; ihre Mutter hat ihr das wieder und wieder eingebläut. Mit Ingmar hält Inge es genauso. Von ihm lässt sie sich auch nicht provozieren. Stattdessen versucht sie, ihn zufriedenzustellen, wo es nur geht. (Zum Glück ist die Eiche in ihrem Garten zu alt, als dass sie gefällt werden dürfte. Auch das hatte Ingmar schon verlangt.) Miteinander ein Dorf zu teilen ist, wie eine Wohnung zu teilen. Man kann sich nicht aus dem Weg gehen, und immer muss jemand im selben Moment ins Bad.

Wie Inge verfolgte meist auch Margit eine Strategie oberflächlichen Friedens – bis zu der Sache mit der Zaunlatte: Carsten lag mit einer Bronchitis im Bett. Jens war bei der Armee; er hatte sich für drei Jahre verpflichten lassen und übernachtete, sehr zu Inges Unmut, auch an den Wochenenden in der Kaserne oder wo auch immer. So hatte Carsten das Zimmer für sich allein. Es war ein eiskalter Samstagmorgen. Das Küchenfenster war an den Rändern beschlagen. Inge sah Margit wütenden Schrittes über die Straße laufen – mit einer Zaunlatte in der Hand, die an ihrem Gartentörchen jetzt fehlte. Inge hoffte zwar, nicht ihr Haus sei Margits Ziel, doch die Laufrichtung war eindeutig. Es schellte viermal schnell hintereinander. Margit wagte es sonst nie, an ihrer Tür zu klingeln. Inge atmete tief ein und strich den Rock glatt. Erst dann öffnete sie die Tür. Margit stieß ihr die Zaunlatte ans Dekolleté wie einen Dolch. Reflexhaft trat Inge einen Schritt in den Flur zurück. Margit flüsterte, was Inge mehr Angst einflößte, als wenn sie geschrien hätte. Sie sagte, Carsten solle seine schmutzigen Finger von Ulrike lassen. Mit »diesem Hallodri« wolle sie ihre Tochter nie wieder sehen. Dann drückte sie die Latte erneut mit ihrer morschen Spitze gegen Inges Dekolleté.

Hinterher ärgerte sie sich, nicht erwidert zu haben, was denn mit ihren eigenen, Margits, schmutzigen Fingern sei. Aber darauf kam Inge in diesem Moment natürlich nicht, zumal sie überhaupt nicht wusste, wovon die Rede war. Ihres Wissens hatten Ulrike und Carsten sich vor ein paar Wochen getrennt, wieder einmal. So ging das bei ihnen immer: Mal waren sie zusammen, mal nicht.

Richard kam aus dem Bad, eine Zeitung unter dem Arm. »Was ist denn hier los?«, fragte er mit der größten Entrüstung, zu der er fähig war.

Margit schaute ihn nur aus dem Augenwinkel heraus an. Ließ ihre Waffe auf Inges Füße fallen. Und ging.

Der Aufprall tat weh, aber Inge brachte keinen Schmerzenslaut über die Lippen.

Richard hob die Latte auf und betrachtete sie von allen Seiten. »Grünspan«, murmelte er. Schließlich zuckte er mit den Schultern und übergab Inge das Holz, als würde sie schon etwas damit anzufangen wissen.

Inge ging die Treppe hinauf ins Kinderzimmer, um von Carsten zu erfahren, worum es Margit gegangen war. Als sie die Tür öffnete, schlug ihr eine stickige Wand entgegen: ein Geruchsgemisch aus der verbrauchten Luft eines Jugendlichen und der Erkältungssalbe, mit der dieser sich seit Tagen die Brust einrieb. Inge ging auf Carstens Bett zu. Ihr Sohn schlief.

Seine dichten schwarzen Wimpern ließen den Schlaf auf den ersten Blick friedlich wirken. Dabei war offensichtlich, wie sehr Carstens Körper kämpfte. Sein Atem rasselte. Seine Haare waren nass geschwitzt. Sein Mund stand offen, weil er durch die Nase keine Luft bekam.

Inge betrachtete ihren Sohn eine Weile. Den zarten Bartflaum über der Oberlippe, an dem immer die Milch haften blieb, die er nach wie vor morgens trank und sich anschließend mit dem Handrücken wegwischte, woraufhin Inge ihn ermahnte, er solle einen Waschlappen nehmen, nicht die Hand.

»Hallodri.« Dieses Biest hat meinen Sohn »Hallodri« genannt, ging es Inge durch den Kopf. Was bildete Margit sich eigentlich ein? Ulrike war es doch, die immer gebuhlt hatte. Ständig hatte sie vor der Tür gestanden, ständig gefragt: »Ist Carsten da?« Wenn er daheim gewesen war, war sie zu ihm hochgegangen. Manchmal hatten sie nach einer Weile gemeinsam das Haus verlassen, und dann hatte Inge durchs Fenster beobachten können, wie Carsten seine langen, ungeschickten Finger spinnenbeinartig auf Ulrikes Nacken ablegte. Wie männlich er aufzutreten versuchte – und wie wenig er es erst war, dachte Inge. Gerade war er wieder in die Höhe geschossen. Seither stimmte die Länge seines Körpers überhaupt nicht mehr mit der geringen Muskelmasse überein. Nichts an ihm passte zusammen. Als »halb fertig« hatte Richard ihn neulich bezeichnet.

Wie er so dalag, konnte Inge nicht anders, als in ihm wieder ihr Baby zu sehen. Dieses herzerwärmende Baby mit seinem strahlenden, offenen Gesicht, der Stupsnase, der glatten Haut und diesem wohlgeformten Kopf, den sie unentwegt hätte streicheln können; viel öfter hätte streicheln können, als sie es sich erlaubt hatte, denn sie wollte ihn ja nicht verwöhnen.

Nein, dieser Junge hier war kein Hallodri, sondern ihr Kind.

Nie wieder würde sie dieser verfluchten Margit gegenüber freundlich tun. Nachbarin hin oder her!

Inge legte die Hand auf Carstens Stirn. Es ging ihr nur zum Teil darum, zu erfühlen, ob er fieberte. Sie wollte ihren Sohn berühren; im wachen Zustand ließ er sie nicht mehr an sich heran. Seine Stirn war kalt und feucht.

Carsten knurrte ein »Hm« und öffnete die Augen.

»Geht es dir besser?«

»Keine Ahnung. Ich schlafe«, sagte Carsten.

Inge hielt ihm die Zaunlatte vors Gesicht. »Das hat Margit gerade vorbeigebracht.«

»Was?« Carsten runzelte die Stirn. »Ach so, ja, stell die einfach irgendwohin«, wies er seine Mutter an und drehte sich mit dem Rücken zu ihr.

Seitdem steht die Latte im Kinderzimmer hinter der Tür.

»Hallo? Erde an Oma!«

Inge wird von Lissa aus ihren Gedanken gerissen. »Worum ging es gerade?«

»Um Margit.«

»Ach, das mit Margit ist nichts, was wir auf offener Straße besprechen sollten.«

»Hier sind doch eh alle schwerhörig. Jetzt erzähl doch, bitte!«

»Wir konnten uns einfach nie leiden. Das gibt es doch: dass die Chemie nicht stimmt«, sagt Inge.

»Das ist doch nicht alles, Oma.«

»Du erinnerst mich gerade sehr an deine Mutter. Die weiß auch nie, wann Schluss ist.«

»Ja, ja, ich weiß, bei euch beiden stimmt die Chemie auch nicht. Aber jetzt sag doch mal: Was war denn so schlimm an Margit?«

Inge seufzt: »Sie mochte Carsten nicht. Er war ihr nicht gut genug für Ulrike. Am Ende war ihr sogar dieser besoffene Arsch, von dem Ulrike die beiden Mädchen hat, lieber als Carsten.«

»What?! Papa und Ulrike waren zusammen?«

»Natürlich, ständig. Wusstest du das nicht? Ein einziges Hin und Her war das bei den beiden.«

»Die passen doch überhaupt nicht zusammen.«

»Oh doch! Ein schönes Paar haben sie abgegeben.«

Lissa und Inge sind zurück am Haus. In der Garageneinfahrt, gepflastert mit rechteckigen rostroten Betonsteinen, bleiben sie stehen.

Inge bemüht sich, nicht zum Nachtwey'schen Grundstück hinüberzuschauen; das Vermeiden dieser Blickrichtung hat sie jahrzehntelang trainiert. »Margit muss die ganze Zeit auf Ulrike eingeredet haben. Ein ums andere Mal hat sie Ulrike den Floh ins Ohr gesetzt, dass der Hallodri Carsten nichts für sie sei. Nach einer Weile war deshalb immer wieder Schluss.«

»Und jetzt liegt Margit machtlos im Bett, während Papa in ihrem Haus ein und aus spaziert«, stellt Lissa fest.

»Also, ich habe kein Mitleid mit ihr. Ohne ihr Theater hätten Carsten und Ulrike bestimmt geheiratet. Und Carsten würde noch hier wohnen.«

»Und mich gäbe es nicht«, fügt Lissa mit gespielter Traurigkeit hinzu. »Aber vielleicht«, gibt sie nun zu bedenken, »wären die beiden ja auch gemeinsam weggezogen.«

»Nie im Leben«, ist sich Inge sicher. »Nie im Leben wäre Ulrike fortgegangen. Nie im Leben hätte sie ihre Mutter im Stich gelassen.«

In Lissas Augen flackern sowohl Neugier als auch Faszination darüber, dass ihr Vater einst jung war. »Papa und Ulrike«, sagt sie staunend, kopfschüttelnd. »Romeo und Julia auf dem Dorfe.«

»Irgendjemand hat das schon mal gesagt. Ich weiß nicht mehr, wer. Wahrscheinlich Ingmar.«

Genau der tritt in diesem Moment aus seiner Haustür heraus.

Inge nickt ihm zu und merkt, dass etwas nicht in Ordnung ist. Die Wut liegt in seinen Schritten, seinen Fäusten, seinen zu Nüstern aufgeblähten Nasenlöchern. Nicht selten erinnert er Inge an einen Stier in der Arena. Sie schaut zur Eiche. Nein, Laub ist noch keines auf sein Grundstück gefallen, dafür ist es zu früh.

»Junges Fräulein!«, ruft Ingmar über den Zaun. Als Lissa, die gemeint ist, darauf nicht reagiert, ruft er erneut: »Hey, junges Fräulein! Du glaubst wohl, du kannst dir hier alles erlauben? Dit is nich Berlin, hörste!«

Eine von Carstens Kolleginnen, Cosima, beschreibt mit den Grußformeln, die sie unter ihre E-Mails setzt, gerne das Wetter: »Sonnige Grüße« oder »Regnerische Grüße«. Mitunter verwendet sie auch Jahreszeiten: »Herbstliche Grüße«, »Winterliche Grüße«, »Frühlingshafte Grüße«. Carsten findet das dermaßen albern, dass er Nachrichten an sie grundsätzlich mit einem trockenen »MfG« beendet. Gerade hat er eine Mail an sie abgeschickt, deren Formulierung ihn fast eine Stunde kostete – was nicht zuletzt daran lag, dass er sich zwischendrin alberne Internetvideos anschaute. Aber auch hier reichte die Verbindung nie für einen kompletten Clip, ohne nachladen zu müssen.

Obwohl er in Ulrikes Wohnzimmer sitzt, obwohl ihn hier niemand stört, kann er sich nicht konzentrieren. Seine wund geriebenen Fingerkuppen schmerzen beim Tippen, dünne schwarze Erdwürmer kleben unter seinen Nägeln. Wann hatte er das letzte Mal derart schmutzige Hände?

Durchs Zimmer kreist eine aufgedrehte Fliege, offenbar kurz vor ihrem Ende, noch einmal alles gebend.

Das Telefonat mit Jens lässt ihm keine Ruhe. Alle paar Minuten steigt die klare Stimme seines Bruders in ihm auf, die sagt: »Lass mich for God's sake einfach in Ruhe.« Das »for God's sake« amerikanisch ausgesprochen, breit, und »God's« mit einem A: »Gad's sake«.

Carsten bemüht sich, die Gedanken an Jens beiseitezuschieben. Er will noch einiges schaffen heute. Sein aktuelles Großprojekt: »Smyrna Goes Green«.

Der Absatz von Aluminium- und Frischhaltefolien steigt nicht schnell genug, im vergangenen Jahr lag er sogar nur auf der Höhe des Vorjahrs. Zu viele potenzielle Kunden nutzen neuerdings wiederverwendbare Bienenwachstücher zum Verpacken und Abdecken ihrer Speisen; das hat eine von Carsten in Auftrag gegebene Umfrage gezeigt. Für Smyrna geht dieser Öko-Trend natürlich in die falsche Richtung. Das Unternehmen braucht ein umweltfreundlicheres Image. Als ersten Schritt dorthin wechselt das Firmenlogo von blau auf grün. Carsten ist nicht hundertprozentig überzeugt von dem Farbwechsel; zu viele Logos sind in letzter Zeit grün geworden, findet er. Aber seine Chefin besteht darauf. In einer nächsten Etappe sollen dann auch die Folien und Gefrierbeutel, also die Produkte selbst, grün eingefärbt werden. Erzählte Carsten seiner Tochter von der neuen Marketingstrategie (was er nicht tun wird), sie würde laut und böse auflachen; das weiß Carsten genau. Wahrscheinlich würde sie »Verräter« zu ihm sagen. Selbstverständlich würde auch das Wort »Greenwashing« aus ihrem Mund auf seine Füße fallen.

An Ulrikes Esstisch sitzt Carsten auf einem gebrechlichen Stuhl aus Buchenholz. Lehne und Sitzfläche sind mit Schaumstoffpolster überzogen. Das Muster: ein beige-braun-violettes Krickelkrakel, wohl einst von Ulrikes Mutter ausgesucht, weil man darauf, wie auf U-Bahn-Sitzen, keine Flecken wahrnimmt. Carsten wagt nicht sich anzulehnen. Er befürchtet, die Lehne könnte nach hinten wegknicken.

Die Möbel in diesem Haus sind dieselben wie eh und je. Das einzig »Moderne« ist das Wandtattoo in der Diele, lilafarbene Schnörkel sagen »Embrace the Day«. Dass Ulrike nicht das Bedürfnis hat umzuräumen, neue Stühle und ein neues Sofa zu kaufen, den gefliesten Couchtisch wegzuschmeißen oder wenigstens die Wanduhr abzuhängen (eine achteckige, mit römischen Zahlen), kann Carsten nicht nachvollziehen. Der herumliegende Kram ihrer Töchter immerhin verrät, dass noch Wind durch diese Räume weht. Ein Nagellackfläschchen hier, eine neongelbe Strickjacke da, Pinzetten, Kajalstifte, Lidschattenpaletten. Wie anders Ulrikes Mädchen doch sind, denkt Carsten. Hat sich Lissa je die Nägel lackiert? Die Augen geschminkt? Er wäre ja schon froh, Lissa wenigstens einmal mit Kontaktlinsen zu sehen, statt immer nur mit dieser unmodischen Brille, die sie wahrscheinlich extra deshalb gewählt hat, weil sie so unmodisch ist: dünner schwarzer Metallrand, rechteckige Gläser. Lediglich darin, dass sie ihr Zeugs überall liegen lassen – vorrangig auf dem Boden, unmittelbar neben einer möglichen Ablagefläche –, gleichen die Mädchen einander.

Was für ein Mensch Lissa wohl wäre, wenn sie hier im Dorf aufwachsen würde? Auch so ein woker Naseweis? Carsten überlegt kurz und befindet dann: Ja.

Im Nachbarzimmer haben Maren und Meike angefangen zu streiten. Ulrike weist die Mädchen zurecht. Sie sollen ihre Sachen packen. Morgen fahren sie ins Ferienlager.

Carsten steht auf, um sich munterzustrecken. Was ist er antriebslos hier! Seine Mutter, die ihn nachts weckt. Seine Allergie gegen Gräserpollen, die er nur in Schach halten kann mit Tabletten, von denen er sich aber immer leicht sediert fühlt. Gestern überdies das verunglückte Telefonat mit Jens, das ihn nicht schlafen ließ. Überhaupt und ganz generell: Munßig macht müde. Die Behäbigkeit, mit der das Dorf auf dem Feld liegt, saugt jegliche Energie aus ihm. Und überall diese Fliegen! Im Autoradio hat er neulich von einem Ort namens »Sommerloch« gehört. Zu Munßig würde das auch gut passen, dachte er. Oder: »Winterloch«. Oder: »Ganzjahresloch«.

Wahrscheinlich wird er sich heute Abend nicht einmal zum Joggen aufraffen können. Fast sehnt er sich, zum Wachwerden, danach, von einem Betrunkenen angepöbelt zu werden, oder nach der Dramatik vorbeieilender städtischer Krankenwagen. Hier tuckert höchstens mal ein Traktor durchs Dorf oder ein Kleinwagen vom Pflegedienst und jeden Dienstag – Das Großereignis! – ein Lieferant mit Tiefkühlkost; er bimmelt, wenn er da ist. Aber sonst: Nicht einmal Paketdienste kommen, weil die meisten Leute zu alt sind, um online zu bestellen.

Carsten kann es nicht erwarten, nach Berlin zurückzukehren. Aber für Vorfreude ist es zu früh, erst eine knappe Woche ist er hier. Und auch sein Alltag daheim, wenn er ihn denn endlich wiederhat, wird überschattet sein von der Sorge um seine Mutter. Von ihren telepathisch ausgesandten Forderungen.

Carsten macht zwanzig Liegestütze. Dann erhebt er sich wieder und geht das Wagnis ein, die Hände auf die Stuhllehne zu stützen, einen Schritt nach hinten zu treten und den Oberkörper vornüberzubeugen. Eine angenehme Dehnung durchzieht seinen Oberkörper, öffnet den Brustkorb. Während sein Kopf zwischen den Armen hängt, hört er eine laute, aufgebrachte Stimme. Der Pöbler, den er sich gewünscht hat?

Dass die Stimme zum Hausstein Ingmar gehört, erfasst Carsten schnell. Er geht zum Fenster, schiebt die Gardine beiseite und schaut an dem an der Scheibe angebrachten Außenthermometer vorbei nach draußen. Ingmar steht vor Inges Haus. Er trägt eine beigefarbene Dreiviertelhose, die von einem unterhalb seines Bierbauchs zugeschnallten Gürtel gehalten wird, und ein kurzärmeliges Hemd. Seine Haut ist gegerbt von den Jahren und der vielen Gartenarbeit im Freien.

Ingmar gestikuliert wild. Den Zeigefinger ausgestreckt, deutet er in den unteren Teil des Dorfs.

Lissa bewegt sich auf Ingmar zu. Sie ist beinahe genauso groß wie er und hebt das Gesicht so weit, dass sie ihn direkt anschauen kann. Carsten kann Lissas Blick nicht sehen – er sieht sie nur von hinten –, aber ihre Körperhaltung wirkt herausfordernd; das Gegenteil zu der gebuckelten seiner Mutter. Inge scheint deutlich mehr Gewicht auf die Krücken zu verlagern als notwendig. Langsam folgt sie Lissa. Ganz offensichtlich weiß sie genauso wenig, worum es geht, wie Carsten.

Je näher Lissa ihm kommt, desto lauter echauffiert sich Ingmar. Es muss um sie gehen, denn Inge ignoriert er völlig. Carsten überlegt, ob er hinuntergehen sollte, um seine Tochter zu verteidigen. Aber ihm ist nicht danach, sich anpflaumen zu lassen. Wenn er jetzt hinuntergeht, ist sein ohnehin fruchtloser Arbeitstag vorbei. Die Designvorschläge fürs neue Logo – zumindest die muss er heute noch sichten. Was könnte Lissa denn angestellt haben?

Ulrike kommt ins Zimmer, klopft vorher an. »Hast du eine unartige Tochter!«, sagt sie grinsend und stellt sich neben Carsten. Gemeinsam beobachten sie die Szenerie vor dem Fenster.

»Was ist denn passiert?«, will Carsten wissen.

»Lissa war im Feuerlöschteich schwimmen«, erklärt Ulrike. »Darüber hat er sich vorhin schon bei mir beschwert. Ich bin ihm aus Versehen über den Weg gelaufen.«

Carsten lacht. »Und deswegen regt er sich so auf?«

»Du weißt doch: Was verboten ist, ist verboten.«

»Wieso wurde das eigentlich verboten?«

»Keine Ahnung. Ich glaube, das Verbot war Ingmars erste Amtshandlung, als er das Kommando über die Freiwillige Feuerwehr übernommen hat. Vermutlich konnte er es nicht länger mit ansehen, dass die Kinder Spaß haben.«

Carsten schüttelt den Kopf. Ihm kommt ein beiläufiger Gedanke, den er aber trotz seiner Beiläufigkeit äußert: »Wieso sagen eigentlich alle ›Feuerlöschteich‹ dazu?«

»Es ist halt der Feuerlöschteich. Wie würdest du das denn nennen?«

»›FLT‹ zum Beispiel. ›Feuerlöschteich‹ ist viel zu umständlich.«

»Zu Frischhaltefolie sagst du doch auch nicht ›FHF‹.«

»Doch, intern schon. Frischhaltefolie ist FHF, Alufolie AF, Gefrierbeutel sind GB. Und Gefrierbeutel mit Zippverschluss heißen GBZ.«

»Dann klingt alles gleich viel wichtiger«, bemerkt Ulrike trocken.

Carsten boxt Ulrike in die Seite, seine Faust landet auf ihrem Hüftknochen.

Sie schauen weiter nach draußen. Durch das geschlossene Fenster verstehen sie nicht, was gesagt wird. Sie hören nur, dass Ingmar schreit und schreit und Lissa viel leiser redet. Ihr ruhiges Sprechen scheint ihn noch wütender zu stimmen. Von Satz zu Satz wird der Nachbar lauter.

»Arme Inge«, sagt Ulrike.

»Ja, das gibt Ärger. Mindestens einen Tag lang wird sie schmollen. Das kann ich überhaupt nicht gebrauchen: dass Lissa bei ihrer Oma in Ungnade fällt.«

Ingmar wedelt verächtlich mit der Hand. Er wirkt noch immer aufgebracht – und gleichzeitig resigniert.

»Wahrscheinlich hat er eingesehen, dass er keine Chance hat«, kommentiert Carsten das Geschehen. »Lissas Argumenten ist er unmöglich gewachsen.«

Ingmar wendet sich von Lissa ab und läuft auf seine Garage zu, verschwindet darin.

Lissa und Inge gehen zum Haus. Als Lissa ihre Oma auf den

zwei Treppenstufen, die zur Eingangstür führen, stützen will, wird sie mit einem Ellenbogenkick schroff abgewiesen.

Mitfühlend atmet Ulrike ein und aus. »Ende der Vorstellung«, sagt sie.

»So viel los in Munßig. Wie soll sich denn da einer konzentrieren?«, scherzt Carsten. Und als Ulrike das Wohnzimmer schon fast wieder verlassen hat, ruft er: »Eine Frage habe ich noch.«

»Ja?«

»Darf ich die da abhängen?«

Mit gerunzelter Stirn folgt Ulrike Carstens Blick auf die Wanduhr. »Auf keinen Fall!«, antwortet sie.

»Wieso denn nicht?«

»Weil du sonst die Zeit vergisst und überhaupt nicht mehr nach Hause gehst.« Ulrike schließt die Tür hinter sich, geräuschvoll wie ein Kind, indem sie die Klinke zu sich heranzieht, anstatt sie hinunterzudrücken.

»Schon gut, schon gut«, säuselt Carsten. Er setzt sich an den Tisch, schnippt die Fliege – jetzt ist sie tot – von der Tastatur, starrt noch eine Weile in das bunte Wirbeln seines Bildschirmschoners, ehe er den Laptop mit der Eingabe seines Passworts weckt.

Um kurz nach halb sieben knurrt sein Magen. Carsten hat sich an das pünktliche, üppige Abendessen bereits gewöhnt. Aber als er das Haus seiner Mutter betritt, riecht es, anders als sonst um diese Zeit, nicht nach Gebratenem und Gesottenem. Der Dunstabzug brummt nicht. Kein Besteck, das klappernd auf dem Tisch verteilt wird. Kein gutes Zeichen.

Er geht hinauf in den ersten Stock zu Lissa. Im Schneidersitz sitzt sie auf dem Sofa und liest. Als er ihr Zimmer betritt, blickt sie auf und sagt: »Falls du Oma suchst, die ist in ihrem Schlafzimmer und schmollt.«

Carsten legt den Zeigefinger auf seinen Mund und schließt die Tür hinter sich. »Musste das sein?«, fragt er.

»Was denn?«

»Tu bitte nicht so! Das Schwimmen.«

Vorhin, als er davon erfuhr, fand Carsten es noch amüsant. Aber inzwischen ärgert er sich. Nicht wegen der Zuwiderhandlung an sich, sondern über die Unruhe, die Lissa damit stiftet. Das hier ist ein Dorf, das muss sie begreifen. Außerdem will Carsten seine Mutter nicht immerfort besänftigen müssen.

Lissa verdreht die Augen. »Fängst du jetzt auch noch an? Ich war halt kurz schwimmen, so what?«

»Du weißt genau, wie die Leute hier drauf sind.«

»Ehrlich gesagt hatte ich nicht damit gerechnet, überwacht zu werden.«

»Daran merkt man, dass du hier nicht aufgewachsen bist.«

»War dieser Ingmar eigentlich bei der Stasi?«

»Keine Ahnung«, antwortet Carsten. Er zuckt mit den Schultern, hängt dem Gedanken kurz nach.

»Ich habe ihn das vorhin gefragt«, erzählt Lissa, »aber er wollte nicht antworten. Ich würde wetten, dass der …«

»Du hast *was*?«

»Ganz offensichtlich hat er ja irgendein *Issue*. Deshalb quält er alle im Dorf«, sagt Lissa kühl, ohne irgendein Zeichen von Einsicht.

»Würdest du sein *Issue* bitte nicht zu deinem *Issue* machen? Deine Oma muss noch eine Weile mit ihm auskommen; er wohnt direkt nebenan.«

»Dann ist es ja umso wichtiger, dass der sein Problem mal geregelt kriegt.«

»Lissa, der Mann ist Ende siebzig. Der ändert sich nicht mehr.«

»Das ist Altersdiskriminierung.«

»Nein, das ist Lebenserfahrung«, widerspricht Carsten. Er erinnert seine Tochter daran, wie oft sie ihm schon attestiert habe, verknöchert zu sein. Und er sei fünfundzwanzig Jahre jünger.

Darin immerhin stimmt sie ihm zu.

Gemeinsam gehen sie in die Küche, decken den Tisch, schneiden Brot und Wurst und Käse. Lissa richtet einen Gurkensalat an.

»Ich habe versucht, mit Oma zu reden, aber sie ignoriert mich«, sagt Lissa.

»Entschuldige dich bei ihr«, sagt Carsten. »Irgendwann wird sie schon aufhören, beleidigt zu sein.« Er weiß, dass es unmöglich ist, sich auf Augenhöhe mit Inge auszusprechen. Standpunkte austauschen, aushalten, dass sie divergieren, und dann weitermachen – seine Mutter kann das nicht.

»Ich entschuldige mich ganz bestimmt nicht bei ihr. Ich habe überhaupt nichts Schlimmes gemacht«, sagt Lissa.

»Himmel, Lissa, sonst bist du doch auch nicht so schwer von Begriff! Deine Oma sieht das eben anders: Du hast sie im Dorf blamiert«, sagt Carsten lauter als beabsichtigt. »Versprich ihr wenigstens, nicht noch mal in diesen Feuerlöschteich zu springen.«

Abermals verdreht Lissa die Augen. »Wenn mir danach ist, tue ich es wieder.«

Carsten stößt einen entnervten Seufzer aus. Wieso nur macht Lissa immer alles kompliziert? Muss er ihr das Baden wirklich verbieten? Wo er die Sache selbst lächerlich findet? »Also, Tochterherz, in diesen Feuerlöschteich steigst du … «

»Kurze Zwischenfrage!«, wirft Lissa ein. »Warum sagen eigentlich alle ›Feuerlöschteich‹ dazu?«

Carsten schmunzelt. Ein bisschen sind seine Tochter und er eben doch aus demselben Holz geschnitzt. Sie einigen sich darauf, die Abkürzung »FLT« zu verwenden.

»Und Ing-Mar nenne ich nur noch ›IM‹«, fügt Lissa hinzu.

»Lissa!«, mahnt Carsten. »Hör auf! Ich will hier keine verbrannte Erde hinterlassen. Und wehe, du gehst wieder baden – im FLT!«

Einen Augenblick lang sieht er Lissa ihre Unentschlossenheit an. Sie hadert: Sie könnte die Sache endlos weitertreiben oder einfach beenden, indem sie klein beigibt. Normalerweise entscheidet sie sich für Ersteres. Zu seiner Überraschung – wahrscheinlich tun ihr diese Faulenzerferien doch ganz gut – murmelt sie: »Okay. Ich mach's nicht mehr.«

»Braves Mädchen«, will Carsten sagen. Er verkneift es sich; das würde sonst ein neues Diskussionsfeuer entfachen. Und er hat Hunger, er will jetzt endlich essen.

Sie klopfen an Inges Tür, um sie zum Abendessen zu überreden. Natürlich bittet seine Mutter sie nicht herein. Natürlich schaut sie weder ihn noch Lissa an, als sie dennoch in ihr Zimmer treten. Inge sitzt auf dem Bett und strickt. Der Anblick der Wollfäden lässt Carsten kurz vergessen, dass draußen Sommer ist. Die Hände seiner Mutter zittern. Früher konnte sie das blind, früher wirkte ihr Stricken souverän, heute unsicher und hastig. Man sieht ihr vergebliches Bemühen, so schnell zu sein wie einst.

Inges Lippen sind tief eingesogen. Wie sie so dasitzt, wie sie die Anstrengung, die es sie kostet, Enkelin und Sohn zu ignorieren, nicht verbergen kann, erinnert sie ihn an ein Kind, an ein kleines, beleidigtes, verwöhntes Kind. Eigentlich müsste man sie tagelang schmollen lassen, denkt Carsten, so sehr nervt ihn Inges Art in diesem Moment.

»Kommst du zum Abendessen?«, fragt er.

Inge sagt nichts, tut so, als zähle sie Reihen.

»Mutti, bitte«, sagt er.

Inge schaut kurz auf. Ihr Blick ist trüb und trotzig.

Lissa sagt: »Oma, ich werde nicht noch mal baden gehen. Ist eh viel zu dreckig, das Wasser.«

Eine leichte Genugtuung huscht über Inges Gesicht.

Und auch Carsten ist froh über Lissas Sprung über den eigenen Schatten.

Jetzt muss nur noch Inge einlenken. Doch sie bleibt stur. Immerhin sagt sie zu Lissa: »Das will ich auch hoffen.«

Wortlos stehen sie im Zimmer. Unbeirrt stoßen Inges Stricknadeln aneinander.

Carsten verlässt die Geduld. Sein Hunger ist nicht kleiner geworden. Also sagt er: »Wir essen jetzt. Wenn dir danach ist, komm einfach dazu.« Mit einer routinierten Bewegung schaltet er das Babyfon an. »Oder ruf uns, solltest du Hilfe brauchen.«

Dann verlässt er das Zimmer. Lissa bleibt noch eine Weile stehen, ehe sie geht, und sagt: »Bitte, Oma, hör auf, böse zu sein. Das ist die Sache nicht wert.«

Carsten holt das Empfängergerät des Babyfons aus seinem Zimmer in die Küche. Die Tür lassen sie offen stehen – als Einladung für Inge, möglichst hindernislos dazustoßen zu können.

Während des Essens lauschen Carsten und Lissa dem Klackern der Stricknadeln. Gedankenverloren seufzt Inge: »So was aber auch.« Wahrscheinlich hat sie vergessen, dass die beiden durch das Babyfon alles mitbekommen. Sie lächeln einander an. Später hören sie es knistern und rascheln. Inge scheint aufzustehen, nach ihren Krücken zu greifen, erkennbar an dem Klacken, mit dem ihr Ehering auf dem Plastikgriff aufkommt. Tatsächlich öffnet sie nun die Zimmertür. Aber ihre behutsamen Schritte durch den Flur führen sie nicht in die Küche, sondern ins Bad. Die Küche passiert sie wortlos, ohne einen Blick hinein.

Inge bleibt lange im Bad. Vielleicht macht sie sich bereits bettfertig, ist verärgert genug, um ohne Essen schlafen gehen zu können. Sogar auf ihr abendliches Sitzen auf der Hausbank scheint sie verzichten zu wollen.

Lissa beginnt, Stullen für sie zu schmieren. Carsten trägt den Teller auf einem Tablett in Inges Schlafzimmer. Lissa folgt ihm mit einem Glas Mineralwasser und einer Yogurette, die sie in einem der Küchenschränke gefunden hat. Sie legt sie dazu.

»Gehst du nachher joggen?«, fragt sie.

»Denke nicht«, antwortet Carsten, während er das Tablett auf dem Bett abstellt. »Bin zu k. o.«

»Was ist gestern eigentlich passiert?«

»Was meinst du?«, sagt Carsten. Ihm ist bewusst, dass er normalerweise besser blufft.

»Du warst völlig neben der Spur, als du heimgekommen bist. Bist du gestürzt?«

»Ja, nein. Nicht so richtig.«

»Jetzt sag doch bitte, was los war.«

»Ach, nix.« Carsten schaut auf das Hochzeitsfoto seiner Eltern über dem Ehebett. Seine Mutter mit dem breiten, flachen Dutt auf dem Kopf, dem weißen Haarband, das ihn umrandet. »War einfach ein anstrengender Lauf. Wahrscheinlich habe ich mich übernommen.«

»Papa!«

Wie ihre Mutter, denkt Carsten. Sabine hört auch nie auf zu bohren, immer tiefer, tiefer und tiefer, wenn sie etwas herausfinden will. Lissa wird nicht lockerlassen. Wenn er jetzt nichts Einleuchtendes sagt, wird sie morgen erneut fragen und übermorgen auch.

»Ich habe unterwegs kurz mit deinem Onkel telefoniert. That's it«, sagt er.

Lissa hat Jens nur ein Mal in ihrem Leben gesehen: zu Richards letztem Geburtstagsfest, seinem Achtzigsten. Während der Feier im Gasthof wurde Lissa von Jens ununterbrochen bespaßt. Er hat ihr das Schirmchen von seinem Eisbecher geschenkt, und obwohl das Wetter furchtbar war, ist er mit ihr immer wieder hinaus auf den Spielplatz gegangen, nur um nicht mit seinen erwachsenen Verwandten sprechen zu müssen. Seither mag Lissa ihn.

»Cool! Und? Kommt er mal her?«, will Lissa wissen.

Carsten räuspert sich. Ihm fehlt die Kraft zum Lügen. Er ist zu leer, um sich irgendetwas auszudenken. Sowieso hat er den Eindruck, Lissa nimmt ihm nicht mehr alles ab. »Eher nicht«, antwortet er. »Sinngemäß hat er gesagt, ich soll ihn in Ruhe lassen. Das neue Hüftgelenk interessiere ihn nicht und auch nicht, wie oft deine Oma nachts auf die Toilette muss. Er will mit dieser Familie nichts mehr zu tun haben.«

Ein gutes Gehör hatte Inge schon immer. Ihre Sehkraft mag nachgelassen haben, ihr Geschick, ihr Gebiss, ihre Geschwindigkeit, ihr Gedächtnis. Aber ihr Gehör mitnichten. Ihr Gehör funktioniert bestens.

Bis eben war Inge im Bad, jetzt will sie sich noch ein Glas Mineralwasser aus der Küche holen und, da sie sich gegen ein gemeinsames Essen mit Carsten und Lissa entschieden hat, wenigstens noch einen Schokoladenpudding.

Ein Becher Pudding und die abendliche Stunde im Sommer auf der Bank am Haus – darauf lebt Inge hin. Momente wie Bojen, an denen sie sich festhält, um sich von dem zähen Alltag zu erholen, in dem sie schwimmt. Um Kraft zu schöpfen für die nächste Etappe. Als Richard noch lebte, hatte sie eine Aufgabe; die gab ihr Energie. Aber jetzt?

Vom Flur aus sieht Inge, dass Carsten und Lissa gerade nicht in der Küche sind. Das macht es einfacher. So muss ich mich nicht beäugen lassen, denkt sie, betritt die Küche, öffnet den Kühlschrank und greift nach einem Pudding: die Sorte, die sie am liebsten mag (und die zugleich die günstigste ist), mit diesem leicht nach Plastik schmeckenden, klebrig-steifen Sahnehäubchen. Bis vor ein paar Jahren konnte sie während des Greifens schon die Glätte und Kälte des Bechers in den Fingern spüren; ein Vorgeschmack, aufgenommen durch die Haut. Inzwischen sind Inges Fingerkuppen beinahe taub und die Gelenke so steif, dass ihr das Zufassen schwerfällt. Mitunter kommt sie sich vor wie einer dieser Greifautomaten auf dem Jahrmarkt, in dessen Kralle kaum je etwas hängen bleibt.

Inge rutscht der Pudding zum Glück nur leicht aus der Hand. Aufrecht landet er auf derselben Stelle auf dem gläsernen Kühlschrankboden, auf der er bis eben stand. Sie greift erneut danach und holt ihn heraus. Dann, ehe sie die Kühlschranktür wieder geschlossen hat, setzt ein leichtes Rauschen ein. Inge dreht sich um, schaut in die Richtung, in der sie das Geräusch verortet. Ihr Blick zielt neben die Kaffeemaschine. Dort steht das Babyfon. In Hellgrün klettert dessen Geräuschpegelanzeige nach oben. Laut und deutlich sind sie zu hören: Lissas Stimme, Carstens Stimme.

Zuerst geht es nur ums Joggen.

Dann geht es um Jens. Carsten hat mit ihm telefoniert.

Dann darum, dass er so bald nicht herkommen wird. Dass ihm Inge egal ist. Dass ihm seine Familie egal ist.

Der Kühlschrank steht zu lange auf. Sein Licht geht aus. Zitternd stellt Inge den Puddingbecher wieder hinein. Sie kann nichts mehr essen heute. Sachte schließt sie die Tür und verlässt die Küche. Sie ist k. o., mag sich nicht mehr auf den Beinen halten, sie muss ins Bett. Die Worte über Jens – das war zu viel. Und ohnehin ist das Gehen für Inge so, als versuche sie morgens direkt nach dem Aufwachen ein Lied zu singen: Ruckeln in der Stimme, Aussetzer dazwischen, ungeöltes Weiterruckeln.

Auf ihre »Gehilfen« gestützt, begegnet sie Carsten und Lissa im Flur. Sie wollen gerade in die Küche zurück, reden nicht. Mit stummer Miene geht Inge an ihnen vorbei. Sie scheinen nicht zu ahnen, dass Inge alles mitgekriegt hat.

Als sie ihr Schlafzimmer erreicht, ist sie froh, die Tür hinter sich schließen und sich hinsetzen zu können. Sie sieht das Tablett mit den Broten auf ihrem Bett, aber Lissas und Carstens Geste bereitet ihr keine Freude. Sie nimmt nur das Wasserglas und trinkt es leer. Sie hat großen Durst.

Gerade scheint es ihr, als hätten die Menschen, die ihr am nächsten stehen, nichts Besseres zu tun, als ihr das Leben schwer zu machen. Ist es zu viel verlangt, dass Lissa sich anständig benimmt? Wie laut Ingmar geschimpft hat vorhin. Sein Gebrüll geht Inge jedes Mal durch Mark und Bein. Sie fürchtet seine Ausraster. Umso unangebrachter war Lissas Reaktion, vorlaut und dreist. Und das mit der Stasi erst! »So ein unverschämtes Ding, deine Enkelin!« Inge weiß schon jetzt, was sie demnächst von Ingmar zu hören bekommt, wenn sie auf ihrer Bank ungestört in die Abendsonne blinzeln will. Wochenlang wird er sich darüber echauffieren.

Carsten und Sabine haben ihrer Tochter keinen Respekt vor Älteren beigebracht, denkt Inge. Sowieso lebt Carsten dem Kind das Gegenteil vor. Jetzt umso mehr, wo er auch noch angefangen hat, sich bei Ulrike zu verkriechen, bloß um hier keinen Finger rühren zu müssen. Vor allem aber hat er gelogen: Erst heute Morgen im Auto hat sie ihn gefragt, ob er Jens endlich habe erreichen können. Carsten hat das verneint. Ohne mit der Wimper zu zucken, hat er das verneint.

Und Jens? Ein Stich in Inges Brust, ein Schmerz, der nicht nachlässt, seit Jahren nicht nachlässt. Natürlich hat in ihr, in einer dunklen, staubigen Ecke voller Spinnweben, die Hoffnung gehockt, er komme sie besuchen; wenigstens das. Sie ist gestürzt, sie hätte tot sein können. Sie lag im Krankenhaus, musste operiert werden, braucht nun diese blöden Krücken, und Jens ist das vollkommen schnuppe? Wieso gibt er sich so unversöhnlich? Kommt »versöhnen« nicht von »Sohn«? Ob er es gemerkt hat, dass Carsten ihr insgeheim immer lieber war, wenn auch ein ganz kleines bisschen nur?

Nein, sie mag nicht weiter über Jens nachdenken. Das tut alles viel zu weh. Allmählich wird Inge bewusst, dass das kein Ärger ist, der in ihr gärt, keine Wut. Ärger und Wut kosten Energie, die sie nicht hat. Was Inge stattdessen spürt, ist eine tiefe, einsame Traurigkeit.

Sie stellt das Tablett auf den Boden und legt sich ins Bett. Nicht einmal ein Nachthemd zieht sie über. Sie lässt ihren Rock an und die kurzärmelige Bluse. Noch ist es hell draußen, aber Inge kann sich unmöglich dazu durchringen, erneut aufzustehen, um den Rollladen runterzulassen. Sie möchte verschwinden unter ihrer Decke, sich der Ermattung hingeben, den Kopf gegen das gepolsterte Kopfteil drücken. Verschwinden, indem sie die Augen schließt. Den Tag vergessen, Ingmars Gebrüll vergessen, Lissas Dreistigkeit vergessen und ihre bohrenden Fragen über Margit auch, Jens' Gefühlskälte vergessen, all den Schmerz vergessen, die Ablehnung vergessen, die sie durch den einen Sohn erfährt, und die Demütigung durch den anderen, dem sie nichts als eine Last zu sein scheint, der sie degradiert zur ständigen Bittstellerin.

So viele Erinnerungen würde sie am liebsten loswerden, doch bei den schmerzhaften gelingt das nicht. Alltägliche Kleinigkeiten vergisst Inge immer häufiger: wann morgens die Physiotherapie beginnt, wohin Lissa die Zuckerdose jetzt wieder gestellt hat, ob die neue Glastür an der Dusche nach innen aufgeht oder nach außen, wie diese Wurzel heißt, aus der Lissa sich Tee kocht und die aussieht wie die verschrumpelte Hand eines Ungeheuers – Derartiges entfällt Inge. Was hingegen immer in ihr bleibt und sie unentwegt quält, das sind die Verletzungen durch andere.

Hin und wieder wünscht sich Inge, religiös zu sein. Dann hätte sie etwas, an das sie glauben kann. Aber Inge glaubt an nichts. »Lieber Gott«: Inge sagt das zwar manchmal, aber nur, weil sie sich nicht eingestehen mag, dass sie Selbstgespräche führt und diese Anrede nirgendwohin.

Ganz allmählich schläft Inge ein. Ein poröser Schlaf, durch dessen Löcher immer wieder Gedanken dringen. Etwa die Erinnerung daran, wie Margit sich ein paar Tage nach Richards Beerdigung an der Garagentür zu schaffen machte, die Klinke immer hoch- und runterdrückte, ganz schnell und verzweifelt, aber nicht verwirrt genug, als dass Inge Mitleid mit ihr hätte empfinden können. Nie würde Inge Mitleid mit ihr empfinden können. Inge stand im Rahmen der Haustür und rief nach unten. »Die Garage ist zu, und die bleibt auch zu. Du kannst dich auf den Friedhof legen, wenn du bei ihm sein willst.«

Dann denkt Inge wieder an Jens und daran, dass sie zur Toilette muss. Carsten möchte sie deswegen nicht rufen; sie hat auch ihren Stolz. Allein zu gehen, jetzt, wo es dunkel ist, traut sie sich aber auch nicht. Carsten sollte von sich aus kommen, findet Inge. Von sich aus kommen und sich erkundigen, ob sie ins Bad möchte. Kann er nicht ein Mal für sie mitdenken?

Ihr ganzes Leben, so scheint es ihr, bestand nur aus Warten: zuerst darauf, dass ihr Vater zurückkam, dann darauf, erwachsen zu sein, einen Mann zu kriegen und Kinder. Dann darauf, dass die Kinder durchschliefen, selber aßen, aufs Töpfchen gingen, größer wurden, selbstständiger wurden, von der Krippe in den Kindergarten wechselten, von der Unter- in die Oberstufe. Nachdem die Jungs ausgezogen waren, begann Inge, auf ihre Besuche zu warten, auf Enkel, auf die Rente und in irgendeiner Weise auch auf Richard, aber worauf da genau, das wusste sie nicht. In der Phase von Richards Herzbeschwerden wartete sie darauf, dass es ihrem Mann besser ging, bis ihr nichts anderes mehr übrig blieb, als darauf zu warten, dass er starb: Er saß in seinem Sessel, genauso faul wie immer, aber Inge wusste sofort, dass er weg war. Seit Richards Tod wartet sie nun darauf, selbst an der Reihe zu sein, wobei sie gleichzeitig darauf wartet, dass ein Päckchen Kaffee aufgebraucht ist, damit sie das nächste aus dem Vorratsschrank nehmen und in die Dose umfüllen kann. Und darauf, dass ihre Söhne Anstand beweisen und sich um sie kümmern.

Immer wieder taucht Inge weg in den Schlaf und wieder auf. Ihr Harndrang wird stärker. Bald dominiert er ihre Gedanken. Inge dreht sich auf den Rücken, vermeidet nun jegliche Bewegung, um Druck vom Bauch zu nehmen. Ihre Blase brennt.

Wenn diese Nacht vorbei ist, endlich, endlich vorbei ist, wird Inge wieder einen Tag älter sein. Werde ich morgen *richtig alt* sein, oder bin ich das schon?, fragt sie sich. Hat sie den Moment verpasst, in dem sie übergetreten ist? Muss sie bald herumliegen wie Margit, entwürdigt und sprachlos?

Inge stöhnt leise. Zwischen ihren Beinen wird es warm. Ihr Schlüpfer saugt sich voll, das Laken unter ihr wird nass. Dieses Laken, diese Bettwäsche besitzt sie seit Jahrzehnten. Eine der wenigen Garnituren, die die polternden Russen dagelassen haben.

Ob des nassen Lakens meint Inge in ihrem Dämmerzustand zunächst, sie habe ihre Periode bekommen; die kam auch meist nachts, überraschend wie ein Liebhaber, mit dessen Besuch sie nicht gerechnet hatte und der sie später sitzen ließ, als er sie für zu alt befand.

Bis heute ist Inge davon überzeugt, dass Frauen wegen ihrer Periode ein dichteres, gepressteres Zeitgefühl in sich tragen als Männer. Es treibt zur Hast, alle vier Wochen sehen zu müssen, wie das Leben davonrinnt.

Nein, die Periode kann es natürlich nicht sein. Inge nickt wieder ein. Ein paar Stunden ruht sie noch. Die Scham kommt erst am Morgen, als Carsten in ihr Zimmer tritt, um sie zu wecken und sich dafür zu bedanken, dass sie ihn ausnahmsweise hat durchschlafen lassen.

In der Nacht hat Lissa von Ulrike geträumt: Nackt stand sie in ihrem Garten vor einem weiß gewaschenen Laken. Sie küsste Carsten. Auch er war nackt. Sie küssten lange. Plötzlich stieß Ulrike Carsten weg, sodass er ins Gras fiel. Er guckte nicht verwundert, sondern so, als gehörte das dazu – Teil ihres Balztanzes –, und stand auf. Dicht zog er Ulrike wieder zu sich heran. Sie küssten weiter. Lissa hörte ihr Schmatzen. Carsten begann, wild an Ulrikes Brüsten herumzufummeln, und rief Lissa zu, die sich selbst in dem Traum nicht sehen konnte, aber wusste, dass sie an dem Gartentörchen mit der fehlenden Zaunlatte stand und von dort aus alles beobachtete, er und Ulrike müssten sich »jetzt mal ins Schlafzimmer verabschieden«.

Als Lissa wach wird, ist sie angefüllt von Ekel und, ja, einer kleinen Eifersucht auch. Sie ekelt sich vor dem Anblick ihres nackten Vaters, vor seinem ungeschickten Gefummel. Für ihn ist diese Frau doch viel zu gut.

Lissa braucht eine Weile, um den Nachgeschmack des Traums loszuwerden. Aber nach und nach verdünnt er sich, löst sich auf, und Lissa kann wieder nur an Ulrike denken, ohne ihren eigenen Vater im Bild. Mal sieht sie Ulrike nackt vor sich, wie in dem Traum. Mal so wie gestern, mit dem Sommerkleid, das sie zuknöpfte, so zuknöpfte, wie sie wahrscheinlich auch beim Zuknöpfen aussieht, wenn sie gerade Sex gehabt hat. Nun, im Nachhinein, findet Lissa diesen Moment ungemein intim.

Es ist kurz vor acht. Ihre Oma und Carsten sind noch da. Geräusche ihres wie jeden Morgen unnötig hektischen Zurechtmachens dringen zu Lissa herauf. Unfähig, das Haus zu verlassen, ohne in Stress zu geraten: »Wo ist meine Tasche?«, »Hast du mein Telefon gesehen?«, »Brauche ich eine dickere Jacke?«, »Wo ist meine dickere Jacke?«, »Wir kommen zu spät!«.

Lissa liegt auf dem Sofa, fühlt sich verschlafen, matt, streckt sich, gähnt. Kurz überlegt sie – und entscheidet sich dafür: Sie nimmt die Hände unter die Decke, berührt ihre Vulva zunächst von außen, fährt dann ganz sachte in ihren Slip hinein. Mit den Fingerspitzen umkreist Lissa die Spitze ihrer Klitoris. Erst langsam, dann schneller und grob, dann wieder sanft. Bis sie anschwillt. Bis sie groß wird, groß wie eine Perle. Bis sie hellrot zu glühen anfängt und Lissas ganzer Körper befallen wird von den Schüben wohlig-warmer, zugleich unerträglicher Zuckungen.

Dann macht Lissa es noch mal. Und noch mal.

Hinterher, wie immer danach, hat Lissa ein schlechtes Gewissen, das nur von den – freilich von Männern erdachten – jahrhundertelang allen eingebläuten christlichen Sittlichkeitsvorschriften herrühren kann, die selbst auf den Genen ihrer Generation noch mitreisen. Wie gerne wäre Lissa das einfach los, würde sich anfassen, wann immer ihr danach ist, und die Entspannung, die auf das wohlige Zucken folgt, ausgiebig genießen, anstatt sich vor sich selbst rechtfertigen zu müssen.

Nach dem Sex mit Yann plagte sie nie ein schlechtes Gewissen. Als sei ihre Lust keine Sünde, solange ein Mann auch etwas davon hatte.

Lissa kommt nicht dazu, weiter nachzudenken, denn plötzlich ruft Carsten nach ihr. Normalerweise lässt er sie morgens ausschlafen.

Unwillig steht Lissa auf, zieht ihre Shorts über und ihr T-Shirt mit dem Aufdruck »IS IT JUST ME OR IS EVERYTHING SHIT?«. Seit Tagen trägt sie dasselbe.

»Was ist denn?«, ruft sie genervt von oben hinunter, ehe sie barfuß auf die Treppe tritt.

Ihr Vater sieht munter aus, deutlich munterer als gestern. Er riecht nach seinem Eau de Toilette und hat einen Zeigefinger in den Schlüsselring geschoben, um seinen Autoschlüssel hin- und herschwingen zu können. Carsten ist abfahrbereit, Inge hingegen nicht zu sehen.

In Erwartungshaltung bleibt Lissa auf der Mitte der Treppe stehen. Carsten winkt sie näher zu sich heran, woraufhin sie die Augen verdreht, sich aber fügt und auch die letzten Stufen hinabsteigt.

»Tu mir bitte den Gefallen und wasch Omas Bettwäsche«, sagt er.

»Wieso das denn?«

Carsten zieht eine Miene, die Lissa als »Denk bitte selber nach!« interpretiert. Nach einer Weile meint sie zu wissen, warum. »Und wieso muss *ich* das machen?«, fragt sie.

Inge kommt aus dem Bad. Für sie verlief die Nacht offensichtlich nicht allzu gut. Verrunzelt und blass sieht sie aus. Sogar ihr Lippenmal wirkt heller als sonst, weniger blutgefüllt, ihre Haut trocken, sämtliche Falten wie vertieft und mit schwarzer Tinte zu klein verzweigten Flussläufen gegossen. Ihr Kopf ist eingehüllt in eine Wolke aus Haarspray, das noch nicht eingetrocknet ist und wie Tau auf ihren Locken klebt.

»Hallo, Oma«, sagt Lissa.

Ihre Großmutter antwortet nicht; hat wohl entschieden, weiter zu schmollen.

Carsten seufzt. Er ist ungeduldig. »Also«, sagt er zu Lissa, während er Inge in Richtung Haustür schiebt, »kümmer dich bitte darum!«

»Worum?«, schaltet sich Inge nun doch ein. Ihre Stimme klingt alarmiert.

»Ums Waschen«, erklärt Carsten abwiegelnd.

»Auf keinen Fall!«, widerspricht Inge. »Das Kind weiß doch gar nicht, wie das geht.«

»Sag nicht ›das Kind‹, wenn sie neben dir steht!«

Lissa überrascht diese Zurechtweisung. Es freut sie, dass ihr Vater für sie Partei ergreift. In der Tat empfindet sie es als unangenehm, wenn jemand über sie spricht, als wäre sie nicht da. Sabine und Thom machen das auch oft.

»Natürlich weiß ich, wie Wäschewaschen geht«, erklärt Lissa.

»Also, tschüs«, sagt Carsten.

Doch dann ruft Inge: »Halt! Ich habe noch keine Schuhe an!«

Und Carsten raunzt: »Wir kommen zu spät!«

Inge bückt sich, um in ihre Loafers zu kommen. Den Schuhlöffel, den Carsten ihr hinhält, weist sie barsch ab. Während ihr Rücken sich ungesund halbmondförmig krümmt, sagt sie: »Hier wird heute keine Wäsche gewaschen.«

»Wieso denn nicht?«, fragt Carsten.

»Ich wasche immer montags, alle zwei Wochen.« Umständlich richtet sie sich wieder auf. »Wenn jetzt außer der Reihe etwas draußen hängt, dann wissen alle, dass … «

Carsten schiebt Inge abermals zur Tür: »Für solchen Firlefanz ist jetzt keine Zeit. Und, Lissa, wenn du wäschst, kannst du deine Klamotten gleich mitwaschen. Du riechst, als wärst du aus einem Bootcamp abgehauen.«

»Haut ihr endlich ab!«, sagt Lissa und schließt die Tür hinter den beiden. »Boah, ey!«, ruft sie aus.

Die Anspannung, Inges Haarspray und Carstens Eau de Toilette hängen noch in der Luft.

Lissa geht ins Schlafzimmer ihrer Großmutter, zieht die Bettwäsche ab. Damit die nasse Stelle trocknet, wuchtet sie die Matratze vom Bett und legt sie auf den Boden in die Sonne, die ein langes Rechteck durchs Fenster wirft. Lissa schaut auf das Hochzeitsfoto über dem Bett. In diesem jungen Paar kann sie ihre Großeltern kaum erkennen. Es sieht gestellt aus, findet Lissa. Die Nervosität vor dem, was kommt, steht beiden ins Gesicht geschrieben. Vielleicht interpretiert sie zu viel hinein, aber in Richards Augen meint sie, so etwas wie »Wird schon schiefgehen!« lesen zu können.

Lissa muss an ihre Eltern denken. An Sabines und Carstens ständiges Streiten, als sie noch zusammen waren. Sobald Lissa den Raum betrat, hörten sie auf, verstummten. Deshalb gewöhnte Lissa sich an, immer bei ihnen zu bleiben, sie zu belagern, damit sie gar nicht erst anfangen konnten. Sie kratzte sich in den Armbeugen und in den Kniekehlen; das fiese Jucken. Oft postierte sie sich vor ihren Eltern und kratzte sich so demonstrativ, dass einer der beiden sich um sie kümmern, ihr diese fettige Salbe auftragen musste, die nach Teer stank und Flecken in ihren Pullovern hinterließ. Aber wenigstens … wenigstens lenkte diese Salbe ihre Mutter und ihren Vater für ein paar Minuten voneinander ab. Lissa kratzte sich vor ihren Eltern sogar dann, wenn es ausnahmsweise einmal gar nicht juckte. Sie spielte überhaupt nicht mehr in ihrem Zimmer, verteilte ihre Sachen immer um Carstens oder Sabines Füße herum – im

Wohnzimmer, in der Küche, im Bad, wo sie halt gerade standen. Hauptsache, kein Streit. Selbst einschlafen konnte Lissa nur zwischen den beiden. Morgens lag dann bloß noch ihr Vater neben ihr, weil Sabine aufs Sofa gewechselt war.

Haben ihre Großeltern je vor ihr gestritten? Lissa war neun, als Richard starb. Sie hat keine Erinnerung an irgendeinen Disput. Allerdings auch keine an ein gemeinsames Lachen. Manchmal schmollte Oma, aber soweit Lissa das mitbekommen hat, ging Richard nie darauf ein. Wahrscheinlich hat er es gar nicht gemerkt. Er war ein lustiger, geduldiger Opa, aber kein besonders feinfühliger Mensch, Antennen für das Befinden anderer besaß er nicht, würde Lissa rückblickend sagen. Nach ein paar Stunden, spätestens aber am nächsten Tag, ging Inge wieder normal mit ihm um, wohl weil sie einmal mehr hatte einsehen müssen, dass ihr Schmollen bei diesem Mann auf trockenen Boden fiel. Bei Carsten ist das anders: Ihn erreicht sie damit, deshalb beweist sie bei ihm mehr Ausdauer.

Lissa stellt die Waschmaschine an, duscht, frühstückt. Sie schaltet das Radio ein und bald darauf wieder aus, weil sie den Schlagergesang notgeiler, alter Männer, den ihre Oma in der Küche hört, entsetzlich findet und es nicht wagt, den Sender zu verstellen. Das Lied, das gerade lief, hieß doch tatsächlich *Das schöne Mädchen von Seite eins.* In dem davor ging es um den Spaß, den es macht, eine Frau mit dem Auto zu verfolgen.

Lissa isst im Stehen. Vom Küchenfenster aus, durch die dunkelgrünen Dschungelpflanzen auf dem Fensterbrett, beobachtet sie Ulrike mit ihren Töchtern. Maren und Meike werfen ihre Kraxen in den Kofferraum, steigen ins Auto, beide auf die Rückbank, und ziehen die Türen zu. Ulrike trägt dasselbe Kleid wie gestern und ihr graues, kinnlanges Haar offen. Statt der Crocs hat sie ausgetretene Ballerinas an. Sie rennt ins Haus zurück. Während Lissa all das beobachtet, ist sie aufgeregt, ihre Vulva sehnt sich pulsierend nach den Berührungen des frühen Morgens zurück.

Ulrike kommt mit ihrem Portemonnaie (ein großes, verbeultes schwarzes mit vielen Fächern, das wohl noch aus ihrer Zeit als Kellnerin stammt und in dem sie bestimmt Passbilder ihrer Töchter aufbewahrt) wieder aus dem Haus, schließt die Tür ab und steigt zu Maren und Meike ins Auto. Sie fahren los. Lissa fühlt sich irgendwie allein gelassen.

Kurze Zeit später setzt ein Knattern ein. Ein mechanischer Lärm, der die sonst übliche dörfliche Stille frisst. Ingmar mäht seinen Rasen; mit einem Benzinrasenmäher natürlich. Darauf hätte Lissa gewettet: dass IM sogar beim Mähen darauf achtet, so viel Lärm und Schmutz in die Welt zu blasen wie nur irgend möglich. Im Grunde gibt es keinen Gegenstand, der besser zu ihm passt, als dieser laute, stinkende Rasenmäher zum Kappen allen friedlichen Wildwuchses rund um sein Haus.

Lissa geht in Carstens Zimmer, lässt ihr Handy laden und schaut sich auf dem Schreibtisch um. Wenn sie ihren Vater an diesem viel zu schmalen, viel zu niedrigen Tisch sitzen sieht, muss sie immer schmunzeln; ein ulkiger Anblick. Wie ein riesiges Kind sieht er daran aus. Seine Knie stoßen von unten an die Tischplatte. Auf dem Boden, neben dem Tisch, stehen drei Vasen mit verstaubten Trockenblumen.

Auf dem Tisch findet Lissa schnell, wonach sie sucht. Denn die Leidenschaft für Post-its sämtlicher Größen und Farben teilt sie mit ihrem Vater. Sie entscheidet sich für einen klassischen, quadratischen hellgelben Block. Die Idee, Ingmar fortan Denkzettel zu hinterlassen, ist gestern gereift, während sie ihrem Vater versprach, nie mehr im Teich schwimmen zu gehen. Ohne diesen Plan hätte sie nicht klein beigegeben. Viel zu lange durften verbitterte Tyrannen wie Ingmar ungestört wüten. Deshalb kann Lissa der Bitte nach Zurückhaltung ihm gegenüber unmöglich nachkommen. Er wird jetzt regelmäßig Botschaften bekommen!

Während IM hinter seinem Haus knattert, tackert sie vorne neben dem Eingang zwei Zettel an seine Kirschlorbeerhecke. Auf dem ersten steht: »INVASIVER NEOPHYT!« Auf dem zweiten, in kleinerer Schrift: »KIRSCHLORBEER VERDRÄNGT HEIMISCHE PFLANZEN, AUF DIE INSEKTEN ALS NAHRUNGSGRUNDLAGE ANGEWIESEN SIND. AUSSERDEM IST ER GIFTIG!!!«

Danach hängt Lissa die Wäsche auf. Um kurz vor zwölf ist Ingmar mit dem Mähen fertig. Die Luft riecht nach Gras und Benzin. Ulrikes Auto – Lissa sieht regelmäßig nach – steht noch nicht wieder da.

Die Physiotherapeutin entlässt Carstens Mutter heute einige Minuten früher als sonst. Schon zu Beginn sagte sie: »Sie machen mir heute aber keinen guten Eindruck, Frau Ruck.«

In der Folge tat Inge auch nichts, um diesen zu verbessern. Stattdessen nahm sie die Bemerkung zum Anlass, sich umso entkräfteter zu zeigen. Sie begab sich rücklings auf die Übungsmatte, obwohl die Therapeutin von Bauchlage gesprochen hatte.

»Na ja, es geht auch so«, entschied die Therapeutin und platzierte ein gefaltetes Handtuch unter Inges linker Wade. Nun sollte Inge das linke Bein langsam zur Seite hin abspreizen und dann wieder zur Mitte führen.

Inge nahm konsequent das rechte Bein.

Mehrfach erklärte ihr die Therapeutin, sie solle das linke bewegen. Darum liege das Handtuch da: damit sich das Bein leichter über die Matte schieben lasse.

Jedoch benutzte Inge weiterhin das rechte Bein und sagte, ihr linkes könne sie heute irgendwie nicht erreichen.

Carsten bekam das Geschehen vom Rand aus mit. Auf einem Gymnastikball sitzend, las er seine Nachrichten. Das Praxis-WLAN läuft einwandfrei; deshalb verbringt er Inges Behandlungszeit immer hier.

Ab und an blickte er ungläubig auf und fragte sich, ob seine Mutter simulierte. Auch bei den nächsten Übungen machte sie kaum mit. Die Geduld der Therapeutin beeindruckte ihn – wie auch so einiges andere an ihr: Die Frau hat einen sportlichen Körper, sogar ihre Unterarme wirken trainiert. Ihr Busen ist schön klein und prall. Gerne würde Carsten sie einmal in anderen Klamotten sehen als in der weißen Hose und dem türkisfarbenen Polo-Shirt. Oder auch nackt.

Nach der Reha-Stunde wünscht sie Carsten und seiner Mutter ein schönes Wochenende. An Inge gerichtet sagt sie: »Am Montag erlebe ich Sie hoffentlich wieder in alter Frische!«

»Wer weiß, ob ich es bis dahin schaffe«, entgegnet Inge.

»Ja, ja«, wiegelt Carsten ab und führt seine Mutter den kühlen, kahlen Gang entlang aus dem Gebäude heraus zum Auto.

Bevor Carsten losfährt, mustert er seine Mutter ganz genau. Sie sitzt auf dem Beifahrersitz, kramt in ihrer Handtasche. In all ihren Regungen, selbst im unvermeidlichen Atmen, steckt so viel Unwille, dass er in diesem Augenblick eher einen Teenager neben sich sieht als eine vierundachtzigjährige Frau. Beginnt sie, ihre Drohung wahr zu machen? Hat sie vor, alles zu sabotieren, was sie wieder richtig auf die Beine bringt?

Er fragt: »Was meintest du mit ›Ich kann mein linkes Bein nicht erreichen‹?«

»Wie ich es gesagt habe: Ich kann es nicht erreichen, ich kann keine Verbindung aufbauen«, antwortet Inge.

»Du redest wie ein Telekom-Techniker. Spürst du das Bein?«

»Ich spüre es, aber es macht nicht, was ich sage«, erklärt Inge. Sie kramt weiter in ihrer Handtasche, weshalb ihre Antworten von einem beiläufigen, abgelenkten Tonfall durchzogen sind.

Carsten wartet auf eine ausführlichere Erklärung, aber weil nichts kommt, lässt er das Auto an und fährt los.

Dann sagt sie: »Apropos ›erreichen‹: Hast du Jens inzwischen erreicht?«

Jetzt auch das noch!, schießt es Carsten durch den Kopf. Erst will er wieder Nein sagen. Aber dann denkt er, er sollte dem Thema ein Ende setzen: »Davon wollte ich dir gestern Abend erzählen. Aber an dich war ja kein Rankommen.« Er macht eine Pause, in der Inge mit dem Kramen innehält und aufmerksam aufschaut. Dann erzählt er, sie hätten telefoniert, nur kurz natürlich wegen der Kosten. Jens sei beruflich gerade sehr eingespannt, aber er lasse sie lieb grüßen und wünsche gute Besserung.

»Aha«, sagt Inge und setzt das Durchwühlen ihrer Handtasche fort, hektischer nun als vorher.

Diese nervösen, unsystematischen Bewegungen in seinem rechten Augenwinkel, das Wackeln und Rascheln und Klappern gehen Carsten fürchterlich auf die Nerven. Schließlich hat er es satt, greift nach rechts und schlägt auf Inges Handtasche: »Was suchst du denn?«

»Traubenzucker«, antwortet seine Mutter. »Ich habe eigentlich immer welchen dabei.«

»Brauchst du jetzt unbedingt Traubenzucker?«

»Mir ist ein bisschen schwindelig.«

»Du kannst auch einfach ›Ja‹ sagen.«

Gerade haben sie die Stadt verlassen. Carsten muss wenden. Er fährt zurück, parkt vor der Apotheke und besorgt Traubenzucker mit Orangengeschmack. Wenn irgendwo Orange zur Auswahl steht, nimmt er immer Orange, weil er einmal gelesen hat, dass die meisten Menschen auf der Welt den Geruch von Apfelsinen sehr mögen, mehr noch als den von Rosen. Und bis heute ist Carstens Lieblingswerbespot für Smyrna jener, in dem filetierte Orangenscheiben von einer gepflegten Frauenhand mit Frischhaltefolie bedeckt werden; die Hand streicht anschließend glättend darüber. Das sieht so sinnlich aus, findet Carsten, dass man diese straff über das Fruchtfleisch gespannte Folienhaut am liebsten selbst berühren möchte.

Inge steckt sich drei Traubenzucker hintereinander in den Mund. Danach ist sie nicht mehr ganz so blass, und die Unruhe auf dem Beifahrersitz hört auf.

»Ich muss gerade daran denken, wie du unmittelbar nach der Geburt aussahst«, sagt Inge während der Fahrt.

»Kommt jetzt die Dumbo-Geschichte?«

»Du hattest ganz weit vom Kopf abstehende Ohren, als du zur Welt kamst. Wie Dumbo, und ich dachte: ›Um Himmels willen!‹ Aber dann klappte die Hebamme einfach deine Ohren zurück, und du warst ein normales Baby. Zum Glück. Sonst hätte ich dich deinem Vater unmöglich zeigen können.«

»Hm«, sagt Carsten. Nicht dass er diese Geschichte nicht schon zig Mal gehört hätte. Er hat keine Ahnung, warum seine Mutter jetzt über Ohren spricht. Nach der außergewöhnlich erholsamen Nacht hat dieser Vormittag nun schon so viel Energie aus ihm gesaugt, dass er dringend Abstand braucht. Gleich nach der Ankunft in Munßig wird er sich in Ulrikes Haus zurückziehen. Ulrike war so nett, ihm einen Schlüssel zu leihen. Sie selbst werde erst am Nachmittag wieder da sein, hat sie gesagt. Nachdem sie die Kinder am Treffpunkt für die Fahrt ins Ferienlager abgeliefert habe, müsse sie noch einkaufen und zum Optiker für einen Sehtest: Lesebrille. Aber natürlich werde sie sich beeilen, allzu lange könne sie ihre Mutter nicht allein lassen.

Carsten findet die Vorstellung grauenhaft, so zu leben wie Ulrike, derart fremdbestimmt. Ihm wird wieder eng im Brustbereich. Das schwarze Tuch, um seine Rippen gewickelt, fest geschnürt.

Inge möchte nichts zu Mittag essen, sondern ausruhen. Carsten begleitet sie in ihr Zimmer. Die Matratze ist noch zu feucht, als dass Inge sich ins Bett legen könnte.

Lissa schlägt vor, die Matratze draußen im Garten in der prallen Sonne zu platzieren. »Dann ist sie in einer halben Stunde trocken.«

»Nice try, Lissa. Beziehungsweise: nice dry«, witzelt Carsten.

Denn Inge lehnt das natürlich vehement ab. Was, wenn die Leute auch noch ihre Matratze sehen? Sie setzt sich auf den Polstersessel und schließt die Augen. Wie ihre Arme in der braunen Chiffonbluse lang, gerade und gleichzeitig schlaff auf der Lehne liegen, muss Carsten an ein Bild von getöteten Frettchen denken, das er im Internet gesehen hat. Er schließt Inges Zimmertür, holt seine Laptoptasche, steckt eine seiner zwei Whiskyflaschen hinein und läuft über die Straße zu Ulrike. Mit größter Erleichterung betritt er ihren Flur. Es riecht nach Desinfektionsmittel und Zigaretten, nach abgestandenem Kaffee und blumigem Mädchenduschgel. Und nach Ulrike.

Bevor Carsten anfängt zu arbeiten, holt er sich ein Glas aus der Küche, geht damit ins Wohnzimmer und füllt es bis zur Hälfte mit Whisky. Er leert es in zwei brennenden Zügen. Sofort füllt sich sein Brustkorb mit Wärme, die drückende schwarze Enge weicht auf, zerfließt. Carsten stöhnt. Endlich allein!

Dass Ulrikes Mutter im Erdgeschoss liegt, schafft er auszublenden, obwohl er sie vorhin hat röcheln hören. Er hofft, Margit möge nicht nach Ulrike rufen, solange sie unterwegs ist. Er wüsste nicht, was tun. Unmöglich könnte er einfach zu ihr ins Zimmer gehen. Wahrscheinlich würde sie vor Schreck einen Herzinfarkt bekommen, sollte sie noch in der Lage sein, ihn zu erkennen.

Im Sonnenlicht auf dem Wohnzimmertisch stehend, leuchtet der Whisky in Bernsteinfarben. Am liebsten würde Carsten mehr trinken, aber er vertröstet sich auf den Abend.

Er klappt sein Notebook auf, und noch ehe er alle E-Mails gesichtet hat, hört er, wie sich unten die Haustür öffnet. Es ist nicht Ulrike. Lissa ruft von unten: »Papa!«

»Was ist denn jetzt schon wieder?«

»Oma geht es echt nicht gut.«

Carsten steigt die Treppe hinunter.

Lissa steht mit ihren kurzen Hosen und unrasierten Beinen in der Tür. Sie atmet schnell. Sie ist hergerannt.

»Was hat sie denn?«

»Ihr Herz flattert, und ihr Kopf pocht, sagt sie. Ihre Hände sind eiskalt. Sie ist leichenblass.«

Carsten lässt Lissa stehen und eilt hinüber.

Inge sitzt noch im Sessel in ihrem Zimmer. Sie öffnet kurz die Lider, als er reinkommt. Sogar ihre Augen sind blass, die Iris wässrig.

Carsten holt einen Stuhl, um ihre Beine hochzulagern. Dann gibt er ihr Traubenzucker. »Wer ist denn jetzt dein Hausarzt?«, fragt er. »Derselbe wie der, zu dem Vati immer gefahren ist?«

»I wo! Frau Dr. Konzack.«

»Was? Die lebt noch?«, ruft Carsten erschrocken aus. »Die muss doch über hundert sein inzwischen.«

»Siebenundsiebzig wird sie dieses Jahr«, korrigiert Inge mit geschlossenen Augen. »Und sie hat allen im Dorf versprochen, erst aufzuhören, wenn sie einen Nachfolger für die Praxis gefunden hat.«

»Klingt eher wie eine Drohung«, raunt Carsten.

Obwohl sie nur wenige Hundert Meter dorfaufwärts müssen, nimmt Carsten das Auto. Inge sagt, zum Gehen sei sie zu schwach. Carsten glaubt ihr. Er parkt in einer der drei schräg markierten Lücken, sagt zu seiner Mutter, »Dass du noch zu dieser Konzack gehst! Die war doch früher schon nicht bei Trost«, steckt sich einen Kaugummi in den Mund und steigt aus. Inge wartet im Auto.

Er hasst dieses Grundstück, er hasst dieses Haus. Nie wieder wollte er es betreten.

Es ist Freitag, und wie Carsten der Tafel mit den Öffnungszeiten entnimmt, hat die Ärztin heute keine Sprechstunde. Er klingelt dennoch. Die Klingel klingt wie früher: ein dunkles Brummen. An der Eingangstür tut sich nichts, aber er hört ein Geräusch von oben, schaut also am Haus hinauf. Das Fenster, dessen Gardine stets wackelt, wenn er vorbeijoggt, öffnet sich. Der Rahmen ist verzogen. Frau Dr. Konzack braucht mehrere Anläufe, um es aufzuziehen. Es gelingt ihr schließlich mit einem Wumm. Dann schaut sie über den Blumenkasten mit Geranien hinweg nach unten. Ihr vergrämtes Gesicht, ihr ungepflegt strähniges Haar. Alte Jungfer!, denkt Carsten. Gleichzeitig kommt ihm seine Tochter in den Sinn, die ihm auf diese Beschimpfung mit einer erregten Tirade über Sexismus, Misogynie oder was auch immer antworten würde.

Aber es ist doch wahr: Eine alte Jungfer ist sie! Wie sie von da oben runterglotzt mit ihren hervorquellenden Augen und der großen Nase! Sie sagt nichts. Nicht: »Guten Tag, was gibt es?« Nicht: »Hallo?« Stattdessen wartet sie, bis Carsten zu sprechen anfängt.

Er stellt sich nicht vor. Er weiß genau, dass sie ihn erkennt. Also sagt er: »Meiner Mutter geht es nicht gut.«

»Was hat sie denn?«, fragt sie und lässt Carsten, der einen Schritt zurücktritt, um nicht ganz so steil nach oben schauen zu müssen, die Symptome seiner Mutter aufzählen. Die Hälfte muss er wiederholen; »von hier oben« verstehe sie ihn nur schlecht.

Schließlich kommt die Ärztin herunter, schiebt hörbar die innen angebrachte Türkette zurück, lässt sie klackernd fallen und schließt auf; ein so wildes Geklapper, als hingen an dem Bund Schlüssel für eine ganze Burg.

»Eigentlich habe ich heute keine Sprechstunde«, stellt sie klar. Sie ist kleiner, als Carsten sie in Erinnerung hatte. Vielleicht ist sie auch altersbedingt geschrumpft. Ein bisschen bucklig kommt sie ihm vor.

»Ich weiß«, entgegnet er und spürt, wie er von oben bis unten mit strengem, ja verächtlichem Blick gemustert wird. Er flüchtet, indem er Inge aus dem Auto holt.

Vom Ende des schwarzen Korridors aus führt eine Treppe nach oben in den Privatbereich. Hinter der Eingangstür links befindet sich die Patiententoilette. Rechts geht es zum Wartezimmer, an das sich der Untersuchungsraum anschließt, der durch eine zweite Tür wiederum mit dem Flur verbunden ist.

Die Ärztin bescheinigt Inge, sie sehe »wirklich gar nicht gut« aus, und bittet sie, kurz zu warten.

Carsten und seine Mutter nehmen also Platz im Wartezimmer. Die Garderobenhaken sind leer, die Hutablage ist es auch. Zwei Regenschirme langweilen sich im Ständer. Inge legt die Arme auf den Stuhllehnen ab. Die rechte Hand hat sie zur Faust geballt und verwahrt ein zerknülltes Papiertaschentuch darin. Sie fängt an, mit der Faust auf die Lehne zu pochen. Unentwegt pocht sie, ab und an berührt ihr Ehering das Metall des Stuhls und erzeugt ein helles Klacken. Carsten versucht, die Geräusche zu ertragen, aber lange hält er nicht durch. Er ist zu nervös, um geduldig zu sein, drückt deshalb seine linke Hand fest auf Inges Faust, um sie zu stoppen. Die Haut seiner Mutter: rissig wie die Rinde einer Eiche, in die ein Stück Metall eingewachsen ist – der Ehering.

Holz ohne Rinde ist trockener, weil die Funktion der Rinde darin besteht, einen Baum vor dem Austrocknen zu schützen. In einem Survival-Guide hat er das gelesen. Aber was nutzt ihm dieses Wissen? Zum Überleben braucht er kein Feuerholz, er braucht seine Ruhe.

Carsten könnte seine Hand jetzt auf Inges Hand liegen lassen. Vielleicht würde Inge das sogar guttun. Aber er kann nicht. Die Berührung ist ihm unangenehm. Schon das ständige Einhaken beim Gehen zwingt ihn zu einer körperlichen Nähe zu seiner Mutter, die er nur schwer aushält. Er zieht seine Hand wieder weg.

Es stehen, wie Carsten bemerkt, nicht mehr dieselben Stühle wie vor dreißig Jahren hier im Wartezimmer. Aber es kleben dieselben Plakate an der Wand, ausgeblichen und veraltet. Auf dem Tisch in der Mitte liegen zahlreiche Zeitschriften, abgegriffen, nie aussortiert und von dem Genre, in dem Carsten Werbeanzeigen für Gefrierbeutel schaltet. Auf dem Fußboden ist zartrosafarbenes Linoleum ausgelegt, mit marmorierter Struktur und so vielen Luftbeulen, dass Carsten sich angesichts des fortgeschrittenen Alters der hiesigen Patienten wundert, weshalb noch keine größeren Unfälle passiert sind. In den Ecken liegen vertrocknete Fliegen. Auf dem Fensterbrett steht ein Blumentopf aus weißer Keramik. Er hat die Form eines Kopfs. Die krause Pflanze darin: die Haare.

»Der ist neu«, sagt Carsten, beinahe stolz über seine Entdeckung.

Inge folgt seinem Blick zum Fensterbrett. »Der steht da schon ewig«, sagt sie und beginnt wieder, mit ihrer Faust auf die Lehne zu pochen.

Carsten denkt an die zwei Schlucke Whisky, die er vorhin getrunken hat.

Die Tür zum Untersuchungszimmer ist eine mit Holzdekorfolie beklebte Spanplatte, durch die alle Wartenden, sofern sie nicht schwerhörig sind, die Beschwerden desjenigen Patienten mitbekommen, der gerade behandelt wird. Deshalb sprach Carsten immer ganz leise, wenn er an der Reihe war, was die Ärztin aber nur dazu anstiftete, seine Worte umso lauter nachzusprechen. Die Klinke besteht aus schwarzem Hartplastik. Und in den oberen Teil der Tür ist ein rechteckiges Noppenglasfenster eingelassen. Darunter das Schild »Behandlungszimmer 1«, obwohl es gar kein zweites gibt. Es sei denn, im Keller existiert noch ein Folterraum, was Carsten nicht ausschließt.

Ein Teil von Carsten, der größere, gibt sich rational. Dieser Teil sagt, er soll ruhig bleiben: »Die kann mir überhaupt nichts!« Doch der andere Teil, der kleinere, der hat vor Frau Dr. Konzack riesengroße Angst.

Inge bittet Carsten darum, seinen Kaugummi nicht so zu katschen. Sie habe, wie ihm offenbar entfallen sei, sehr gute, überaus empfindliche Ohren, die alles, aber auch alles hörten; auch heute noch.

Carsten kaut daraufhin leiser und muss an diesen einen Schriftsteller denken – den Namen hat er vergessen –, der gebrauchte Kaugummis in seiner Schreibtischschublade aufbewahrt und wiederverwendet. Lissa hat Carsten von ihm erzählt. »Eklig, aber nachhaltig«, lautete ihr Urteil, auch wenn der Typ »ansonsten keiner Erwähnung wert« sei.

Carsten fokussiert weiter die Tür. Endlich bewegt sich die Klinke nach unten. Die Ärztin! Sie hat sich ihren weißen Kittel übergezogen (Hat sie dafür so lange gebraucht?), ihre Hauspantoffeln aber anbehalten und tritt ein paar Schritte ins Wartezimmer herein, um »Inge Ruck« aufzurufen, als seien noch andere Patienten da.

Carsten hilft seiner Mutter auf, führt sie ins »Behandlungszimmer 1«. Er begleitet sie bis zu den Stühlen, die vor dem Schreibtisch stehen, dann schießt ein Impuls in ihm hoch, dem er sofort nachgibt. Er will raus! Er geht zur Tür zurück, um draußen zu warten.

Frau Dr. Konzack allerdings hat die Tür soeben zugemacht. Sie blockiert den Weg, sagt, »Bleib ruhig hier, Carsten!«, und deutet auf den Platz neben seiner Mutter.

Carsten sieht die Süffisanz in ihrem Gesicht aufblitzen, die Freude, die es ihr bereitet, ihn zu duzen und beim Vornamen zu nennen wie ein kleines Kind. Wahrscheinlich wird sie ihn gleich auffordern, seinen Kaugummi auszuspucken. Er setzt sich neben seine Mutter.

Auf dem Schreibtisch liegt, wie früher schon, ein aufgeschlagener, vollgekritzelter Buchkalender. Sämtliche Termine trägt die Ärztin dort ein; eine Sprechstundenhilfe hatte sie nie.

Sie fragt Inge, wie es ihr seit dem Sturz ergangen ist.

Inge redet langsam. Oft schweift sie ab, erwähnt Dinge, die nichts mit ihrem Gesundheitszustand zu tun haben. Dass sie im Krankenhaus nur selten Mineralwasser mit Sprudel bekommen habe zum Beispiel.

Die Rückfragen der Ärztin erscheinen Carsten ebenso

wenig zielführend. Bezüglich des Mineralwassers etwa hakt sie nach: »Und Ihr Sohn hat Ihnen keines besorgt?«

Carsten lässt sich nichts anmerken. Er greift nach seinem Handy in der Hosentasche, wagt jedoch nicht, es hervorzuziehen. Bestimmt hat er bereits mehrere verpasste Anrufe und neue Mails im Posteingang. Den Blick auf die Anrichte richtend, auf der eine Sammlung von Porzellanelefanten steht, versucht er, sich abzulenken. Seine Augen tränen; die Allergie.

»Heulschnupfen«, hat Lissa einmal dazu gesagt – und ihm weiszumachen versucht, dass Pollenallergiker in Städten stärker zu leiden hätten: Die Abgase bereiteten den Bäumen und Gräsern so viel Stress, dass sie mehr Blütenstaub produzierten als in ländlichen Regionen; eine Überlebensmaßnahme. Die Natur lasse die Gewalt, die wir Menschen auf sie ausübten, nicht passiv über sich ergehen. Da brauche er sich nicht in trügerischer Sicherheit zu wiegen.

Carsten glaubt nicht an Lissas Heuschnupfen-These. In Berlin wirken seine Medikamente. Hier hat er fortwährend Symptome.

Frau Dr. Konzack erhebt sich, schlurft um ihren Tisch herum, schaut in Inges Rachen, in Inges Ohren und tastet ihre Lymphknoten ab, als hätte seine Mutter, statt von Schwindel und Schwäche, von einer Erkältung berichtet. Erst danach kommt die Ärztin auf die Idee, Puls und Blutdruck zu messen.

Allmählich dämmert Carsten, dass er noch eine ganze Weile hier wird sitzen müssen. Ob diese alte Jungfer die Untersuchung absichtlich in die Länge zieht, um mich zu quälen?, fragt er sich. Gerne würde er seinen Kaugummi unter den Stuhl kleben, auf dem er sitzt.

Er will weg, sofort weg. Raus aus diesem Stuhl, raus aus dieser Praxis, raus aus diesem gottverdammten Scheißkaff. Sein Brustkorb schnürt sich wieder zu, ihm ist heiß. Aus seiner Stirn sprießen Schweißperlen. Er fühlt sich wie damals, als er das letzte Mal hier saß. Mit siebzehn Jahren und neununddreißig Grad Fieber und einem elenden Husten. Die Ärztin ließ ihn seine Beschwerden aufzählen. Und noch mal aufzählen. Und noch mal aufzählen. Was er leise sagte, wiederholte sie lautstark.

Carsten fragte sich, ob sie senil geworden war oder nur herausfinden wollte, ob er versuchte, die Schule zu schwänzen.

Geduldig nannte er alles erneut, bedacht darauf, sich nicht in Widersprüche zu verstricken. Allerdings fiel ihm das Denken schwer. In seinem Kopf hämmerte es. Das Fieber verschleierte seine Augen. Über seine Haut hinweg walzten abwechselnd Hitzewallungen und Schüttelfrost. Der Husten saß tief und fest, klang wie rohes Bellen. Ab und an schaffte es etwas Sputum nach oben, und das fühlte sich an, als würde jemand mit einer Gabel Gewebe aus seinem Inneren kratzen.

Irgendwann sagte die Ärztin: »An deiner Stelle würde ich mich auch schlecht fühlen.«

Etwas verzögert, weil in seiner Verfassung nicht allzu reaktionsstark, erwiderte Carsten: »Wie bitte?«

»An deiner Stelle würde ich mich auch schlecht fühlen«, schrie sie beinahe.

Und dann erzählte sie ihm, dass »die Nachtwey Ulrike« schwanger gewesen sei. Aber einem Hallodri wie ihm sei das natürlich vollkommen egal. Hauptsache, er könne von Bett zu Bett hüpfen, ohne sich um die Mädchen zu scheren.

Carsten wusste von nichts. Er war perplex. Ulrike hatte ihm nichts gesagt. Vor Kurzem hatten sie sich getrennt (er sich von ihr), seither mieden sie einander. Er hatte sie seit Tagen nicht gesehen.

»Schwanger *war*?«, fragte er.

»Ja, schwanger *war*. Bist du jetzt etwa auch noch erleichtert? Weißt du, was das Mädchen durchmacht?«

Carsten stand auf und ging zur Tür.

Ohne Rezept und ohne dass die Ärztin das Stethoskop an ihn drangehalten hatte, verließ er die Praxis. Zum Glück saß niemand im Wartezimmer. Zum Glück war er an diesem Tag der Letzte.

Carsten machte sich auf den Heimweg. Draußen war es schon dunkel. Eisregennadeln fielen vom Himmel. Sie stachen, schmerzten, wenn sie auf seiner wund gerotzten Nase landeten, auf seinen Wangen, seiner Stirn.

Carsten fragte sich, was diese Frau wohl alles wusste. Konnte sie wissen, dass er etwas mit Steffi angefangen hatte, noch ehe mit Ulrike Schluss gewesen war? Konnte sie wissen, dass er Jens, als sie noch klein waren, zu Unrecht angeschwärzt hatte, ihn die Treppe hinuntergestoßen zu haben? Konnte sie vielleicht sogar wissen, dass er seinem Bruder die Knete in die Nase gedrückt, dass er ihm Abend für Abend Angst gemacht hatte mit Gerüchten, die angeblich über ihn kursierten? War es möglich, dass Frau Dr. Konzack alles Böse über ihn wusste?

Dann kam Carsten an Ulrikes Haus vorbei und wurde wütend. So wütend, dass er mit der letzten Kraft, die in seinem jungen, fiebrigen Männerkörper steckte, gegen die Zaunlatte am Gartentörchen trat, die an nur einem Nagel hing. Schließlich riss er sie heraus und warf sie über den Zaun.

Er ging nach Hause, schlief und fror und schwitzte und fieberte und hustete und schlief.

Es dauerte eine Weile, aber mit der Zeit verwandelte sich sein Ärger in Dankbarkeit. Ulrike schonte ihn. Nie ließ sie sich etwas anmerken, nie erzählte sie ihm etwas davon. Sie kamen wieder zusammen, obwohl Margit ihn nicht mehr ins Haus ließ. Sie trennten sich, wurden erneut ein Paar, immer so weiter, bis die Schule vorbei war und er endlich wegziehen konnte.

Frau Dr. Konzacks Worte legten sich als Sediment in Carstens Kopf ab. Er hasst diese Frau bis heute. Hätte sie ihm nicht einfach ein Medikament verschreiben, hätte sie ihn nicht einfach in Ruhe lassen können?

Aber vielleicht hat sie ihm auch einfach nur Bullshit erzählt.

So langsam kommt Bewegung in diese Ferien, denkt Lissa. Mehr, als ihr lieb ist. Erst der Stress mit Ingmar. Dann der mit Oma. Das Kribbeln, wenn sie an Ulrike denkt. Die Neuigkeiten aus der Jugend ihres Vaters, die sogar ein wenig Eifersucht in ihr wachrufen (Lissa kann sich das nach wie vor nicht vorstellen: Papa und Ulrike?). Nun Inges Unwohlsein.

Gerade hat Lissa ihren Vater mit Inge wegfahren sehen. Drüben wird sie also nicht gebraucht. Nun stromert sie allein durch Ulrikes Haus. Sie schaut sich gerne bei anderen um.

Wie bei ihrer Großmutter sind die Räume auch hier nicht groß, nicht hell, nicht offen. Ihre Zweckmäßigkeit wird von allerlei Nippes überdeckt. Über die Jahrzehnte hat das Haus Schrammen gesammelt, aber es wirkt nicht ausgelaugt, nicht so desinteressiert wie das ihrer Oma, sondern lebendig und ausgefüllt von seinem Alltag mit vier Frauen. Selbst Fremde würden sofort merken, dass hier keine Männer leben: Die im Flur herumstehenden Schuhe sind klein; keine Treter in Größe vierzig und aufwärts, die über das Gestell hinausragen. Keine eckigen, dunklen Jacken, die wie Uniformen über dem Bügel an der Garderobe hängen und Respekt einfordern. Und im Bad: ausschließlich billige, bunte Kosmetik sowie drei Damenrasierer; auf ihnen steht »Venus«.

Das meiste sieht so aus, wie Lissa es in Erinnerung hat aus der Zeit, als sie mit Maren und Meike spielte. Damals war auch Ulrikes Mutter noch präsent, bewegte sich normal durchs

Haus. Später wurde ein Wandeln daraus: Man hörte Margit nie kommen, doch plötzlich war sie da.

Das letzte Mal, als Lissa ein paar Stunden hier verbrachte, blieb Margit im Türrahmen zum Kinderzimmer stehen. Sie war barfuß, und obwohl es mitten am Tag war, trug sie ein Nachthemd, durch das die Brustwarzen hindurchschimmerten; wenn man länger hinsah, sogar der ganze müde Busen. Das offene Haar lag auf ihrer Schulter auf. Mit einer Hand berührte sie den Türrahmen, bezog von ihm Halt. Minutenlang stand sie da, der Kopf leicht geneigt. Ihr Blick wirkte abwesend nach außen, sinnierend nach innen. Die Augen: rund und braun.

Diese Gestalt, wie sie dort im Türrahmen stand, kam Lissa gespenstisch vor. Meikes und Marens Verhalten verstärkte diesen Eindruck: Sie benahmen sich, als wäre ihre Oma nicht da, als wären sie völlig allein und unbeobachtet. An das gelegentliche Auftauchen und Verschwinden ihrer Großmutter waren sie gewöhnt. Sie ignorierten sie einfach, rechneten mit nichts, auch keiner Ermahnung, und machten weiter, womit sie die ganze Zeit über beschäftigt gewesen waren, nämlich giggelnd auf ihren Betten Trampolin zu springen. Auch Lissa setzte ihre Hopserei fort, allerdings ohne dabei zu giggeln; sie kann das nicht: giggeln. Irgendwann wagte sie einen größeren Sprung. Sie hüpfte von Meikes Bett hinüber auf Marens Bett und wieder zurück, statt hoch und runter immer hin und her.

»Ganz der Vater«, sagte Margit wie aus dem Nichts. Dann schlich sie davon.

Meike und Maren zeigten auch jetzt keine Reaktion.

Lissa wusste weder, was die alte Frau gemeint, noch, wem es gegolten hatte. Trotzdem bezog sie Margits Worte auf sich und überlegte, womit sie irgendeine Ähnlichkeit zu ihrem Papa demonstriert haben könnte. Sonst hörte sie nur, sie sei wie Sabine: vorlaut, besserwisserisch, überkandidelt; ein Großstadtgewächs, ein Wessimädchen. Der Vergleich mit Carsten war ihr neu.

Im Nachhinein glaubt Lissa, eine gewisse Boshaftigkeit in Margits Ton ausgemacht zu haben. Aber das kommt ihr erst jetzt so vor, wo sie von Margits Abneigung gegen ihren Vater weiß. Faszinierend, wie Erinnerungen von Mal zu Mal überschrieben werden: mit jedem Abruf eine neue Version.

Lissa lugt ins Kinderzimmer. Zwischen Marens und Meikes Bett steht jetzt ein raumteilendes Regal. In dessen Fächern: Krimskrams wie Kabel, Akkus, Kopfhörer, ein Joystick, Stifte, ausgelöffelte Joghurtbecher, leere Chipstüten, vernachlässigte Kuscheltiere – und kein einziges Buch, wie Lissa auffällt. Ist sie anderswo zu Besuch, durchstöbert sie stets das Bücherregal. Aber in diesem Haushalt gibt es keine Bücher.

Lissa geht hinüber zu Ulrikes Schlafzimmer. Sie ist nicht ziellos in diesem Haus unterwegs. Von Anfang an wollte sie zum Schlafzimmer, wollte einen Hauch dieser Frau in ihrem Refugium spüren. Lissa öffnet die Tür, geht hinein. Hier war sie noch nie. Beigefarbene Auslegware. Ein tiefer, klobiger Kleiderschrank. Ein Ehebett, in dem bestimmt einst Ulrikes Eltern schliefen, links und rechts davon je ein Nachttisch mit himmelblauem Schirmlämpchen. Ein Kissen und eine Decke in der Mitte des Betts, mit orangefarbener Satinbettwäsche bezogen. Das Bett ist ungemacht, noch verwüstet vom Schlaf, der Vorhang am Fenster zugezogen. Lissa ist ein wenig nervös, aber neugierig genug, um ihre Aufregung zu ignorieren. Sie würde es ja hören, wenn unten ein Auto vorführe und anhielte, wenn Ulrike ausstiege, die Autotüre zu- und die Haustüre aufschlösse, wenn sie die Treppen hinaufkäme, hierher ins Schlafzimmer.

Lissa öffnet die Schubfächer der Nachtschränke. Das eine ist leer, bis auf eine Packung Papiertaschentücher. Im anderen liegen eine Tube Handcreme, mehrere Blister mit Johanniskrautkapseln sowie der Antibabypille, von der Lissa sich vorgenommen hat, sie never ever einzunehmen.

Lissa hebt die Bettdecke an. Sie würde gern Ulrikes Nachthemd sehen, sehen, was sie nachts trägt. Aber unter der zerwühlten Decke findet sie nichts, auch unter dem Kissen nicht. Schläft sie nackt? Lässt sie im Dunkeln jede Stelle ihrer Haut über diese kühle Bettwäsche gleiten?

Lissa legt sich ins Bett. In Ulrikes Bett. Für einen Augenblick nur, sagt sie sich, nur um Ulrikes Geruch einzuatmen, der aus ihrem Kopfkissen strömt. Ist sie tatsächlich in Ulrike verknallt? In diese Frau, die nicht nur so alt ist wie ihr Vater, sondern sogar mit ihm zusammen war?

Richtig verliebt war Lissa bisher nur ein Mal. In Yann. Es tut noch immer weh, an ihn zu denken. Ist ja auch erst drei Monate her, die Sache:

Weil Lissa mittwochs nur bis kurz nach eins Unterricht hat, ging sie am Nachmittag immer in die Stadtbibliothek. Inzwischen ist das Gebäude für sie dermaßen mit Yann verknüpft, dass sie sich geschworen hat, das Eingangsportal – »A-Teppich« genannt – nie wieder zu durchqueren. Es besteht aus über hundert Kupferfliesen, auf denen in verschiedenen Schriftarten jeweils ein A steht. Lissa hört sich selbst stöhnen, wenn sie an all diese As denkt: A, a, aaah! Sie hat so viel gestöhnt mit Yann, auf Yann, unter Yann, neben Yann, über Yann, und die Vorstellung, er könnte jetzt irgendeine Studentin (vielleicht sogar eine nackt rasierte) lecken, genauso hingebungsvoll lecken, wie er das bei ihr getan hat, nämlich so, als gäbe es für ihn auf dieser Welt nichts Berauschenderes … diese Vorstellung findet sie unerträglich.

In der Stadtbibliothek erledigte sie ihre Hausaufgaben, las

querbeet und genoss es, von wissenshungrigen und -durstigen Menschen umgeben zu sein. Einer von ihnen fiel Lissa bald auf: Er trug eine Nickelbrille, mal einen Dreitage-, mal einen Fünftagebart und kurzes, lockiges Haar, das ihn ein wenig verrückt aussehen ließ. Stets wählte er die Ecke des Lesesaals, die auch Lissa bevorzugte. Außerdem nutzte er kein Notebook, sondern schrieb mit angenagtem Bleistift auf einen unlinierten, unkarierten Block aus grauem Recyclingpapier, was ihn in Lissas Augen besonders sympathisch machte. Alle paar Minuten schaute er irritierten Blickes von seinen Büchern auf, wie um die Ungeheuerlichkeiten, die er auf den vorangegangenen Seiten erfahren hatte, sacken zu lassen.

Irgendwann nickte er Lissa zur Begrüßung zu, als sie kam. Er nahm sie also wahr!

Der Mittwoch wurde für sie zum wichtigsten Tag der Woche. Sie begann sogar, sich morgens Gedanken über ihre Kleidung zu machen. Gleichzeitig nahm sie sich ihre Schwärmerei übel, weil sie sich damit auf den Pfad der Verblödung begeben hatte. Doch das Flanieren auf diesem Pfad beschwingte sie so sehr; sie wollte ihn nicht verlassen.

Eines Mittwochs saß er nicht da. Lissa hatte Mühe, sich von ihrer Enttäuschung nicht ablenken zu lassen. Ich bin doch zum Lesen hier, ermahnte sie sich.

In der Woche darauf raste ihr Herz beim Betreten der Bibliothek. Ihre Erleichterung, ihn wieder in der gewohnten Ecke arbeiten zu sehen, überwältigte sie, und sie winkte ihm zu. Ihr Winken wurde ihr schon in dem Moment peinlich, in dem sie es tat. Zum Glück antwortete er mit einem Lächeln. Den ganzen Nachmittag über schaffte es Lissa nicht, auch nur eine Zeile von dem zu verinnerlichen, was sie oberflächlich las. Sie machte sich lediglich Gedanken darüber, wie sie gerade aussah. Als sie den Lesesaal verließ, um zur Toilette zu gehen, spürte sie seinen Blick in ihrem Rücken. Plötzlich funktionierte das Gehen nicht mehr automatisch. Ganz bewusst musste sie einen Schritt vor den anderen setzen. Sie bemühte sich, aufrecht zu bleiben und nicht mit den Hüften zu wackeln.

Sonst blieb Yann immer länger als Lissa, aber an diesem Spätnachmittag stand auch er auf, während sie ihre Sachen zusammenpackte. Als hätte er darauf gewartet. Als hätten sie eine Verabredung. Sie verließen das Gebäude durchs A-Portal. Kurz danach waren sie zusammen.

Von seinem anfänglichen Erstaunen über Lissas junges Alter erholte Yann sich schnell. »Ist halt so«, meinte er.

Yann ist zwanzig, studiert Biologie und ernährt sich vegan wie Lissa. Auch hinsichtlich Klimaschutz, Gerechtigkeit, Kapitalismus, Nestlé und Deutschlands Waffenexporten teilten sie sämtliche Ansichten. Lissa war eindeutig auf einen Seelenverwandten gestoßen. Außerdem füllte er den Kühlschrank wie ein Bücherregal: Das meiste stellte er hochkant hinein und lehnte es aneinander. Lissa gefiel das; es unterstrich seine Klugheit.

Sie hatten sechs gemeinsame Wochen, sahen sich fast jeden Tag und jede Nacht. Ihre Mutter hatte nichts dagegen. Wahrscheinlich war sie sogar froh über die hinzugewonnene *quality time mit Thom*. Auch ihr Vater beschwerte sich nicht, als Lissa auf die Wochenenden mit ihm verzichtete. Er merkte allerdings an, sie solle aufpassen, Opa wolle er noch nicht werden, woraufhin Lissa ihn anblaffte: Er als Ewiggestriger, der noch an den Mythos vom Jungfernhäutchen glaube und »PMS« für ein Logistikunternehmen halte, möge ihr bitte nicht mit Sexualaufklärung kommen.

Lissa und Yann redeten nicht besonders viel. Sie dachten ohnehin dasselbe. Und weil es Winter war und draußen kalt, verbrachten sie ihre gemeinsame Zeit in seinem WG-Zimmer. In seinem Bett. Sie schauten einander in die Augen, kifften, grinsten, lasen und lernten, bis Yann seine warmen Hände wieder unter die Decke schob oder mit seinem Kopf ganz darunter verschwand. Schon bei der ersten Berührung seiner Zungenspitze flippte Lissa zuverlässig aus.

Yanns Bettwäsche war mit Keith-Haring-Motiven bedruckt. Und als Lissa ihm sagte, wie erstaunt sie sei über die Wahl seiner Bettwäsche, erklärte er ihr, er wohne in diesem Zimmer zur Zwischenmiete. Der eigentliche Bewohner reise gerade durch Südamerika. Derweil dürfe er, Yann, alles benutzen. Bislang sei ihm gar nicht aufgefallen, dass diese Bettwäsche überhaupt bedruckt sei.

So ist Yann: Was für ihn unwichtig ist, blendet er aus. Inzwischen weiß Lissa das nur zu gut.

Mitte Februar gestand er ihr, was er schon die ganze Zeit gewusst hatte: Ab dem Sommersemester würde er in Tübingen studieren. Kommende Woche ziehe er um.

Tübingen! Lissa hielt das für einen Witz.

Aber es war keiner.

Anstatt ihren Ärger zu zeigen, zeigte Lissa Verständnis. Sie versprach, ihn einmal im Monat zu besuchen. An einem zweiten Wochenende könne er ja nach Berlin kommen. So sähen sie sich wenigstens alle zwei Wochen. Yann stimmte zu, doch die Zustimmung klang verhalten.

Er zog weg, und Lissa hasste die Schule, ihre Eltern, ihr Leben noch mehr als vorher.

Yann telefonierte nicht gern, also telefonierten sie nicht. Sie schrieb ihm Nachrichten aufs Handy, die er oft erst Stunden später beantwortete oder gar nicht. Besuchen könne er sie derzeit nicht, er habe kaum Geld.

Nach vier Wochen derart spröden Kontakts beschloss Lissa, zu ihm zu fahren. Sabine gab zu bedenken: »Wenn du dem hinterherkriechen musst, kannst du die Sache sowieso vergessen.«

Lissa ahnte schon, dass ihre Mutter ausnahmsweise recht haben könnte. Dennoch blieb es für sie unvorstellbar, dass Yann ihre Beziehung einfach so versanden lassen wollte. Sie beide zusammen – sie waren doch etwas Besonderes.

Lissa informierte Yann nicht. Über einen Überraschungsbesuch müsse er sich doch freuen. Und wenn nicht? Ja, was dann?

Bei ihrer Ankunft in Tübingen war es fast dreiundzwanzig Uhr. Die Zugfahrt hatte Lissa ausgetrocknet, ihre Hände waren verschwitzt, verklebt. Zwei Unterrichtsstunden hatte sie schwänzen müssen, um die letztmögliche Verbindung an diesem Freitag zu erwischen. Sie wollte das ganze Wochenende ausschöpfen.

Vor der Eingangstür von Yanns Wohnheimblock stand eine Gruppe biertrinkender, rauchender Studierender in Parkas, von denen ihr einer die Tür aufschloss und sagte: »Hereinspaziert! Ich bin heute Ihr Concierge.«

Lissa war froh, nicht unten klingeln zu müssen. Wenn Yann nicht da wäre, könnte sie so wenigstens vor seinem Zimmer warten.

Im dritten Stock klopfte sie an seine Tür.

Er sagte: »Ja?«

Lissa drückte die Klinke hinunter, trat ein.

Yann stand von seinem Schreibtisch auf und schaute sie an, als überlege er, woher er diese Person kennen könnte. Dann fragte er: »Was machst du denn hier?«

»Ich freue mich auch, dich zu sehen«, antwortete sie. Sie war zu k. o., um den schnippischen Tonfall zurückzuhalten.

Er müsse viel lernen, erklärte er ihr an diesem Abend. Er wolle sich aufs Studium konzentrieren, wirklich nur aufs Studium. »Du lenkst mich ab«, sagte er.

Sie schliefen ein letztes Mal miteinander. Es war ein trauriges Mal. Dann schliefen sie ein, ineinander verschlungen.

Am Samstagmittag brachte er sie zum Bahnhof, schickte sie weg.

Zwischen seinen Klamotten im Schrank hatte Lissa ein Post-it mit dem Wort »SCHADE« hinterlassen, damit er gezwungen sein würde, an sie zu denken, wenn er es sah. Wenigstens einmal noch.

Der nächste Zettel, den sie schrieb, war ein lyrischer Hinweis an sämtliche Mitreisenden im Zug. Lissa klebte ihn außen an die Toilettentür: »KLOPAPIER ALLE / SEIFE VERDÜNNT«.

Lissa weinte die ganze Zugfahrt über. Sie löschte Yanns Nummer aus dem Handy, um sich selbst nicht noch mehr zu demütigen, indem sie ihm weiterhin schrieb. Was wollte sie ihm nicht noch alles sagen!

Warum hatte er vor seinem Umzug nicht einfach Schluss gemacht? Es wäre hart gewesen, aber sie hätte sich wenigstens nicht blamiert. Hätte nicht binnen zwei Tagen zweimal sieben Stunden lang im Zug gesessen. Wäre nicht binnen zwei Tagen zweimal siebenhundert Kilometer gefahren. Hätte nicht dreihundert Euro ausgegeben, um mit »Was machst du denn hier?« begrüßt zu werden. Als wäre sie eine Klette, die sich kaum abschütteln lässt und deren winzige Häkchen auch nach dem Waschen noch an einem Strickpullover haften.

Lissa dachte an diesen schwarzen Schwan, der ein Tretboot liebte. Am Ende, sagte sie sich, muss ich froh sein, dass es so schnell ging. Dass sich das Ganze nicht über Jahre hinzog; nicht wie bei diesem Schwan, der dem Tretboot – es hatte die Form eines Schwans – keine Sekunde von der Seite wich, unablässig neben ihm herschwamm, auf jegliche Zeichen der Zuneigung verzichtend.

Aber selbst diese kurze Zeit hatte gereicht, Lissas Selbstbewusstsein von Grund auf zu erschüttern. Was störte ihn denn an ihr? Er war doch so vernarrt in sie gewesen. Hatte nicht von ihr lassen können, ihr, während sie in der Schule festsaß, Dutzende Nachrichten geschrieben.

Am Abend kehrte sie nach Hause zurück. Ihre Mutter saß mit Thom auf dem Sofa und guckte eine Serie, die der von Thom in diesen Haushalt eingebrachte, übermäßig viel Strom fressende Beamer an die Wand warf.

Lissa wollte sich durch den Flur an ihnen vorbeischleichen. Aber Sabine unterbrach die Serie, rief, »Schon zurück?«, und bat Lissa, kurz reinzukommen.

Ihre Mutter hielt eine Flasche Gingerbeer in der Hand.

In Thoms Richtung schaute Lissa gar nicht erst; ihn konnte sie in diesem Zustand am allerwenigsten ertragen. Das war überhaupt ein angenehmer Nebeneffekt der Beziehung zu Yann gewesen: dass sie den Schwätzer Thom nicht so oft zu sehen brauchte.

Die Tränen hatte Lissa sich abgewischt. Betont gelassen baute sie sich im Türrahmen auf.

Sabine musterte ihre Tochter von oben bis unten, zog die Augenbrauen hoch.

Thom schwadronierte: »The first cut is the deepest. Weiß man ja.«

Und Sabine erklärte, mit der Zeit werde es besser. »Glaub mir!« Sie ließ Lissa gehen und die Serie weiterlaufen. »Es steht ein Topf Dal auf dem Herd. Der ist noch warm«, rief sie ihr hinterher.

Sabine kostete ihren Triumph nicht aus. Das rechnete Lissa ihr hoch an. Vielleicht hätte sie damit zufrieden sein müssen. Jedoch wünschte Lissa sich in dieser Nacht, zu einer Mutter ins Bett kriechen zu dürfen, über den Kopf gestreichelt zu werden und über den Rücken, zwischen den Schulterblättern, und fest umarmt, solange sie heulte. So lange, bis dieses elende Zittern endlich aufhörte.

Ein Summen reißt Lissa aus den Gedanken. Ganz schwach dringt es herauf.

Margit!

Margits Raum befindet sich unter Ulrikes Schlafzimmer. Lissa hört das Lied *The first cut is the deepest* aus Margits Summen heraus, weiß aber, dass sie sich das einbildet; ihr Gehirn setzt diese Melodie selbst zusammen. Von Margit sind im Grunde nur schwache, übergangslose Stimmfetzen zu vernehmen.

Lissa nimmt sich ein Papiertaschentuch aus der Nachttischschublade. Ein paar Tränen sind aus ihren Augen getreten. Die wischt sie weg und schnäuzt sich. Außerdem schluckt sie eine von Ulrikes Johanniskrautkapseln. Sie bleibt lange in Lissas Hals stecken, so ohne Wasser, und Lissa muss viel Spucke in ihrem Mund sammeln, um sie hinunterzukriegen. Dann steht sie auf und streicht die Delle aus dem Kissen, die ihr Kopf hinterlassen hat. Lissa geht zum Fenster, hebt den Vorhang an. Sie möchte erfahren, aus welcher Perspektive Ulrike Morgen für Morgen, Abend für Abend auf dieses Dorf blickt. Lissa sieht die von Langeweile flach und breit gedrückte Scheffelstraße. Direkt gegenüber: Ingmars Haus mit seinen mürrischen Kastenrollläden und dem geschniegelten Vorgarten, in dem nur gearbeitet wird, aber nie gesessen. Rechts davon: Inges Haus, das auch dann noch dort stehen wird, wenn Oma nicht mehr da ist, denkt Lissa. Die etwas gemütlichere Ecke an der rechten Hausaußenwand ist von hier nicht zu sehen; die Abendsonnenseite mit den Hortensien und der geliebten Sitzbank.

Lissa lässt den Vorhangstoff fallen, wirft einen kontrollierenden Blick auf Ulrikes Bett: Alles sieht aus wie vorhin.

Noch eine Weile stromert sie durchs Haus, benutzt die Toilette. Margit summt weiter. Im Wohnzimmer sieht sie den Laptop ihres Vaters auf dem Schreibtisch stehen und eine Flasche Whisky. Sie nimmt die Flasche und kippt den Inhalt in der Küche in den Ausguss. Einen besoffenen Vater kann sie jetzt beim besten Willen nicht gebrauchen. Nicht dass Carsten ständig zu viel trinken würde. Aber Lissa findet, er muss die Zeit hier klaren Kopfes durchstehen, sich den Problemen mit seiner Mutter unbenebelt stellen, ohne zu flüchten, weder physisch noch psychisch. Sie hat schließlich auch kein Gras dabei.

Im Erdgeschoss hört Lissa Margits Töne deutlicher. Sie klingen jetzt anders, dringlicher, fast wimmernd. Ob sie Hilfe braucht? Vorsichtig öffnet sie die Tür zu ihrem Zimmer.

Margits wuchtiges Pflegebett steht unmittelbar rechts von der Tür. Die zwei über Eck liegenden Fenster werfen Licht auf Margit. Ulrike hat die Vorhänge so arrangiert, dass am Rand Sonnenlicht einfällt, ohne Margit zu blenden.

Es riecht unangenehm, und Lissa fühlt sich an ein Online-Listicle erinnert, in dem Wörter aufgeführt sind, die der deutschen Sprache fehlen. Darunter auch ein japanisches: eines für den typischen Geruch alter Menschen. Merken können hat sie sich den Begriff aber nicht.

Während Lissa hineingeht, hört Margit für einen Moment auf zu wimmern. Dann fängt sie wieder an. Die Augen behält sie geschlossen. Deshalb wagt es Lissa, die alte Frau länger zu betrachten: das von unzähligen Falten, dünn wie Haarrisse, überwucherte Gesicht, die weißen Barthaare oberhalb der Lippen, das Schlüsselbein, die bleiche, wächserne Haut, die hellbraunen Flecken auf den Armen und Händen, die hervortretenden blauen Adern.

Ulrikes Mutter atmet ganz flach. Nahezu reglos. Nur manchmal bewegt sie den Kopf von der einen auf die andere Seite. Sie trägt ein kurzärmeliges, rosafarbenes Nachthemd. Ihre Arme sind oberhalb der Decke, links und rechts vom Körper, abgelegt. Lissa fürchtet sich ein wenig, fragt sich aber zugleich, wovor: Wieso macht ihr ein derart hilfloser Mensch Angst?

Im Vergleich zu dieser Frau sprüht Oma Inge vor Vitalität.

Über Margits Bett hängt ein gerahmtes Bild, wahrscheinlich von Meike oder Maren gemalt. Wachsmalstifte. Ein fröhliches Frühlingsbild mit blauem Himmel, Gänseblümchen und einer Biene, die ihre Flugbahn als gestrichelte Linie hinter sich herzieht.

Margit öffnet die Augen, stößt dabei einen Seufzer aus. Lissa erschrickt. Sie kann nicht einschätzen, ob sie gesehen wird. Margits Augen sind tiefbraun, die Linse trüb. Vielleicht hält Margit sie für eine ihrer Enkelinnen?

Margit hebt die linke Hand; langsam und mühsam, als umfasse sie eine unsichtbare Hantel. Oben angekommen, spreizt Margit den Zeigefinger ab. Er bleibt dabei gekrümmt und sieht so knorrig aus, dass Lissa denkt, dieser Finger ließe sich nur unter größten Schmerzen gerade strecken.

Die Bewegung – die gehobene Hand – wirkt nicht zufällig. Margit scheint damit auf den Beistelltisch zu deuten. Allerhand Medikamente liegen da, ein steifer, trockener Waschlappen, eine Haarbürste, eine Rolle Küchenpapier, Fußcreme, Desinfektionsmittel. Lissas Blick fällt auf einen Schnabelbecher. Vielleicht hat sie Durst, denkt Lissa. Sie greift nach dem Becher, und wie zur Bestätigung, dass Lissa richtigliegt, lässt Margit die Hand sinken.

Lissa hält ihr den Becher an den Mund. Margit trinkt einen Schluck und einen zweiten. Das meiste, so kommt es Lissa vor, rinnt aus ihren Mundwinkeln wieder heraus.

Lissa traut sich nicht, ihr den Mund und das Kinn abzuwischen. Sie glaubt auch nicht, dass Margits Durst nach diesen zwei Schlückchen gelöscht sein kann. Aber als Lissa den Becher erneut anhält, verschließt Margit ihre Lippen so fest, dass Lissa staunt über die Kraft, die in diesen Muskeln noch steckt. Nach dem Mund schließt sie auch die Augen.

Ich möchte lieber schnell sterben, nicht so ... siechend, denkt Lissa erst, aber dann korrigiert sie sich: Vielleicht ist »schleichend« das bessere Wort, »siechend« zu abwertend. Und ihr steht sowieso kein Urteil zu. Womöglich ist diese Art zu gehen ja die richtige für Margit. Womöglich tut es ihr gut, das Leben ihrer Familie am Rande noch mitzubekommen. Wie eine Serie, die weiterläuft, während man auf dem Sofa liegt, die Augen schon zuhat, döst und sich die Stimmen aus dem Fernseher mit dem Traumgeschehen vermischen. Bis man irgendwann ganz einschläft.

Als Ulrike ins Zimmer kommt, ist Lissa erleichtert. Das Gefühl, wie wenn endlich eine Wolke vor die blendende Sonne zieht; die zusammengekniffenen Augen hören zu tränen auf.

Ulrike schaut irritiert, erst zu Lissa, dann zu ihrer Mutter. »Was machst du denn hier?«, fragt sie.

Lissa erzählt, dass sie hergekommen sei, um ihren Vater zu holen, weil es Inge nicht gut geht. Er sei schnell rübergegangen. Dann habe sie Margits Rufe gehört und sich entschieden, nach ihr zu sehen. Zwei Schlucke Wasser habe Margit getrunken, mehr nicht.

Noch während Lissas Erklärung geht Ulrike hektisch in die Küche. Nach zwei Minuten kommt sie mit einem Glas Babynahrung zurück, das sie in der Mikrowelle erhitzt hat.

Routiniert drückt sie einen Knopf auf der Handbedienung des Bettes und stellt das Rückenteil aufrecht, sodass es beinahe aussieht, als könne Margit sitzen.

»Ich war zu lange weg, das hat alles viel zu lange gedauert. Sie hat Hunger«, sagt Ulrike und führt einen ersten Löffel zu Margits Mund. Dann legt sie ein paar Blatt Küchenpapier unter Margits Kinn, zieht sich einen Stuhl heran, um sich zu setzen und ihrer Mutter mehr Nahrung zu verabreichen. Lissa kommt in den Sinn, dass Lätzchen umweltschonender wären als Küchenpapier. Doch sie sieht es Ulrike nach. Bei all dem, was sie zu tun hat, ist sie wahrscheinlich erleichtert über jedes Gramm weniger im Wäschekorb.

»Meinst du, sie hat mich erkannt?«, fragt Lissa.

»Ich denke nicht.«

Nach einem halben Gläschen ist Margit satt. Sie wendet den Kopf ab und schließt die Augen.

»Das war alles?«

»Das war alles«, bestätigt Ulrike. Sie habe aufgehört, ihrer Mutter gegen deren Willen Essen in den Mund zu schieben. »Sie spuckt es sonst sowieso wieder aus. Und sie soll selbst entscheiden, wie viel sie noch zu sich nehmen möchte.«

Lissa findet es merkwürdig, über Margit zu sprechen, während sie dabei ist. Ohne zu wissen, was zu ihr durchdringt, was sie von ihrem lahmgelegten Leben hält.

Ulrike nimmt die Haushaltstücher vom Brustkorb ihrer Mutter, knüllt sie zusammen und bringt sie, zusammen mit dem Breigläschen, in die Küche. Mit einem nassen Waschlappen kommt sie zurück und tupft Margits Mund sauber. »Ich mache seit Jahren nichts anderes«, sagt sie. »Erst die Mädchen. Und seit die sich ihren Mund und ihren Hintern selber abwischen, hält mich meine Mutter in Beschlag.« Ulrike sagt das ganz trocken, eine reine Feststellung, und wirft den Waschlappen zu dem anderen, vertrockneten auf den Tisch. Sie setzt sich wieder hin, streift die Ballerinas von den Füßen und greift nach der Hand ihrer Mutter, umfasst diese mit ihren beiden Händen.

Lissa weiß nicht, ob sie gehen soll. Sie hat nicht das Gefühl zu stören in diesem Moment der Berührung zwischen Tochter und Mutter. Also bleibt sie, mit dem Rücken zum Fenster stehend. Ihre Hände stützt sie auf dem Sims hinter sich ab. Sie schaut nach unten auf Ulrikes nackte Füße.

»Was hat Inge denn?«, fragt Ulrike.

»Ihr war schwindelig. Sie war ganz bleich. Ich glaube, Papa ist mit ihr zum Arzt gefahren.«

»Die Konzack hat heute aber zu.«

»Keine Ahnung, wo sie hingefahren sind. Bislang sind sie jedenfalls noch nicht zurück.« Lissa dreht sich kurz zur Seite, um aus dem Fenster zu schauen. Nein, Carstens Auto steht nicht da.

»Ich habe gestern mit Oma über euch geredet«, erzählt Lissa. »Sie und deine Mutter mochten sich anscheinend nicht so.«

»Nein, nicht besonders«, bestätigt Ulrike. Sie seufzt, dann erklärt sie: »Jetzt muss ich ihr mal die Pants wechseln.«

Lissa versteht das als Rausschmeißer. »Ist gut, ich bin dann mal weg«, sagt sie und macht sich auf den Weg nach draußen. »Papas Laptop steht übrigens noch oben. Ach so, und seine Whiskyflasche habe ich ausgeschüttet. Nur falls er danach fragt.«

»Okay«, murmelt Ulrike. Es klingt flach, nicht so, als habe sie hingehört. Als seien die darunter liegenden Gedanken anderweitig beschäftigt. Sie begleitet Lissa zur Tür und bedankt sich dafür, dass sie Margit etwas zu trinken gegeben hat. Dabei streicht sie Lissa übers Haar. Eine mütterliche Geste.

Zurück in Inges Haus – ihr Vater hat an sie gedacht und die Tür nicht abgeschlossen –, prüft sie Inges Matratze. Sie ist noch leicht klamm, aber trocken genug, befindet Lissa und bezieht das Bett neu. Nicht mit Satin-, nicht mit Keith-Haring-, sondern mit schlichter weißer Damastbettwäsche, die alt und langlebig wirkt. Langlebig genug, als dass darin schon Lissas Urgroßeltern geschlafen haben könnten.

Ich kann gar nicht hinsehen. Meine schöne Bank!«, sagt Inge. »Und du weißt wirklich, wie das geht?«

»Keine Sorge. Ich habe alles im Internet nachgelesen.«

»Na, dann bin ich ja beruhigt«, sagt Inge, natürlich das Gegenteil meinend.

Lissa hat sich vorgenommen, Inges Bank frisch zu streichen. Dafür war sie heute sogar mit in der Stadt.

Es ist Montag, und inzwischen reden sie alle wieder miteinander, wenn auch noch nicht lange, erst seit gestern Abend. Seit Lissa vorgeschlagen hat, sich der Bank anzunehmen. Diese Idee konnte Inge besänftigen. Davor war sie die ganze Zeit über verstimmt gewesen. Wegen Lissas verbotenem Bad im Feuerlöschteich und Carstens Lügen über Jens. Als wäre das nicht genug, hatte Carsten nach dem Besuch bei Frau Dr. Konzack auch noch so derb mit Inge geschimpft, dass ihr die Spucke weggeblieben war. »So blöd kann man doch gar nicht sein!«, hatte er geschrien.

Ja, es war unklug gewesen. Aber sie hatte nun mal nicht darüber nachgedacht: Sie hatte ihre üblichen, von Frau Dr. Konzack verschriebenen Blutdrucktabletten weiterhin eingenommen, zusätzlich zu dem neuen Medikament, das man ihr im Krankenhaus gegeben hatte. Kein Wunder, dass ihr Kreislauf kollabiert war. Als die Ärztin ihr den (sonst zu hohen) Blutdruck maß, lag er nicht einmal mehr bei hundert. Frau Dr. Konzack träufelte ein paar Tropfen, die sehr nach Alkohol rochen und schmeckten, auf einen Löffel. Danach ging es Inge etwas besser. Sie solle sich ausruhen und natürlich nur noch das neue Medikament nehmen; dann sei sie, so die Ärztin, in zwei Tagen wieder »ganz die Alte«.

»Wieso hast du denn im Krankenhaus nicht nachgefragt, ob du die alten Tabletten absetzen sollst?«, echauffierte Carsten sich hinterher im Auto. Sie standen auf dem Parkplatz vor Frau Dr. Konzacks Haus.

»Ich habe nicht daran gedacht.« Inge wünschte sich nach Hause, schnell, in ihr Bett. Wollte ihren Schädel gegen das Kopfteil drücken. »*Du* hättest doch mit den Ärzten reden können«, sagte sie zu Carsten. »Aber als mein Austrittsgespräch stattfand, wart ihr ja noch nicht mal losgefahren.«

»Natürlich! Jetzt bin ich wieder schuld.« Carsten schlug mit der Hand aufs Lenkrad, sodass die Hupe kurz und erbärmlich piepste. Er schrie: »Manchmal denke ich, du machst das mit Absicht. So blöd kann man doch gar nicht sein!«

Ab da herrschte Funkstille bis gestern Abend.

Soll Carsten erst mal alt werden. Soll er erst mal erfahren, wie das ist: wenn ihn alle für überflüssig halten. Wenn er die Wörter um sich herum nicht mehr versteht. Wenn alle andauernd auf irgendein neumodisches Gerät gucken, aber niemand in sein Gesicht. Wenn es keinen Grund gibt, morgens aufzustehen, kein schönes Vorhaben, nichts, nur Mühe; jeder Schritt, kaum mehr als ein Tasten. Wenn das Duschen, selbst auf einem Hocker, ihn so viel Kraft kostet, dass er sich dreimal überlegen wird, ob er sie heute aufbringen kann; überall ist es glatt, und überall lauern Stolperfallen. Wenn jede Änderung des Gewohnten eine Bedrohung darstellt. Wo liegt noch mal die Strumpfanziehhilfe? Der Drehverschluss der Wasserflasche lässt sich nicht öffnen. Die Glühbirne ist durchgebrannt; soll ich selbst auf den Stuhl steigen? Das Telefon ist kaputt. Dieses Aufgeschmissensein bei den kleinsten Dingen. Und immer diese Angst.

Zorro, der Kater, schleicht sich an. Er streift Inges Beine, bleibt stehen. Auch er beobachtet Lissas Tun im Garten mit Argwohn. Sein Schwanz ist aufgerichtet, die Spitze gebogen; ein Fragezeichen. Was geht hier vor sich?

Die Bank steht kopfüber. Der Anblick: für Inge kaum zu ertragen. Normalerweise strahlt diese Bank so viel Ruhe aus, wie sie dasteht, unverrückt, fest auf dem Boden, beschützt von der Mauer. Wenn Inge sich einen Ort zum Sterben aussuchen dürfte, dann wäre es dieser. Hier auf der Bank in der Abendsonne, am besten im Spätsommer. Und nun kniet ihre Enkelin in kurzen Hosen davor und zerlegt sie. Lissa hat sich ein Herrentaschentuch, ein altes von Richard, ums rechte Handgelenk gewickelt und wischt sich damit alle paar Minuten den Schweiß von der Stirn. Mit der linken Hand schraubt sie. Lissa kämpft mit den festgerosteten Schrauben, an denen die einzelnen Latten befestigt sind. Drei konnte sie unter größter Kraftanstrengung inzwischen abnehmen. Wenn sie es geschafft hat, eine der festgerosteten Muttern zu lösen, ruft sie »Na also!«, und wirft den Schraubenschlüssel beiseite. Dazwischen flucht sie wie ihr Vater.

Heute Morgen wusch Inge sich die Haare und zog ihre Lieblingsbluse an. Sie hatte mit Carsten und Lissa vereinbart, dass sie nach der Physiotherapie zum Mittagessen in eine Gaststätte gehen würden, anschließend zum Baumarkt. Keine glamourösen Ziele, aber für Inge kam dieses Programm einem richtigen Familienausflug gleich. Zu dritt unterwegs.

In der Gaststätte wählte Lissa Kartoffeln mit Spinat »ohne Sahne und ohne Eier«. Wahrscheinlich hat sie deshalb solche Mühe mit den Schrauben an der Bank, denkt Inge. Da isst man schon mal auswärts, und dieses Kind bestellt sich Kartoffeln mit Spinat. Lissas Essen war dann sogar dasjenige, das am längsten brauchte. Wahrscheinlich musste der Koch den Spinat ohne Sahne erst noch besorgen. Und auftauen.

Im Baumarkt ließ Carsten sie und Lissa vor der Regalwand mit dem Holzlack stehen. Er sei gleich zurück, sagte er. Er wolle rasch »checken«, wo und wie die Produkte von Smyrna hier präsentiert sind.

Unterdessen ließ Inge sich von Lissa dazu überreden, die Bank lila zu streichen. »Dann kommt Farbe ins Dorf!« Lissas Augen strahlten dabei so sehr, erinnerten Inge so sehr an Lissa als kleines Mädchen, dass sie nicht anders konnte, als einzuwilligen. Inzwischen bereut sie es. Lila! Wenigstens wohnt Ingmar auf der anderen Seite des Hauses. Müsste er aus seinem Wohnzimmer darauf blicken, würde er bestimmt schimpfen. Zum Glück sind die Nachbarn von rechts, die Seidels – Birgit und Klaus –, friedfertigere Leute. Sie und Inge haben auch etwas mehr Abstand zueinander: Ihre Grundstücke werden durch einen Trampelpfad voneinander getrennt, der von der Scheffelstraße abgeht und aufs Feld führt. Kinder haben die Seidels keine. Sie hatten mal eins, ein Mädchen, das mit drei Monaten starb, nachdem ihm eine Wespe in den Mund geflogen war. Birgit und Klaus sind also auch allein, haben aber wenigstens einander. Und Zorro. Zorro gehört den Seidels. Aber sie teilen ihn gern. Nie haben sie sich darüber beklagt, dass Inge den Kater, als er noch klein war, mit süßer Katzenmilch zu sich gelockt hat. »Du sollst ruhig auch deine Freude an ihm haben«, meinte Birgit.

Als Carsten von seinem Kontrollgang durch die Haushaltsabteilung des Baumarkts zurückgekehrt war, beharrte Inge darauf, Dichtungsband für die Fenster zu holen.

Carsten erklärte, dass er keine Zeit haben werde, es anzubringen.

Lissa fuhr ihm über den Mund und meinte, vielleicht könne sie sich darum kümmern, wenn sie mit der Bank fertig sei.

Inge sagte: »Ich würde es lieber sehen, dass dein Vater das macht.«

Carsten sagte: »Ich muss arbeiten.«

Lissa sagte: »Schluss jetzt!«

»Na also!« Lissa hat wieder eine Mutter gelockert und wirft den Schraubenschlüssel beiseite.

Zorro läuft erschrocken davon.

»Es kommt mir vor, als würdest du *mich* auseinanderschrauben«, sagt Inge.

»Du willst doch, dass etwas am Haus gemacht wird. Dann musst du das jetzt auch ertragen, Oma.« Lissa steht auf, um den Schraubenschlüssel zurückzuholen. »Was gibt's eigentlich heute Abend?«, fragt sie dabei.

»Hast du etwa schon Hunger? Nach dem üppigen Mittagessen?«

Inge geht ins Haus, um zu kochen. Das ist besser, als weiter dabei zuzusehen, wie ihre Bank von einer Fünfzehnjährigen zerlegt wird.

Eine längere Zeit stehen kann Inge inzwischen wieder ganz gut. Beim Kochen ist sie so beschäftigt, da hat sie ohnehin keine Schmerzen. Inge macht Kartoffelpuffer mit Apfelmus. Sie überlegt sich, Lissa gegenüber nachher zu behaupten, zum Anbraten habe sie Rapsöl genommen, keine Butter, obwohl es Inge nie in den Sinn käme, etwas anderes als ein Stück Butter in die Pfanne zu geben. Rapsöl hat sie nur im Haus, weil Carsten welches für Lissa gekauft hat. (Überhaupt legt Carsten immer allerhand überteuerte Lebensmittel in den Wagen, weshalb Inge auch nicht interveniert, wenn er an der Kasse *sein* Portemonnaie aus der Gesäßtasche zieht.) Das einzige flüssige Öl, das Inge hin und wieder benutzt, ist Sonnenblumenöl. Aber auch das kommt ihr nicht in die Pfanne, nur in den Salat.

Als Lissa ihre Arbeit an der Bank für heute beendet hat, kommt sie ins Haus und geht ins Bad. Dafür, dass ihrer Enkelin die Umwelt so wichtig ist, duscht sie ziemlich oft und ziemlich lange, findet Inge. Sie deckt den Tisch. Es ist halb sieben. Carsten kommt hoffentlich gleich. Wenn sie kalt sind, schmecken die Puffer nicht.

Mit einem Turban auf dem Kopf betritt Lissa die Küche. Inge hat auch ein paarmal versucht, sich das Handtuch so um die Haare zu wickeln, aber schon nach wenigen Minuten fiel bei ihr alles auseinander. Lissas Turban hingegen wirkt robust. Bestimmt hat Sabine ihr gezeigt, wie das geht; auf solche Dinge versteht sie sich.

»Ich weiß genau, dass du Butter genommen hast«, sagt Lissa. »Ich rieche das.«

»Nur ganz wenig«, sagt Inge. »Zum Anbraten.« Sie verzichtet auf die Behauptung, gar keine verwendet zu haben, weil die Butter noch neben dem Herd steht. »Immerhin habe ich dir zuliebe die Eier weggelassen.«

»Ist schon gut«, sagt Lissa sanft und stellt den Herd ab, weil Inge es vergessen hatte. »Das bisschen Butter denke ich mir weg.«

»Dann hast du aber wirklich großen Hunger.«

»Es ist anstrengend, eine Bank zu restaurieren.«

»Davon will ich jetzt gar nichts mehr hören. Sonst finde ich heute Nacht noch weniger Ruhe als sonst.«

Sie setzen sich hin, alles ist gedeckt. Lissa nimmt sich einen Puffer von dem Teller mit dem Pufferturm in der Mitte des Tischs und bestreicht ihn dick mit Apfelmus.

»Wir müssen noch auf deinen Vater warten.«

»Wieso? Ist doch sein Problem, wenn er zu spät kommt, nicht unseres.«

»Da hast du auch wieder recht.«

Nachdem Inge ein wenig gegessen hat, schaut sie erneut auf die Uhr. Es ist zehn vor sieben. »Die zwei machen bestimmt wieder Dummheiten«, sagt sie unruhig.

Lissa legt die Gabel, die schon an ihrem Mund war, beiseite: »Haben die etwa immer noch was miteinander?«

»Ich weiß es nicht, Lissa. Aber manchmal denke ich, ja. Nichts Halbes und nichts Ganzes.«

Lissa steht auf. »Ich gehe ihn holen«, sagt sie und klingt überraschend empört dabei.

Das Verhältnis ihres Vaters zu Ulrike scheint Lissa sehr zu beschäftigen, denkt Inge. In diesem Moment hört sie die Haustür.

Carsten kommt herein. Noch im Stehen legt er sich drei Kartoffelpuffer auf den Teller. Erst dann setzt er sich.

»Na, ausgetobt?«, fragt Lissa.

Inge lächelt süffisant. Wie frech Lissa ist.

Irritiert blickt Carsten zwischen Inge und Lissa hin und her. »Auf der Tastatur, ja«, sagt er und erzählt, dass ihn der Besuch im Baumarkt inspiriert habe zu einer neuen PoS-Kampagne. Das Konzept wollte er noch schnell »runtertippen«, deshalb seine Unpünktlichkeit.

Carsten schlingt mehr, als dass er isst. »Die Puffer sind irgendwie trockener als sonst«, moniert er.

Von Lissa erfährt Inge, dass es sich bei »PoS« um den »Point of Sale« handelt, also den Ort, an dem etwas verkauft wird. »Aber PoS klingt natürlich gleich viel wichtiger«, fügt Lissa hinzu.

»Vielleicht würde dich ja auch das Abdichten der Fenster zu irgendetwas inspirieren«, stichelt Inge in die Richtung ihres Sohnes.

»Darf ich bitte in Ruhe essen?«, erwidert Carsten. Sein Haar ist schütter geworden, fällt Inge auf, während er den Kopf zum Essen senkt. Damit, dass er sich die Haare so steif nach hinten gelt, versucht er, die kahlen Stellen zu verdecken.

Lissa erzählt, dass es auf der ganzen Welt nur noch zwei Exemplare des Nördlichen Breitmaulnashorns gebe: zwei Weibchen. Sie lebten in Kenia. »Ich habe mir überlegt«, sagt sie, an Carsten gewandt, »die könnte Smyrna doch erlegen, deren Hörner pulverisieren und daraus Premium-Gefriertüten machen. So als Limited Special Edition anlässlich des Existenzendes dieser Tierart auf unserem Planeten.«

»Hervorragende Idee. Ich werd's vorschlagen«, sagt Carsten mit einem Augenrollen.

Noch während er sich das letzte Stück Kartoffelpuffer in den Mund schiebt, steht Inge auf, um den Abwasch zu machen.

Lissa bittet sie, sich wieder hinzusetzen; sie erledige das.

Inge gibt nach. Ihr fällt auf: Lissa ist überaus zuvorkommend heute.

»Wie? Das war alles? Ich dachte, die Puffer sind die Vorspeise. Gibt es kein Hauptgericht mit Fleisch?«, fragt Carsten. Dann grinst er Lissa an: »Auf ein Thunfisch-Steak hätte ich mal wieder Lust.«

Sie haut ihm auf den Hinterkopf.

Normalerweise würde Inge jetzt, nach dem Essen, auf ihrer Bank die Abendsonne genießen. Aber weil das nicht geht, bleibt sie mit Lissa und Carsten am Tisch sitzen. Die beiden unterhalten sich weiter über Smyrna. Aber »Smyrna« ist auch schon alles, was Inge versteht. Sie reden ein abgehobenes Kauderwelsch aus Englisch und anderen Fremdwörtern. Inge hat ohnehin nie begriffen, was Carsten genau macht. Werbung, so viel weiß sie. Aber wie das vonstattengeht – da kommt sie nicht mit. So richtig interessiert es sie auch nicht.

Zwischendrin hört sie Lissa sagen: »Wenn eure Produkte so atemberaubend toll sind, wieso müsst ihr dann eigentlich die ganze Zeit Werbung machen?«

Der Satz gefällt Inge.

Früher brachte Carsten ihr immer Frischhaltefolie mit, bis sie ihm gestand, dass sie damit überhaupt nicht zurechtkam. Die Folie lasse sich kaum von der Rolle lösen, und wenn man das endlich geschafft habe, verklebe sie sofort. Unmöglich, damit eine Suppenschüssel zu überziehen.

Carsten erklärte ihr, sie müsse die Folie im Tiefkühlfach lagern, dann verklebe sie nicht, woraufhin Inge meinte, erstens habe sie dort keinen Platz und zweitens brauche sie diese Folie nicht. Sie besitze genügend Töpfe und Deckel. Früher sei es auch ohne Folien gegangen. Und zur Not nähme sie Einschlagpapier. Das vom Metzger spüle sie immer ab und bewahre es auf. Sämtliche seiner mitgebrachten Rollen habe sie weiterverschenkt. Die anderen Frauen im Dorf nähmen sie gerne, Kostenloses nähmen die immer gerne.

Seither gibt Carsten ihr keine Frischhaltefolie mehr, nur noch Tiefkühlbeutel; die immerhin kann Inge hin und wieder gebrauchen.

Kurz spürt sie Carstens Hand auf ihrer. Inge hat wieder auf den Tisch getrommelt. Carsten tippt sie an, damit sie aufhört. »Du bist so nervös«, sagt er. Dabei ist *er* nervös; mit ihr hat das gar nichts zu tun.

Carsten wendet sich erneut an Lissa. »Dreihundertsechzig Grad«, hört Inge ihn sagen. Jetzt sind die zwei offenbar ganz woanders. Beim Klimawandel?

»Wisst ihr«, mischt Inge sich ins Gespräch, »ich habe zwar gute Ohren, aber von eurem Gerede verstehe ich kein Wort.«

»Du sprichst in letzter Zeit häufig über Ohren«, sagt Carsten.

»Weil ich eben sehr gute Ohren habe. Meine Ohren hören alles, was in diesem Haus gesprochen wird. Da braucht ihr gar nichts anderes zu denken«, sagt Inge und blickt ihren Sohn herausfordernd an. Dann wendet sie sich an Lissa: »Wusstest du, dass dein Vater nach der Geburt aussah wie Dumbo?«

Lissa schüttelt den Kopf.

Carsten verschränkt die Arme und lehnt sich zurück: »Bitte! Nicht das jetzt!«

Inge erzählt ihrer Enkelin also, dass Carstens Ohren erst zurückgeklappt werden mussten, ehe er aussah »wie ein normales Baby«.

Lissa steht vor der Spüle. Sie beginnt zu lachen, laut zu lachen. Ihr Gesicht wird rot, sie setzt die Brille ab, um sich die Tränen mit einer Ecke des Geschirrtuchs, das sie in der Hand hält, aus den Augen zu wischen.

Beim Anblick seiner Tochter muss auch Carsten lachen. »Kanntest du diese Geschichte wirklich nicht?«, fragt er wieder und wieder.

Und wieder und wieder schüttelt Lissa den Kopf und lacht, bis ihr Turban schließlich doch auseinanderfällt. Wenn sie sich für einen Moment beruhigt hat, muss sie kurz darauf wieder losprusten. Sie beugt sich nach vorne, hält sich den zitternden Bauch. »Wenn ich mir das vorstelle! Solche Ohren an einem Baby«, quiekt sie. »Gibt's davon ein Foto?«

Selbst Inge lässt sich anstecken. Sie will mitlachen. Es fällt ihr nicht leicht, die Mundwinkel so weit nach oben zu ziehen, dass die Wangen knautschen. Ein Bewegungsablauf wie nicht mehr vorgesehen; es gibt keine Spurrinne, in die Inges Muskeln hineingleiten könnten, um rasch im Lachen anzukommen. Mühsam ruckeln sie sich vorwärts. Als sie endlich lacht, spürt Inge ein kleines, kleines Glück.

Stimmen hört sie in ihrer Küche sonst nur aus dem Radio. Echtes Menschenlachen nie. Auch früher nicht. Auch früher, als ihre Männer noch da waren, wurde hier kaum gelacht. Inge kann sich nicht daran erinnern, dass sich einer von ihnen – weder sie selbst noch Richard, Jens oder Carsten – je so ehrlich und alles abschüttelnd vor Lachen gekrümmt hätte, wie Lissa das gerade tut.

Inge gelingt es, den Gedanken an die Tristesse ihres Alltags beiseitezuschieben und weiterzulachen.

Auch Carstens Lachen wallt regelmäßig neu auf, immer dann, wenn Lissa wieder anfängt. Auch er scheint belustigt über seine Tochter, die, sonst so schwermütig, gerade zeigt, dass sie doch albern, ausgelassen, frohmütig sein kann.

Irgendwann flaut das Lachen ab. Die Stille in der Küche wirkt jetzt, wo sie so rauschhaft unterbrochen war, umso lauter.

Lissa setzt sich. Mit dem Handtuch, das ihr bis eben als Turban gedient hat, auf der einen und dem Geschirrtuch auf der anderen Schulter atmet sie tief ein und aus, um sich zu erholen.

Ihr Vater niest ein paarmal.

»Hol dir doch bitte ein Taschentuch!«, sagt Inge und fragt, ob er sich erkältet habe.

Carsten sagt, das habe sie ihn in den vergangenen Tagen schon mehrmals gefragt. »Heuschnupfen! Soll ich dir ›Heuschnupfen‹ auf die Hand schreiben, damit du dir merken kannst, dass es Heuschnupfen ist?«

»Nein, nein«, wiegelt Inge ab. Sie wisse schon, dass er an Heuschnupfen leide. Aber es könne doch sein, dass er sich zwischenzeitlich, zusätzlich zu der Allergie, eine Erkältung eingefangen habe.

Inge steht auf. Sie tut – ganz selbstständig, weil sie keine Lust hat, dafür extra nach den Krücken zu greifen – die zwei Schritte vom Tisch zum Oberschrank und kramt eine Tüte mit Schokowaffelbechern hervor. Dann holt sie eine Flasche Eierlikör.

Carsten inspiziert die Packung mit den Waffelbechern. Er dreht sie, beäugt sie von allen Seiten.

»Was suchst du denn?«, fragt Inge.

»Das Verfallsdatum.«

»Die halten ewig«, sagt Inge, reißt ihm die Packung aus der Hand, öffnet sie und füllt einen der Becher mit Eierlikör. Sie schiebt ihn zu Carsten.

Der lehnt dankend ab. Der Likör stamme bestimmt auch noch »aus D-Mark-Zeiten«, spottet er und verlässt die Küche. Als er wiederkommt, hat er eine Flasche Whisky in der Hand. Triumphierend schaut er seine Tochter an. »Da staunste, was?«, sagt er und gießt einen großen Schluck in sein Wasserglas.

Lissa lässt sich von Inge zu einem »klitzekleinen Schluck« Eierlikör überreden. Inge freut sich.

Sie stoßen an: Carsten mit seinem Glas, Inge und Lissa mit ihren Likörbechern. Inge trinkt ihren in einem Zug leer, dann leckt sie die Waffel aus. Sie liebt es, ihre Zunge über die glatte Schokoladenwand des Bechers gleiten zu lassen. Der Geschmack des Likörs, der sich nach und nach mit dem der Schokolade mischt, bis die Waffel zu weich wird, um sie noch länger in der Hand zu halten.

Lissa nippt nur einmal. »Mir wird schlecht. Das schmeckt wie Hühnerstall. Ich kann das nicht trinken.«

»Als wüsstest du Großstadtgewächs irgendetwas über Hühnerställe«, sagt Inge.

»Trink lieber das«, empfiehlt Carsten und reicht seiner Tochter ein Glas Whisky.

Lissa trinkt es. Sie verzieht das Gesicht und räuspert sich. »Puh, das brennt!«

»Genau darum geht es«, meint Carsten.

Inge hat unterdessen Lissas Becher genommen, bis oben hin mit Likör gefüllt und auch diesen leer getrunken.

Sie trinken und reden: über Kater Zorro, über den Blick des Kellners, als Lissa Spinat »ohne Sahne und ohne Eier« bestellte, über Ingmar und seine Ehefrau, die, wie Carsten berichtet, sehr oft sehr laut furzte, wenn sie die Scheffelstraße entlangging. »Alle Kinder haben sich immer demonstrativ die Nase zugehalten, wenn sie unterwegs war.«

»Wahrscheinlich durfte sie im Haus nicht furzen, weil IM es ihr verboten hat. Sie musste dazu auf die Straße gehen«, mutmaßt Lissa.

Redselig ergänzt Inge: »Als die Nachricht die Runde machte, dass sie gestorben ist, haben alle gewitzelt, als Todesursachen kämen nur infrage: Darmkrebs oder ermordet vom Ehemann.«

»Ich tippe auf Letzteres«, sagt Lissa und will sich Whisky nachschenken.

Ihr Vater nimmt ihr die Flasche aus der Hand.

Daraufhin fragt Lissa ihn, ob er Inges Physiotherapeutin eigentlich »scharf« finde. Ihr jedenfalls sei sein gieriger Männerblick heute Morgen aufgefallen. Und die Therapeutin hätte ihn garantiert ebenfalls bemerkt. »Schon mal darüber nachgedacht? Das ist eine Belästigung. Diese Frau will ihre Arbeit machen und muss sich dabei die ganze Zeit auf den Arsch glotzen lassen.«

Inge sagt: »Also bitte, Lissa!«

Carsten stimmt ihr zu: »Genau: Also bitte, Lissa!«

Lissa führt die Hände hinter die Ohren, um sie nach vorne zu klappen und mit ihnen zu wackeln. »Also bitte, Dumbo!«, sagt sie und fängt aufs Neue an zu lachen.

Die anderen schließen sich an.

Als Inge gegen zweiundzwanzig Uhr ins Bett geht, wagt sie es kaum, den Gedanken zuzulassen, aber: Das war ein schöner Abend.

Gegenüber von Ingmars Eingang steht ein Straßenschild: Scheffelstraße. Ingmar hat es direkt im Blick, wenn er das Haus verlässt. An den Pfosten des Schilds bringt Lissa eine neue Nachricht für ihn an.

Sie weiß, dass es albern ist, vulgär und auch ein bisschen böse, IM auf diese Weise an seine Frau zu erinnern. Aber in dieser Nacht ist sie beschwingt genug, es lustig zu finden. »FURZEN VERBOTEN!«, schreibt sie auf das Post-it.

In Ulrikes Briefkasten legt sie auch einen Zettel. Darauf gemalt: ein Herz.

Am nächsten Tag kriegt Inge Besuch von Jutta. Das ist seit Jahren ihr Ritual und Inges Lichtblick inmitten der Eintönigkeit: Einmal die Woche kommt Jutta vorbei und bringt ein paar Stücke selbst gemachten Blechkuchens mit.

Jutta ist ein umtriebiger Mensch. Jeden Nachmittag trifft sie eine andere Bekannte im Dorf, dienstags ist Inge an der Reihe. Inge stört dieses Ungleichgewicht: dass Jutta beliebt und überall willkommen ist und täglich anregende Gespräche führt, während sie selbst mit ihrer Einsamkeit hadert. Inge wäre es lieber, Jutta wäre etwas mehr auf ihrer beider Freundschaft angewiesen.

Jutta hat beneidenswert glatte Haut, weil sie ihr Gesicht jeden Abend mit Vaseline einschmiert, und ihr Nachname lautet »Losleben«. Das ist nicht ihr Mädchenname. Sie hat ihn nur angenommen, von ihrem inzwischen verstorbenen Mann. Aber »Losleben« passt so gut zu Jutta, dass Inge ihr einmal unterstellte, Herbert nur geheiratet zu haben, um diesen Namen zu ergattern. Losleben – genau das macht Jutta jeden Morgen, schon mit dem Aufstehen. Sie lebt einfach los. Sie hört Musik, sie singt, sie zieht sich bunt an (Farbige Strumpfhosen!), kocht nie dasselbe, probiert immer neue Rezepte aus, isst den süßesten Kuchen, trinkt den stärksten Kaffee, fährt mit heruntergekurbelten Scheiben zu ihren Volkshochschulkursen in die Stadt. Es gibt sogar einen Witwer im Nachbardorf, bei dem sie hin und wieder ein Wochenende verbringt. Regelmäßig besucht Jutta auch ihre Tochter Annette in Berlin. Einmal erzählte Jutta, sie nehme sich jeden Tag ganz bewusst »zwei schöne Sachen« vor, »manchmal auch drei«.

Mit Anfang sechzig starb ihr Mann. Jutta war schon immer ein fröhlich-flatterhafter Mensch gewesen. Aber nach Herberts Tod wuchsen ihr ganz neue Flügel.

»Wo wir gerade bei unseren Nachnamen sind«, sagte Jutta auf Inges Unterstellung hin, »gib du dir doch mal einen Ruck, Inge! Sei nicht so verhärmt! Du musst den Blick auf die vielen schönen Dinge richten.«

Aber das sagt sich so leicht für eine Frau von Juttas schäumendem Naturell, die nie Böses wittert und alles »interessant«, »toll«, »klasse« und neuerdings »besonders« findet, die nie friert und auf eine fremde Person zugehen kann, als habe sie nur darauf gewartet, genau diese Person endlich, endlich kennenzulernen. Bis heute kommt Inge diese Offenheit ein wenig verdächtig vor. Dabei ist nichts Aufgesetztes oder Schmeichlerisches daran. Jutta ist einfach so. Und Inge wäre auch gerne so.

Kurz nachdem Richard gestorben war, schlug Jutta Inge vor mitzukommen zu einem ihrer Volkshochschulkurse. Inge fühlte sich völlig überrumpelt und lehnte ab. Noch nie hatte sie irgendeinen Kurs besucht. Was sollte sie denn da?

Jutta trägt rosafarbenen Lippenstift und selbst gemachte Ohrringe mit Anhängern aus rotem Filz, die wie abgestimmt wirken auf den Erdbeerkuchen, den sie Inge reicht. Jutta ist schick gekleidet wie immer. Bei ihr könnte jeden Tag spontan ein Fest stattfinden, und sie wäre bereits passend angezogen. Auch da ist Inge anders: Sie schont ihre Lieblingsstücke, bewahrt sie auf für Anlässe, die es kaum gibt. Wenn sie eine Bluse, eine Wollstrickjacke, eine Hose besonders mag, hat Inge Angst, sie zu verschleißen und dann nie wieder etwas Vergleichbares zu finden, das sich genauso angenehm anfühlt auf der Haut, das genauso sitzt, ihren Körper im richtigen Grad aus locker und eng umfließt und dessen Farbe ihr genauso gut steht. Deshalb zieht sie die Kleidung, die ihr am wichtigsten ist, fast nie an, den Morgenmantel beispielsweise, den ihr Carsten geschenkt hat. Der ist zu schön. Viel zu schade zum Anziehen. Lieber trägt sie den alten noch eine Weile ab.

Carsten »arbeitet« gerade bei Ulrike – oder tut da was auch immer. Lissa werkelt an Inges Bank.

Jutta schlägt vor, sich in den Garten zu setzen. »Bei dem schönen Wetter!«

Inge möchte drinnen bleiben. Sie hat den Tisch in der Küche schon gedeckt und findet es draußen zu heiß. Früher hat ihr Hitze nie etwas ausgemacht, im Gegenteil: Sie liebte die wenigen Tage im Jahr, an denen der Dunst über dem Boden flackerte und die Welt dahinter ein wenig verschwamm. Heute spielt ihr Kreislauf ab fünfundzwanzig Grad nicht mehr mit.

»Das war ja eine klasse Aktion von Lissa«, sagt Jutta.

Inge denkt nach. Sie weiß nicht, wovon ihre Freundin redet.

»Dass sie im Feuerlöschteich baden war«, ergänzt Jutta. »Ich wünschte auch, ich könnte dort ab und an ein paar Bahnen schwimmen. Wie früher. Sobald es warm wurde, war immer richtig was los.«

»Ingmar fand Lissas ›Aktion‹ gar nicht klasse. Er hat getobt vor Wut.«

»Ach, soll der doch toben«, wiegelt Jutta ab. »Das ist doch sowieso nichts als Schikane, dass er den Feuerlöschteich abgesperrt hat. Wir hätten uns nie an das Verbot halten sollen. Was glaubt der eigentlich, wer er ist?« Die Badestelle habe den Sommern eine Leichtigkeit verliehen, die es jetzt nicht mehr gebe. Jetzt drücke die Hitze so schwer auf Munßig – dazu noch der Klimawandel –, dass sich alle bloß ins Haus verkriechen wie halb tote Käfer.

»Du redest wie Lissa«, sagt Inge und schenkt Jutta eine Tasse echten Kaffees ein. Sie selbst trinkt Muckefuck; gerade hat sich ihr Blutdruck wieder eingependelt, da will sie nichts riskieren.

Jutta lacht laut auf. »Ich bin eben jung geblieben.« Sie isst ein Stück Kuchen, schließt die Augen und summt genießerisch: »Hmmmm.«

Inge schmeckt der Kuchen auch, aber überzogen mit Gelatine fände sie ihn noch besser.

Es tue ihr, Inge, sicher gut, Enkelin und Sohnemann im Haus zu haben, mutmaßt Jutta.

Inge bestätigt, erwähnt aber auch ihren Ärger darüber, dass Carsten nichts am Haus macht und seine Nachmittage bei Ulrike zubringt. »Ich bin mir nicht sicher, ob er wirklich *zum Arbeiten* rübergeht.«

»Und wenn schon ...«, sagt Jutta schmunzelnd und pickt mit der Gabel eine einzelne Erdbeere vom Teigboden. »Ulrike hat etwas Abwechslung verdient, und für dich ist es doch schön, Carsten überhaupt in der Nähe zu wissen.«

Die nervt, schießt es Inge plötzlich durch den Kopf. Sie wünscht sich, Jutta würde ihr wenigstens ein Mal beipflichten, ihre Verstimmung teilen, anstatt ihr ständig vorzuführen, wie falsch sie die Welt beurteilt. Aber zu dieser Art von Freundschaftsdienst ist Jutta nicht fähig.

»Hast du eigentlich mal ein Lebenszeichen von deinem Großen gekriegt?«, erkundigt sich Jutta nun.

Inge steht auf, nimmt sich jetzt doch einen Schluck echten Kaffee. Sie leert die Kanne, indem sie Jutta nachschenkt. »Jens hat viel Arbeit«, sagt Inge. Mehr möchte sie nicht erzählen. Geht Jutta doch überhaupt nichts an, dass er sie nicht sehen will. Ihre Wut auf Jens will Inge sich von Sonnenschein-Jutta nicht auch noch verbieten lassen.

Sie stellt die Kaffeemaschine aus, indem sie auf den orange leuchtenden Kippschalter drückt; eine Bewegung, die Inge sehr mag. Wenn sie allein ist, zieht sie manchmal sogar den Stecker, nur um den Schalter dann ganz schnell abwechselnd in beide Richtungen zu drücken.

»Du hast nichts von ihm gehört? Oder du möchtest nicht darüber reden?«, hakt Jutta nach. Sie neigt nicht dazu, Dinge auf sich beruhen zu lassen.

»Es gibt nichts Neues«, lügt Inge. Wenn sie zugäbe, dass sie nicht darüber reden will, wüsste Jutta ja, dass etwas im Argen liegt. Und gerade ist Inge in einer Gefühlslage, in der sie Feindseligkeit in Juttas Augen wittert. Sie glaubt, Jutta erfreue sich an Inges Pech, empfinde es als Triumph. Als Triumph ihres rosaroten Weltbilds über Inges Schwarzmalerei.

Jutta legt Inge ein zweites Stück Kuchen auf den Teller. Inge wehrt ab, sagt »Nein, danke«, woraufhin Jutta sich das Stück selbst auftut. »Also, wenn es bei dir nichts Neues gibt, dann erzähle ich dir jetzt meine Neuigkeit.«

Inge richtet sich auf. »Jetzt bin ich aber gespannt.« Wahrscheinlich hat Jutta wieder jemanden kennengelernt, einen »interessanten Mann« oder so. Oder einen neuen Volkshochschulkurs angefangen – Portugiesisch?

Aber nein: Jutta erzählt davon, dass im Mietshaus ihrer Tochter in Berlin eine Wohnung frei wird. Eine Erdgeschosswohnung mit zwei Zimmern. »Um es kurz zu machen …«, sagt Jutta schließlich.

Inge ahnt, was nun kommt. Ihr Herz klopft.

»Ich ziehe nach Berlin.«

»Nach Berlin?«, fragt Inge ungläubig nach.

»Nach Berlin«, bestätigt Jutta.

»Carsten sagt immer, in Berlin gebe es keine bezahlbaren Wohnungen mehr.«

»Ja, günstig ist meine auch nicht. Und ich habe sie auch nur bekommen, weil Annette ganz früh mitgekriegt hat, dass sie frei wird. Noch ehe ein Inserat geschaltet wurde. Tagelang hat sie die Hausverwaltung bekniet. Ich glaube, sie hat denen sogar ein Foto von mir geschickt und sämtliche Rentenbelege – mit Erfolg: Gestern konnte ich den Mietvertrag endlich unterschreiben.«

Juttas Wangen haben eine rosige Färbung bekommen. Ihre Ohrringe baumeln. »Das wird noch mal ein richtiges Abenteuer. Eintauchen ins Großstadtleben«, freut sie sich und wackelt dabei mit ihren breiten, unumstößlichen Schultern.

»Gehst du jetzt also auch nach Berlin«, sagt Inge und beginnt, sich zu schämen für die bösen Gedanken, die sie bis eben noch gegenüber Jutta gehegt hat, ihrer einzigen Freundin. »Ich würde mich das nicht trauen.«

Ihre Fingerkuppen sind aufgeraut, beinahe wund, und schmerzen. Lissa schleift die Bretter der zerlegten Sitzbank, befreit sie vom alten Lack. Nirgends im Haus waren robuste Arbeitshandschuhe zu finden, nur Putzhandschuhe aus Latex hat ihre Oma. Notgedrungen trägt Lissa jetzt zumindest die, während sie mit Schmirgelpapier über das Holz schabt. Neun Latten sind es. Geschafft hat sie bislang nur zwei, dabei ist sie schon seit dem Morgen am Werk. Hätte ihr ruhig jemand sagen können, dass man mit Schmirgelpapier nicht weit kommt. Aber ihr Vater und ihre Großmutter haben ja auch keine Ahnung, wie so etwas geht, und sind eh nur mit sich selbst beschäftigt. Die Anstrengung des Schleifens weckt Unmut in Lissa.

So lustig das Zusammensein gestern Abend war – immerzu herrscht diese Spannung zwischen den beiden. Ein friedvoller Moment kann sofort kippen. Mimosenhaft fährt ihr Vater bei jeder Kleinigkeit aus der Haut, die Inge anmerkt; fühlt sich ständig angegriffen. Und Inge provoziert ihre Enttäuschungen allesamt selbst, indem sie eine Forderung nach der nächsten stellt, bei der von vornherein klar ist, dass Carsten sie nicht erfüllen wird. Inge ist öfter beleidigt als nicht. Selbst wer sie gernhat, muss da regelmäßig Abstand suchen. Keine Kritik, keine Erklärungen, die man ihr gibt, dringen zu ihr durch. Lissa hat sich nicht zuletzt deshalb die Bank vorgenommen, weil sie daran draußen werkeln kann, in Ruhe, tagsüber, wenn es Inge zu heiß ist. Eine Freude machen will sie ihrer Oma damit natürlich auch.

Es ist eine zermürbende Sprachlosigkeit, die Inge und Carsten verbindet. Eigentlich könnte es Lissa egal sein, wie die beiden miteinander auskommen. Ist nicht meine Aufgabe, Friedensrichterin zu spielen, denkt sie. Trotzdem tut es ihr weh zu beobachten, wie diese zwei Menschen im gegenseitigen Unverständnis gefangen sind.

Allmählich tut ihr der Rücken weh. Lissa kniet auf dem Boden. Sie dreht die Latte, um sich die Unterseite vorzunehmen, und schneidet sich ein neues Stück Schleifpapier ab. Die Rolle wird nicht reichen. Ihr Vater wird ihr morgen eine neue aus der Stadt mitbringen müssen. Sie tippt eine Erinnerung in ihr Handy. Die Autokorrektur schlägt »Schlichtpapier« vor statt »Schleifpapier«, und Lissa denkt, dass es gut wäre, wenn es so etwas gäbe: Schlichtpapier. Damit ließe sich die Ignoranz und Selbstbezogenheit von den Körpern rubbeln, bis nur noch weiche, lebendige Haut übrig wäre, die mitfühlen könnte und von den Empfindungen anderer durchdrungen werden würde.

Die Menschen bilden sich so viel ein auf ihr Sprechenkönnen, ihre Vorstellungskraft. Auf diese Fähigkeiten, die sie angeblich wertvoller machen als jedes Tier. Und trotzdem bleibt ihnen ein wirkliches gegenseitiges Verständnis versagt.

Wegen ihres Handekzems benutzte Lissa eine Zeit lang eine Salbe, die ihr Gefühl für Temperaturen veränderte: Beim Händewaschen fiel es ihr auf. Der Hahn stand zwischen Blau und Rot. Die Stelle, die für sie sonst angenehm lauwarm war, empfand sie plötzlich als kochend heiß. Lissa dachte: Wenn schon ein paar Gramm Salbe mich neu wahrnehmen lassen – wie unterschiedlich muss sich die Welt dann für jede einzelne Person anfühlen? Jede Person steckt in ihrer eigenen Haut. Fest.

Lissa steht vom Boden auf. Sie schwitzt überall, besonders an den Händen. Die Latexhandschuhe sind zerschlissen. Es bereitet Mühe, sie auszuziehen. Sie kleben und stülpen sich um, als Lissa ihre Finger freilegt. Ein paar Schweißtropfen fallen heraus. Es tut gut, wieder Luft an den Händen zu spüren. Und Putzkräfte tragen so was mehrere Stunden pro Tag? Ihre Kosten für Handcreme sollten von den Arbeitgeber*innen erstattet werden, denkt Lissa. (Wenn sie sich schon vor allen Sozialabgaben drücken. »Aber die Putzfrau will das so«, hört Lissa immer wieder, auch von ihrer Mutter. Scheinheiliges Gequatsche!)

Plötzlich steigt ein komisches Gefühl in Lissa auf. Sie schaut zur Seite: Ingmar steht am Gartenzaun, die Hände in die Taschen seiner Cargohose gesteckt. Instinkte – immer wieder beeindruckend. Ingmar glotzt Lissa an, saugt Luft ein und öffnet den Mund, um etwas zu sagen. Oder zu brüllen. Doch er überlegt es sich anders und verschwindet schließlich ohne ein Wort.

Erleichtert setzt sich Lissa im Schneidersitz auf den Boden. Der hat bestimmt wirklich seine Frau umgebracht, denkt sie und lehnt sich an die Hauswand. Neben ihr: fünf Weberknechte, so dicht beieinander, dass sich ihre langen Beine überlagern. Auf den ersten Blick erinnern sie an einen gekonnt mit nur wenigen Pinselstrichen hingeworfenen schwarzen Blumenstrauß in der Draufsicht. Die Beine – die dünnen Blütenblätter, die Körper – der Stempel in der Mitte.

Das mit der Bank hat Lissa sich einfacher vorgestellt. Zum Glück muss sie nicht jede Latte in einer anderen Farbe streichen, was ursprünglich ihre Idee war. Aber das hat Inge rigoros abgelehnt und sich dann immerhin zu Lila überreden lassen. Ein lila Fleckchen kann diesem Dorf nur guttun, findet Lissa. Sie trinkt ein paar Schlucke Wasser und nimmt sich vor, Ulrike nach Arbeitshandschuhen fragen zu gehen; sicher ist sie besser ausgerüstet. Aber vorher braucht Lissa eine Pause. Sie schließt die Augen, döst. Bis sie das Gartentörchen hört und schlappende Schritte, die sich nähern, die um die Ecke kommen und vor ihr stehen bleiben. Geh mir aus der Sonne!, denkt sie, sagt es aber nicht.

»So, Fräulein!«

Lissa muss die Augen nicht aufmachen, um zu wissen, wer es ist. Ungerührt bleibt sie an der Hauswand sitzen. Auf »Fräulein« reagiert sie nicht. Wie hält ihre Oma es bloß aus, neben dem zu wohnen?

»Ich habe hier etwas für dich«, sagt Ingmar.

Neugierig öffnet sie die Augen nun doch, blickt an ihm hoch. Die Hose in alberner Dreiviertellänge lässt seine Waden noch klumpiger erscheinen, als sie es ohnehin sind. Am Oberkörper: ein weites, unförmiges T-Shirt. Breitbeinig steht er da wie ein Trump-Anhänger und Testimonial der National Rifle Association in der Präriesonne. Was auch immer er da in der Hand hat, er hält es hoch wie eine Waffe.

»Jetzt sag lieber kein falsches Wort«, droht er und geht einen weiteren Schritt auf sie zu.

Lissa steht auf. Ihr ist nicht wohl dabei, zu ihm hochschauen zu müssen.

Er hält ihr das Ding ganz nah vor den Kopf.

Lissa spürt einen Schauer im Rücken. Sie weiß nicht, ob es normaler Hitzeschweiß ist, der hinunterrinnt, oder ob es diesem Ungetüm tatsächlich gerade gelingt, sie einzuschüchtern. Er wird mich hier draußen schon nicht umbringen, sagt sie sich und drückt den Rücken durch. Sie darf sich nichts anmerken lassen. Dieser Typ könnte Angst selbst unter Wasser riechen. Was bildet er sich eigentlich ein, ihr so nahe zu kommen?

»Das ist ein Exzenterschleifer. Den leihe ich dir, wenn du

mit diesem Zettelterror aufhörst. Das ist nämlich Stalking«, sagt er, wobei er »Stalking« mit Sch und kurzem A spricht, sodass es nach »Stall« klingt: »Schtall-king«.

Bis zu diesem Moment hätte Lissa sich als unbestechlich beschrieben. Aber ihre Finger sind wund und riechen nach Latex, ihr ist heiß, sie hat keine Lust mehr, und ihre Oma fragt schon jetzt ständig, wann sie endlich wieder auf ihre Bank darf; dies könne ihr letzter Sommer sein.

Ohne dieses Gerät wird Lissa allein mit dem Schleifen noch tagelang beschäftigt sein. Also verdreht sie die Augen und willigt ein: »Na gut.«

»Wenn ich noch einen einzigen Zettel finde, vermöble ich dich.« Sein Atem stinkt wie abgestandenes Blumenwasser.

»Ja doch.«

Ingmar geht einen Schritt zurück und lässt seinen Arm mit der Schleifmaschine sinken.

»Jetzt bin ich dem Tod aber gerade noch mal von der Schippe gesprungen«, sagt Lissa großspurig.

»Das kann sich jederzeit ändern.« Ingmar geht zielgerichtet auf eine Außensteckdose zu, von der Lissa nicht wusste, dass es sie an diesem Haus gibt – er kennt sich hier offenbar aus –, klappt den Deckel hoch und schiebt den Stecker des Schleifgeräts in die Dose.

Ingmar kniet sich auf den Boden, sagt, dass die Sache mit einer Werkbank oder zumindest einem Tisch nur halb so anstrengend wäre, und zeigt an einer Latte, wie das Gerät funktioniert. Seine Finger erinnern Lissa an heiß gemachte Bockwürste, das Geräusch der Maschine an ihren letzten Besuch beim Zahnarzt.

Lissa hasst es, sich von Männern etwas erklären zu lassen, Handwerkliches am allermeisten. Sie ist froh, als Ingmar ihr den Schleifer endlich übergibt.

»Erst aufs Holz setzen, dann anschalten!«, sagt er zum wiederholten Male. »Und kein Gewicht draufgeben!«

Ingmar beäugt sie kritisch, dann reißt er ihr das Gerät aus der Hand, um ihr erneut zu zeigen, wie sie es führen soll. Außerdem kommentiert er ihre Linkshändigkeit: »Zu meiner Zeit hätte man dir das aberzogen.«

»Zum Glück sind diese Zeiten vorbei«, entgegnet Lissa.

Irgendwann steht er keuchend auf und lässt Lissa allein weitermachen. »Wehe, das Ding geht kaputt«, sagt er. Als fiele es ihm schwer, sich von seinem Schleifer zu trennen, geht er rückwärts und sehr langsam, um Lissa im Blick zu behalten.

Lissa unterbricht das Schleifen für einen Moment. Nun hält *sie* das Gerät hoch wie eine Waffe. »Waren Sie nun bei der Stasi oder nicht?«, ruft sie.

Er guckt sie böse an. »Als hättest du von irgendwas irgendeine Ahnung«, schnauzt er zurück.

Endlich ist er weg. Lissa findet Ingmar nach wie vor blöd, aber wenigstens hat er ihr die Schleifmaschine geliehen. Jetzt kommt sie schnell vorwärts. Im Nu sind drei Latten geschafft. Läuft.

Irgendwann gönnt sie sich die nächste Pause. Lissa hat Durst, ihre Wasserflasche ist leer. Eigentlich wollte sie die beiden Damen in der Küche nicht stören – schon, um nicht in ein Gespräch verwickelt zu werden –, aber sie braucht dringend etwas zu trinken. Vom Flur aus hört sie Juttas helle Stimme. Lissa findet Jutta ziemlich sympathisch. In ihrer papageienbunten Heiterkeit – eine Ausnahmeerscheinung in diesem Dorf. Lissa ist froh, dass ihre Oma sich ab und an mit jemandem trifft, die der Welt zugewandt ist.

An Lissas Haut klebt Schleifstaub aus Holz und grünem Lack. Sie geht ins Bad, um sich Hände und Arme zu waschen. Ausgetrocknet, wie sie sich fühlt, trinkt sie direkt aus dem

Hahn, spürt, wie sich ihre Zellen vollsaugen. Sie schwappt sich Wasser ins Gesicht.

Als sie wieder in den Flur tritt, bekommt sie die Neuigkeit von Juttas Wegzug mit.

»Und wenn ich irgendwann nicht mehr so fit sein sollte, kann mich Annette unterstützen. Die wohnt ja nur zwei Stockwerke über mir«, hört sie Jutta sagen.

»Deine Tochter könnte dich doch auch hier unterstützen. Dafür musst du doch nicht nach Berlin gehen«, meint Inge.

»I wo! Ständig diese Fahrerei! Und wieder hierherziehen – das kann man doch von niemandem verlangen. Das kannst du auch von Carsten nicht verlangen, Inge.«

»Aber hier ist es doch schön«, flüstert Inge mit zittriger Stimme.

»Natürlich ist es hier schön. Aber für die jungen Leute gibt es hier nichts. Alles haben sie dichtgemacht. Nicht einmal in ein dreckiges Löschbecken darf man springen, um zu baden.«

Was hat Oma bloß für ein Pech, denkt Lissa. Ihr kommen leise Tränen. Sie wischt sie mit dem Taschentuch an ihrem Handgelenk weg, holt tief Luft und geht in die Küche, um Inge die Schulter zu tätscheln. »Wir holen dir eine Katze«, sagt Lissa zu ihr.

»Das lohnt sich nicht mehr«, erwidert Inge.

»Jetzt werd bloß kein Trauerkloß!«, schimpft Jutta. »Ich besuche dich natürlich, und du kannst mit Carsten auch mal zu mir nach Berlin kommen.«

»In die Großstadt.«

»In die Großstadt, genau«, sagt Jutta, ehe sie sich an Lissa wendet: »Möchtest du ein Stück Erdbeerkuchen?«

Jetzt lässt mich meine einzige Freundin im Stich, denkt Inge. Sie steht an der Treppe, blickt nach oben, hinauf in den ersten Stock, in den Teil des Hauses, den sie seit Wochen nicht betreten hat. Sie berührt den geschwungenen Knauf am Ende des Geländers.

Die zwölf schmalen Holzstufen, in der Mitte eingedellt, abgetreten.

Steht diese Treppe für das Leben, das sie schon gelebt, das sie schon hinter sich gebracht hat, und nun ist sie unten angekommen? Weiter geht es nicht?

Oder steht sie für das Leben, das noch vor ihr liegt, mühsam, Furcht einflößend und steil?

Alles, was ging: Alles, was ging, hat sie getan. Selbst spätabends nähte sie noch Hosenknöpfe an und spitzte die Stifte in den Federmäppchen ihrer Söhne. Sie war erschöpft von der Arbeit, von den Jungs, vom Waschen, vom Kochen, vom Putzen. Aber wenigstens wusste sie, woher die Müdigkeit rührte und wohin ihre Kraft floss. Heute ist sie erschöpft allein vom Sein. Vom Atmen, Aufstehen, Anziehen, Essen, Trinken, Gehen. Schwermut. Die Energie, die der Alltag aus ihr reißt, dient niemandem. Sie ist nutzlos; nutzlos wie der aus einem Topf kochenden Wassers aufsteigende Dampf.

Selbst für ein paar Stufen braucht sie jetzt unfassbar viel Mut.

Morgen kommt eine Frau von der Versicherung, geht es Inge durch den Kopf. Carsten hat sie herbestellt, um ihr vorzuführen, wie schwach Inge ist. Damit er seine Verantwortung dann auf irgendeinen Pflegedienst abwälzen kann. Das hat er sich so gedacht!

Phänotyp: aktives Mitglied der evangelischen Kirchengemeinde. Die dürfte unempfänglich sein für deinen Charme«, bekommt Carsten von seiner Tochter zugerufen. »Charme« setzt Lissa mit Zeige- und Mittelfinger in Anführungsstriche. Durch das Küchenfenster wirft sie einen Blick auf die Gutachterin des Medizinischen Diensts, die soeben aus ihrem Kleinwagen steigt, eine Handtasche über der Schulter und einen Laptop unterm Arm.

»Na dann, viel Erfolg!«, sagt Lissa und verabschiedet sich nach draußen. Sie will weiter an Inges Bank werkeln. Seit sie sich Equipment von Ingmar – Carsten versteht noch immer nicht ganz, wie es dazu kam – geliehen hat, ist sie in ihrem Arbeitseifer nicht zu bremsen.

Im Türrahmen begrüßt Lissa die Gutachterin. Dann verschwindet seine Tochter im Garten. Carsten wäre es eigentlich lieber, sie dabeizuhaben, als Zeugin und emotionale Stütze. Er weiß nämlich nicht, wie sich seine Mutter gleich verhalten wird. Ihm schwant Böses: Nach der Physiotherapie – heute war Inges letzter Termin – verzichtete sie auf ihr Mittagsschläfchen. Stattdessen räumte sie auf, damit alles »tipptopp« aussieht, und goss die Blumen auf dem Fensterbrett in der Küche. Anschließend zog sie sich etwas Frisches an und legte Lidschatten auf. Carsten erklärte ihr ein weiteres Mal, dass es nicht darum gehe, einen guten, sondern, im Gegenteil, einen besonders schlechten Eindruck zu machen. Je schwächer sie wirke, desto mehr Geld werde sie von der Pflegeversicherung bekommen, um sich Hilfe leisten zu können.

»Ich will kein Essen auf Rädern«, lautete Inges Antwort.

»Ja, lieber machst du mir das Leben schwer«, gab er zurück.

Trotz des Sommerwetters trägt die Gutachterin unter der Strickjacke einen Rollkragenpullover, grün wie Entengrütze, darüber eine Kette mit olivengroßen Bernsteinen, die Carsten an Angela Merkel erinnert. Das Gesicht wird umrandet von kinnlangem, rötlich gefärbtem Haar mit einem akkurat geschnittenen Pony. Ihre Brille ist randlos, die Augen stecken in tiefen Höhlen. Ende fünfzig dürfte die Frau sein. Wahrscheinlich hat sie Produkte von Smyrna bei sich daheim.

Im Flur spannt sie sich Einwegüberzieher über die Schuhe.

Inge kommt aus ihrem Zimmer. Carsten erwähnt sogleich, dass sich das Schlafzimmer seiner Mutter früher in der ersten Etage befand. Nach dem Sturz habe er es nach unten verlegt. Seither spiele sich Inges Leben ausschließlich im Erdgeschoss ab.

»Und es gibt kein richtiges Wohnzimmer mehr«, schiebt Inge mit Bedauern hinterher.

Carsten fällt auf, dass seine Mutter ohne Gehhilfe unterwegs ist. »Wo sind denn deine Krücken?«, fragt er.

»Die brauche ich nicht mehr. Ich fühle mich fit.«

Was für ein Biest sie doch ist!

Sie nehmen in der Küche Platz, und Inge bietet Kaffee an.

Die Gutachterin lehnt ab: Würde sie überall Kaffee trinken, hätte sie schon längst einen Herzkasper gehabt. Sie redet langsam, überdeutlich und laut.

Carsten weiß, dass sich seine Mutter über diese Art zu sprechen ärgert; wo sie in letzter Zeit doch so viel Wert legt auf die außergewöhnliche Leistungsfähigkeit ihres Gehörs.

Aber Inge lässt sich nichts anmerken. »Dann nehmen Sie

wenigstens etwas Süßes«, sagt sie und stellt eine Schale mit Keksen auf den Tisch, von denen sie behauptet, sie selbst gebacken zu haben. Sie backe nämlich sehr gern.

»Die sehen aber haargenau aus wie die, die ich mit dir im Supermarkt gekauft habe«, merkt Carsten an.

Die Gutachterin zieht die Augenbrauen hoch, horizontale Skepsislinien bilden sich auf ihrer Stirn. Die Kekse rührt sie nicht an. Sie klappt ihren klobigen Laptop auf und schlägt vor, jetzt den Fragenkatalog durchzugehen. »Der Katalog dient dazu, abzuschätzen, auf wie viel Unterstützung Sie im Alltag angewiesen sind«, erklärt sie, an Inge gewandt.

»Ach, viel wird das nicht sein«, sagt Inge.

»Können wir anfangen?«

»Ja.«

Schon bei der vierten Frage entschließt sich Carsten, die Antworten seiner Mutter richtigzustellen. Er kann die Sache so nicht laufen lassen. Fortwährend beteuert Inge, keinerlei Probleme zu haben. Als sie beim Thema »Nachtruhe« angibt, bestens zu schlafen, tief und selig und fest, platzt ihm der Kragen. Er steht auf, stützt seine Hände auf die Stuhllehne und sagt zu der Gutachterin: »Meine Mutter muss jede Nacht mehrmals zur Toilette. Ich muss sie dorthin begleiten, weil sie sich allein nicht traut.« In spätestens zwei Wochen sei er wieder in Berlin – dann werde seine Mutter das ohne ihn bewerkstelligen müssen. Keine Ahnung, wie. Neulich sei ihr nachts sogar ein Missgeschick passiert.

»Carsten!«, schimpft Inge.

»Ist doch wahr«, sagt er. »Diese Lügerei bringt niemandem was. Außerdem vergisst du andauernd, den Herd auszuschalten.«

Inge hält entgegen: Das passiere jedem hin und wieder.

»Hin und wieder vielleicht, aber nicht ständig!«

»Setzen Sie sich doch bitte wieder«, sagt die Gutachterin zu Carsten.

Er zögert kurz, ehe er nachgibt.

Als er wieder Platz genommen hat, nickt sie, zufrieden darüber, die Situation entschärft zu haben. Im Übrigen, flüstert sie in Carstens Richtung, mache sie das schon eine Weile und sei bestens mit den verschiedenen Verhaltensstrategien von Senioren vertraut.

Das beruhigt Carsten fürs Erste. Als es um die »selbstständige Einnahme von Medikamenten« geht, schaltet er sich dennoch wieder ein und erzählt von Inges Kreislaufkollaps, nachdem sie zu viele Blutdrucktabletten genommen hatte.

»Das wäre nicht passiert, wenn du mit den Ärzten im Krankenhaus gesprochen hättest«, wendet Inge ein.

Es folgen ein paar Fragen zu Inges Sozialleben, denen Carsten nichts hinzufügt. Doch bei der »Regelung finanzieller und behördlicher Angelegenheiten« ruft er, noch bevor Inge etwas sagen kann: »Da können Sie ›unselbstständig‹ ankreuzen! Und hier gibt es nichts zu widersprechen, Mutti!«

Dann muss Carsten niesen, mehrere Male hintereinander. Darauf hat er gewartet! Auf seinen Heuschnupfen ist Verlass. Heute hat er extra kein Antiallergikum genommen. Hörbar zieht er den Schleim in seiner Nase hoch – Inge hasst das.

»Hast du dich erkältet? Hol dir doch bitte ein Taschentuch!«, sagt Inge, genauso, wie sie es immer sagt.

»Wo sind die Taschentücher?«, fragt er.

Jetzt kommt seine Mutter ins Straucheln. Sie überlegt angestrengt, bis sie merkt, dass Carsten sie aufs Glatteis geführt hat. »Das habe ich vergessen«, gibt sie leise zu.

Seine Mutter wird ihn nun wieder mit stundenlangem Schmollen strafen; das ist Carsten bewusst. Aber er will der Gutachterin zeigen, wie es um seine Mutter bestellt ist: Allein kommt sie kaum zurecht. Sie vergisst viel. Ihr Kurzzeitgedächtnis lässt zunehmend nach. Inge weiß ganz genau, wo die alten Rotzfahnen von Richard liegen. Aber wo die Papiertaschentücher sind, die Carsten wegen seines Heuschnupfens gekauft hat – das kann sie sich genauso wenig merken wie, dass er nicht wegen einer Erkältung niest. Er holt sich eine Packung aus dem Flurschrank, schnäuzt sich.

Die Gutachterin macht eine Notiz.

Beim Themenkomplex »Mobilität« stellt Carsten klar: »Das Einkaufen müssen andere für meine Mutter erledigen. Allein kann sie nirgends hin: Sie hat keinen Führerschein, von hier fährt kein Bus mehr in die Stadt. Und das Treppensteigen ist unmöglich.« Seit ihrer Rückkehr aus dem Krankenhaus habe Inge es nicht mehr bis in den ersten Stock geschafft.

»Wissen Sie, mein Sohn übertreibt«, sagt Inge nun. »Ich kann Treppen steigen.«

Carsten lacht auf und verschränkt die Arme.

Inge saugt ihre Lippen ein, so weit, dass sogar ihr dunkles Mal verschwindet, und steht auf. »Ich zeige es Ihnen.«

Während Inge zur Treppe geht, tastet sie sich an der Wand entlang, Schritt für Schritt leicht Halt suchend; hoffentlich registriert die Gutachterin das, denkt Carsten. Er kann nicht glauben, dass seine Mutter zu diesem Kraftakt bereit ist.

Inge holt tief Luft und hebt ihren sturen Kopf, was sie augenblicklich selbstbewusster wirken lässt. Sie tritt auf die erste Stufe, dann auf die zweite. Im Nachstellschritt. Wie ein Kleinkind behält sie für einen Moment immer beide Füße auf einer Stufe. Sie umfasst das Geländer so fest, dass ihre linke Hand weiß wird, der ganze Arm verkrampft. Sie schafft es bis zur Mitte der Treppe. Dann geht sie, ganz behutsam, wieder hinunter, und zwar rückwärts, weil sie sich nicht traut, sich auf einer Stufe umzudrehen.

Als sie unten ist, ist ihr Gesicht kreidebleich. Schweißperlen glänzen auf ihrer Stirn. »Sehen Sie! Ich kann es noch«, sagt sie erschöpft.

Es dürfte unverkennbar sein, wie viel Überwindung Inge dieses Schauspiel gekostet hat. Carsten steht auf, um seine Mutter zurück an den Tisch zu führen. Ohne Widerrede hakt sie sich bei ihm ein. Ihr Arm ist eiskalt – und Carsten stinksauer über diesen Versuch, alles zu torpedieren, was ihm helfen, was ihm ein bisschen Erleichterung im Umgang mit der Situation verschaffen könnte. Gleichzeitig tut Inge ihm leid. Wie sie sich für diese paar Stufen eben verausgabt hat. Wahrscheinlich wird sie sich, nachdem die Gutachterin gegangen ist, sofort hinlegen müssen.

In diesem Augenblick fragt er sich, wieso er überhaupt noch am Lavieren ist. Wieso er geglaubt hat, es tue sich vielleicht irgendeine andere Lösung auf. Natürlich muss sie in ein Altersheim. Es geht gar nicht anders. Es ist: alternativlos.

Die fromme Gutachterin mit der Bernsteinkette zeigt keine Regung. »Gut«, sagt sie, »machen wir weiter.« Sie schlägt die Beine übereinander, ihre Einwegschuhe rascheln. »Antriebslosigkeit oder depressive Stimmungslagen?: Niemals? Selten? Manchmal? Immer?«

Zusammensetzen kann sie die Bank erst morgen. Einigen Brettern, die gerade trocknen, fehlt noch der zweite Anstrich. Aber Lissa ist schon jetzt stolz auf ihr Werk. Wie frisch das Holz aussieht, wie fröhlich die Farbe in der Sonne leuchtet. Kein bisschen kitschig. Das Lila geht über ins Bläuliche; wie bei den Blüten von Traubenhyazinthen, die Lissa immer an die Frisur von Marge Simpson erinnern.

Mit Kopfhörern in den Ohren hört Lissa Musik. Würde sie instagrammen, müsste sie jetzt ein paar Nahaufnahmen der lackierten Latten posten: die durchschimmernde Struktur des Holzes zeigen unter dieser wunderbar satten Farbe. Lissa ist gut drauf. Viel geschafft hat sie gestern und heute, sogar das Metallgestell ist schon gestrichen – in einem matten Schwarz. Zuvor hatte sie das Gestell mit einer Drahtbürste gereinigt, einer weiteren Leihgabe Ingmars.

Gerade denkt Lissa darüber nach, eine handwerkliche Ausbildung zu machen. Zur Schreinerin oder Malerin. Oder noch verrückter: zur Spenglerin. Hätte den Nachteil, dass Sabine bestimmt permanent versuchen würde, sie für ihr dämliches Hausprojekt einzuspannen. Aber auch den Vorteil, dass ihre Eltern geschockt wären. Früher haben sie zwar immer Bilderbücher über Baggerfahrer und Bauarbeiter und Müllmänner und Maurer – alles Männer; die einzigen Frauen in den Büchern waren Mütter und Krankenschwestern – mit ihr angeschaut. Aber wie bei allen Eltern, die etwas auf sich halten, war das natürlich bloße Kinderfolklore. Das Letzte, was sie sich für ihre Tochter erhoffen, ist, dass sie sich irgendwann zum Geldverdienen die Hände wird schmutzig machen müssen. Für Sabine und ihren Vater kommt es einer Selbstverständlichkeit gleich, dass Lissa studiert. Machen ja alle. Rennen ja alle nach dem Abi an die Uni wie die Lemminge zur Klippe, ohne einmal nach links und rechts zu schauen, ob es nicht vielleicht doch etwas Sinnstiftenderes geben könnte, als bis zur Rente in Büros zu sitzen, mit befristeten Verträgen, aus denen man sich den Lamellenvorhang gleich selbst basteln kann. Summender Drucker. Immergrauer Teppich unter den Füßen. Whiteboard an der Wand. Hauptsache, »M. A.« steht auf dem Zutrittsbadge.

Im Übrigen, denkt Lissa jetzt, sind Sabines und Carstens Hände viel schmutziger als die *richtig arbeitender* Menschen. Die Hände ihrer Eltern sind verdreckt von dem sinnlosen Bullshit, den sie in ihre Computer tippen. Lissa hofft, dass sie die Einführung des bedingungslosen Grundeinkommens noch erleben wird. Dann wäre sie frei zu tun, worauf sie Lust hat. Und weil sich für diese Jobs sonst niemand mehr fände, würden die *richtig Arbeitenden* endlich angemessen bezahlt: die, die Müll einsammeln und putzen und alte Leute pflegen. Alte Leute wie Margit. Und ihre Oma.

Wo ist eigentlich ihre gute Laune hin? Lissa schüttelt den Kopf und stellt die Musik ein wenig lauter; das hilft. Sie taucht den Pinsel in die Farbe. Dieses Gefühl – Eintauchen, Abstreichen am Dosenrand, Auftragen aufs Holz –, es wird ihr fehlen, wenn sie fertig ist. Bald ist sie fertig.

Ihr Vater kommt auf sie zu. An seinem Gang erkennt Lissa, dass er verärgert ist. Er postiert sich vor ihr und muss niesen, ehe er etwas erzählen kann. »Verfluchter Heuschnupfen!«, motzt er. Aber eigentlich meint er »Verfluchte Mutter!«, das weiß Lissa.

»Ist spitze gelaufen, wie ich sehe«, sagt sie und schaltet die Musik in ihren Ohren aus.

»Es ist alternativlos«, sagt er. »Das ist mir eben klar geworden. Es ist alternativlos. Wie denkt sie sich das denn? Dass ich herfahre, um ihr eine Glühbirne zu wechseln? Oder die Nächte hier verbringe, um sie ins Bad zu geleiten?«

Lissa zuckt mit den Schultern.

»Du merkst es doch auch: Sie ist vollkommen antriebslos. Außer Kochen macht sie nichts. Sie konnte früher das ganze Haus in Schuss halten. Aber jetzt hat sie einfach keine Lust mehr. Immerhin meint die Gutachterin, Pflegegrad zwei gebe das auf alle Fälle – ›erhebliche Beeinträchtigung der Selbstständigkeit‹.«

Lissa legt den Pinsel beiseite, um die Hände hinter dem Rücken im Gras abzustützen. Der Rasen ist hoch gewachsen. Die Gegenbewegung zur vornübergebeugten Malhaltung tut gut.

Carsten sagt, er habe entschieden, sich um einen Heimplatz für Inge zu bemühen. In einer Einrichtung sei sie viel besser aufgehoben.

»Ulrike hat Margit auch mal in ein Heim gesteckt und sie dann wieder herausgeholt, weil es so schlimm war«, erwidert Lissa.

»Quatsch. Nicht, weil es so schlimm war, sondern weil Ulrike arbeitslos geworden ist und deshalb wieder Zeit für sie hatte.«

Lissa blickt ihren Vater zweifelnd an. »Oma hat das aber anders erzählt.« Sie nimmt die Hände vom Rasen und beugt den Oberkörper nach vorn.

»Stell dir mal vor, Ulrike hätte sie nach dem Sturz nicht gefunden. In einem Heim ist immer jemand da«, sagt Carsten.

»Hm«, raunt Lissa, an einer Franse ihrer abgeschnittenen Jeans nestelnd. »Im Grunde sehe ich das ja auch so, aber …«

»Aber?«

Lissa seufzt. »Aber ich habe ihr versprochen, das nicht zuzulassen. Ich habe ihr versprochen, zu verhindern, dass sie in ein Heim kommt.«

»Du hast *was*? Bist du bekloppt? So was kannst du ihr doch nicht versprechen!«

»Ich weiß. Aber gleichzeitig kann ich nachvollziehen, dass sie hierbleiben will.«

»So ist es«, tönt es auf einmal über Lissas Kopf. Inge schaut aus dem Fenster ihres Zimmers auf sie herab. »Ich höre alles. Und ich bleibe hier. Nur damit ihr Bescheid wisst.«

»Dann müssen wir eine Pflegerin organisieren, die bei dir einzieht«, sagt Carsten.

»Ich lasse doch keine Polin in mein Haus!«

Carsten steht auf und tritt gegen Lissas Lackdose.

»Geht's noch?«, ruft Lissa. Schnell stellt sie die Dose wieder hin. Viel ist nicht ausgelaufen; nur ein paar Sprenkel im Gras.

Carsten imitiert den Ton seiner Mutter: »Und der Rasen könnte auch mal wieder gemäht werden.«

»IM erledigt das morgen, hat er mir gesagt«, sagt Lissa.

»Was?«

»IM macht das morgen.«

»Wieso das denn?«

»Das macht er schon lange«, ruft Inge zu Carsten, als sei das eine Erklärung. »Seit Richard tot ist, macht er das alle paar Wochen, damit nicht zu viel Löwenzahn zu ihm rüberweht. Einer muss es ja machen, wenn du hier keinen Finger rührst.«

»Oma, bitte«, schreitet Lissa ein.

Ihr Vater, sieht sie, ist über den Punkt hinaus, an dem er mit Worten etwas anfangen kann. Er nimmt die Lackdose und wirft sie zwar in Inges Richtung, aber weit neben sie. Es ist offensichtlich, dass er bei aller Wut darum bemüht ist, seine Mutter nicht zu treffen. Die Dose prallt scheppernd ab, hinterlässt einen lilafarbenen Fleck an der Mauer, aus dem Tentakel langsam nach unten fließen.

Inge beugt sich aus dem Fenster, um den Schaden zu betrachten.

»Kein Problem. Das Haus streiche ich dann auch gleich noch«, sagt Lissa.

»Ihr könnt mich alle mal«, flucht Carsten und geht. Er dreht sich noch einmal um und faucht Lissa an: »Und von dir hatte ich mir wirklich mehr erhofft.«

»Ach so? Was denn?«

»Jedenfalls nicht, dass du dich mit der da gegen mich verschwörst.« Er zeigt auf Inge.

»Lass deine Wut gefälligst nicht an mir aus!«, ruft Lissa ihrem Vater hinterher.

Inge knallt das Fenster so laut zu, dass Lissa sich wundert, wie sie es vorher unbemerkt hat öffnen können.

»Sind die alle scheiße drauf, ey«, flüstert sie und steckt sich die Kopfhörer wieder ins Ohr. Musik an.

Sie geht um die Ecke, sieht, wie ihr Vater auf Ulrikes Haus zuläuft, schaut ihm hinterher.

Ulrike sitzt auf dem Eingangstreppchen und raucht. Eilfertig steht sie auf, als sie Carsten bemerkt. Nimmt einen tiefen und, wie ihr klar zu sein scheint, letzten Zug. Bei ihr angekommen, schiebt Carsten sie rabiat ins Haus. Ulrike schafft es kaum, ihre Zigarette auszudrücken. Offenbar will er sich bei ihr auskotzen, denkt Lissa. Vielleicht soll sie ihm auch einen blasen.

Dieses rabiate Schieben: Jetzt, wo Lissa das beobachtet hat, fällt ihr ein, wie oft Ulrike und Carsten einander anfassen. Nie zärtlich, dafür mit einer für Lissa bis eben unsichtbaren Selbstverständlichkeit. Nicht einmal die Berührungen zwischen

Sabine und ihrem Vater hat sie als dermaßen beiläufig in Erinnerung.

Daran, dass Carsten so rüde mit Ulrike umgeht, denkt Lissa, hätte sie eigentlich schon früher erkennen können, dass Ulrike ihm mehr bedeutet als seine Bumstussis mit den gebleachten Zähnen. Die Bumstussis, denen er frische Antipasti auftischt (natürlich »vom besten Italiener im Kiez«) und, kurz bevor das Glas leer wird, gekühlten Weißwein nachschenkt, weil er ja so unglaublich aufmerksam ist – und endlich ficken will.

Lissa geht zur Bank zurück. Für die letzte Lattenkante muss sie nun einen neuen Lacktopf öffnen; ohne Carstens Ausraster wäre das nicht nötig gewesen.

Inge scheint auf Lissas Rückkehr gewartet zu haben, denn jetzt öffnet sie das Fenster erneut: »Wann wird eigentlich meine Bank fertig?«, ruft sie.

Lissa ignoriert diese Worte. Tut so, als hätte sie durch die Kopfhörer nichts gehört, stellt die Musik noch lauter und schaut nicht nach oben, bis sie spürt, dass ihre Oma das Fenster wieder schließt. Kommt sie halt in ein Heim, ist mir doch egal, denkt Lissa.

Vielleicht wäre sie besser mit Sabine und Thom zu deren Scheißhaus gefahren.

Ungefragt schenkt Ulrike ihm einen Dorfschnaps ein. Er ist giftgrün, und genauso schmeckt er auch. Carsten kippt ihn hinunter, verlangt einen zweiten. Danach stößt er ein kehliges »Ah« hervor.

Auf dem Küchentisch liegt ein Zettel mit einem daraufgemalten Herz. Carsten schaut ihn an.

Ihre Töchter hätten ihr diesen Gruß im Briefkasten hinterlassen, erklärt Ulrike. Was passiert sei, wolle sie nun wissen.

Carsten sagt, er habe gar keine Lust, darüber zu reden. Überhaupt sei er des Redens müde. »Reden, reden, immer reden. Dieses überflüssige Gerede die ganze Zeit!« Jedenfalls sei ihm heute klar geworden, dass seine Mutter nicht mehr allein hier leben könne. »Sie muss in ein Heim«, sagt er und stellt das Schnapsglas in die Spüle.

Erstaunlicherweise fällt ihm in diesem Moment ein, was er als Nächstes zu tun hat. »Bin gleich wieder da«, sagt er und hastet aus dem Haus, nur um wenige Minuten später erneut über Ulrikes Schwelle zu treten, die Laptoptasche über der Schulter, drei gestapelte Aktenordner in den Händen. Mit dem Fuß stößt er die Haustür zu. Dann poltert er die Treppe hinauf, eilig das Wohnzimmer ansteuernd. Dabei fällt ihm der oberste Ordner vom Stapel. Dick und schwer, rumpelt er die Treppe runter. Ulrike hebt ihn auf und bringt ihn zu Carsten hinauf.

Carsten sagt, er werde jetzt die Finanzen und Versicherungen seiner Mutter durchgehen, um zu sehen, ob er sie bereits jetzt in einem Heim anmelden könne, ohne zu wissen, wie viel Geld ihr aus der Pflegekasse zustehe.

»Du hast es aber auf einmal eilig.« Ulrike legt den heruntergefallenen Ordner auf den Tisch.

»Ich hätte das schon längst machen sollen. Hoffentlich müssen wir nicht jahrelang warten, bis ein Platz frei wird.«

»Ich kann weiterhin regelmäßig nach ihr sehen«, sagt Ulrike.

»Ich weiß, ja. Danke. Aber auf Dauer wird das nicht reichen.«

In Ulrikes Augen sieht Carsten Mitleid schwimmen. Nicht gegenüber ihm, wie er es für angemessen hielte, sondern gegenüber Inge. Das befeuert seine Wut, die der Schnaps gerade gelöscht hatte, aufs Neue. Muss sie ihm tatsächlich ein schlechtes Gewissen machen? Ausgerechnet jetzt, wo er endlich eine Entscheidung getroffen hat? Wo er sich das erste Mal seit Wochen erleichtert fühlt?

»Warum guckst du mich so an?«, blafft er.

Ulrike geht einen Schritt zurück, verschränkt die Arme und sagt: »Inge möchte das nicht. Du kannst das nicht gegen ihren Willen entscheiden.«

»Aber sie darf gegen meinen Willen über mein Leben verfügen, oder wie?«

»Ihr müsst zusammen eine Lösung finden.«

»Mit ihr kann man nicht *zusammen* eine Lösung finden«, schreit Carsten. Er schreit so laut, dass sein Rachen brennt. »Nichts, was man sagt, kommt bei ihr an.«

»Du bist auch nicht besser. Du bist genauso wenig bereit, dich auch nur einen Zentimeter zu bewegen«, erwidert Ulrike leise, denn schreien kann sie nicht.

Plötzlich beginnt Carsten, eine Front aus Frauen vor sich zu sehen. Eine feindselige Front aus Frauen baut sich unmittelbar vor ihm auf:

Er sieht seine Mutter, wie sie aus dem Schlafzimmerfenster heraus der Welt verkündet: »Ich bleibe hier.«

Er sieht Lissa mit ihrer klugen Brille auf dem verschwitzten Gesicht. An ihren Händen Lackkleckse. Auf dem T-Shirt, über der Brust, das Wort »Versprechen«.

Er sieht Ulrike als biblisch anmutende Verkörperung der Erschöpfung: ausgelaugt, dünn, blass, mit bräunlichen Tränensäcken, weil sie sich aufopfert. Für ihre Mutter. Seit Jahren.

Er sieht Sabine, morgens in einem ihrer dünnen Hemdchen, verschlafen und schön – und schimpfend über irgendetwas, wahrscheinlich über ihn, Carsten, obwohl der Tag noch nicht richtig begonnen hat.

Er sieht die Physiotherapeutin. Nackt.

Er sieht die Friseurin im Krankenhaus. Ihre aufgeklebten Fingernägel sind lang, ihre Armreifen klappern. Und sie drückt Inge einen vergifteten Kamm ins Haar.

Er sieht die Frau auf dem Fahrrad. Sie prallt gegen seine Autotür, steht auf, unsicher wie ein Fohlen, das zum ersten Mal läuft. Ihr Helm ist kein Helm, sondern ein Verband rund um den Kopf. Sie zieht einen Infusionsständer hinter sich her, brüllt: »Du Arschloch!«

Er sieht seine Chefin. Sie hebt die rechte Augenbraue. So weit, dass sie den Haaransatz berührt.

Er sieht seine Kollegin Cosima, die mit den »sonnigen Grüßen«. Sie greift sich die Fernbedienung und schaltet den Beamer aus, der bis eben Carstens Präsentation an die Wand warf.

Er sieht ein paar seiner Affären: Nicole, Tamara, Ina. Sie tippen seine Nummer in ihr Telefon. Sie liegen unter ihm, stöhnen – und verziehen dann angewidert das Gesicht.

Er sieht Frau Dr. Konzack mit einem uralten, albernen Stirnspiegel auf dem Kopf. Sie klappt den Spiegel nach unten und schaut durch das Loch tief in ihn hinein.

Er sieht all diese Frauen nebeneinander, in den Kachelbildern einer Videokonferenz. Sie alle sprechen. Carsten will sie muten, sie stumm schalten. Doch es gelingt ihm nicht. Sie reden und reden. Unaufhörlich gehen die Münder dieser Frauen auf und zu. Sie belehren ihn, beschimpfen ihn, demütigen ihn, bis es irgendwann keine verständlichen Sätze mehr sind. Ihre hohen Stimmen überlagern sich zu formlosem, hysterischem Weibergeplärr. Carsten hält sich die Ohren zu. Es tut weh. Er schließt die Augen.

Als Carsten wieder zu sich kommt, merkt er, dass Ulrike das Wohnzimmer verlassen hat. Er nimmt seine Hände von den Ohren, hört weder Inge noch Lissa, Ulrike, Sabine oder irgendeine andere jener Frauen, die gerade vor seinen Augen standen.

Aber er hört Margit.

Ihre Laute beschallen das ganze Haus: Es ist ein verzweifeltes Gewinsel, das regelmäßig anschwillt zu rohem, wildem Gebrüll.

Carsten geht die Treppe hinunter ins Erdgeschoss. Margits Zimmertür steht offen, also schaut er hinein.

Ulrike ist über ihre Mutter gebeugt, hält deren Arme fest. »Pssst. Alles gut, es ist alles gut«, flüstert sie.

Margit kämpft, versucht, die Arme zu lösen, den Oberkörper zu heben. Die braunen Augen weit aufgerissen, wirft sie den Kopf von einer Seite zur anderen. Das zerzauste weiße Haar zappelt auf dem Kissen. Dabei diese tierischen Laute, die nicht aus der Kehle kommen, sondern von viel weiter her. Aus den tiefsten Höhlen ihres ausgemergelten Körpers presst Margit diese Laute hervor.

Carsten wagt sich nur einen Schritt ins Zimmer hinein. »Brauchst du Hilfe?«, fragt er.

Margit jault auf, und Ulrike muss noch fester zupacken, um zu verhindern, dass ihre Mutter aus dem Bett fällt. Unübersehbar die Anspannung in ihren Armen. Ulrikes ganze Zähigkeit manifestiert sich in diesem Moment in ihren Armen. »Ich glaube nicht«, sagt sie über Margits Töne hinweg.

Carsten geht näher zum Bett. Margit ist ein schauerlicher Anblick. Sie beruhigt sich nicht.

»Soll ich den Notarzt rufen?«, fragt Carsten.

Unterdessen gelingt es Margit, sich aufzubäumen, den Oberkörper ein paar Zentimeter nach oben zu drücken. Margit spuckt Carsten ins Gesicht. Dann fällt sie zurück. Erschöpft hört sie auf, sich zu winden. Und wird ganz ruhig.

Carsten spürt den Speichel auf seinem Augenlid. Es ist nicht viel Speichel. Vor allem warme, feuchte Luft war es, mit der sie ihn bespuckt hat.

Der Moment dehnt sich, in dem Carsten realisiert, was Margit gerade getan hat. Das war kein Zufall, er war kein beliebiges Opfer einer dementen, bettlägerigen, alten Frau.

Ulrike hat denselben Gedanken. »Offenbar musste das raus«, sagt sie und lässt Margit los. Sie reicht Carsten ein Blatt Küchenpapier.

Er fährt sich damit übers Gesicht und fühlt sich trotzdem nicht sauber.

Für eine Weile bleibt es still zwischen den beiden. Nur Margits Gebrüll schwebt noch als Nachhall durch den Raum. Ganz langsam löst er sich auf.

»Deine Mutter hat recht: Ich bin ein Arschloch«, sagt Carsten schließlich.

Ulrike zuckt mit den Schultern, wie sie es oft tut. Dann knetet sie die Verkrampfung aus ihren Händen und beginnt, den Kopf ihrer Mutter zu streicheln; mit einer Zärtlichkeit, die mechanisch wirkt. Sie schaut Carsten nicht an, blickt versunken auf Margits aufgewühlte Bettdecke.

Carsten betrachtet Ulrikes Profil. Ihr Unterkiefer wirft einen müden Schatten auf den Hals. Ulrikes Lippen sieht man die Weichheit selbst von der Seite an. Und in den Ohrläppchen: die vier Löcher, die sie sich alle auf einmal stechen ließ, damals, als er jung und sie sogar noch ein bisschen jünger war – und schwanger von ihm, dem Hallodri.

Ob sie weiß, dass er es weiß?

Aber was weiß er denn schon? Nicht einmal, ob sie das Kind verloren oder abgetrieben hat, weiß er. Nur dass Margit getobt haben muss, das kann er sich denken.

Schon lange trägt Ulrike keine Ohrringe mehr. Bestimmt sind die Löcher zugewachsen. Verkrustete Jugendrelikte.

»Ja, meine Mutter hat recht«, sagt Ulrike plötzlich in die Stille hinein. »Was dich angeht, hatte sie immer recht.«

Ulrikes besonnen ausgesprochene Worte entfalten ihre Wirkung nicht sofort. Aber dann, nach ein paar Sekunden, fühlt Carsten sich mit einem Mal so, als hätte jemand einen Eimer Feuerquallen über ihn gekippt. Alles brennt.

»Tja, dann ... « Carsten klingt beleidigt, obwohl das nicht seine Absicht war. Er wollte traurig klingen, bedauernd, vielleicht sogar bereuend. Er hat die Kontrolle verloren, nicht nur über seine Stimme. Über alles hat er die Kontrolle verloren.

Er holt seinen Laptop aus dem Wohnzimmer, die Aktenordner. Und geht.

Nicht einmal jetzt, gegen Ende hin, zeigt sich das Leben nachgiebig oder sanft Inge gegenüber. Im Gegenteil: Es fährt seine gröbsten Geschütze auf. Aber was soll sie mit seinen Belehrungen denn nun noch anfangen?

Eben ist Carsten abgefahren. Wo wird er jetzt sein? Auf Höhe des Kuhstalls? Wahrscheinlich schon weiter.

Inge steht im Rahmen der Haustür, schaut die zwei Stufen hinab auf die leere Einfahrt und hält sich am Geländer fest.

Vorhin kam Carsten von Ulrike zurück und rannte hinauf in sein Zimmer. Inge ruhte ein wenig; der Termin mit der Gutachterin und dieser fürchterliche Streit saßen ihr in den Knochen. Hatte Carsten doch tatsächlich einen Farbtopf gegen die Hauswand geworfen! Dann bemerkte Inge die ungewöhnlich geschäftigen Geräusche im Kinderzimmer über ihr: Carsten lief auf und ab, zog Stecker heraus, öffnete den knarzenden Schrank. Konnte es sein, dass er packte? Inge musste an Jens denken: an diese Mischung aus Konzentration und Hast, mit der er seine Sachen zusammengesucht hatte, als er zur Armee ging, um anschließend nie wieder auch nur eine einzige Nacht zu Hause zu schlafen. Wo er die Wochenenden und seinen Urlaub verbrachte – Inge fragte besser nicht nach. Sie hatte nur regelmäßig angemerkt, wie enttäuscht sie darüber gewesen war, dass er sich kaum blicken ließ.

Carsten kam mit seinem Koffer die Treppe herunter. Inge war in der Zwischenzeit aufgestanden und stellte sich mit verschränkten Armen in den Flur. Er ignorierte sie. Sie guckte ihren Sohn herausfordernd an, aber er zog es durch; schenkte ihr keinerlei Beachtung. Carsten nahm seine Allwetterjacke von der Garderobe; der Bügel wackelte leer. Dann verließ er das Haus, ohne die Tür zuzumachen, als sei ihm klar, dass Inge ihm hinterherschauen würde. Sein Gang wirkte seltsam ruhig, resolut. Er legte sein Gepäck in den Kofferraum – zu den drei Aktenordnern von ihr, die bereits darin standen – und stieg ins Auto. Ehe er losfuhr, schaltete er das Radio ein. Und Inge wusste, dass es zu der Hoffnung, er würde auf halber Strecke umkehren, nicht den geringsten Anlass gab.

Inge steht noch immer am Hauseingang, als ihre Enkelin um die Ecke kommt. Lissa zieht sich die Kopfhörer aus den Ohren. Es scheint fast so, als könne sie Carstens Entschlossenheit riechen, die noch in der Luft liegt. Denn sie blickt auf die Stelle, an der bis eben Carstens Auto stand, und atmet tief ein. Sie ballt eine Hand zur Faust, um sie an ihrer kurzen Hose zu reiben. Aber mit einer Unbekümmertheit, wie sie nur junge Menschen an den Tag legen können, sagt sie dann: »Der kriegt sich schon wieder ein.«

Inge sagt nichts, weil jemand vorbeispaziert: Die Weinert Manja führt ihren Hund aus, einen Pudel, der läuft wie ein batteriebetriebenes Spielzeug. Was wird sie wohl über den Farbfleck an der Hauswand denken?

Inge grüßt die Nachbarin mit einem Nicken, darum bemüht, sich nichts anmerken zu lassen. Dann bückt sie sich sachte, hebt die Fußmatte auf und schlägt sie gegen die Hauswand. Staub steigt auf.

Lissa kommt zu ihr hinauf und nimmt ihr die Fußmatte ab, um sie noch fester gegen die Wand zu klatschen. »Man muss sich nur vorstellen, dass das Papa ist. Dann geht es viel besser«, sagt sie.

Die beiden gehen hinein, in die Küche.

»Er ist einfach weggefahren, ohne ein Wort. Seine Sachen hat er mitgenommen«, sagt Inge.

Lissa denkt laut darüber nach, ob ihr Vater sie vergessen oder absichtlich hiergelassen hat.

Die Antwort darauf ist Inge egal. Sie ist heilfroh, ihre Enkelin noch hier zu wissen.

»Trinkst du einen Eierlikör mit mir?«, fragt Inge. »Zur Beruhigung.«

»Wenn es sein muss«, sagt Lissa. »Seinen Whisky hat er mir ja wahrscheinlich nicht dagelassen; der wäre mir eigentlich lieber.«

Lissas Hände sind schmutzig und rau. Sie hat Lack an den Fingern und trägt ein grünes T-Shirt, so löchrig wie von Schnecken zerfressener Salat. Beim Trinken hält Lissa sich die Nase zu. Nur so schaffe sie es, den Eierlikör hinunterzukippen, erklärt sie.

Immer wieder sagt Inge: »Fährt der einfach weg. Ich kann das gar nicht glauben.« Darüber hinaus ist ihr nicht nach Reden zumute. Irgendwann, als der Schock sich gelegt hat, fängt sie an zu weinen.

Lissa streicht ihr über den Rücken.

Inge muss an die Farbkleckse an Lissas Händen denken und sorgt sich, sosehr sie diese Berührung gerade genießt, um ihre Bluse. »Deine Hände sind doch ganz dreckig.«

Lissa stößt einen Seufzer aus und wäscht sich die Hände am Spülbecken. »Ich bin übrigens fertig mit dem Streichen«, sagt sie. »Über Nacht müssen die Latten trocknen, aber morgen früh kann ich dir deine Bank wieder zusammensetzen.«

Ein bisschen muntert das Inge auf.

Lissas Handy brummt.

»Ist das Carsten?«, fragt Inge aufgeregt.

»Mal sehen.« Lissa zieht das Telefon aus der Hosentasche, überfliegt, verzieht das Gesicht.

»Musste ganz dringend nach Brüssel. Sorry. Melde mich morgen, ok? Papa«, liest sie vor.

»Was für ein Blödsinn«, raunt Lissa.

Und Inge sagt aufs Neue, den Kopf schüttelnd: »Ich kann das gar nicht glauben.«

Sie beschließen, gemeinsam fernzusehen. Normalerweise guckt Inge in ihrem Zimmer vom Sessel aus fern. Lissa dreht den Bildschirm nun so, dass sie gemeinsam im Bett sitzen und schauen können. Inge hört kaum zu, was gesprochen wird. Sie ist zu erschöpft und zu traurig, um sich zu konzentrieren. Aber sie findet es angenehm, die verschiedenen Stimmen zu hören; sie wirken betäubend.

Irgendwann steht Lissa auf und kommt mit geschmierten Broten zurück.

»Normalerweise wird in meinem Bett nicht gegessen«, sagt Inge. Sie hasst Krümel auf dem Laken; die jucken und kratzen in der Nacht.

»Heute ist aber nicht normalerweise«, entgegnet Lissa und setzt sich wieder zu ihr.

Dann essen sie vor dem Fernseher zu Abend und reden nicht. Nachrichten. Das Wetter. Eine Castingshow. Inge spürt, wie Lissa sie hin und wieder mitleidig von der Seite mustert. Es ist ihr nur recht. Sie findet, das steht ihr zu: Mitleid.

Und dann, ganz unerwartet, legt Lissa den Kopf auf Inges Schulter ab. Er ist schwer.

Inge kommt in den Sinn, dass das jetzt das letzte Mal sein könnte. Das letzte Mal, dass sie das Gewicht eines anderen Menschen auf ihrem Körper spürt. Der Kopf ihrer Enkelin so nah bei ihr.

Schon vor einiger Zeit hat sie angefangen, sich alles, was sie erlebt, als letztes Mal zu denken. Carsten hat ganz recht mit dem, was er vorhin im Garten zu Lissa gesagt hat: Sie hat keine Lust mehr.

Es ging schleichend und doch rasant: Jetzt fühlt sie sich *richtig alt.*

Einst riss sie an ihrem Küchenkalender abends immer ein Blatt ab, sodass der nächste Tag bereits angezeigt wurde. Seit sie aus dem Krankenhaus zurück ist, traut sie sich das nicht mehr. Inzwischen findet sie es vermessen, davon auszugehen, dass sie wieder aufwachen und den nächsten Morgen erleben wird.

Seine Mutter ist schuld daran, dass aus ihm ein Arschloch geworden ist. Sie hat ihm nicht gezeigt, wie das geht: fragen, nachhaken, reden, klären, aussprechen, sich entschuldigen. Das Wort, das Carsten am häufigsten nicht aus Inges Mund gehört hat, lautet: »Entschuldige!«

»Entschuldige bitte, dass ich dir nicht beigebracht habe, über Gefühle zu sprechen.«

»Entschuldige bitte, dass ich dich immer unter Druck setze, bedränge.«

»Entschuldige bitte, dass ich so streng zu dir bin. Und nicht warm oder herzlich oder einfühlsam.«

»Entschuldige bitte, dass ich dich und Jens gegeneinander ausgespielt habe.«

»Entschuldige bitte, dass ich dir meine Sturheit vererbt habe. Und meinen Egoismus.«

»Entschuldige bitte, dass ich zu keinerlei Kompromissen fähig bin.«

»Entschuldige bitte, dass mir mein Leben, nach meinen starren Vorstellungen, wichtiger ist, als dass es dir gut geht.«

Er wird es nie von ihr hören.

Und wieso überhaupt muss er mit seinen fünfundfünfzig Jahren noch mit seiner Mutter kämpfen? Hat die Medizin auch an die nachfolgenden Generationen gedacht, als sie beschloss,

Alte noch viel älter werden zu lassen? Wollen die Alten das überhaupt?

Carsten versucht, seine Gedanken an Munßig abzuschütteln. Es misslingt.

Nachdem er endlich einen Parkplatz gefunden hat, bleibt er noch eine Weile im Auto sitzen. Die Straßen rund um sein Haus sind voll, voller Autos, voller Menschen; ein schöner Sommerabend. Es ist noch hell. Der Asphalt strahlt die am Tag gespeicherte Wärme ab. Sie scheint direkt in die Beine zu gehen: so viele Leute unterwegs. Sommer in Berlin.

Carsten hält nach Radfahrern Ausschau. Vorsichtig öffnet er die Fahrertür. Die Schrammen an der Innenseite beginnen allmählich, ihn zu stören – nun, wo die Erleichterung darüber, dass der Radfahrerin nichts passiert ist, sich nicht mehr fühlen lässt. Er steigt aus, atmet tief ein. Seine Nase ist frei, das erste Mal seit Tagen ist sie frei und juckt nicht. Die Luft riecht nach Abgasen, sonnenerweichtem Teer, Zigaretten und blumigen Frauenparfüms. Sie riecht nach Stadt, und das Klirren aneinanderstoßender Bierflaschen durchweht sie. Diese Weite hat Carsten gefehlt! Diese Weite, die sich aus der Enge, dem Beieinandersein so vieler Menschen, ergibt. Eine Atmosphäre, die Carsten in diesem Moment so guttut wie die erste Dusche nach zwei Wochen Zeltlager. Hier ist er einer unter Millionen, irgendeiner mit irgendeinem Job, irgendeinem Auto und irgendeiner Kindheitsgeschichte. Hier ist er nicht der Ruck Carsten, der seinen Bruder gequält und die Nachtwey Ulrike geschwängert und mit der Sache alleingelassen hat. Nicht der Ruck Carsten, dem die Frau davongelaufen ist. Und nicht der arrogante Städter, der seiner einsamen Mutter nicht mal den Rasen mäht.

Carsten bringt seine Sachen in die Wohnung und macht sich frisch. Er trimmt die Haare, die aus den Nasenlöchern und auf den Ohrläppchen wachsen, als versuche die Evolution an Männern ab vierzig einen Schritt rückwärts zu tun. Dann geht er hinunter in seine Stammkneipe. Draußen ist alles besetzt, also setzt er sich hinein, an die Bar. Der Wirt klopft ihm zur Begrüßung auf die Schulter. Sonst ist niemand da, den er kennt, nur Touristen. Ungefragt bekommt Carsten einen Whisky. Ihm tut der Kopf weh.

In der Nacht träumt er von einer Dienstreise nach Brüssel:

Spätabends kommt er an, checkt ein. Wie sehr er Hotels doch liebt! Die gemangelte Bettwäsche. Das fest gespannte Laken. Die frischen Handtücher. Das Flüchtige jeder Begegnung; im Fahrstuhl, auf dem Gang. Der dicke Teppich, der Geräusche dämpft und sich so weich anfühlt unter den Füßen, nachdem man den ganzen Tag unterwegs war.

Carsten beschließt, einen Absacker zu trinken, bevor er zu Bett geht. Er passiert die Schwingtür zwischen Empfang und Hotelbar: Lounge-Musik. Sepia-schummriges Licht. Gesalzene Erdnüsse in dreieckigen Schälchen.

Auf einem surreal langen Barhocker am Tresen sieht er seine Chefin. Sie trinkt einen Gin Tonic. Erst als er auf sie zugeht, fällt ihm auf, dass Cosima neben ihr sitzt, seine Kollegin. Was macht die denn hier? Cosima sieht jung aus, zu jung, um ernst genommen zu werden. Sie trägt das gleiche olle Brillenmodell wie Lissa.

Die Frauen begrüßen ihn von ihren Barhockern herab.

Carsten ist kleiner als sonst, seine Nackenhaut faltet sich beim Hochschauen. »Hallo, die Damen!«, sagt er und senkt den Kopf wieder auf die Höhe ihrer Oberschenkel, ihrer Schöße. Aus Cosimas Hosentasche hängt der Zimmerschlüssel; die Nummer so deutlich sichtbar, als sei es Absicht. Cosima hat das Zimmer neben ihm.

Seine Chefin fragt: »Na, Carsten, hat dir deine Mutter denn erlaubt, so spät noch wach zu sein?« Höhnisch lacht sie auf.

Cosima schließt sich ihr an.

Danach ignorieren sie ihn und reden weiter unter sich.

Carsten verabschiedet sich, ohne beachtet zu werden, und kehrt in sein Zimmer zurück.

Tief in der Nacht dringen Sexgeräusche von nebenan zu ihm. Cosima! Eindeutig! Entweder hat sie jemanden aufgerissen, oder sie treibt es gerade mit der Chefin. Carsten versucht hinwegzuschlafen über das erregte Stöhnen und das »Ja! Ja!« und das »Weiter! Weiter!«. Und dann denkt er, vielleicht hat Lissa recht, und seine Zeit ist schlichtweg vorbei.

Am nächsten Morgen fühlt er sich schlapp wie eine Pflanze, die nach dem Umtopfen vergessen wurde zu gießen.

Von einem Knattern und Rattern wird Lissa geweckt. IM mäht den Rasen, wie er es angekündigt hat. Nur von der Uhrzeit, zu der er das tun wird, hat er nichts gesagt. Gnadenlos, dieser Typ, denkt Lissa. Der und sein Rasenmäher.

Sie liegt seitlich auf dem Sofa, drückt sich das Kissen aufs Ohr. Aber sie merkt schnell: Der Rasenmäher ist zu laut und sie selbst zu wach, um noch mal einzudösen.

Lissa nimmt ihr Handy. Erst kurz nach sieben. Zum wiederholten Male liest Lissa die Nachricht ihres Vaters. Auch sie kann nicht glauben, dass er einfach abgehauen ist. Ohne sie. Und dann auch noch diese dreiste Brüssel-Ausrede! Geantwortet hat sie ihm darauf nicht, nicht einmal mit einer toten Schildkröte.

Er hätte ihr doch sagen können, dass er nicht mehr kann, dass er eine Pause braucht, um nicht völlig auszuflippen. Von dem Gedanken, mit Oma allein gelassen zu werden, wäre sie nicht begeistert gewesen, klar, aber ihrem Vater zuliebe hätte sie es für ein paar Tage akzeptiert. Um ihm zu helfen.

Diese wortlose Flucht gestern – die hat ihr Angst gemacht. Sie musste sich Mühe geben, das zu verbergen, ruhig zu bleiben. Sonst hätte Inge bestimmt die Nerven verloren. In der Nacht hat Lissa sich die linke Hand blutig gekratzt. Am Polster des Sofas, auf dem sie schläft. Es hat sich noch nicht einmal Schorf bilden können, weil sie immer wieder aufs Neue kratzt. Es war keine gute Nacht. Und ihre Oma musste dreimal aufs Klo.

In Gedanken zählt Lissa sämtliche Rettungsanker auf: Sie kann Ulrike um Hilfe bitten und Jutta und zur Not auch Ingmar; so schlimm ist der nämlich gar nicht. Man muss ihn nur zu nehmen wissen. Wenigstens ist er berechenbar. Und ihre Mutter kann sie natürlich auch anrufen. Aber ein komisches Gefühl ist das trotzdem: in einem Dorf zu hocken, aus dem kein Bus herausfährt.

Lissa scrollt die Fotos durch, die ihre Mutter in den vergangenen Tagen geschickt hat: die Eingangstür (mit Spion) des Backsteinhauses, Nahaufnahmen von Türklinken, Badfliesen, Dielenböden, schwarzen Bakelit-Lichtschaltern, rissigen Holzfensterrahmen, von denen die Farbe abblättert, und einem Molch unter einem Asthaufen. Außerdem: der starke Thom mit einer Heckenschere. Und ein Selfie von Sabine, ihrer Insta-Mom; im Hintergrund: das Ortsschild. Ihre Mutter sieht glücklich aus auf dem Bild, denkt Lissa, und irgendwie kann sie es ihr in diesem Moment sogar gönnen.

Eine neue Mitteilung reißt sie aus ihren Gedanken. Die Nummer ist nicht eingespeichert, trotzdem erkennt Lissa sie sofort. Sie öffnet die Nachricht. Sie ist lang. Am Ende sein übliches Y. Dazwischen liest sie »Berlin« und »vielleicht«, und dann wird der Bildschirm schwarz, noch ehe sie genau gelesen hat, was dasteht. Der Akku ist leer. Lissas Herz pocht wild. Sie denkt daran, dass es im Englischen »gutes Glück« und »schlechtes Glück« gibt, »good luck« und »bad luck«, und fragt sich, ob dieser schwarze Bildschirm noch »bad luck« ist – oder schon Pech? Sofort steht sie auf, um ihr Telefon im Nachbarzimmer an Carstens Netzteil zu stecken. Reine Gewohnheit. Während der paar Schritte dorthin dämmert ihr schon, dass es sinnlos ist. Natürlich hat er sein Ladegerät mitgenommen.

Verdammte Scheiße!

In diesem Augenblick ist das für sie das Schlimmste daran,

dass sich ihr Vater aus dem Staub gemacht hat: dass sie Yanns Nachricht nicht lesen kann. Will er sie treffen? Kommt er nach Berlin? Oder ist er jetzt gerade dort, nur für ein, zwei Tage, während sie festsitzt in diesem Kaff? Lissa versucht zu rekapitulieren, was ihre Augen überflogen haben, bevor das Telefon ausging. Zu immer neuen Konstellationen setzt sie Wörter zusammen. Doch sosehr sie auch grübelt: Sie weiß nicht genau, was Yann geschrieben hat. Und das hält sie nicht aus.

Ihr fällt ein, dass sie Ulrike fragen könnte. Vielleicht hat die ein passendes Netzeil, so viel Elektroschrott, wie bei Meike und Maren herumliegt. Ulrike ist immer früh wach; da kann sie bestimmt jetzt schon klingeln. Lissa zieht sich an, trinkt ein Glas Leitungswasser, putzt die Zähne. Oma Inge liegt noch im Bett, trotz des Rasenmäherlärms.

Gerade macht sich IM hinter dem Haus zu schaffen. Lissa begegnet ihm nicht, als sie nach draußen tritt. Beim Überqueren der Scheffelstraße stößt ihr die Nervosität, die kurz abgeflaut war, wieder auf. Ist sie jetzt aufgeregt, weil sie zu Ulrike geht? Oder wegen Yann? Er hat sie verlassen, ganz feige verlassen. Es ist vollkommen unangemessen, dass sie gerade, verzweifelt wie ein Junkie, versucht, Strom für ihr Telefon zu bekommen, nur um seine Nachricht lesen zu können. Sie weiß das. Und kann trotzdem nicht anders.

»Nachtwey«, so ein schöner Name! Die auf dem Rasen herumliegenden Roller, Dreiräder und Spielautos erinnern Lissa an ein Verbrechen. Auf einem Foto würde diese Szenerie wie ein Tatort wirken, von dem Kinder verschwunden sind, die ernst und gedankenversunken und glücklich am Spielen waren. Vielleicht räumt Ulrike die Sachen deshalb nicht weg: weil sie sich an die Zeit erinnern möchte, bevor Maren und Meike aus ihrer Kindheit entführt wurden.

Nun wächst Gras darüber.

Lissa holt tief Luft, ehe sie auf die Klingel drückt. Bald darauf hört sie Schritte. Ulrike schiebt die Gardine an der Innenseite der Tür zurück, sieht Lissa und macht auf.

»Hi! Sorry für die frühe Störung«, sagt Lissa und sprudelt los. »Falls du es noch nicht weißt: Papa hat gestern die Biege gemacht und alles mitgenommen.« Lissa erzählt, und während sie erzählt, hört sie Margit im Hintergrund. Das Wimmern, das Lissa von ihrem Besuch neulich schon kennt.

Ulrike sieht müde aus, ihre Haut wirkt großporig und gelb, um die Augen herum sogar bräunlich. Vielleicht war sie die ganze Nacht wach? Sie scheint Lissa kaum zuzuhören. Eine Hälfte ihres Körpers, die größere Hälfte, wendet sich nach innen, in Richtung Margits Zimmer.

»Also«, schließt Lissa, »hast du zufällig ein Ladegerät hierfür?« Sie hält ihr Telefon hoch.

An ihrem Blick merkt Lissa, dass Ulrike ihr nicht nur kaum zugehört hat, sondern gar nicht.

Ulrike schaut zerstreut, sogar ein bisschen genervt. »Lissa, ich glaube, meine Mutter verabschiedet sich gerade. Könnt ihr Rucks euch zur Abwechslung einmal selber helfen?«

Ulrike spricht so kühl, dass Lissa sich zu schämen beginnt. »Oh, okay, falscher Moment. Tut mir leid.« Sie dreht sich um, hört, wie Ulrike die Tür zumacht und den Schlüssel im Schloss zweimal dreht.

Mit diesem Geräusch bohrt sich die Demütigung in Lissas Bewusstsein. Wieso hat Ulrike überhaupt aufgemacht, wenn sie niemanden sehen will?, ärgert sich Lissa. Und dann beginnt sie sich zu fragen, was sie die ganze Zeit so toll fand an Ulrike. Tat sie ihr vielleicht einfach leid für den ganzen Care-Scheiß, den sie machen muss, und Lissa meinte, wenn sie sich in sie verknalle, sich in diese müde Frau verknalle, dann spende sie ihr auf unsichtbare Weise etwas Trost? »Trost spenden« – wie abgedroschen das klingt! Und wie falsch! Als besitze jede*r bloß einen gewissen Vorrat an Trost, von dem sie oder er entweder etwas abgeben kann oder alles für sich behalten. »Trost« – so ein langes O!

IM ist fertig. Man sieht die Zufriedenheit über sein so früh schon abgeleistetes Tagwerk an seinem Gang. Er schiebt den Rasenmäher auf sein Grundstück zurück, tippt sich, als er Lissa sieht, mit Zeige- und Mittelfinger an die Schläfe; der Altmännergruß.

Lissa ruft, dass es für Insekten und andere Tiere besser wäre, Gras nicht zu kappen.

Ingmar signalisiert, nichts zu verstehen, indem er sich eine gewölbte Hand ans Ohr hält.

Lissa wiederholt ihren ökologischen Einwand.

Ingmar winkt ab. »Ja, ja, schreib's mir doch auf einen Zettel. Ihr könnt froh sein, dass ich das hier mache!«, sagt er. Und dann ruft er noch, ehe er mit seinem Rasenmäher in der Garage verschwindet: »Wo steckt eigentlich dein alter Herr? Mit dem würde ich gerne mal über deine fehlgeschlagene Erziehung sprechen.«

»In Brüssel«, sagt Lissa leise vor sich hin.

Die gepflasterte Einfahrt vor dem Haus wirkt in ihrer Leere plötzlich bedrohlich. Lissa geht schnell hinein. Dann zieht sie den Stecker von Inges Festnetztelefon aus der Buchse. Wenn Carsten sie nicht erreichen kann, so ihre Überlegung, wird er sich früher oder später Sorgen machen und gezwungen fühlen herzukommen. Trotzdem: Bis sie wieder in Berlin ist, ist Yann wahrscheinlich längst weg. Lissa hat ihre Bücher dabei, klar. Aber ohne Handy fühlt sie sich komplett abgeschnitten. Keine

Nachrichten, keine Podcasts, keine Musik. Nur ihre Großmutter, die gerade aufgestanden ist und sich, noch im gesteppten Morgenmantel, bei Lissa erkundigt, ob sie die Bank zusammengeschraubt hat.

Carsten hat Inges Finanzunterlagen mit ins Büro genommen. Hier will er sie durchsehen und gleichzeitig Präsenz zeigen. Viel ist allerdings nicht los, etliche Kollegen sind im Sommerurlaub.

Seine Mutter bekommt ihre Kontoauszüge per Post. Carsten wundert, dass die Bank so was überhaupt noch macht. Immerhin hat Inge sämtliche Auszüge sorgfältig abgeheftet, aber offenbar, ohne je einen Blick darauf zu werfen. Schnell fällt ihm auf, dass jeden Monat Geld für eine Rechtsschutzversicherung seines Vaters abgebucht wird. Carsten hat vergessen, seinen Vater dort abzumelden. Dabei verschickte er damals gefühlt Hunderte Kopien der Sterbeurkunde. Wenn sie Glück haben, kriegen sie das Geld rückwirkend bis zu Richards Tod zurück. Auf jeden Fall lässt sich der Betrag ab sofort sparen.

Froh über diese Entdeckung, lässt sich Carsten in der Kaffeeküche einen Espresso ein. Aus der Kapsel. Er trinkt ihn, genießt den kleinen Kick mit geschlossenen Augen. Als er sie wieder aufmacht, steht seine Chefin in der Tür. Vor Smyrna hat sie in der Modebranche gearbeitet. Sie trägt eine helle Chiffonbluse – ihr BH schimmert durch –, dazu einen schwarzen Lederrock. Der Traum von vergangener Nacht stößt ihm sauer auf.

»Ich wusste gar nicht, dass du heute kommst«, sagt sie und bittet ihn, in einer halben Stunde in ihr Büro zu kommen.

In der Zwischenzeit trinkt Carsten einen weiteren Kaffee, überfliegt seine E-Mails und versucht, Lissa anzurufen. Bestimmt ist sie sauer, nein, natürlich ist sie sauer. Er will sie besänftigen, ihr sagen, dass er übermorgen zurück sein wird. Als Hintergrundgeräusch lässt er einen belgischen Radiosender leise aus dem Computer laufen. Aber Lissa hat ihr Handy ausgeschaltet. Es geht nur die Mailbox ran. Er spricht aufs Band.

Dann macht er sich auf zu seinem Termin. Im Büro der Chefin riecht es nach Rosen und Jasmin; ein Flakon mit Duftstäbchen steht auf dem Aktenschrank. Die Chefin telefoniert, nickt Carsten zu und deutet auf die Sitzecke. Er nimmt in einem der Drehsessel Platz. Sie lässt ihn noch einige Minuten warten, ehe sie ihr – nicht sonderlich dringendes, wie Carsten heraushört – Telefonat beendet. Dann kommt sie zu ihm herüber und lehnt sich, halb stehend, halb sitzend, an die Fensterbank, sodass ihr Kopf höher ist als seiner, was nichts Gutes verheißt. Carsten denkt abermals an seinen demütigenden Traum zurück.

Hätte er in den vergangenen zwei Wochen nicht wegen seiner Mutter in Munßig festgesessen, hätte Carsten die Chance gehabt, die anstehenden Umbrüche zu wittern. Aber nun fällt er aus allen Wolken: Die Chefin berichtet, sie habe Cosima gebeten, parallel zu ihm, ein Konzept für Smyrnas grünen Imagewandel auszuarbeiten. Cosimas Ansatz sei »um Längen innovativer und frischer« als Carstens, der ja kaum mehr beinhalte als eine Farbänderung des Logos.

Carsten will einhaken, aber die Chefin nimmt ihre Hand abwehrend nach oben. Weiter erklärt sie, dass Cosima die Marketingleitung übernehmen wird.

Carsten denkt: Die beiden treiben es tatsächlich miteinander.

Cosima, so die Chefin weiter, sei bereit, ihn in ihr neues Team aufzunehmen. Es stehe ihm aber natürlich frei, sich nach etwas anderem umzusehen. Wenn die EU doch mit ihrem Folienverbot komme, müssten ohnehin Stellen gestrichen werden.

Carsten könnte jetzt zetern. Könnte aufstehen, schreien, kämpfen. Könnte der Chefin an den Kopf knallen, dass sie lieber wieder Röcke verkaufen solle. Dass sie gerade einmal zwei Monate hier arbeitet, während er das Unternehmen in- und auswendig kennt, seit siebzehn Jahren! Dass sie es war, die das Logo grün haben wollte und alle anderen seiner Vorschläge zerredet hat! Und dass er, verdammt noch mal, mit seiner Mutter beschäftigt und deshalb nicht ganz bei der Sache war! Er kann mehr. Er hatte nur keine Zeit, das zu zeigen.

Stattdessen bleibt er ruhig im Sessel sitzen, bemüht, dessen Drehmechanismus nicht zu nutzen, nicht nach links und rechts zu schwenken, was ihm als Nervosität ausgelegt werden könnte. Denn er ist nicht nervös. Er fühlt sich seltsam unberührt. Das hier ist schon länger nicht mehr sein Leben, sondern eines, das jemand anderes für ihn schreibt.

Wie Cosimas beeindruckendes Konzept denn aussehe, fragt er bloß. Aber es interessiert ihn gar nicht. Wahrscheinlich schreibt sie mit ihrer Mädchenhandschrift »sonnige Grüße« auf die Verpackung; der I-Punkt ein Herz.

Die Chefin zieht ihre rechte Augenbraue hoch und meint, einweihen werde sie ihn nur, wenn er tatsächlich vorhabe zu bleiben. Er solle nachdenken.

Nachdenken – als täte er das nicht ohnehin die ganze Zeit.

Natürlich wird er nicht sofort kündigen. Schon allein, um nicht denken zu müssen, jetzt, ohne Job, könnte er genauso gut in Munßig wohnen; bei seiner Mutter. Außerdem braucht er das Geld, und auf die Bewerbungstrainings vom Arbeitsamt hat er keine Lust.

Den restlichen Tag im Büro verbringt Carsten damit, sämtliche E-Mails zu lesen, die er je von Cosima erhalten hat, um sich erneut von ihrer Unfähigkeit zu überzeugen. Dieses Huhn setzt kaum Kommas, dafür umso mehr Deppenapostrophe und Zwinkersmileys. Und ihre Wettergrußformeln am Schluss sind einfach nur dämlich.

Dazwischen trinkt Carsten Kaffee und versucht erfolglos, mit Lissa zu telefonieren. Irgendwann wählt er Inges Festnetznummer. Der Anschluss ist tot. Das ist Absicht, denkt er. Die haben den Stecker gezogen, damit er sich Sorgen macht. Aber er muss sagen: Es funktioniert. Er stellt sich Inges Haus in Flammen vor. Ermahnt er sich nicht rechtzeitig, werden vor seinem inneren Auge erst Inges Füße schwarz, bevor schließlich auch Lissas verbrennen.

Zunächst traut er sich nicht, Ulrike anzurufen, um sie zu bitten, für ihn nach dem Rechten zu sehen. Doch weil er Inge und Lissa am späten Nachmittag noch immer nicht erreicht hat, versucht er es bei ihr. Auch sie geht nicht ran. Wahrscheinlich wird sie nie wieder rangehen, wenn sie seine Nummer sieht.

Obwohl er im Grunde nicht daran zweifelt, dass es seiner

Mutter und Tochter gut geht, findet er keine Ruhe. Gegen siebzehn Uhr gibt er sich geschlagen, schreibt Lissa eine Nachricht, für den Fall, dass sie ihr Handy doch einschaltet – »Bin unterwegs zu euch!« –, und fährt los.

An einer Ampel wartend, meint er, in der Ferne die Radfahrerin zu sehen, die gegen seine Tür geknallt ist. Eilig schüttelt Carsten den Kopf über sich selbst. Das kann nicht sein. Er weiß doch überhaupt nicht, wie die Frau aussah. Nach dem Unfall stand er unter Schock. Er könnte sie nicht beschreiben. Dann denkt Carsten: Würde mich nicht wundern, wenn die jetzt doch noch mit einer Schadensersatzforderung um die Ecke käme; so, wie es bei mir gerade läuft.

Bevor er die Stadt verlässt, macht Carsten an einem Sanitätshaus halt und kauft einen Toilettenstuhl für Inge. Er verzichtet auf die ausführliche Beratung, entscheidet sich für das meistgekaufte Modell und verlangt eine Quittung für die Versicherung. Dann stellt er die Musik im Auto laut, gibt Gas, überholt jedes Auto, auch wenn es mit der erlaubten Höchstgeschwindigkeit fährt. Eng liegt die Landstraße zwischen die Bäume gequetscht. Mitunter vergisst er für ein paar Sekunden, dass er sich einen neuen Job wird suchen müssen – und dass das in seinem Alter nicht die einfachste Challenge wird. Mit fünfundfünfzig gehört er auf dem Arbeitsmarkt doch zum alten Eisen, obwohl es nicht unwahrscheinlich ist, dass er über achtzig wird.

Es ist noch hell. Aber die Tage sind schon wieder kürzer. Bis zur Sommersonnenwende liegt immer diese wilde, vibrierende Aufregung in der Luft, die selbst Carsten noch spürt, obwohl sie für junge Leute gedacht ist. Diese Spannung: Was wird der Sommer bringen? Welche Party, nach der man im Morgengrauen bei Vogelgezwitscher nach Hause wankt? Welchen Kuss am

Strand? Welchen Namen im Sand? Welche Liebe? Und dann kommt er, dieser längste Tag, dieser 20., 21. oder 22. Juni, und alle Aufregung erlahmt. Schon bald wird der Sommer träge, das Jahr sackt ab. Die Straßen werden schwarz und kalt und nass, manchmal rutschig vor Laub. Es geht immer zu schnell. Schon muss er wieder in die Werkstatt, die Winterreifen aufziehen lassen.

Carstens Telefon klingelt. Weder Lissa noch Inge, leider. Es ist Sabine.

»Auch das noch«, sagt Carsten zu sich. Sabine ruft nur an, wenn sie etwas will. Er sollte nicht rangehen, nicht heute, nicht in seiner Gemütslage. Allerdings hat sie vielleicht etwas von Lissa gehört. Also stellt er die Musik aus und nimmt das Telefonat an. Durch die Freisprechanlage beschallt Sabines Stimme das Auto.

»Hi, störe ich?«

»Nein.«

»Wo bist du?«

»Im Auto.«

»Bist du nicht in Munßig?«

»Ich musste rasch nach Brüssel.«

»Du hast Lissa mit der Giftspritze allein gelassen?«

Sabine hat also nichts von Lissa gehört.

Sabine nennt Inge ausschließlich »Giftspritze«. Carsten stört das, weil er dieses Wort als einen an ihn gerichteten Vorwurf versteht. Seine Mutter hat er sich ja nicht ausgesucht. Außerdem findet er, eine derartige Abwertung Inges steht nur ihm zu. Und Jens.

Früher war es Sabine nicht einmal recht, wenn Lissa ein paar Tage in Munßig verbrachte. Doch ihre Erschöpfung vom Alltag mit Kind wog am Ende schwerer. Deshalb ließ sie Lissa gehen.

»Sie kommt ganz gut klar mit der ›Giftspritze‹«, sagt er. »Ich bin gerade auf dem Weg zurück zu ihnen.«

»Und? Gibt's was Neues aus Brüssel?«, fragt Sabine provokant.

»Nein, wieso?«

»Nur so. Wenn du im Auto sitzt, hast du doch gerade Zeit, oder?«

»Wieso?«

»Weil ich etwas mit dir besprechen möchte.«

»Ich bin gespannt.«

»Zu Recht!«, sagt Sabine. Und dann: »Ich bin schwanger.«

»Was? Wie ging das denn?«, platzt es aus Carsten heraus.

»Das muss ich *dir* ja wohl nicht erklären.«

»Aber Thom kann doch gar nicht.«

»Du bist ja bestens informiert.«

»Er hat sich sterilisieren lassen. Lissa hat mir das erzählt.«

»Aha, interessant, worüber ihr euch unterhaltet«, sagt Sabine schnippisch und erklärt, dass die durchtrennten Samenleiter in sehr, sehr seltenen Fällen wieder zusammenwachsen können. Genau das sei bei Thom passiert. Dies sowie die Tatsache, dass sie in ihrem Alter noch schwanger geworden sei, sei für sie ein Beweis dafür, dass dieses Kind unbedingt auf die Welt kommen wolle. Es habe einen Weg zu ihr gefunden, den es eigentlich gar nicht gab.

»Meinen Unterhalt verwendest du aber bitte nur für Lissa«, sagt Carsten.

»Natürlich«, erwidert Sabine. Carsten hört ihr den Versuch an, verständnisvoll zu klingen.

»Na dann, herzlichen Glückwunsch«, fällt es ihm schließlich ein zu sagen. »Unglaublich! Bekommt Lissa also ein Geschwisterchen, ein Halbgeschwisterchen!«

Gleich erreicht Carsten die Kuppe, an der er, wenn Lissa dabei ist, immer beschleunigt und laut »Olé, olé!« ruft. Lissa tut dann so, als sei es ihr peinlich, dabei mag sie die Stelle noch immer.

»Wegen Lissa rufe ich auch an«, sagt Sabine ernst.

Carsten weiß, jetzt kommt nichts Gutes. Er hätte wirklich nicht ans Telefon gehen sollen.

Sabine und Thom möchten, dass ihr Baby von Anfang an in ihrem neuen Haus auf dem Land aufwächst. Die dreckige Luft Berlins solle es gar nicht erst einatmen müssen. Deshalb würden sie Ende des Jahres dorthin ziehen und den Umbau nach und nach bewerkstelligen, während sie bereits dort wohnten.

»Und Lissa?«, fragt Carsten. »Die kriegst du aus Berlin nicht weg.«

»Du sagst es«, ruft Sabine aus. »Deshalb wäre es das Beste, sie zieht zu dir.«

»Spinnst du«, entfährt es Carsten. »Nur weil du noch ein Baby kriegst, kannst du Lissa doch nicht abschieben. Wie egoistisch ist das denn?«

»Erzähl du mir bitte nichts über Egoismus«, faucht Sabine. »Ich schiebe sie nicht ab. Ich weiß einfach, dass sie in Berlin bleiben will. Aber für mich und Thom beginnt jetzt ein neues Leben. Ich hatte Lissa all die Jahre. Jetzt bist du dran. Es dauert ohnehin nicht mehr lange, bis sie mit der Schule fertig ist. Es sind die letzten Meter. Das schaffst du.«

»Das geht aber nicht«, sagt Carsten. Und aus lauter Verzweiflung, weil ihm nichts anderes einfällt, fügt er hinzu: »Ich wollte gerade mit meiner Freundin zusammenziehen.«

»Ach, red doch keinen Scheiß, Carsten. Du hast keine Freundin, höchstens ein paar Bumstussis.«

»Doch, habe ich«, beharrt Carsten. Überdies müsse er sich um seine Mutter kümmern.

»Wunderbar, jetzt schiebst du wieder deine Mutter vor!«

»Sabine, ich habe hier kaum Empfang«, sagt Carsten nun laut. »Ich höre dich nur noch ganz schlecht. Wir müssen das ein andermal besprechen.« Dann legt er auf.

»Scheißweiber!«, brüllt er. »Verdammte Scheißweiber!«

Das kann sie doch nicht ernsthaft verlangen! Dabei weiß Carsten genau: Sabine zieht durch, was sie sich vornimmt. Wahrscheinlich würde sie sogar das Türschloss austauschen, wenn sie der Meinung ist, ihre Tochter soll jetzt nicht mehr bei ihr leben, sondern anderswo. Mit Carsten hat sie das damals genauso gemacht.

Er will die Familienkutsche überholen, die schon länger vor ihm tuckert, und lenkt auf die Gegenspur. Als Carsten auf der Höhe des anderen Autos ist, beschleunigt der Fahrer. Ein Mann, etwas jünger als Carsten. Er lässt Carsten nicht vorbei. Mit hundertdreißig Kilometern pro Stunde rasen sie nebeneinanderher. Dann erscheint ein Auto auf der Gegenspur, ein Elektroauto. Carsten bremst und zieht hinter der Familienkutsche wieder nach rechts. Sein Herz pocht. Das war knapp. Noch lange hupt das Auto aus der Gegenrichtung in die verblassende Ferne.

Carsten hat das Hupen noch im Ohr, während er, sein wütendes Tempo drosselnd, das Munßiger Ortsschild passiert und Frau Dr. Konzacks schauriges Haus.

In Juttas Vorgarten steht ein amerikanisches *For Sale*-Schild. Mit Jutta wird die letzte frohsinnige Seele dieses Dorf verlassen, denkt er.

Ulrike sitzt nicht vor ihrer Tür und raucht. Ein bisschen hatte er es gehofft. Er würde gerne mit ihr über Juttas *For Sale*-Schild schmunzeln, das albern und fremd wirkt in Munßig und noch dazu an einen Galgen erinnert. Und über seine Chefin lästern. Und über die heilige Sabine, die mit Ende vierzig von einem sterilisierten Mann ein Wunderkind erwartet. Es wurmt ihn, auch wenn er es nie zugeben würde, dass Sabine unter diesen Umständen schwanger geworden ist. Bei ihnen beiden dauerte es damals Jahre, was Sabine später als ein »Warnzeichen« bezeichnete, das sie hätte ernst nehmen sollen. Ein Warnzeichen, dass sie nicht zueinander passten. So ihre Deutung im Nachhinein. Davor, als sie es versuchten und versuchten, als Sabine ihm sagte, an welchen Tagen und zu welchen Uhrzeiten er mit ihr zu schlafen habe – Wie oft trafen sie sich dafür in der Mittagspause? Wie oft entschuldigte er sich auf der Arbeit für einen »externen Termin«? –, warf sie ihm vor, es nicht genug zu wollen. Und obwohl Carsten alles andere als esoterisch tickt, kam ihm Sabines Erklärung plausibel vor. Er wünschte sich kein Kind. Er tat das für Sabine, und je dicker dann, als es schließlich geklappt hatte, ihr Bauch wurde, umso flacher wurde seine Atmung. Als würde das größer werdende Baby, als würde die größer werdende Lissa auch sein Zwerchfell nach oben drücken, nicht nur Sabines, sondern auch seiner Lunge den Platz nehmen.

Inges Haus steht noch, stellt er erleichtert fest. Es ist nicht abgebrannt oder eingestürzt, scheinbar auch nicht von Geiselnehmern besetzt.

Als er in der Einfahrt parkt, sieht er auch schon, wie sich die Tür öffnet und Lissa auf ihn zugerannt kommt. Er betrachtet seine Tochter intensiver als sonst, nun, da er weiß, dass er sie bald viel mehr um sich haben wird. Carsten sieht sie bereits sämtliche seiner Kühlschrankfächer mit veganen Brotaufstrichen befüllen. Rote Bete, Paprika, Kichererbse, Kürbis. Und im Bad wird nur noch raues graues Recycling-Klopapier erlaubt sein.

»Hast du dein Netzteil dabei?«, ruft Lissa und macht den Kofferraum auf.

»Hallo erst mal!«, sagt Carsten. »In meiner Laptoptasche müsste es sein.«

Lissa zieht es heraus.

»Deine Mutter kriegt übrigens ein Baby«, erzählt Carsten, wohl wissend, dass Sabine das ihrer Tochter selbst mitteilen wollte. Aber seine Wut auf Sabine ist noch zu frisch. Ihre Pläne zu durchkreuzen, liegt näher, als sie zu respektieren.

»Quatsch, Thomas Andreas Schmidt kann doch gar nicht«, sagt Lissa und rennt ins Haus zurück. Wie ein richtiger Teenie. Wie ein richtiger Teenie, der ohne sein Handy nicht kann. So hat er sie noch nie erlebt. War also bloß ihr Akku leer.

Carsten bleibt einen Moment vor dem offenen Hinterteil des Wagens stehen. Er schaut in Ulrikes Richtung; nur bringt sie das einander auch nicht wieder näher. Nie könnte er das: Ulrike fragen, wie das damals für sie war. Was überhaupt passiert ist. Nie könnte er das.

Dann geht er ums Haus. Mit geschlossenen Augen thront seine Mutter auf der frisch gestrichenen lilafarbenen Bank. Ein Schwarm Nachtmücken zittert über ihrem Kopf; die Krone.

Sonne scheint keine mehr. Das Dorf dunkelt ein.

»Das ging ja schnell in Brüssel«, sagt Inge.

»Ich habe dir einen Toilettenstuhl gekauft«, erklärt Carsten. »Ich werde heute Nacht nicht aufstehen.«

»So etwas benutze ich nicht. Das kannst du vergessen«, entgegnet Inge.

Im Schneidersitz sitzt Lissa auf dem Boden. Vor ihr liegt das Handy und lädt. Das Kabel, verbunden mit der Steckdose, sieht aus wie eine Nabelschnur, denkt Lissa, ein Nabelkabel.

Noch ist der Bildschirm schwarz. Angespannt starrt Lissa darauf, wartet. Wartet auf ein Leuchten. Da ist es! Nun muss sie ihre PIN eingeben, damit der Geist endlich rauskann aus der Flasche. Was hat Yann geschrieben?

Er fragt tatsächlich, ob sie Lust habe, ihn zu treffen. Er würde sie gerne sehen.

Lissa lässt sich nach hinten fallen. Im Liegen liest sie seine Nachricht wieder und wieder. Seine Buchstaben unter ihren Displayscherben.

Dass ihm irgendetwas leidtut, schreibt er nicht. Yann ist kein Mensch, der sich entschuldigt. Aber er will sie sehen. Er vermisse sie.

Lissas Verliebtsein flackert wieder auf und brennt binnen Sekunden den Kummer nieder, den er ihr zugefügt hat. All die Selbstzweifel: weg.

Wie gut, dass der Akku leer war, denkt Lissa. Sonst hätte sie ihm am Morgen sofort geantwortet. Ohne zu überlegen, hätte sie getippt: »Klar. Sag einfach, wann und wo!« Oder, noch schlimmer: Sie hätte ihm geschrieben, wie sehr sie ihn vermisst. Dass jeder Gedanke an ihn sich über sie wirft wie eine Hülle.

Eigentlich eine zarte, angenehme Hülle, aber auch eine viel zu große Hülle, in der noch Platz für ihn sei. Sein Fehlen unter dieser großen Hülle tue weh.

Das oder noch kitschigeren Blödsinn hätte Lissa geschrieben. Jetzt ist immerhin ein Tag vergangen. Wie nervös sie wegen seiner Nachricht war, weiß er nicht, zum Glück. Yann kommt erst nächste Woche nach Berlin. Es ist also noch Zeit. Notfalls wird sie trampen, überlegt Lissa, aus Munßig fliehen, wenn ihr Vater sie nicht heimfährt.

Doch dann denkt sie: Nein, halt! Sie wird Yann ganz bestimmt nicht antworten. Sie wird ganz bestimmt nicht trampen, ihn ganz bestimmt nicht treffen. Denn dieses wunderbare Gefühl, das sie gerade in sich spürt, das möchte sie behalten. Konservieren, Deckel drauf und zu! Wenn sie Yann nicht schreibt, wenn es ab jetzt keine weiteren Worte mehr zwischen ihnen gibt, wird nichts dieses Gefühl kaputt machen können. Wahrscheinlich wird die Zeit es abschwächen. Aber zerstören wird sie es nicht. Dann bleibt es für immer schön. Das Letzte, was war, wird sein, dass Yann sie sehen will.

Im Erdgeschoss hört Lissa ihren Vater rumpeln. Lissa legt das Handy beiseite und steht auf. Neugierig schaut sie von oben die Treppe hinunter. Carsten trägt einen riesigen Karton ins Haus.

»Was ist das denn?«

»Anstatt blöd zu fragen, könntest du mir helfen«, sagt Carsten.

»Jetzt sag schon, was das ist!«

»Ein Toilettenstuhl.«

»Den benutzt sie doch eh nicht«, sagt Lissa und läuft nach unten, weil ihr eingefallen ist, dass sie aufs Klo muss, seit einer ganzen Weile schon. Die Aufregung über die Ankunft ihres Vaters, das Netzteil, Yanns Nachricht hatten alles verdrängt. Nun geht sie ins Bad. Mit ihr: das helle Gefühl, der Triumph, Yann nicht egal zu sein. Vielleicht wird sie ihm doch schreiben? Lissa schwankt jetzt wieder.

Der Klodeckel liegt auf ihrem Rücken auf, und sie muss an Inge denken, für die das Zur-Toilette-Gehen, zumindest nachts, ein solches Drama ist.

Sie hat ihrer Oma ein Versprechen gegeben, das sie nicht halten kann. Aber was soll sie denn machen? Ihrem Vater den Mund zukleben, damit er in keinem Heim anrufen, ihn fesseln, damit er Inge nirgends hinbringen kann? Oder, geht es Lissa durch den Kopf, wäre es meine Pflicht, die Schule zu schmeißen, hierzubleiben und Oma nachts zur Toilette zu begleiten und tagsüber auf ihrem schleichenden Spaziergang, die Scheffelstraße entlang?

Was ist denn eigentlich mit Onkel Jens? Ist da wirklich nichts zu machen?, fragt sie sich nun. Sie wäscht sich die Hände, verlässt das Bad und sieht vom Flur aus ihren Vater in der Küche sitzen. Seine Straßenschuhe hat er noch an. Ein Glas Whisky vor sich auf dem Tisch, wischt er auf seinem Telefon herum. Er streckt den Arm fast vollständig durch, viel zu weit weg hält er das Handy. Wie oft hat Lissa ihm schon gesagt, dass er eine Lesebrille braucht? Er will es nicht einsehen.

»Hey! Erzählst du mir, was ich hier verpasst habe?«, ruft er. In seiner Stimme liegt Zerstreuung. Nichts, wovon Lissa berichten würde, käme jetzt bei ihm an. Seine Aufmerksamkeit gilt dem Handy.

»Kein Bock. Wärst du halt nicht einfach abgehauen, dann hättest du auch nichts verpasst«, sagt Lissa, holt sich Inges Adressbuch aus dem Flurschrank und geht zurück in ihr Zimmer. Die Treppe hinauf. Sie nimmt je zwei Stufen auf einmal.

Das Adressbuch ist ein Adressbüchlein und klein, A6, und die Zwischenräume der Linien sind so schmal, dass es Richard und Inge unmöglich war, sich beim Schreiben daran zu halten. Jeder Name geht über mindestens zwei Zeilen. Viele stehen nicht darin, und von den wenigen sind die meisten durchgestrichen. »Margit« unter N für »Nachtwey« ist auch durchgestrichen, obwohl Margit noch lebt. Über der getilgten Margit steht »Ulrike« in Inges zäher, ungeübter Handschrift, aus der noch die Zacken und Bögen des Sütterlins durchschimmern.

Lissa findet Jens unter J, nicht unter R wie Ruck. Sie speichert seine Nummer in ihr Telefon. Dann geht sie zur Schrankwand, betrachtet all den Nippes ihrer Oma und entscheidet sich – vielleicht funktionieren Naschereien ja als positiver Trigger – für die drei Bonbons aus Glas. Lissa legt die Bonbons in ihre rechte Hand und macht mit ihrem Handy ein Foto, eine Nahaufnahme. »Süße Grüße aus Munßig! Lissa«, schreibt sie zu dem Bild. Sie hadert kurz und beißt sich auf die Unterlippe, bevor sie es abschickt.

Aufgeregt setzt sie sich aufs Sofa und versinkt erneut in Yanns Zeilen.

Dann: eine Antwort. Von ihrem Onkel. Sie hat nicht damit gerechnet.

»Hi, Lissa!«, schreibt er. »Von diesen Bonbons gab es früher noch mehr. Eines ist kaputtgegangen, als dein Vater damit nach mir geworfen hat. Eines ist kaputtgegangen, als ich damit nach deinem Vater geworfen habe. Und eines ist kaputtgegangen, als deine Oma damit nach deinem Vater und mir geworfen hat.«

Lissa zieht die Augenbrauen hoch, steht auf und geht erneut zur Schrankwand. Ihre Oma hat so unfassbar viel Nippes – und schon mehr als einmal ihre Sorge darüber geäußert, dass Carsten all diese Dinge nicht zu würdigen wissen wird, wenn er sie irgendwann erbt.

Nun fotografiert Lissa eine Porzellanfigur: ein Mädchen

in einem faltenwerfenden Kleid mit Schwan. Der Hals des Schwans wurde einmal geklebt. Wie eine Kette liegt die Leimspur auf dem schlanken weißen, gebrochenen Hals.

Lissa drückt auf »Senden«.

»Das hat dein Opa deiner Oma zu irgendeinem Geburtstag geschenkt. Ich glaube, sie hat sich darüber gefreut. Aber so genau weiß man das bei ihr ja nie.«

Das macht Spaß, findet Lissa. Sie greift jetzt zu der Likörflasche mit der Ballerina, schüttelt sie, um das Blattgold zu wecken, aufzuwirbeln, und lässt die Spieluhr laufen. Die Tänzerin dreht sich in ihrem roten Tutu. Lissa filmt sie für ein paar Sekunden, schickt das Video an Jens.

Seine Reaktion: »Die hatte ich fast vergessen! Die habe ich mir immer gerne angeschaut. Irgendwann hat dein Opa sie mir aus der Hand gerissen und weggeschlossen. ›Wenn du die zu lange anguckst, wirst du noch zum Mädchen‹, hat er gesagt.«

»Autsch«, schreibt Lissa.

»Ja, autsch. War vieles autsch in Munßig.«

»Kommst du trotzdem mal her? Oma würde sich freuen.«

Seine Nachricht folgt prompt und in Großbuchstaben: »NO WAY!« In einer weiteren Nachricht führt er aus: »Ich bin froh, dass ich weg bin.«

Lissa holt tief Luft. Sie freut sich, von ihrem Onkel zu hören, sich mit ihm auszutauschen, als würden sie sich gut kennen. Dabei weiß Lissa kaum noch, wie er ausschaut. Das letzte – wenn nicht gar das einzige – Mal, dass sie ihn gesehen hat, war sie noch so jung, dass sie auf der Schaukel immerzu von ihm angeschubst werden wollte.

Jens' Resolutheit hat auch etwas Einschüchterndes, findet Lissa. Trotzdem entscheidet sie, es noch mal zu probieren: Sie sucht das Bild, das sie am Nachmittag von ihrer Oma gemacht hat: Inge auf der neuen lila Bank. Der strahlend frische Lack färbt auf sie ab, lässt sie beinahe gut gelaunt wirken, auch wenn sie nicht lächelt. Ihr Mund ist leicht geöffnet. Während des Fotografierens sagte sie: »Ihr immer mit euren Handys!« Und später, als sie mit den Händen die Bank streichelte: »So schön glatt!« Mit dem Rock bleibe sie nun gar nicht mehr an abgeplatzten Farbsplittern hängen.

Dieses Foto von seiner Mutter schickt Lissa an Jens. »Ich habe Oma versprochen zu verhindern, dass sie in ein Heim kommt. Aber Papa will sie nun doch in eins stecken. Was anderes fällt ihm nicht mehr ein.«

Mit einer Antwort lässt Jens sich diesmal Zeit. Lissa sieht, dass er etwas schreibt und es offenbar verwirft, weil dann nur noch »online« steht und eine Weile nichts passiert. Dann schreibt er wieder. Schließlich kommt: »Mach deren Probleme nicht zu deinen, Lissa. Das ist das Einzige, was ich dir von hier aus raten kann. Du bist für nichts verantwortlich. Fang du erst mal zu leben an!«

»Du kommst wirklich nicht? Nichts zu machen?«

»Nein.«

Lissa zieht ein weiteres Mal die Spieluhr auf, dann stellt sie die Likörflasche in den Schrank zurück. Sie fragt sich, ob sie zu ihrer eigenen Mutter jemals derart auf Abstand gehen könnte, wie Jens es zu tun entschieden hat. Was müsste dafür alles passieren? Was würde sie dermaßen unversöhnlich stimmen?

Und dann ploppt plötzlich der Satz in ihren Gedanken wieder auf, den ihr Vater vorhin gesagt hat. Dass Sabine ein Baby bekommt – das war doch nur Quatsch, oder?

DREI WOCHEN SPÄTER

Inge muss nachsalzen. Das Essen im Altenheim schmeckt fürchterlich. Zerkocht und lasch. Anders hat Inge es nicht erwartet. Der Speisesaal mit seinen fehlenden Nischen wirkt wie eine Turnhalle, in die man Stühle und Tische gestellt hat für ein Fest. Nur dass niemandem zum Feiern zumute ist. Schweigend, allein, mit rundem Rücken beugen sich die Insassen – Inge nennt sie »Insassen« – über ihr Essen, schauen auf den Teller und nicht auf. An den quadratischen Tischen sitzt meist eine Einzelperson. Nur ganz wenige haben sich zu Grüppchen zusammengetan, und die wirken im Kontrast zur sie umgebenden Tristesse beinahe dreist in ihrer freudigen Verkettung miteinander. Die vier Frauen zum Beispiel, direkt an der Fensterfront. Die reden, nicken und lachen, ununterbrochen, als hätten sie einander wochenlang nicht gesehen. Dabei wohnen sie alle hier; bei keiner hängt eine Jacke oder Handtasche über der Lehne. Eine von ihnen sitzt im Rollstuhl, und sie lacht trotzdem. Sie trinkt sogar Wein zum Mittag und stößt mit den Wassergläsern der anderen an. Sie wirken verschworen und, wie Inge findet, auch eingebildet. Beim Tanztee sind die bestimmt immer die Ersten und die Letzten und die, die am lautesten klatschen.

Das war schon früher so, denkt Inge, schon in der Schule. Immer gab es diese innigen Mädchenzirkel, zu denen sie nie gehörte. Warum sollte das hier anders werden?

Jutta, wohnte sie hier statt in ihrer neuen Wohnung in Berlin, säße jetzt wahrscheinlich bei diesen Frauen am Tisch.

»Die sollten die Tische zu langen Tafeln zusammenschieben«, denkt Carsten laut und reißt Inge damit aus den Gedanken. Er sitzt ihr gegenüber. Sein Teller ist bereits leer. Er hat schnell gegessen wie immer, ohne sich darüber zu beklagen, dass die Kartoffeln schmecken wie dreimal aufgewärmt. Carsten schiebt den Teller beiseite. »Vielleicht kannst du dich mit denen ja anfreunden«, sagt er und deutet mit dem Kopf auf die vier Frauen am Fenster. Er grinst.

Inge schaut ihn gekränkt an, saugt die Lippen ein.

»Schon gut. Du musst mit niemandem hier reden«, rudert er zurück.

Das Heim ist keine zwanzig Minuten von Munßig entfernt. Nach Berlin, wofür Carsten plädiert hatte, um sie leichter – »und auch öfter«, wie er behauptete – besuchen zu können, wollte sie nicht. Auch hier will sie nicht sein, aber wenigstens ist sie nicht allzu weit weg von zu Hause.

Vor dem Mittagessen zeigte ihnen der glatzköpfige Heimleiter, der sich als »die Heimleitung« vorgestellt hatte, das Gebäude. Seither hat Inge keinen einzigen Ton mehr gesagt. Gemeinsam schritten sie den Flur ab. Inge fiel auf, dass an den Zimmertüren nicht nur Nummern stehen, sondern auch Symbole kleben. Wie im Kindergarten: Apfel, Igel, Blume, Blatt. Dann kam die Tür mit der Gießkanne. Dort durfte Inge hineinschauen.

»Ein Beispielzimmer«, sagte der Leiter, das wahrscheinlich nicht jenes sein werde, »das Sie kriegen«, weil dessen derzeitige Bewohnerin noch zum »jüngeren Eisen« gehöre. Frau Keller besuche gerade die Turnstunde.

Inge bekam nicht mit, wie das Zimmer von Frau Keller aussieht. Sie wandte den Kopf ab, drehte ihn so weit zur Seite, wie es nur ging, und wünschte sich, sie wäre eine Eule, die mit den Augen bis nach hinten kommt. Denn dann hätte sie nicht einmal das weiß gleißende Rechteck wahrnehmen müssen, das wohl Frau Kellers Fenster war.

Anschließend führte der Heimleiter sie und Carsten durch den Garten und deutete stolz auf den mit Seerosen bedeckten Teich. Im Frühsommer seien von dort immer die Balzrufe der Kröten zu hören.

Als er das sagte, hielt Inge sich mit beiden Händen die Ohren zu. Sie glaubte in diesem Moment, das Geknatter zu hören, und ließ ihren neuen Gehstock fallen.

Carsten bückte sich, hob ihn auf, gab ihn Inge. Sie griff nur widerwillig danach, wofür sie zumindest eine Hand wieder vom Ohr nehmen musste.

Der Heimleiter überging diese Szene, wie er auch alles andere überging. In Kürze werde er in Rente gehen, sagte er. Er versprach, seiner Nachfolgerin den Vermerk zu hinterlassen, dass Inge ihre Bank mitbringen und in den Garten stellen dürfe. Carsten hatte darum gebeten.

Wenigstens das, dachte Inge. Nur setzen sich dann bestimmt auch andere darauf.

Allein der Gedanke schmerzt: dass Inge auf ihre Bank will, aber sie ist besetzt. Die vier verschworenen Frauen sitzen dort in der Abendsonne, reden, nicken und lachen – drei auf der Bank, die vierte in ihrem Rollstuhl daneben. Inge würde sich nie trauen, sie zu verscheuchen.

Inge hat keinen Appetit. Sie legt das Besteck auf den Teller. Messer und Gabel wie ein Ehepaar starr nebeneinander, damit – als leise Form des Protests – sichtbar wird, dass sie fertig ist mit dieser Mahlzeit, obwohl noch eine Scheibe Hackbraten, Soße, Kartoffeln und Bohnen übrig sind. Carsten wird wissen, dass sie so etwas normalerweise nie täte: nicht aufessen, Essen wegwerfen.

»Ich hole uns einen Kaffee«, sagt Carsten.

»Für mich nicht!«

Carsten schaut Inge an, verwundert, entweder, weil sie keinen Kaffee will, oder weil er nicht damit gerechnet hat, heute aus ihrem Mund noch ein Wort zu hören.

»Ich will weg!«, fordert Inge, während sie bereits aufsteht und sich dabei am Tisch festhält. Sie blickt noch einmal durch den Raum. Blickt in lärmende Einsamkeit, die fad schmeckt und nach Abschied riecht.

Auf der Warteliste dieses Heims steht jetzt ihr Name. Es kann sein, dass nächste Woche ein Platz frei wird, oder erst in einem Dreivierteljahr. Wenn genügend Leute gestorben sind, ist Inge an der Reihe.

Am Ausgang schwenkt die Glastür automatisch nach außen auf, sodass eine entgegenkommende Pflegerin ausweichen muss. Sie kennt die Tür, sonst hätte sie sie abbekommen.

»Schiebetüren wären besser gewesen«, murmelt Carsten. Er fährt Inge nach Hause.

Sie friert im Auto, reibt sich mit der jeweils gegenüberliegenden Hand über die Oberarme, über die groben Maschen ihrer Strickjacke. Den Hinterkopf drückt sie gegen die Kopfstütze.

»Noch wärmer kann ich es nicht machen«, sagt Carsten. »Sonst läuft mir der Schweiß über die Augen, und ich sehe nichts mehr.«

Munßig: Beim Passieren des Ortsschilds fragt sich Inge, ob sie zum letzten Mal in dieses Dorf hineinfährt und schon beim nächsten Mal endgültig hinaus. Hinaus ins Heim.

Aber für ihr Begräbnis wird sie zurückkehren! Begraben werden möchte sie hier. Das muss sie Carsten unbedingt sagen. Nur hat sie im Moment keine Lust zu sprechen. Sie nimmt sich vor, das im nächsten Telefonat zu erwähnen. Er wird sie heute Abend anrufen. Seit sie wieder allein im Haus ist, meldet er sich jeden Abend um sechs. Oft dauert das Gespräch nur eine Minute. Manchmal lässt Inge das Telefon absichtlich lange klingeln, ehe sie rangeht. Insbesondere, wenn Carsten sich um mehr als zehn Minuten verspätet, tut sie das.

Sie fahren an der Schule vorbei und an Juttas Haus, für das sich noch kein Käufer gefunden hat. Dann am Grundstück der Nachtweys. Die Mädchen, Maren und Meike, juchzen und toben mit einem Welpen durch den Garten. Ulrike hat sich einen neuen Hund angeschafft.

Und Margit ist gestorben. Zu einer Trauerkarte konnte Inge sich bislang nicht durchringen.

Carsten parkt in der Einfahrt. Er macht keine Anstalten aufzustehen.

»Willst du mir nicht beim Aussteigen helfen?«, ringt sich Inge zu fragen durch.

»Doch, doch«, sagt er gedankenverloren und steht auf, geht um das Auto herum. Er öffnet die Beifahrertür, hilft Inge hoch. Nachdem er ihr die Handtasche über die Schulter gehängt hat, übergibt er ihr den Gehstock. »Ich komme nicht noch mal mit rein. Aber ich warte, bis du im Haus bist.«

Inge schüttelt den Kopf. »Flegel!« Gerade kam ihr dieses Wort in den Sinn. Soweit sie sich erinnert, hat sie es noch nie benutzt.

Sie wird sich jetzt hinlegen, ausruhen, denkt Inge. Und danach die Einkäufe verstauen, die Carsten ihr am Morgen mitgebracht hat, als er kam, um sie für die Heimbesichtigung abzuholen. Was kalt bleiben muss – Schokoladenpudding und Wurst und Milch und Butter –, ist schon im Kühlschrank. Ab nächster Woche wird regelmäßig jemand vom Pflegedienst kommen, um mit ihr einkaufen zu fahren.

Langsam geht Inge zum Haus. Durch die Luft säuselt schon der Herbst. Es wird kein goldener, das spürt Inge, sondern ein glanzlos grauer.

Und die Eiche wird lauben.

Und Ingmar wird toben.

Der Einzige, auf den wirklich Verlass ist, ist Ingmar. Tagtäglich hat er etwas zu meckern. Gestern beschwerte er sich über die kaputte Kirchturmuhr, die erst morgen oder übermorgen repariert werden soll; wann genau, hat Inge vergessen. Ginge es nach ihr, müsste die Uhr gar nicht wieder in Gang gesetzt werden. Schon vor drei Wochen hätte sie stehen bleiben können, als Carsten und Lissa noch hier waren und nachts ihrer beider tiefer Schlafatem durchs Haus wehte.

Inge hält sich mit einer Hand am Geländer fest, steigt die zwei Stufen zur Haustür hinauf. Geschafft. Ihren Gehstock – er hat die Krücken abgelöst – lehnt sie an die Mauer. Sie kramt in der Handtasche nach dem Schlüssel. Zwischen Taschentüchern, Traubenzucker, Halsbonbons, einem Kugelschreiber und einem abgepackten Erfrischungstuch, einem Werbegeschenk aus der Apotheke, wird sie fündig.

»Ich rufe dich heute Abend an«, sagt Carsten. Er steigt ins Auto, als habe er es nicht abwarten können.

Inge hofft, dass niemand im Dorf seine Ungeduld beobachtet. Sie schließt die Tür auf, drückt die Klinke herunter.

Ihr Sohn fährt rückwärts aus der Einfahrt. Sein Abschiedsgruß: ein zweifaches Hupen.

Die Haustür ist nur einen Spaltbreit geöffnet. Inge nimmt

den Gehstock und stößt sie damit weiter auf. In diesem Moment schlüpft Zorro zwischen ihren Beinen ins Haus; sein weiches Fell an ihrer Strumpfhose. Das hat er noch nie gemacht. Zorro ist ein Draußen-Kater, er war noch nie hier drin. Ohne das kleinste Zögern, als kenne er sich aus, rennt er die steile Treppe hinauf. Wie ein kleiner Gummiball, der nach oben fällt, wenn das ginge, so klingt es. Stufe für Stufe, zwölf schmale Stufen, tapp, tapp, tapp, tapp, tapp, tapp, tapp, tapp, tapp, tapp, tapp, tapp.

Am oberen Ende der Treppe bleibt der Kater stehen. Er dreht sich um, schaut Inge an und miaut. Er fordert sie auf, ihm zu folgen.

LITERATURHINWEIS

Das Buch *Warum wir unseren Eltern nichts schulden,* das Lissa erwähnt, stammt von Barbara Bleisch und ist 2018 bei Hanser erschienen.

Die Arbeit an diesem Werk wurde unterstützt von der Stadt Zürich sowie der Fachstelle Kultur des Kantons Zürich. Die Autorin dankt herzlich.

Stadt Zürich
Kultur

MIX
Papier aus verantwortungsvollen Quellen
FSC® C083411

ISBN 978-3-7160-2801-8

Deutsche Erstausgabe
1. Auflage 2022

Gesetzt aus der Arno Pro
Satz: Pinkuin Satz und Datentechnik, Berlin
Druck und Bindung: CPI books GmbH, Leck
Printed in Germany

www.arche-verlag.com
www.facebook.com/ArcheVerlag
www.instagram.com/arche_verlag